Prologue

Johnnie s'efforce d'ouvrir la lourde porte métallique de la clinique sans faire tomber la pile de dossiers qu'il tient coincée contre sa poitrine.

« Ah, Johnnie, l'interpelle Gillian au moment où son sac de voyage glisse de son épaule. Dieu merci, vous voilà ! »

Elle bavardait avec Danni, la réceptionniste.

Le cœur de Johnnie se serre. Les voitures roulaient pare-chocs contre pare-chocs pour entrer dans Lewes ; sa première séance doit commencer dans moins de cinq minutes et il a impérativement besoin d'un café.

« On peut faire un point à midi ? » hasarde-t-il.

À la mine de Gillian, il comprend aussitôt que ce ne sera pas possible. Gillian est la thérapeute en chef de Moreland's Place, et Johnnie n'a pas attendu ce jour pour s'apercevoir qu'elle a beau être une professionnelle de santé, il y a quelque chose en elle d'une directrice d'école. Peut-être est-ce dû à son chignon, gris et serré, à ses demi-lunes, peut-être aussi à son fort accent écossais. À ses côtés, Johnnie se fait souvent l'effet d'un mauvais élève, débraillé et dissipé.

« À vrai dire, ce serait mieux maintenant…

— La salle 6 est libre, précise Danni. Je garde un œil là-dessus si ça vous arrange ? propose-t-elle en désignant de la tête les dossiers de Johnnie.

— Merci. »

Johnnie se déleste de son chargement et suit sa supérieure dans le couloir.

Gillian referme la porte de la salle 6 derrière eux. Des pièces comme celle-ci, il en existe plusieurs dans l'établissement, toutes peintes de rose pâle et de beige. Destinées aux thérapies individuelles et aux réunions des équipes soignantes, elles se ressemblent toutes.

« Asseyez-vous », lui dit Gillian en désignant un sobre siège galbé, aussi dénué de style que de confort.

Johnnie jette un œil sur l'horloge murale, hésite, puis se pose sur le bord du siège. Il cherche dans ses souvenirs ce qu'il a bien pu faire de mal. Il est du genre à se laisser déborder par les tâches administratives : la semaine dernière, il aurait dû rendre ses conclusions sur huit patients, et il n'est parvenu à en terminer que cinq.

Gillian s'installe dans un fauteuil situé face à lui, ajuste son châle en laine et se racle la gorge.

Johnnie se prépare à l'écouter avec un sentiment de culpabilité grandissant. J'ai emporté des fleurs l'autre jour, se souvient-il, et Gillian m'a vu partir avec le bouquet sous le bras. Mais, comme la jeune femme avait quitté sa chambre sans les prendre, je m'étais dit que ma fiancée serait heureuse de les avoir chez elle. Ce n'est tout de même pas un crime…

« C'est au sujet d'une de nos patientes… », commence Gillian. Sa voix est rauque.

Le cerveau de Johnnie s'emballe. Où veut-elle en venir ? À Moreland, les patients entrent et sortent en permanence : on compte jusqu'à dix admissions par semaine, et ce uniquement en hospitalisation. Il y a vingt-cinq lits et la demande est forte ; dès qu'ils se libèrent, ils sont presque toujours réattribués, sans parler des innombrables patients ambulatoires.

« Un des miens ? » demande-t-il.

Le visage de Gillian se crispe, elle baisse les yeux. Johnnie a un terrible pressentiment.

« Voilà... »

Sa voix s'adoucit :

« C'était quelqu'un de votre séance de 11 heures. »

Il lance un nouveau regard vers l'horloge. Il est justement 11 heures.

Gillian se penche en avant, serre le genou de Johnnie et, aussitôt, celui-ci comprend pourquoi elle tenait tant à le voir.

« Je suis absolument désolée... », lui dit-elle.

I

Les nuages s’amoncellent

1

« Elles sont trop moches, tes chaussettes !

— Ça suffit, Luke ! »

Karen se tourne vers sa fille :

« Elles sont jolies, chérie. Ne l'écoute pas. »

Mais Luke n'a pas tort : comme le reste de l'uniforme de Molly, les chaussettes sont bien trop grandes pour elle. Karen réprime un sourire – il ne faut pas se moquer des autres –, pour sa petite fille, c'est un immense événement.

« On va faire une photo ! » lance-t-elle en passant le bout de ses doigts dans les boucles de Molly pour tenter, en vain, de les lisser.

Elle ferme la porte d'entrée.

« Ici, sur le seuil, ça vous va ?

— Je sais pas pourquoi tu fais tout ce cinéma ! » soupire Luke.

À bientôt sept ans, ce rituel ridicule de rentrée des classes n'a plus de secrets pour lui, mais pour sa sœur tout est nouveau. Même si Molly bombe le torse de fierté en posant avec son cartable et sa polaire vert bouteille brodée aux armes de son école, Karen voit bien qu'elle serre les dents. Silencieuse et pâle, elle est nerveuse depuis son réveil.

« Allez, Luke, mets-toi à côté de Molly », ordonne Karen.

Il bondit sur la première marche et se penche vers sa sœur :

« Fais gaffe quand même à l'ogre dans les toilettes des filles… »

La lèvre inférieure de Molly tremble.

« Je t'ai entendu ! » l'avertit Karen.

Luke adresse un charmant sourire à sa mère, puis chuchote :

« Et au dragon sous l'escalier…

— LUKE ! Pourquoi es-tu aussi méchant ? Il te taquine, assure Karen à sa fille. Il n'y a pas de dragon, je te le promets. »

La gorge de Molly se serre.

« Et l'ogre ?

— Il n'y a pas d'ogre non plus. »

C'est suffisamment impressionnant comme ça sans que son frère en rajoute, se dit Karen tandis qu'ils se mettent en chemin. L'école est à deux pas, et Molly s'y est souvent rendue avec sa mère pour aller chercher Luke. Elle est également habituée à passer trois jours par semaine avec la nounou pendant que Karen est au travail. Malgré tout, elle quitte la sécurité d'un univers familier pour affronter une jungle inconnue faite de grandes classes pleines d'enfants, de leçons, de réfectoires, de consignes… Et puis, il y a les récréations, avec le risque de s'érafler coudes et genoux sur le bitume ou, pire, de se faire embêter ou harceler, sans parler des innombrables pratiques inquiétantes qui n'existaient pas quand Karen était petite.

Lorsqu'ils atteignent le portail de l'école, le cœur de Karen bat à tout rompre et ses paumes sont moites ; elle ne sait pas qui, d'elle ou de Molly, a le plus le trac. Apercevant à l'autre bout de la cour Mlle Buckley, la nouvelle institutrice de sa fille, elle se dirige vers elle avec ses enfants. Près d'eux, un petit garçon sanglote et, lorsque sa mère se penche pour lui dire au revoir, il agrippe la manche de son chemisier, désespéré à l'idée d'être séparé d'elle. Un autre enfant congédie avec indifférence sa mère angoissée d'un « Au r'voir, 'man ! » accompagné d'un grand sourire ; le maquillage défait de la maman et ses joues rougies montrent que le moment est plus dur pour elle que pour lui.

« Bonjour ! leur lance l'enseignante en s'accroupissant près de Molly. Tu t'appelles Molly, c'est bien ça ? »

Trop impressionnée pour répondre, Molly lui adresse un hochement de tête à peine perceptible.

Il faut que je m'en aille, se dit Karen. Jouer les mères poules ne ferait que prolonger le supplice.

« Luke, tu aideras Mlle Buckley à s'occuper de ta sœur aujourd'hui, d'accord ?

— D'accord ! assure-t-il, moins méprisant maintenant qu'il est investi d'une responsabilité.

— Et, Molly, je reviens te chercher à midi. Bon courage, chérie », ajoute-t-elle en prenant sur elle.

Lorsqu'elle s'incline pour l'étreindre, elle sent sa fille se raidir en s'efforçant de faire bonne figure.

Le cœur gros, Karen croise, en traversant la cour, le regard de la femme aux joues rougies qui hoche alors la tête avec compassion.

Cinq minutes plus tard, Karen est de retour chez elle. La maison se trouve en haut d'une rue où toutes les habitations sauf la leur et la propriété voisine sont victoriennes. Sa façade en brique rouge perturbe la symétrie de cet alignement immaculé, mais voici dix ans, lorsqu'ils avaient acheté cette maison mitoyenne des années 1930, Karen et son mari ne pouvaient prétendre à mieux.

Les années passées ici avec des enfants en bas âge n'ont rien arrangé, observe-t-elle en manquant de trébucher dans l'entrée sur une botte en caoutchouc oubliée. Elle la ramasse, la pose à côté de son homologue, se dirige vers la cuisine et allume la bouilloire. En attendant que l'eau chauffe, elle prend le temps de regarder autour d'elle. Les murs sont couverts de petites empreintes de doigts et de projections – comme il faudrait refaire toutes les pièces, on ne touche à rien car la tâche paraît herculéenne. Dehors, devant la fenêtre, la plupart des pots du jardinet intérieur sont vides ou occupés par des plantes fanées par le froid ; les plates-bandes, livrées à elles-mêmes, sont envahies de mauvaises herbes.

Une bouffée de vapeur, des bulles, un déclic : Karen se prépare un thé et s'appuie contre le plan de travail. La bouilloire s'étant tue, le silence est saisissant – comme si quelqu'un était venu le souligner à l'encre rouge.

Je me demande si les autres mamans se sentent aussi perdues, songe-t-elle. Chacun sait que la rentrée est un jour difficile, et Molly paraît si tendre, si vulnérable. C'est presque encore un bébé…

À cet instant, tel un camion lancé à pleine vitesse, une pensée la percute.

La première rentrée est une étape capitale, se dit-elle. Si seulement Simon était avec nous…

* *
*

À quelques rues de là, depuis le bow-window de sa chambre, Abby regarde dehors.

La végétation encadre la vue et la met en valeur, comme un tableau dans une exposition. Entre les frondaisons d'un if et les feuilles hérissées d'un houx, Abby distingue le fond de la cuvette de Preston Circus.

Ça va me manquer…, se dit-elle.

Les toitures triangulaires des pavillons des cheminots sont alignées comme à la parade ; certains, anciens, sont couverts de lichen, d'autres, rénovés plus récemment, ont des reflets gris argent au sortir de la soudaine averse. Les plus délabrés sont à coup sûr des logements d'étudiants ; les autres abritent plus vraisemblablement des familles avec enfants qui aspirent à habiter près du parc. À partir de là, les maisons victoriennes aux tons pastel escaladent Hanover Street en rangées fuyantes, comme si la ville avait été conçue par un prof de dessin pour tester l'aptitude de ses élèves à restituer la perspective. Au-delà, on discerne les blocs de béton pâle de Whitehawk Estate et, au loin, les doux vallonnements des South Downs, avec leurs labours crayeux prêts pour les semailles.

Abby soupire.

« Oh, Glenn…, murmure-t-elle. Que nous est-il arrivé, à toi et à moi, à nous ? »

Elle ne saurait dire si elle ressent de la tristesse, ou de la colère, ou les deux. Quoi qu'il en soit, son mari fuit ses responsabilités, c'est du moins son impression. L'espace d'un instant, c'est elle qui a la tentation de partir. Pourquoi ne pas mettre la maison en vente, se séparer dans la dignité, puisque tu en as tellement envie ? brûle-t-elle soudain de lui demander. Et si c'était moi qui partais aux quatre vents en te laissant te débrouiller avec tout ça ? Je pourrais renouer avec le photojournalisme : la fièvre des reportages, les dates de bouclage, les échanges avec des collègues brillants, pleins d'entrain. Ah, avec le recul, que ça paraît facile de travailler pour un journal local ! Et si je disais que je n'y arrive plus, qu'arriverait-il à Callum ? Ferais-tu face ? En t'adaptant au rythme de notre fils, en plaquant ton boulot ? Parce qu'il ne serait pas question de garder ton poste à Londres tout en t'occupant de Callum. Il est, à lui tout seul, un emploi à plein temps.

Mais, évidemment, Abby n'en dira pas un mot, et Glenn le sait.

Je ne pourrais pas abandonner Callum. Je ne le veux pas. Je l'aime.

Son regard fait le tour de la pièce. Un vaste lit bateau occupe tout l'espace, même si, ces derniers temps, Abby y dort seule. Depuis des mois, Glenn couche au grenier, mais ses vêtements sont restés dans l'armoire, ce qui l'oblige à venir ici chaque matin pour s'habiller, illustration du flou où tous deux se trouvent. Abby aperçoit, jeté sur une chaise, le haut qu'elle portait hier – alors, le souvenir lui revient. Sur le côté de son cou, la peau, irritée, conserve une strie rouge semblable à un suçon très appuyé : la trace de brûlure qu'a laissée le col quand son T-shirt a failli être arraché.

C'est l'agressivité que Glenn ne supporte pas, se dit-elle. C'est pour ça qu'il s'en va.

Le regard d'Abby tombe sur leur table de chevet. Une photo d'eux trois y est posée. On y voit son mari, pas rasé, le sourire aux lèvres – l'image même du rebelle. Elle se tient à ses côtés ; elle était plus ronde alors – à présent, elle est tout en nerfs et en os. Comme elle les aimait ses cheveux clairs de l'époque, longs et finement dégradés ! Elle regrette de les avoir coupés, mais il a bien fallu : elle en avait assez de se les faire tirer. Entre eux se trouve Callum, avec sa coupe au bol blond filasse, ses joues roses et ses grands yeux bleus – il faisait ses premiers pas à l'époque. C'était l'hiver ; ils portent manteaux, écharpes et gants et, ainsi lovés les uns contre les autres, ressemblent à un gros paquet d'amour.

Elle en a vu tant, cette maison, de bons comme de mauvais moments. Chaque centimètre carré est saturé de souvenirs. Quel crève-cœur ce sera d'en partir…

Des larmes pointent dans les yeux d'Abby. Il ne faut pas que je pleure, se dit-elle. Si je commence, je ne vais plus pouvoir m'arrêter. Il faut penser à autre chose. Saisissant la lettre d'estimation de la maison laissée par Glenn la veille au soir pour l'inviter pesamment à ne pas oublier d'appeler, elle se reprend et compose le numéro.

* *
*

À plusieurs kilomètres de là vers l'est, par-delà les rangées de maisons pastel et les collines de craie, Michael part travailler. *Bienvenue à Rottingdean, cité d'histoire*, annonce le panneau devant lequel il passe pour gagner sa voiture. Comme souvent, il entend la voix de sa femme : « Le nom est nul, mais la ville est belle. » Aujourd'hui pourtant, il n'est pas certain d'être d'accord avec la deuxième partie de la phrase. Michael et Chrissie habitent un pavillon moderne, crépi, près de la route de la côte, à l'écart du village qui se déploie vers l'intérieur des terres avec ses jolies villas, son église en silex et sa mare aux canards. Quand le soleil brille, la lumière rebondit sur la mer et, avec ses amples proportions, leur rue en courbe se fait alors opulente, semblant offrir à ses résidents plus d'espace pour respirer, pour être eux-mêmes. Mais ce matin, une épaisse couche de nuages gris pâle donne un air kitsch aux élégantes colonnes doriques de leur voisin. La bruine suspendue dans l'atmosphère s'accroche aux cheveux de Michael et souligne la calvitie naissante au sommet de son crâne. Celle-ci le contrarie parce qu'il tient à faire bonne impression devant les dames – on pourrait même dire que, dans son métier, c'est essentiel.

Il presse le pas. Il doit être à la boutique avant 9 heures car le camion venu de Hollande doit passer. Si cela n'avait tenu qu'à lui, il aurait programmé la livraison plus tard pour éviter l'heure de pointe, mais Jan, le chauffeur, a d'autres personnes à livrer. Sur le trottoir d'en face, il aperçoit des enfants en uniforme se diriger vers l'arrêt de bus. Ça doit être la rentrée, se dit Michael. Il va y avoir encore plus de circulation.

Il ouvre la portière du monospace, pose sur le siège passager sa sacoche et, à côté, le sac en plastique contenant son déjeuner. La boîte Tupperware renfermant les sandwichs préparés par Chrissie s'en échappe et tombe par terre. Au moment où il tend le bras pour la ramasser, une sonnerie retentit dans la poche de son caban. Il a la tentation de ne pas répondre, mais ça peut être Jan – avec un peu de chance, le camion aura du retard et Michael pourra souffler un peu. Il parvient à prendre l'appel quelques secondes avant que son portable ne bascule sur la messagerie.

« Allô ! »

Merde, se dit-il en constatant trop tard qu'il s'agit de Tim, le directeur de l'Hôtel sur plage. C'est un client, et il va devoir lui parler.

« Bonjour, Tim. Que puis-je pour vous ?

— Ah, Mike ! »

Michael fait la grimace car, à tout prendre, il préfère Mick ou Mickey.

« Vous êtes déjà parti de chez vous ?

— Je vais entrer dans Hove d'un moment à l'autre.

— Parfait ! Vous pourriez faire un crochet par chez nous ?

— Hélas non, j'attends une livraison. Je peux vous rappeler quand j'arrive ?

— Oh, euh, certes... »

Après un moment de silence, Tim reprend :

« J'aimerais juste qu'on parle, Mike, et ça peut valoir le coup de le faire avant de passer votre commande... »

On parie qu'il veut encore me dicter ce qu'il faut acheter comme plantes ? se dit Michael. Il se mêle de tout, ce jeunot, toujours à vouloir mettre son grain de sel partout, mais il était encore dans ses couches que je composais déjà des bouquets...

Michael s'apprête à demander à Tim de lui en dire plus quand il se rend compte que la ligne a été coupée. Depuis quelque temps, son Nokia fait des siennes.

Il faut que je me rachète un portable, s'exhorte-t-il. Celui-là, il est comme moi : il n'est pas loin d'avoir fait son temps.

Lorsqu'il jette un œil dans le rétroviseur et met le contact, il fait grise mine. Il se fait des idées ou il a perçu une gêne dans la voix de Tim ?

Je le rappellerai sur le fixe dès que je serai à la boutique, tranche Michael. L'hôtel est le plus gros client de son commerce de fleurs et il est important de rester dans leurs petits papiers, mais, pour l'instant, il ne peut pas s'arrêter.

2

L'agent immobilier sera chez Abby dans moins d'une heure. Devant la pénurie de biens mis en vente, il est impatient de conclure cette affaire.

« Les clients se bousculent pour trouver à se loger à Prestonville, lui précise-t-il au téléphone. C'est vraiment un plus d'être proche de la gare. »

Avant son arrivée, Abby se dépêche de ranger, mais, faute de temps, sans grand succès – Callum génère du désordre à un tel rythme qu'elle ne peut pas suivre. Presque aussitôt, elle entend frapper à la porte.

« Ollie, enchanté ! »

L'agent lui tend la main. Sa poigne est ferme. Comme celle de tous les commerciaux, se dit Abby, je parie qu'on les entraîne pour ça. Ayant noté les cheveux roux, courts, hérissés en pomme de pin par du gel, et le costume marine, elle prend conscience du survêtement en velours défraîchi qu'elle a sur elle. Elle aperçoit alors l'appareil photo. Aïe !

« Vous n'allez pas prendre des photos de la maison, quand même ?

— Mais si !

— Je pensais que vous ne faisiez que relever des mesures. »

Ne soit pas idiote, Abby, se dit-elle, évidemment qu'il lui faut des photos.

« Je peux en prendre quelques-unes pour pouvoir les mettre en ligne et revenir faire les autres un jour prochain, si vous préférez.

— Ça serait bien. »

Il entre.

« C'est sympa chez vous. »

Comme il vaut mieux ne pas regarder de trop près le tapis de l'escalier, elle oriente son regard ailleurs.

« Les moulures sont toutes d'origine. »

Tandis qu'il examine le plafond, Abby remarque des pellicules sur sa veste. Qui suis-je pour le juger ? se réprimande-t-elle. Je ne me suis même pas donné un coup de peigne…

« Puis-je vous offrir un café ?

— Mmm, oui, merci. »

Elle le conduit dans la cuisine.

« Ça, ça plaît. »

Il passe la paume sur les éléments encastrés. Ils sont passés de mode, Abby le sait. Elle se félicite qu'il ne puisse pas voir à l'intérieur – car, dans sa hâte de débarrasser le petit déjeuner, elle a renversé une boîte presque entière de corn flakes sur une des étagères.

« Vous permettez que je prenne une photo ? demande Ollie en brandissant son appareil numérique. Elle va bien rendre – regardez ! »

Il clique pour lui montrer l'image sur l'écran. Avec le grand-angle, la pièce paraît immense.

Il s'approche de la fenêtre.

« Le jardin est en piteux état… »

Elle a envie de rentrer sous terre. La pelouse n'a pas été tondue depuis l'été dernier et ceux qui habitent la maison adossée à la leur ont une vue plongeante sur leur gazon.

« La plus belle vue, on l'a de devant. Je vais vous montrer du premier.

— Il y a un bel espace pour une propriété aussi centrale. »

L'enthousiasme d'Ollie ne fait qu'aviver la douleur qu'éprouve Abby face à cette perte. À tous les coups, il se dit qu'ils changent pour plus grand, ou qu'ils souhaitent s'éloigner de la ville.

Ollie sort de sa poche un boîtier jaune vif. Il recule et le pointe sur le mur opposé. Un signal retentit.

« Qu'est-ce que c'est ?

— C'est un mètre électronique.

— Comment ça marche ? »

En s'approchant pour regarder, Abby remarque qu'Ollie louche sur la marque rouge, à vif, qui marque son cou. Son étonnement est palpable.

« Ah, l'eau est chaude ! » s'exclame-t-elle, tout heureuse de ce prétexte pour s'esquiver.

« Et vous déménagez pour quelle raison ? » demande Ollie quelques instants plus tard.

Le premier mouvement d'Abby est de mentir, mais elle aura sans doute besoin de l'aide d'Ollie pour trouver autre chose, et puis, des situations similaires à la leur, il doit en rencontrer tout le temps.

« Mon mari et moi nous séparons. »

Elle est gênée d'entendre sa voix se casser.

« Ah ! »

Un silence, puis Ollie racle des pieds, embarrassé.

« Euh, où allons-nous, maintenant ? Au salon ?

— Bien sûr ! »

En faisant demi-tour pour quitter la pièce, il s'arrête, le regard fixe.

« Ça alors, qu'est-ce qui s'est passé ici ? »

Abby sent ses joues la brûler. Le téléviseur posé sur le frigo est en miettes, comment a-t-elle pu l'oublier ? Des fragments de verre brisé rayonnent depuis le centre de l'écran, comme si celui-ci avait été transpercé par une balle. Ça ne date que d'hier et elle sait que son fils regrettera amèrement de ne pas pouvoir regarder la télé dans la cuisine. Abby se demande s'il est bien utile de le remplacer ; le nouveau risque de subir le même sort. Pour autant, elle doit s'en débarrasser. À partir de demain, Callum sera à l'école à plein temps, ce qui lui permettra peut-être d'aller à la déchetterie – ce verre est un vrai danger quand on a un enfant à la maison. À nouveau, elle sent le regard d'Ollie posé sur son cou. Il commence à comprendre.

* *
*

En matière d'adieux, j'ai connu bien pire que de laisser Molly à l'école pour la première fois, se souvient Karen. De toute façon, début janvier est fatal au moral, c'est bien connu. C'est d'ailleurs le moment que choisissent souvent les présentateurs radio pour annoncer « le jour le plus déprimant de l'année », comme si le claironner aux quatre coins du pays allait alléger cette chape de plomb. Le mieux est encore de s'activer – c'est le moment de décrocher les décorations de Noël. Ayant ramassé sa chevelure en un chignon improvisé à l'aide d'un stylo qui traînait par-là, Karen se rend au premier.

Sortir les boîtes du grenier n'est pas une mince affaire. Pour le colosse qu'était Simon, ç'aurait été une formalité, mais à présent elle doit se débrouiller seule. Le simple fait de descendre l'échelle met ses forces à l'épreuve. Ensuite, elle est obligée de laisser tomber les boîtes par l'ouverture sans personne dessous pour les rattraper. Les fibres de l'isolant la font tousser, mais elle finit quand même par se retrouver dans le séjour, couverte de poussière et de sueur. Mission accomplie.

Quel dommage de jeter tout ça, se dit-elle en ramassant les cartes posées sur la cheminée. L'installation des décorations avait été si joyeuse : Molly avait poussé des cris d'excitation quand ils avaient allumé les guirlandes ; Luke, lui, avait feint de s'en désintéresser tout en étant manifestement électrisé par la pile de cadeaux qui grandissait à vue d'œil. Même Toby, leur chat, avait semblé régresser au stade du chaton en poursuivant un morceau de ficelle dorée à travers la pièce. Cela leur avait fait du bien de se projeter dans cette période de fêtes et, dans l'ensemble, elle s'en était bien tirée – elle avait acheté ses cadeaux sur Internet pour faire des économies ; tous les trois, ils avaient préparé un gâteau dont ils avaient réalisé le nappage ensemble ; ils s'étaient joints à ses amies Anna et Lou pour regarder sur la plage les feux d'artifice célébrant le solstice d'hiver ; sa mère, Shirley, était venue passer quelques jours et avait gâté les enfants plus que de raison. Pourtant, Karen se surprenait parfois à arborer un sourire figé pour tenter de masquer sa peine. « Persuade-toi que ça va aller ! lui avait suggéré Anna. C'est un bon moyen pour avoir l'air plus vaillant qu'on n'est. »

À l'inverse, ranger, c'est forcément se dire que la fête est finie. Finalement, qu'est-ce que j'ai comme perspectives ? se demande Karen. Le deuxième anniversaire de la mort de mon mari dans quelques semaines ? D'un côté, j'ai l'impression que ça fait un siècle qu'on ne reçoit plus de cartes de vœux adressées à nous quatre ; de l'autre, que Simon était encore là hier pour m'aider pour le ménage et le bricolage.

Le problème, a découvert Karen, c'est que le chagrin n'est pas linéaire. Il ne suit pas une pente régulière, comme une montagne qu'on gravit. Ainsi, on arriverait en haut en se disant : « Ça y est ! Finie la tristesse. Maintenant, je suis prête à rencontrer des gens, sourire, rigoler, boire, faire la fête. C'est parti ! » Non, le chagrin vous saute dessus sans crier gare, vous attrape par surprise, comme un agresseur. Parfois, il peut faire très peur ; et, en tout cas, il vous dépouille de presque tout.

Les événements auxquels elle peut se préparer parce qu'elle s'attend à être malheureuse sont plutôt plus faciles à vivre que les autres ; et puis, elle se sait entourée. Noël en fait partie ; Karen et les enfants ont reçu plusieurs invitations. Et elle a des amies – Anna d'un côté, Lou de l'autre – qui, ayant le don de prévoir les occasions propices au chagrin, essaient d'être là pour la soutenir. Mais entre ces moments-là, si elle n'est pas sur ses gardes, c'est là que l'agresseur frappe. Elle va sortir un transat de la remise et, sans prévenir, il aura l'odeur de Simon – comment est-ce possible, presque deux ans plus tard ? Ou, dans une soirée, elle sera la seule célibataire en dehors d'un ami d'ami qu'on aura invité pour lui tenir compagnie, alors que cela saute aux yeux qu'ils ne sont pas faits l'un pour l'autre. Ou ça peut être la nuit ; quand Simon était là, elle avait rarement froid, désormais elle est souvent transie, même l'été. Elle s'enveloppe dans la couette comme dans un papier d'emballage, mais rien ne fait cesser ses frissons.

Un par un, elle décroche du sapin les figurines en verre, déclenchant une pluie d'aiguilles. Elles sont usées et la couche réfléchissante s'écaille. Elle les emballe dans du papier de soie et les dépose à l'intérieur de la boîte. Ces guirlandes, se dit-elle, quand je les ai enroulées autour des branches, elles étaient pimpantes, étincelantes ; et les voilà toutes ternes. À quoi bon tout ça…

C'est pour les enfants, se souvient-elle. C'est pour eux. Sans eux, je ne sais pas comment j'aurais tenu le coup.

* *
*

Décidément, rien ne va. Le camion n'est pas à l'heure et, quand Michael tente d'appeler Tim sur son portable, celui-ci ne répond pas. Il lui laisse un message au standard de l'hôtel et vérifie le fonctionnement de son vieux Nokia en l'appelant depuis le fixe. En attendant sa livraison, il se penche sur le peu de stock qu'il lui reste ; il pourrait peut-être en tirer quelque chose de vendable, mais le début d'année est une période difficile pour le commerce des fleurs.

J'aurais peut-être dû fermer, prendre ma semaine, se dit-il. Mais il ne peut pas se le permettre ; il a des frais : un emprunt à rembourser, une voiture à faire rouler, des enfants à la fac et, en l'état actuel des choses, le revenu de sa femme provient justement de ses dépannages occasionnels à la boutique.

À l'arrière de celle-ci se trouve une pièce fraîche et sombre où Michael conserve son stock quand le magasin est fermé. Pourtant, dès qu'il les présente à la lumière, il constate que les fleurs ne sont plus de la première fraîcheur : les gerberas, avec leurs pétales ramollis, se replient sur eux-mêmes, les freesias brunissent sur les bords, les jacinthes s'affaissent sous le poids de leur floraison... Le peu qu'il pourra sauver ne se vendra qu'au prix d'une sérieuse remise.

Le ronflement sourd d'un moteur signale enfin l'arrivée du camion. Un engin énorme ; Jan ne l'a pas garé depuis quelques minutes le long de la route principale très passante que les autres usagers klaxonnent et poussent des hurlements. Michael gravit l'échelle du camion et parcourt du regard les étagères en se demandant ce qui va séduire ses clients. Les roses, c'est toujours une bonne solution de secours et, même s'il préfère les prendre à Londres parce que la qualité est meilleure, celles-ci feront l'affaire jusqu'à ce qu'il puisse aller au marché. Les chrysanthèmes partent généralement bien parce qu'ils ne sont pas chers, mais ce ne sont pas eux qui font revenir les clients car ils durent une éternité. Il repère des jonquilles et des tulipes, des plateaux de primevères et de pensées d'hiver, que du classique qui plaît toujours.

« Je vais prendre ça », annonce-t-il après avoir mis de côté ce qu'il lui fallait. Puis il réfléchit à ce qu'il pourrait bien imaginer pour l'hôtel. C'est rageant de ne pas avoir de nouvelles de Tim. Michael va devoir quand même se décider – car le Hollandais ne repassera pas avant une semaine.

« Celles-là sont magnifiques. »

Jan lui montre des amaryllis.

« Wouah ! »

Un bref instant, Michael est envahi par l'émotion qui, à ses débuts, lui a donné l'envie de tenir un magasin de fleurs : des tiges de quarante centimètres couronnées de quatre énormes trompettes rouges semblables à ces haut-parleurs qui vocifèrent dans les fêtes de campagne. Il sent monter en lui une bouffée de plaisir.

« On les cultive souvent en pot, mais elles sont superbes en fleurs coupées, non ? »

Michael jette un coup d'œil sur l'étiquette.

« Pas données, quand même...

— Je vous fais tout le seau à vingt livres.

— Vous pouvez les mettre sur mon compte ? »

Jan opine.

« Alors, je les prends. »

Michael se frotte les mains, tout excité. Je vais faire une composition pour la réception de l'Hôtel sur plage qui va leur en mettre plein la vue, se promet-il.

Jan parti, il ôte son caban pour être plus libre de ses mouvements et allume son antique transistor. Au moment où il se met au travail, il entend les accords familiers de *White Man in Hammersmith Palais*, l'un de ses titres préférés des Clash. Avec un sourire de plaisir, il monte le volume à fond – où est le mal puisqu'il n'y a pas de clients dans la boutique ? – et, tout en taillant en diagonale les tiges grosses comme des troncs des amaryllis, reprend : « Ouh-hiii-ouh » avec les chœurs.

C'est quand même marrant de penser qu'un ancien punk peut finir fleuriste, se dit-il en arrachant sur un rythme reggae les feuilles extérieures de quelques crucifères. Je me demande ce que Joe Strummer aurait pensé d'un magasin baptisé « Bloomin' Hove ». Ça l'aurait sûrement amusé. Après tout, on finit presque tous par se ranger – lui a bien passé ses dernières années dans une ferme du Somerset. Je n'ai pas lu quelque part qu'il avait entrepris de planter des arbres pour lutter contre le réchauffement climatique ?

Michael choisit quelques rameaux de cèdre – leur odeur épicée devrait être du meilleur effet sur le comptoir de réception de l'hôtel. Tout en faisant tourner sa composition pour la contrôler sous tous les angles, il effectue mentalement un retour en arrière. Aussitôt, il se retrouve dans la fosse à pogoter à côté de ses potes, les cheveux peroxydés relevés en crête avec du shampooing au sucre, agitant les coudes comme des ailes de poulet pour repousser ceux qui s'aventurent trop près… Eh oui, ils crachaient sur tout ce qui passait sur scène, c'est répugnant quand on y pense, mais cette époque-là avait quelque chose de fabuleux. La musique, brute et simple, fournissait un exutoire à son agressivité et à sa rébellion adolescentes. Je suis content d'avoir eu l'âge d'en profiter, se dit-il. Dix-sept ans en 1977 : l'idéal. Quelques années de plus, et j'aurais échoué dans Yes et le rock progressif, comme mon frère. D'accord, il y avait Bowie, mais le glam rock n'avait rien de politique, d'anarchiste, tandis que le punk, lui, semblait s'adresser à des jeunes de banlieue comme moi. Croydon avait même sa propre scène : les Damned étaient du coin et il y avait un pub, The Greyhound, avec des concerts tous les samedis. Encore une spécificité du punk : c'était un mouvement ouvert à tous, on n'avait pas besoin d'argent ni même de connaître la musique pour se lancer.

Michael soupire. Cette mentalité semble avoir disparu. Il a tenté de discuter avec ses enfants de leurs goûts, mais il n'imagine pas son fils ou sa fille attraper une guitare, même s'il les a incités – Ryan, en particulier – à s'y essayer. Son fils semble plus intéressé par les jeux vidéo – du moins, quand il était encore à la maison – et, Michael a beau faire des efforts, il ne peut pas affirmer que ça le captive. À présent, Ryan est parti faire ses études, et Michael ne sait pas trop ce qu'il fabrique. Il a parfois l'impression non seulement d'avoir une génération d'écart avec lui, mais de ne pas vivre sur la même planète.

Le morceau s'achève par une succession rapide d'accords et l'animateur annonce qu'il diffuse un hommage à Strummer, disparu à la veille de Noël voici dix ans.

Ça alors, les Clash sur Radio 2 ! se dit Michael en secouant la tête. En 77, ç'aurait été la honte absolue. Vient ensuite *White Riot* et, inspiré par la couleur, Michael prélève dans un seau des roses pâles dont il plante les tiges entre les amaryllis d'un geste théâtral.

Enfin, son travail terminé, il tient la composition à bout de bras.

« Qu'est-ce que tu dis de ça, Joe ? » demande-t-il, les yeux levés vers le ciel.

Joe, il en est convaincu, apprécie.

3

Abby rassemble son énergie. Il va bientôt rentrer – aujourd'hui, ce n'était qu'une demi-journée.

Quelques minutes plus tard, la clé tourne dans la serrure.

Aussitôt, il se jette dans l'entrée et, tête baissée, percute Abby au creux de l'estomac en la déséquilibrant.

« Ouh là ! » s'exclame-t-elle en tâchant de l'attraper par les épaules et de le redresser. Elle a de la force, mais il en a souvent plus qu'elle.

Quelques pas derrière lui arrive Eva ; elle a l'air épuisée. C'est l'effet qu'il produit : ceux qui s'occupent de lui terminent sur les rotules, vidés. Tous ou presque finissent par jeter l'éponge, mais Eva s'accroche, et Abby lui en est reconnaissante.

« Comment ça s'est passé ? lui demande-t-elle.

— Pas mal. »

Eva hausse les épaules, puis sourit.

« On a réussi à rester un peu au parc, mais ensuite il est devenu agité.

— Bravo, merci ! Vous devez avoir faim. Je peux vous préparer quelque chose ? »

Abby tend le bras pour ouvrir le réfrigérateur, mais, aussitôt, Callum repart dans l'entrée à toute allure. C'est une pile électrique, il n'arrête jamais, comme si du courant circulait dans ses veines. Avant d'avoir eu le temps de comprendre ce qui se passait, Abby s'est lancée à sa poursuite. La porte d'entrée n'est pas encore bien verrouillée et, au moment où il s'apprête à tourner la poignée, Abby le devance et, en un éclair tape le code.

Ouf ! Pour la circulation en tout cas, ils n'ont plus rien à craindre.

Mais le voilà reparti vers le séjour et, tel un Zébulon, il bondit sur le fauteuil.

Elle plonge pour lui saisir les chevilles – en pure perte, elle le sait. Car, à une vitesse étonnante, il saute en l'air, passe au-dessus d'elle, esquive Eva venue à sa rescousse et rebondit sur le canapé comme sur un trampoline. Pas étonnant que les ressorts fichent le camp…

« Ouille ! »

Nouveau coup de tête pour Abby.

Il enjambe le dossier du canapé et se retrouve devant le bow-window tel un prisonnier en fuite guettant ses poursuivants, le regard braqué sur la rue et, l'instant d'après, sur la pièce. Il commence à se gratter, à tirer la peau sur le dos de ses mains. Celle-ci, à vif, suinte, note Abby, signe qu'aujourd'hui il est particulièrement à cran. Cette vision lui fend le cœur.

« Hé, hé, bonhomme…, murmure-t-elle d'une voix douce, son inquiétude devant l'humeur du jour de son fils se mêlant à la crainte de le voir se ruer la tête la première contre la vitre. Si on regardait *Alvin et les Chipmunks* ? Qu'est-ce que tu dirais d'*Alvin et les Chipmunks* ? »

Elle détache bien les syllabes et Eva va chercher le boîtier.

La fenêtre présentant moins d'intérêt que ce projet, – WHOOP ! –, il fuse vers la table de salon, attrape la télécommande et allume la télé.

« Viens t'asseoir ici ! » lui propose-t-elle en se tapotant les cuisses.

Callum – chose rare – obéit et, sans avoir conscience du poids de ses sept ans ni de son impact, atterrit sur les genoux osseux de sa mère avec un bruit mou.

Le voilà tranquille pour un petit moment.

Abby respire. À force d'être avec lui, elle devient hystérique. Elle est contagieuse, cette incapacité à se concentrer, à rester calme : ils rebondissent d'un endroit à l'autre, d'une activité à l'autre, comme des boules de flipper. Même quand Callum est à l'école ou avec une de ses nounous, Abby a du mal à lever le pied.

« J'aimerais comprendre mieux ce qui se passe là-dedans... », murmure-t-elle en lui caressant la tête.

Mais, comme toujours, son fils semble bien loin, dans son monde à lui, et ne répond pas. Les conversations sont toujours à sens unique. Faute de mieux, elle continue donc à passer la main dans ses cheveux en espérant qu'il reste assis assez longtemps pour lui permettre de reprendre son souffle.

* *
*

Comme, à midi, Michael n'a toujours pas de nouvelles de Tim, il demande à Ali, son voisin l'épicier, de garder sa boutique, le temps de faire un saut jusqu'au front de mer pour livrer son bouquet. Michael pénètre dans l'Hôtel sur plage et s'apprête à demander au type de la réception de l'annoncer à Tim lorsque son cœur fait un bond.

Sur le comptoir en verre trône une énorme gerbe de pivoines d'un rose profond. Les fleurs sont récentes, près de s'ouvrir ; leur parfum est aussi doux et léger qu'un jour d'été. Elles ont dû coûter une fortune, car ce n'est pas du tout la saison.

Normalement, ce serait à Michael de retirer les fleurs de la semaine précédente et d'en mettre de nouvelles à la place. Or, le lendemain de Noël, il avait apporté à l'hôtel une composition à base de lierre, de mousse et de roses rouges et blanches ; pas ça ! Il avait quitté une réunion de famille pour la livrer en personne. Pourquoi ce changement ?

À cet instant, Tim débouche du couloir d'un pas vif en faisant résonner sur le marbre ses mocassins de cuir luisants.

« Ah, Mike, heureux de vous voir ! Meilleurs vœux !

— Jolies fleurs !, lui répond Michael en désignant le comptoir d'un geste de la tête.

— Superbes, n'est-ce pas ?, renchérit Tim avant de comprendre que Michael se voulait ironique. Ah oui, eh bien, Mike, en fait, c'est de cela que je voulais vous parler… J'espère que vous avez eu mon message sur votre portable. »

Michael fait signe que non.

« Il remonte à quelques heures.

— J'ai laissé mon portable coupé toute la matinée.

— Je suis tombé sur votre messagerie – elle s'est déclenchée après quelques sonneries. »

Michael plonge la main dans sa poche et retrouve son Nokia. Sous les rayures du minuscule écran, il a la surprise de distinguer l'icône de la messagerie.

« J'ai dû le rater... », admet-il en se demandant comment cela a pu se produire.

Alors, il comprend : la radio. Oh, merde !

« Mais, euh... »

À présent, Tim semble embêté.

« J'espère que vous n'avez pas acheté de fleurs exprès... »

Sa phrase reste en suspens.

Bien sûr que si, se dit Michael.

« Pourquoi ?

— Il se trouve que, hum, c'est... »

Michael voit le cou du jeune homme s'empourprer. Celui-ci ne l'a pas habitué à chercher ses mots ; en temps normal, il est sûr de lui, presque péremptoire.

« Autant être honnête avec vous : dorénavant, nous allons faire appel à un autre fournisseur pour réaliser nos compositions. »

Michael se doutait bien de quelque chose ; pour autant, il reste sans voix. Jusque-là, rien ne l'avait laissé prévoir, aucune allusion à un quelconque mécontentement de la direction, aucun reproche envers son travail ni aucun message voilé l'appelant à la vigilance, encore moins une invitation à revoir l'offre de Bloomin' Hove. Tim lui avait même demandé des bouquets supplémentaires à l'approche de Noël.

« C'est que… il y a la nouvelle…

— Vous avez trouvé quelqu'un de moins cher, intervient Michael, c'est ça ! »

Il tâche de réfléchir à toute vitesse.

« Je suis sûr que je peux faire quelque chose de mon côté. »

Depuis sa nomination il y a dix-huit mois, Tim a imposé à Michael des baisses de prix répétées, de sorte que ce dernier n'a plus beaucoup de latitude, mais il ne peut pas se rendre sans combattre. Il est déterminé à voir les amaryllis occuper la place qui leur revient à la réception de l'Hôtel sur plage.

« Je n'allais pas vous demander de réduire vos marges… », avance Tim.

Ben voyons ! se dit Michael. Il attend, aux aguets, étrangement fasciné à mesure que le visage ordinairement pâle de Tim rougit jusqu'à rivaliser avec les pivoines.

« Ce qu'il y a, c'est… c'est, euh… »

Puis il finit par lâcher :

« C'est la fille de Lawrence. »

Il faut à Michael quelques secondes pour enregistrer.

« Lawrence, le propriétaire de l'hôtel ?

— Mmm », marmonne Tim, incapable de soutenir son regard.

Pour Michael, c'est un coup de poignard dans le dos.

« Je vois… »

La bile lui monte à la gorge. Je hais ce type, se dit-il. Je ne l'ai jamais beaucoup aimé, mais maintenant je le vomis.

Nouveau silence ; déjà il entrevoit les conséquences, telle une cascade de dominos.

Perdre son plus gros client, ce n'est jamais une bonne nouvelle quand on est détaillant, mais pour Bloomin' Hove, à ce moment de l'année, ça pourrait être catastrophique. La boutique ne fait pas une grosse marge avec le contrat de l'Hôtel sur plage, mais c'est le seul que Michael ait ; c'est son point d'ancrage dans un océan de rentrées très capricieux. Sans lui, il aura du mal à payer le loyer du mois en cours, sans parler de l'ardoise qu'il a chez Jan et chez un autre fournisseur de la capitale. Mais il s'en voudrait de laisser transparaître quoi que ce soit devant Tim et il a bien repéré que le type de la réception faisait semblant de ne pas les écouter.

« Bien entendu, vos factures encore en souffrance seront réglées…

— Très bien », répond Michael avec un hochement de tête.

Le vase de pivoines au parfum écœurant, le bol de bonbons à la menthe pour plaire aux clients, le comptoir surmonté d'un verre d'une propreté impeccable… Si Michael avait une masse à portée de main, il pulvérisait tout ça.

Il fait pourtant demi-tour et sort du bâtiment sans se retourner.

Dehors, il s'arrête. Tout à coup, l'air lui manque affreusement, son cœur bat si fort qu'il semble devoir faire exploser sa cage thoracique. Michael saisit la rampe en fer forgé pour ne pas perdre l'équilibre. Le monospace est garé tout près, sur une aire de livraison, et, au bout d'un moment qui lui semble long, le vent qui balaie le front de mer et le bruit des vagues qui s'écrasent sur les galets le calment suffisamment pour qu'il se sente en mesure de reprendre le volant.

À travers la vitre de la voiture, il aperçoit les énormes corolles rouges qui, criardes et provocantes, jaillissent hors de leur caisse. À nouveau, son cœur s'emballe.

Toutes lui claironnent d'un ton railleur : « Alors, que vas-tu faire de nous à présent ? Nous solder dans ta pauvre petite boutique ? »

4

À midi, en rentrant de l'école, Karen et Molly s'arrêtent à Co-Op dans Seven Dials. Karen s'apprête à prendre leur habituel pain complet lorsque Molly lui demande :

« On n'en apporte pas à grand-mère ? »

Effectivement, comme la mère de Karen préfère le pain blanc tranché, Karen en avait aussi acheté pendant les fêtes.

« On ne va pas la voir avant un moment, lui répond Karen.

— Elle est retournée au Portugal ? l'interroge la fillette, paraissant soudain inquiète.

— Grand-mère n'habite plus au Portugal, lui explique Karen tandis qu'elles prennent place dans la file pour payer. Elle s'est rapprochée de nous, tu te souviens ? Elle est revenue vivre en appartement, auprès de grand-père.

— Pourquoi elle habite pas avec lui ? »

C'est pas vrai ! se dit Karen. Les enfants, je vous jure… Elle réfléchit à la meilleure explication possible.

« Grand-père n'est pas en bonne santé, alors il est dans une maison spéciale où des infirmières peuvent s'occuper de lui.

— Alors grand-mère vit toute seule ? »

Karen sent la culpabilité la transpercer.

« Oui, chérie, en effet...

— Ah... »

Un petit pli se forme entre les sourcils de Molly.

« Et ça la rend triste ? »

La question de sa fille prend Karen par surprise. On dirait celle d'une adulte.

« Peut-être..., lui répond-elle, déconcertée.

— Comme toi t'es triste sans papa ?

— Euh...

— Si grand-mère, elle est triste, elle devrait venir habiter chez nous ! », s'exclame Molly.

À cet instant précis, elles atteignent la caisse. Heureusement que l'attention de Karen est accaparée par la caissière car elle serait bien en peine de répondre à sa fille.

* *
*

« Ah, alors il était pas là ?, demande Ali quand Michael, de retour à Bloomin' Hove, descend de son monospace.

— Oh, que si, il était là ! lâche Michael dans un grommellement.

— Mais... »

Ali aperçoit alors le coffre empli d'amaryllis et son visage s'assombrit.

Je ferais aussi bien de tout lui dire, juge Michael. Si quelqu'un peut me comprendre, c'est Ali. Les affaires de son voisin sont en perte de vitesse depuis l'ouverture d'un Tesco Metro, à une petite centaine de mètres en bas de la rue – heureusement, il n'y a pas beaucoup de place là-bas pour les fleurs...

« On ne veut plus de moi ! »

De rage, il jette le plateau de roses sur le trottoir. Il avait raccourci les tiges exprès pour le restaurant de l'hôtel ; allez donc vendre des douzaines de fleurs dans cet état, maintenant...

Une par une, il décharge les précieuses compositions de la voiture et les pose près de la porte. Tandis qu'il se débat avec celle destinée à la réception, il sent sa peau le démanger sous l'effet de la rancœur.

« Tiens, laisse-moi t'aider, propose Ali, et, ensemble, ils déposent les amaryllis au sol.

— Quand même, Tim aurait pu essayer le fixe, conclut Michael au terme de son explication. Celui-là, je suis sûr que je l'aurais entendu.

— Il aurait dû s'arranger pour te parler en personne, renchérit Ali avec un hochement de tête.

— Tu sais ce qu'il m'avait dit avant Noël ? "De vous à moi, Mike, ce serait une bonne idée de mettre plus de fleurs traditionnelles dans les compositions que vous nous faites. La création, c'est votre rayon, naturellement, mais je me disais que vous seriez peut-être content de le savoir. C'est que le patron, voyez-vous, a un faible pour les roses..." N'importe quoi, oui ! Si Lawrence tenait autant à ses roses, qu'est-ce que des pivoines géantes font à la réception ? »

Michael donne un coup de pied dans une caisse vide.

« C'est un enfoiré, ce Tim ! »

La famille d'Ali vient du Rajasthan, mais la fréquentation de Michael a élargi son vocabulaire.

« Pourquoi il a pas dit à ce M. Lawrence qu'il avait déjà un fournisseur ? Ça fait des années que tu leur fais des bouquets !

— Plus de dix ans. Mais jamais il n'aurait l'idée de dire non à Lawrence – ce jour-là, les poules auront des dents…

— Le commerce, on sait ce que c'est, dit Ali. Mais même s'il voulait te remplacer, il aurait pu te prévenir. Te manquer de respect à ce point-là, ce n'est pas correct ! »

Michael soupire. Il y a vingt ans, personne n'aurait osé me traiter de la sorte, se dit-il. On ne le dirait pas aujourd'hui, mais, à l'époque, j'étais quelqu'un dans le coin. À un moment donné, j'ai eu plusieurs points de vente près de la gare de Hove… Quand est-ce que tout a basculé ?

* *
*

Tandis que Karen et Molly sortent de Co-Op, Karen aperçoit une silhouette qui marche devant elles.

« On dirait Lou, lance-t-elle, croyant reconnaître la coupe courte en pétard et la parka de son amie. Tu veux aller voir en courant ? »

Molly ne se le fait pas dire deux fois.

« Lou ! Lou ! »

Lou se retourne. Son anorak est ouvert sur son ventre arrondi.

« Molly ! s'exclame-t-elle, manifestement aussi ravie que la fillette de ces retrouvailles. Regardez-moi ça, cet uniforme ! »

D'aussi loin qu'elle se trouve avec son sac de courses, Karen sait que sa fille savoure l'occasion qui lui est donnée de se mettre en valeur.

« Bonjour, dit-elle quand elle les a rejointes. Qu'est-ce que tu fais ici ? »

Lou habite Kemptown, à quelques kilomètres de là.

« C'est mon jour de repos et je suis allée à mon cours de Pilates. Il y en a un à West Hill Hall pour les futures mamans.

— Tu as le temps de passer à la maison pour bavarder un peu ?

— Bien sûr ! »

De retour chez elle, Karen lui propose un café.

« De l'eau, ça ira, lui répond Lou en s'asseyant près de Molly à la table en pin de la cuisine. Ne te dérange pas, j'en ai avec moi », ajoute-t-elle en sortant une bouteille de son sac.

Quelle organisation ! s'émerveille Karen. Lou a toujours su veiller sur sa santé. Moi, il faudrait que je fasse un effort. Depuis la mort de Simon, j'ai pris du poids, déjà que je n'étais pas mince… Elle fouille dans les ustensiles à la recherche de l'ouvre-boîte afin de réchauffer des haricots blancs sauce tomate pour le dîner de sa fille, mais impossible de mettre la main dessus.

« Alors, Noël chez ta mère, c'était comment ? demande-t-elle.

— En fait, j'appréhendais beaucoup ; tu sais qu'on n'est pas d'accord sur grand-chose, toutes les deux. Ma sœur a été moralisatrice, affreux ! Elle n'a pas arrêté de me dire que c'était égoïste d'avoir un enfant quand on est gay.

— Mon Dieu ! s'exclame Karen en secouant la tête.

— J'y suis habituée. Le plus fort, c'est que maman a complètement retourné sa veste. Elle a fini par prendre ma défense ! »

Karen retrouve enfin l'ouvre-boîte, rangé dans le mauvais tiroir. On dirait que je perds tout le temps tout, se dit-elle. Tandis qu'elle prépare les haricots, Lou lui raconte tout par le menu. Lorsqu'elle a terminé, elle conclut :

« Assez parlé de moi. Et toi, ton Noël, c'était sympa ?

— Oh, bien ! » lui répond Karen d'un ton enjoué.

Lou la regarde en biais.

Karen hésite. Elle n'est pas sûre d'avoir envie d'en parler, et puis elle a conscience de la présence de sa fille.

« J'ai bien eu un peu le cafard, avance-t-elle prudemment. Mais aujourd'hui, c'était un grand jour, tu sais, pour Molly...

— Ça ne doit pas être facile de la voir rentrer à l'école. »

D'un geste protecteur, Lou pose les mains autour de son ventre.

Elle a encore tout ça à vivre, songe Karen avec un pincement de jalousie. Que j'aimerais pouvoir revivre les toutes premières années des enfants ! L'image de Simon tenant Molly à peine née lui traverse l'esprit, mais elle la repousse.

« Non, effectivement... »

Son échange récent avec Molly lui fait dire que sa fille pourrait bien mettre son grain de sel dans leur conversation.

« Tu voulais pas que j'aille à l'école, maman ? » intervient Molly, fidèle à elle-même.

Karen éclate de rire.

« Bien sûr que si, chérie. C'est juste que tu vas manquer à ta maman.

— Mais moi, tu me verras encore.

— Oui, naturellement… »

Karen et Lou échangent un regard. Puis Karen reprend :

« Dis-moi, Molly, si tu te mettais un peu devant la télé pendant que maman et Lou discutent ? Tu peux manger sur la table de salon si tu veux. Faveur exceptionnelle !

— D'accord ! » dit Molly en suivant sa mère dans le séjour.

Karen s'efforce de chasser la culpabilité qui l'assaille en autorisant Molly à dîner devant l'écran.

« Je ne sais pas, parfois Simon me manque beaucoup, c'est aussi simple que ça…, reconnaît-elle, de retour dans la cuisine.

— Mais c'est normal ! »

Karen soupire, attrape le pain et en coupe deux tranches. Malgré toute la compassion de Lou, toute sa finesse de perception, Karen ne peut s'expliquer que, dans sa tête, une voix lui reproche de penser ainsi. On dit toujours que le temps guérit tout, se dit-elle, mais j'ai l'impression que mon cœur se brise chaque jour un peu plus.

« Et tes parents ? demande Lou. Comment ça s'est passé avec eux ? »

Karen sent que Lou cherche diplomatiquement à changer de sujet, mais voilà un terrain qu'elle redoute tout autant.

En même temps, si je ne peux pas en parler à Lou, à qui le pourrais-je ? se ravise-t-elle en glissant les tranches dans le grille-pain. En tant que psychologue, Lou doit être témoin de toutes sortes de traumatismes, et puis elle m'a vue à mes pires moments : elle était là quand Simon est mort. Sur le chemin du frigo, Karen s'immobilise.

« Tu savais qu'ils étaient revenus dans le coin récemment ? »

Lou lui fait signe que oui.

« Maman a dû vendre leur villa, c'est vraiment dommage. Ils avaient prévu de rester en Algarve pour leur retraite et, pendant des années, on a passé là-bas des vacances merveilleuses. »

Karen sourit en se remémorant les cris et le rire de Simon jouant avec les enfants dans la pataugeoire ; le « Hé ho ! c'est l'heure de l'apéro ! » lancé chaque soir par son père quand il était fin prêt à les servir ; elle sent presque l'odeur de l'Ambre solaire… Mais son sourire retombe quand elle pense aux difficultés actuelles de ses parents.

« Pour maman, c'était de plus en plus dur de faire face à la maladie d'Alzheimer de papa, presque toute seule, et à l'étranger, en plus.

— J'imagine…

— Et donc, maintenant, papa est dans une maison à Worthing.

— Comment s'y sent-il ?

— La question n'est pas vraiment de savoir comment lui s'y sent. Je ne suis même pas sûre qu'il soit en état de comprendre où il est.

— Il te reconnaît encore ?

— Il ne reconnaît plus grand monde. Même pas maman. »

À nouveau, Karen soupire. Lentement mais sûrement, mon père disparaît, pense-t-elle. Il n'est plus que l'ombre du papa que j'ai eu. La lueur qui brillait dans ses yeux quand il me voyait, son enthousiasme quand je lui racontais ce que je devenais, ce sont deux choses qui se sont estompées au point d'être à peine perceptibles. À présent, son intérêt pour les autres est sporadique, fugace, et sa capacité à retenir des anecdotes ou des événements nouveaux, ou à avoir une discussion suivie sur des personnes ou des lieux a complètement disparu.

« Pour toi, c'est rude...

— Je pense que c'est pire pour maman que pour papa. Lui ne se souvient pas de ce qu'il a perdu, tandis qu'elle en a pleinement conscience.

— Et elle habite où, alors ? demande Lou en hochant la tête.

— À Gorin. Elle loue un appart pour être près de lui.

— J'aime bien cette partie-là de la côte, parfaite pour les sports nautiques. »

Avant d'être enceinte, Lou était extrêmement active. Je parie que, même maintenant, elle est plus en forme que moi, pense Karen. Dire qu'elle s'est mise au Pilates...

« Je ne vois pas trop maman sur des skis nautiques ! dit Karen en éclatant de rire à cette idée.

— Peut-être pas, effectivement...

— Elle a dû aussi quitter tous ses amis.

— Cela dit, elle a dû trouver à sympathiser à Goring.

— Tu as raison, c'est plein de retraités et elle se donne vraiment du mal. Mais, à soixante-quinze ans, ça doit être très compliqué de repartir de zéro.

Moi, j'ai trouvé ça dur la vie sans Simon, et encore, je ne suis pas partie m'installer à des centaines de kilomètres. Quand elle est arrivée, elle ne connaissait personne en dehors de nous, alors j'essaie de la voir le plus souvent possible.

— Elle a l'air d'être courageuse, comme femme, conclut Lou.

— Elle l'est.

— Elle me rappelle quelqu'un... »

Karen ne prête pas attention au compliment.

« Je me fais quand même du souci. L'appartement où elle habite est minuscule. »

Et de décrire ce logement en sous-sol, avec son papier peint rose cache-misère, son lit étroit d'une personne, ses toilettes-salle de bains turquoise et sa cuisine mal équipée, aux antipodes de la vaste et lumineuse villa que possédaient ses parents dans les collines près de Faro.

« Eh ben dis donc...

— Avec ce que lui coûte la maison de santé, elle ne peut pas se permettre grand-chose.

— C'est terrible ! La pauvre...

— Tu ne crois pas si bien dire. L'argent de la vente de la maison, maman est obligée de le consacrer à papa. Qui sait ce qu'elle fera quand elle n'en aura plus... Je pense qu'on devra la prendre ici.

— Tu en es sûre ?

— Les enfants ne demandent que ça. Elle est venue passer les fêtes ici et elle est formidable avec eux. »

Karen s'interrompt en se souvenant qu'elles se marchaient quand même sur les pieds. Puis elle ajoute :

« Ça m'a fait plaisir de l'avoir, autant pour se convaincre elle-même que son amie.

— Molly et Luke, c'est une chose, mais toi, tu en penses quoi ? Moi, jamais je ne pourrais revivre avec ma mère ! »

Lou grimace rien que d'y penser.

Maman et moi, on s'entend bien, se dit Karen. Cela dit, ce n'est pas ainsi qu'elle se voyait à la quarantaine : veuve et cohabitant avec sa mère...

« Ce serait sympa », dit-elle en se détournant pour retirer la casserole du feu et éviter ainsi le regard de Lou.

À cet instant précis, Molly revient dans la cuisine.

« Maman, j'ai faim !

— Oui, Molly, j'arrive ! » réplique Karen d'un ton sec.

Aussitôt, elle s'en veut ; Molly n'y est pour rien. Lou doit se dire que je suis une affreuse mère.

« Euh... Karen, il y a quelque chose qui brûle », l'avertit Lou.

De la fumée s'échappe en grosses volutes du grille-pain posé sur le plan de travail voisin.

« Oh non ! »

Karen se précipite pour appuyer sur le bouton éjection, mais trop tard : les deux tranches de pain sont carbonisées et immangeables.

« Excuse-moi, Molly. On va devoir en refaire. Ce ne sera pas long, je te le promets, assure-t-elle à sa fille alors que les larmes lui montent aux yeux.

— J'ai trop faim... », murmure Molly, dont la lèvre inférieure commence à trembler.

Mince ! se dit Karen en consultant l'horloge. Son heure habituelle de repas est largement dépassée. Je me suis laissé surprendre.

Lou se lève de sa chaise.

« Assieds-toi. Je m'en occupe.

— Ça t'est interdit.

— Ne soit pas ridicule. Je suis enceinte, pas malade. J'en suis tout à fait capable. »

Et moi j'en suis totalement incapable, se dit Karen avec tristesse. Qu'est-ce qui m'arrive de ne pas être fichue de faire griller deux morceaux de pain ?

« Merci », murmure-t-elle en prenant un siège.

Aussitôt, elle se sent submergée par l'épuisement. À cause, peut-être, de tous ces allers et retours au grenier, ou de l'émotion d'avoir vu Molly entrer à la maternelle, ou d'avoir parlé de sa mère et de son père, elle ne sait pas trop. Mais si on lui disait d'aller se coucher dès maintenant, elle sent qu'elle pourrait dormir jusqu'au Noël prochain.

5

Eva est partie depuis dix minutes quand Abby se souvient qu'elles n'ont pas fait de provisions pour la semaine à l'épicerie. La visite à l'improviste de l'agent immobilier l'a chamboulée.

« Mince ! » fait-elle entre ses dents. Pour emmener Callum au supermarché, c'est beaucoup plus facile à deux, or, le peu qui restait dans le frigo, elle s'en est servie pour préparer le déjeuner. Les grosses courses peuvent attendre, mais, pour le dîner, elle va devoir aller à Co-Op.

Heureusement, ils empruntent à pied un itinéraire familier par des rues tranquilles et résidentielles, de sorte que Callum se montre obéissant et calme. Mais, alors qu'ils approchent des portes automatiques du magasin, celui-ci commence à tirer avec insistance sur la veste d'Abby et, avant qu'elle ait pu l'en empêcher, il se roule sur le trottoir, en proie à une véritable crise, sa tête frappant le sol et ses bras battant l'air.

C'était une erreur, se dit-elle en s'agenouillant pour le contenir de son mieux et éviter qu'il ne se fasse mal. J'aurais dû demander à Glenn de faire un saut au magasin au retour du travail. Mais, ces temps-ci, son mari est prompt à lui faire des reproches et on ne peut pas se fier à lui pour rentrer à une heure raisonnable. Elle s'efforce de faire manger Callum à heure fixe – même s'il ne se nourrit pas convenablement, cette régularité est importante. Ce n'est pas l'envie qui lui manque de rentrer chez elle, mais cela lui est impossible. Elle n'a pas d'autre choix que de tenir bon. « Hé, chéri, hé, hé ! » souffle-t-elle à Callum pour l'apaiser. Mais il continue de se contorsionner en tous sens.

Ce scénario, Abby le subit souvent : depuis longtemps, emmener son fils dans des lieux publics s'est révélé être un exercice épuisant où elle consacre autant d'énergie à le surveiller qu'à supporter le regard affligé des autres.

Il souffre d'autisme ! est-elle tentée de hurler à la vieille dame qui passe devant eux avec une expression qui ressemble à de l'effroi. Elle doit se dire, imagine Abby, que Callum a passé l'âge de faire des caprices, et sur un trottoir sale, en plus. Elle aimerait tant lui expliquer que si, pour elle, Co-Op est une supérette ordinaire, pour son fils, c'est un lieu qui agresse ses sens. *Il ne peut pas traiter autant d'informations à la fois,* a-t-elle envie de lui expliquer, *et son cerveau est en surcharge. C'est comme si on lui tirait dessus ; des balles lui arrivent de tous côtés et le criblent de messages. Vous n'auriez pas peur, vous ?*

À la mère précédée d'une poussette et dont le profond soupir semble lui reprocher de laisser Callum en travers de son chemin, Abby meurt d'envie de répliquer : *Pensez à lui, juste pour voir. Je suppose que vous êtes ici avec votre enfant parfaitement « normal », mais imaginez un instant que, pendant que vous circulez dans les allées, le brouhaha des clients, le fracas des chariots et le bruit strident des caisses vous fassent mal aux oreilles. C'est ce qui se passe pour mon fils : son cerveau ne filtre pas correctement ce qui, pour vous, ne sont que des bruits de fond. C'est pour ça qu'il porte ce système que vous devez prendre pour des écouteurs ; en fait, c'est un casque antibruit, comme ceux qu'on utilise sur les chantiers. Sans ça, il souffre. Oui, il souffre !*

Un jeune couple qui passe sur le trottoir fait un grand détour pour les éviter. Abby brûle de leur faire comprendre que l'univers visuel de son fils est tellement oppressant que celui-ci jette souvent la tête d'un côté et de l'autre pour se protéger du trop-plein de stimuli. *Ce n'est pas un monstre qu'on exhibe. L'enseigne lumineuse du magasin est trop forte pour mon fils, elle l'éblouit.*

Mais, de tous ces mots, Abby n'a pas le loisir d'en prononcer un seul, trop occupée qu'elle est à empêcher Callum de se blesser. Elle doit au contraire supporter la condamnation tacite de son incompétence de mère tout en veillant de son mieux à ce que Callum n'obstrue pas l'accès à un espace public. Elle en est encore à tenter de le tranquilliser d'une voix basse et apaisante tout en maintenant ses poignets lorsqu'elle entend tousser derrière elle :

« Excusez-moi, je peux vous aider ? »

En tournant la tête, elle découvre une femme sensiblement de son âge, les cheveux hérissés et une parka sur le dos. Elle est enceinte, mais, malgré son gros ventre, elle s'est accroupie à côté d'eux, pas trop près pour ne pas être perçue comme une menace.

« Quelque chose me dit que vous avez peut-être besoin d'un coup de main... »

Un coup de main, Abby ne demanderait pas mieux, mais comment expliquer la façon de s'y prendre avec Callum à quelqu'un qui ne l'a jamais rencontré ?

« Ou il vaudrait peut-être mieux que je fasse les courses à votre place – si c'est ce que vous étiez venue faire – et que vous restiez avec lui le temps qu'il se calme ? Il souffre de TSA ou de quelque chose de voisin ? »

Les yeux d'Abby s'arrondissent. Ainsi, cette dame connaît les « troubles du spectre autistique » ; elle a donc une certaine expérience de la question.

Abby acquiesce d'un signe de tête.

« Ça ne me dérange pas, s'empresse de préciser la femme, comme si elle lisait dans ses pensées. De toute façon, il faut que j'y aille moi-même, j'ai quelques achats à effectuer. »

En temps normal, Abby ne confierait jamais d'argent à une inconnue, mais il y a chez celle-ci quelque chose qui rayonne de gentillesse et de compassion, et l'hypothèse qu'une dame dont la grossesse touche à son terme parte en courant avec ses sous lui semble hautement improbable.

« Vous êtes sûre… ?

— Tout à fait sûre. C'est mon jour de congé et je ne suis pas pressée.

— Alors oui, je veux bien, lui répond Abby, toujours à genoux avec Callum, lequel, par bonheur, se calme un peu. Ce serait formidable si vous pouviez me prendre deux ou trois choses. »

Elle change de position pour pouvoir caler son fils avec ses jambes, puis sort de sa poche son porte-monnaie et fouille dedans à la recherche d'un billet de 10 livres.

« Pourriez-vous me prendre… »

Elle s'interrompt. Acheter à manger pour son fils est un casse-tête. Il aime ce qui est fade, mais digère mal, semble-t-il, le froment et le lait, de sorte qu'elle essaie de les éviter.

« Euh... du riz et une sauce quelconque – peu importe laquelle, ils en font des fraîches pour les pâtes, l'une de celles-là, faites juste attention qu'il n'y ait pas de fromage dedans – et des sachets de thé, et une brique de lait de soja ? »

Pas folichon comme repas, mais il faudra bien que ça aille. Et puis la liste est déjà assez compliquée comme ça.

Abby regarde la femme franchir les portes du magasin et y pénétrer. Bientôt, Callum est suffisamment apaisé pour qu'elle puisse le soulever et le remettre debout.

« Cette gentille dame va nous aider. On peut rester ici. *Rester ici*, répète-t-elle, l'index pointé. Avec maman. »

Callum geint. Peut-être comprend-il qu'il ne va pas être obligé d'aller à l'intérieur ; ou peut-être est-il juste épuisé. Quoi qu'il en soit, il n'oppose plus de résistance.

« Donne-moi la main », lui demande Abby en lui présentant sa paume.

À sa grande surprise, Callum joint ses doigts aux siens et ils se postent côte à côte près de la porte d'entrée. Pendant quelques instants de bonheur intense, ils restent là à attendre patiemment.

Après un moment, la femme revient.

« Mission accomplie ! lance-t-elle en souriant et en tendant un sac. J'espère ne rien avoir oublié.

— Je suis sûre que c'est parfait. »

Abby ne peut pas regarder à l'intérieur du sac sans lâcher Callum.

« Et voici votre monnaie.

— Formidable, merci ! Vous pourriez la glisser dans ma poche de veste ? »

La femme s'exécute.

« C'est vraiment adorable de votre part.

— Franchement, ça ne m'a pas du tout dérangée.

— En tout cas, pour nous, ça a tout changé. »

La femme jette un coup d'œil à la circulation. Cette avalanche de remerciements semble la gêner.

« Voici un numéro 7, je file ! Je vous souhaite une bonne fin de journée. »

Et elle se hâte vers l'arrêt de bus.

* *
*

Michael a beau avoir baissé leur prix au point de ne plus couvrir ses frais, nul ne manifeste le moindre intérêt pour les compositions préparées l'après-midi même pour l'Hôtel sur plage. Elles sont trop apprêtées pour la plupart des intérieurs, se dit-il, et puis, en ce moment, on pense plus à jeter qu'à accumuler. Comme pour le conforter dans cette idée, une voiture passe, un sapin de Noël coincé dans le coffre, sans doute en route pour la déchetterie toute proche.

À 17 heures, il raccourcit sans ménagement les tiges des amaryllis et réarrange celles-ci en petits bouquets ronds avec l'espoir qu'ils plaisent à plus de monde, même s'il enrage d'en arriver là. Il reste même ouvert plus tard, au cas où des personnes rentrant chez elles se laisseraient tenter, mais le flot des passants semble plus maigre que d'habitude, peut-être y a-t-il encore des gens en vacances.

C'est précisément la clientèle dont je dépends à présent qui a coulé ma profession, songe-t-il. Celle des « émigrés londoniens ».

À la fin des années 1990, chassés par l'envol des prix de l'immobilier, des habitants de la capitale se sont installés en grand nombre près de la gare. Les propriétaires, qui n'ont pas tardé pas à voir là une aubaine, ont alors relevé les loyers du petit commerce bien au-delà de ce que quelqu'un comme Michael pouvait raisonnablement se permettre. L'arrivée d'une clientèle plus aisée a scellé son destin car celle-ci semble plus sensible aux boutiques de cadeaux kitsch et aux bars à vins branchés qu'aux lieux où l'on vend des choses vraiment utiles.

Et ils parlent d'« embourgeoisement »..., se dit Michael. Beurk ! Je parie que Joe Strummer aurait eu un avis sur la question.

Le premier touché fut son boucher puisque la clientèle new age ne consommait pas de viande rouge, ou alors ne supportait pas de voir des porcs pendus par les pattes arrière ni des bacs pleins d'abats ; la viande, elle la voulait prétranchée et conditionnée dans des barquettes en polystyrène pour ne rien savoir de ses origines. Vint ensuite le tour de son magasin de bricolage, puis de son épicier. Ce dernier céda son fonds à Ali, craignant – à juste titre, comme le prouva la suite – de se faire matraquer par la concurrence.

Et me voilà avec Bloomin' Hove sur les bras, soupire Michael en tirant le rideau métallique d'un geste rageur.

« Tu en veux un pour Mme A ? demande-t-il à Ali, qui regagne sa voiture, en lui proposant l'un des bouquets ronds.

— T'es sûr ?

— Évidemment. Et merci pour tout à l'heure !

— Mme A va les adorer, elles sont magnifiques, lumineuses. On ne sait jamais, ça va peut-être me valoir une petite gâterie… », ajoute Ali avec un clin d'œil et un grand sourire.

Michael rit, conscient que son ami cherche à le dérider, et il est heureux que les amaryllis fassent plaisir à quelqu'un. Pour autant, son désarroi après tout ce qui vient de lui arriver est vif : il se sent humilié, brisé, comme s'il avait été envoyé dans les cordes par un adversaire bien plus fort que lui.

« Tu étais où ? lui demande Chrissie à son retour. Je me suis inquiétée. »

Elle lui donne une bise sur la joue et retourne à la cuisine où elle prépare le dîner, un gin-tonic près d'elle.

« Au boulot, qu'est-ce que tu crois… »

Il est sur le point de lui raconter son entrevue avec Tim et meurt d'envie de lui dire : « On est le dos au mur, chérie, ce qui serait bien, c'est que tu trouves un travail », mais il se retient. À l'approche de Noël, il lui avait suggéré de tenter sa chance dans un des magasins ou pubs du quartier. « Juste du temporaire, hein, pendant qu'ils ont encore du monde. » Elle avait écarté cette idée d'un : « Pas maintenant, Mickey, les enfants ne vont pas être là longtemps. » La ritournelle habituelle. Les réponses de Chrissie ont beau varier – « J'irai la semaine prochaine » ; « Je ne vois pas bien ce qu'ils feraient de mes compétences, chéri, elles sont dépassées » –, sa guerre d'usure ne débouche jamais sur rien.

De temps à autre, Michael voit sa femme comme un poids accroché à son cou et a envie de hurler : *Moi, je bosse depuis trente ans, alors toi, tu pourrais peut-être faire un peu quelque chose !* Mais, au lieu de ça, il lui dit : « Allons, Chrissie, tu es une jolie femme, je te verrais bien derrière un bar », ou à faire autre chose au gré des circonstances, et elle hausse les épaules en lui disant qu'il n'est pas objectif.

« Tu es trop mou avec ton épouse », lui avait un jour reproché Ali. Mme A, elle, l'aide à l'épicerie plusieurs heures par jour, et tient aussi la comptabilité.

Michael sait qu'Ali dit vrai, mais, malgré son héritage punk et ses airs bourrus, il ne veut pas pousser Chrissie sur une voie qui, il le sait, la terrifie. « J'ai l'impression qu'au fil des années elle a perdu confiance en elle, lui avait-il répondu. Il y a bien longtemps qu'elle n'a pas travaillé pour un autre que moi. »

En tout cas, rétorque-t-il silencieusement à Ali en allant au frigo et en ouvrant une bière, je ne serais pas très chaud pour voir Chrissie travailler le soir dans un pub, pas à temps plein. Il se glisse dans le salon, approche le pouf de son fauteuil favori et s'installe confortablement.

« Huuum, chérie, ça sent bon, je peux faire quelque chose à la cuisine ? », sachant que sa femme va lui dire qu'elle est parfaitement capable de préparer le dîner toute seule.

Non, ce n'est pas à sens unique, se raisonne-t-il. Elle prend soin de moi, elle aussi. Ali a même donné aux plats préparés par Chrissie des petits noms de son cru : « Qu'est-ce qu'elle t'a mis dans ton Tupperware aujourd'hui, mon ami ? Chili con Carnaby Street ? Fromage et piccalilli Circus ? »

Ce sont à chaque fois des calembours du même tonneau, mais qui font invariablement le régal des deux hommes.

6

Quand Abby se réveille le samedi suivant, elle sent quelque chose de changé. Il est tôt, mais ce n'est pas ça qui est inhabituel. Elle ne dort presque jamais au-delà de 6 heures car Callum est invariablement debout avant, encore que, depuis qu'elle a lui acheté une lampe avec un soleil et une lune qui tournent pour l'aider à comprendre qu'il existe des heures appropriées pour être éveillé et dormir, il a compris qu'il devait rester au lit un peu plus longtemps. Si ce n'est pas Callum, qu'est-ce alors ? La lueur orangée du réverbère au-dehors paraît plus vive, mais l'aube n'est pas encore là et un silence fantomatique emplit l'atmosphère, comme si on avait baissé le volume sonore de toute la ville. Abby s'approche du bow-window et écarte les rideaux.

La neige !

Elle tombe encore, à gros flocons blancs, comme dans les livres d'enfants. Elle s'est posée sur les toits des maisons pastel qui montent jusqu'aux South Downs, où elle nappe les champs d'une teinte virginale. Tout près, elle ploie les branches et recouvre les murs des jardins et les couvercles des poubelles. Même les chaussées en sont repeintes, éclatantes, encore vierges de traces de pneus, et, hormis les empreintes en forme de brindilles laissées par un oiseau sur la pelouse en contrebas, Abby ne remarque aucune trace de pas. Elle tape dans ses mains d'excitation. C'est un phénomène tout à fait exceptionnel sur la côte sud, un cadeau.

« Pourquoi tu n'emmènerais pas Callum au parc faire un bonhomme de neige ? suggère-t-elle à son mari après avoir tenté de faire avaler un petit déjeuner à son fils. Il adorerait ça ! »

Le samedi matin, elle a quartier libre, et bien que ce ne soit pas l'envie de les accompagner qui lui manque, elle a besoin d'une pause.

Glenn fronce les sourcils, puis répond :

« Non. »

Voir son enthousiasme dégonflé d'emblée comme un ballon de baudruche, ça fait mal.

« Allez, Glenn, fais un effort !

— Non.

— Pourquoi ?

— J'ai passé une semaine de merde. J'ai pas envie de me taper ça en plus. »

Tandis que moi, je me suis éclatée, se dit Abby. Elle est contente qu'ils soient hors de portée des oreilles de Callum ; elle l'entend faire avance rapide et rembobiner une cassette vidéo sur le magnétoscope du salon. D'autres familles sont passées aux DVD et aux téléchargements, mais comme son petit garçon est obsédé par des chansons et des bruitages bien précis, les VHS sont plus robustes.

« Ça va bien se passer ! »

Abby imagine Glenn et Callum ensemble, tapotant la neige de leurs mains gantées pour la tasser.

« Tu sais qu'il n'est pas à l'aise avec les autres enfants.

— Vous pourriez trouver un endroit calme.

— Tu imagines Preston Park un jour comme celui-ci ? Avec tout ce monde qui hurle, qui lance des boules de neige, qui fait du toboggan… »

Mais ça pourrait être rigolo, pense Abby.

« Il n'y a pas du bruit partout. Et puis, la neige amortit les sons. »

Le visage de Glenn est figé.

« Callum n'a pas l'habitude de la neige. Il n'aime pas l'improvisation.

— Toi non plus », murmure Abby.

Par bonheur, Glenn ne l'entend pas ou préfère faire la sourde oreille. Devant cette dérobade classique, l'irritation empourpre les joues de Karen. *Je prends des risques tous les jours avec notre fils – pourquoi ce ne serait pas ton tour pour une fois ?* aimerait-elle lui balancer. *Comment va-t-il découvrir le plaisir de jouer au contact des éléments si tu adoptes cette attitude ?*

« C'est vraiment aussi grave que ça que d'autres le trouvent un peu farfelu ? lui demande-t-elle.

— Il n'est pas "un peu farfelu", il n'est pas fait pour vivre en société. Il va s'approcher du bonhomme de neige d'autres gamins et se mettre à le manger ou rire comme un perdu sans raison apparente. Ou devant une boule de neige ou une luge qui passeront, il va avoir une réaction excessive ou je ne sais quoi – et sans prévenir, il va piquer une crise. »

Son mari s'enfuit de la pièce.

Il y a du vrai dans les remarques de Glenn, Abby en est consciente. Mais quelle vision pessimiste de cette matinée qui s'annonce ! Elle est tellement énervée que ses mains en tremblent, aussi essuie-t-elle vigoureusement la table pour tenter de se calmer.

Si Callum n'avait pas été notre premier enfant, ç'aurait peut-être été plus facile, se dit-elle en recueillant les miettes dans sa paume. Si nous en avions eu un autre pour comparer, j'aurais su que ce n'était pas normal qu'un enfant ait aussi peur des accélérations des motos et de l'écho des piscines, et ne puisse pas prendre l'ascenseur ou l'escalier mécanique sans entrer dans des colères mémorables. Je n'aurais pas permis à ma belle-mère de me reprocher d'être trop coulante avec lui, ni Glenn de dire que Callum était juste un peu plus turbulent que la moyenne. Et si nous l'avions su plus tôt, peut-être que la détresse de Glenn aurait été moins profonde. Il aurait eu moins de temps pour se convaincre que Callum était parfait, moins de temps pour idéaliser son petit garçon aux yeux bleus, moins de temps pour le charger de ses espoirs et de ses rêves.

Callum avait deux ans et demi quand le diagnostic est tombé ; peu après son entrée à la crèche, il n'était plus possible de se voiler la face. Jusque-là, Abby se demandait s'il n'avait pas tout bonnement du mal à apprendre, mais cette première quinzaine n'était pas terminée que l'éducatrice l'avait prise à part. « Il passe beaucoup de temps à jouer seul dans son coin, lui avait-elle confié sur un ton très préoccupé. Il évite mon regard – le mien comme celui des autres. Et si je lui montre quelque chose – un oiseau ou un chien –, il ne s'y intéresse pas. »

Abby était donc retournée chez le médecin – qui était de ceux pour qui tout allait bien – en insistant pour qu'il l'adresse à un pédiatre. Et, enfin, après une batterie de tests et des heures d'observation par des spécialistes du développement, le verdict était tombé : autisme.

Pour Abby, ce diagnostic lui donnait raison. Dès le début, quand elle avait éprouvé des difficultés pour l'allaiter, elle avait craint d'avoir fait quelque chose de travers. Ce n'est donc pas parce que je l'ai repoussé que ce bébé plutôt calme et placide a fait place à un enfant qui n'aime pas qu'on le touche, s'était-elle dit alors. Et quand j'ai voulu le socialiser avec le groupe d'aide à la petite enfance et que Callum s'est révélé pénible avec beaucoup de ses camarades, qu'en lançant des briques en plastique il a blessé une petite fille, ce n'était pas de ma faute non plus. Non... tout cela, c'étaient les symptômes de l'autisme, avait-elle découvert, et elle pouvait cesser de s'en vouloir, du moins jusqu'à un certain point. Mais, pour Glenn, c'était différent : le diagnostic avait fracassé sa vision de la paternité, son avenir.

Quelques jours après cette nouvelle, ils s'étaient retrouvés tous les deux pour en discuter. Glenn, informaticien de métier, avait passé des heures à écumer Internet, mais, au lieu d'y dénicher des groupes de soutien ou des sites susceptibles de l'éclairer, il semblait ne rien avoir trouvé d'utile, nulle part. « J'ai l'impression qu'il y a des tas d'endroits où on ne pourra pas l'emmener – des milieux où il ne s'intégrera pas, des gens avec qui il ne se liera pas », en avait-il conclu.

Contrairement à son mari, Abby s'estimait soulagée et heureuse : « Ça veut dire qu'on peut se faire aider, qu'on a un cap à suivre. » Mais Glenn avait persisté dans le registre de l'amertume.

« Si j'ai bien compris, il ne nouera pas de relations. Il ne se mariera jamais et ne pourra pas garder un travail.

— Comment le sais-tu ? Il n'a que deux ans, bon sang !

— Je crois qu'il vaut mieux voir les choses en face. »

Avec le recul, Abby comprend mieux l'attitude de Glenn à l'époque : il renonçait à voir la vie en rose pour affronter l'avenir avec réalisme. Mais, en même temps, on aurait dit qu'il cherchait à laminer l'optimisme de sa femme.

« Et si la culture du XXIe siècle, celle du "tout, tout de suite", de la gratification immédiate, n'était pas faite pour lui ? Faut-il le regretter ? Et peut-être qu'effectivement il ne se mariera pas ; qu'il ne comprendra pas non plus comment fonctionnent les comptes bancaires, ou les bus, ou les magasins. C'est dommage, je suis d'accord, mais ce sont les cartes qu'il a tirées et, au moins, nous savons à quoi nous en tenir. Pour moi, croire ou non en son potentiel peut changer beaucoup de choses. Si nous lui faisons sentir qu'à nos yeux il n'est pas à la hauteur, son comportement risque fort de s'aggraver.

— Enfin, pour l'instant, il n'a manifesté aucun désir d'apprendre. Et même s'il s'y mettait, apparemment, il ne saisirait rien des subtilités du langage. Qu'est-ce que ça t'inspire ? »

Évidemment que j'ai envie de pouvoir communiquer avec mon enfant, s'était dit Abby. Quelle mère ne le voudrait pas ? Que c'est cruel de se focaliser là-dessus. Elle avait avalé sa salive et déclaré : « J'en prendrais mon parti. »

Ce qu'elle avait fait : peu à peu, Abby avait compris que les métaphores les plus simples et l'argot étaient hors de portée de Callum et le resteraient probablement. Elle avait appris à bien réfléchir avant de parler ; elle ne disait pas à Callum qu'elle « se tordait de rire » ni qu'en le voyant elle « débordait de fierté », pas plus qu'elle ne restait dans le vague en lui donnant un ordre : plutôt que « accroche ça là », elle lui disait : « Callum, blouson sur portemanteau » et encourageait ses nounous à l'imiter.

« Nous ne le guérirons jamais, avait-elle conclu plus d'un an plus tard, alors que Glenn semblait enlisé dans le dépit et le chagrin. Il va falloir nous y faire. » Mais son mari n'avait jamais pu franchir le pas et, entre eux, le fossé s'était creusé.

C'est comme si nous avions des tactiques de guerre opposées, conclut Abby. Glenn, retranché, recroquevillé ; moi, partant à l'assaut tout feu, tout flamme. Et ce qui nous est arrivé, c'est ça : si nous avons cessé de fonctionner en couple, c'est à cause de cet écart dans nos façons de réagir. C'est ça, le vrai drame ; pas que Callum souffre d'autisme.

Un bruit de pas au-dessus de sa tête interrompt ses pensées ; une fois de plus, Glenn a fui le dialogue. Abby s'essuie les mains et passe dans le salon.

« Si papa ne veut pas jouer avec toi, moi, si ! »

Être avec son fils, c'est comme piloter un avion capricieux, mais, ce matin, il répond à sa proposition et la voilà bientôt assise face à lui, en tailleur, sur la moquette.

« Tu aimes bien me taquiner, hein ?, lui dit-elle en lui souriant. Alors très bien, essayons ça : *Pah !* »

Elle se penche en avant et lui souffle dans la figure en émettant le son.

« Pah !, fait Callum en soufflant à son tour.

— Bravo ! » réagit Abby en applaudissant de joie.

Elle refait ce bruit et une légère brise décolle la frange de son fils de son front. De nouveau, il l'imite. Ils recommencent.

« Je n'y crois pas ! rit-elle de bonheur, tu prononces la lettre "p" ! »

Elle est sur le point de courir chercher Glenn pour partager ce moment lorsque Callum cesse de souffler et se met à genoux.

Il en a assez, constate Abby, déçue. Comme s'il avait compris que ça me rendait heureuse. Alors qu'elle s'apprête à se lancer à sa poursuite, il se glisse jusqu'à elle et, tel un chiot à l'heure de la tétée, se niche dans son giron. Il passe les bras autour de son tronc, pose la tête sur son ventre et demeure là, pelotonné en position foetale.

Elle baisse les yeux sur lui et sent monter en elle un élan d'amour.

Quel incroyable bonhomme tu es, tu vois défiler des tas de gens et de lieux différents, toi qui ne peux même pas dire ceux que tu préfères. Ton monde a l'air tellement compliqué, terrible, tu m'impressionnes vraiment à traverser les journées ainsi avec ton arsenal d'espiègleries, de gloussements et de sourires.

Puis elle s'arrête et l'écoute.

Même les bruits que Callum faits sont beaux : des reniflements primitifs de contentement, plus évocateurs que les mots eux-mêmes.

7

Le lendemain, c'est dimanche, et Karen a prévu avec sa mère de rendre visite à son père à Worthing.

« Malheureusement, George n'est pas encore sorti de son lit, les prévient l'infirmière qui les accueille à la maison de santé. Il a refusé tout net.

— Ne vous en faites pas, on va s'en occuper, lui assure Shirley en retirant sa veste pour se mettre en condition.

— Ils auraient dû essayer de le lever, maman, lui chuchote Karen dans le couloir tandis qu'elles se dirigent vers la chambre de son père.

— Peut-être que, le dimanche, ils manquent de personnel... »

Non, c'est parce qu'il est difficile, pense Karen.

Elles frappent à la porte et, en l'absence de bruit à l'intérieur, entrent. George est à moitié endormi.

« Ils devraient remonter les stores s'ils veulent qu'il se réveille », marmonne Karen en marchant droit vers la fenêtre pour y remédier.

Shirley s'assied au bord du lit à une place. Le sommier couine sous son poids.

« George, mon chéri, il est l'heure de se lever !

— Va-t'en ! grogne George en tournant la tête pour voir d'où vient la lumière. Et ferme-moi ces stores ! »

Karen rejoint sa mère au bord du lit. Il faudrait qu'il se rase, observe-t-elle, à force de pousser, ses poils blancs forment presque une barbe.

« Papa, il est presque midi... »

Rester aussi longtemps dans son lit, ce n'est pas bon pour lui, se dit-elle, même s'il prétend que c'est là qu'il veut être. Il a perdu ses habitudes et ne fait aucun exercice, ce qui le rend encore plus impotent. En plus, ça le déshumanise car il passe ses journées seul. Un chien, je le traiterais mieux que ça.

« Qui êtes vous ? »

Sans attendre la réponse, George se recule en roulant sur lui-même.

« Je suis Karen. Ta fille. »

Quelque part au fond d'elle-même, elle préférerait admettre la défaite, comme le font les infirmières, et partir. Avec sa mère, elles pourraient alors s'offrir une tasse de thé et une balade – elle a confié pour quelques heures Molly et Luke à Alan, le frère de Simon, et à sa femme, à Brighton – car, dehors, même s'il fait froid, le soleil brille. Mais son sens du devoir est trop fort.

« Lève-toi, papa ! » lui ordonne-t-elle en tirant doucement sur sa couette.

George ramène celle-ci à lui en maugréant :

« Je suis malade ! Fous le camp !

— Chéri... »

Shirley secoue la tête, exaspérée. Elle et Karen en sont certaines, il n'est pas souffrant – il dit ça tous les matins. Shirley prend donc le relais pour le calmer, l'apaiser, jusqu'à ce que son mari relâche enfin sa prise.

Karen s'engouffre dans la brèche.

« Tu veux boire quelque chose, papa ? Un peu d'eau, ça te dirait ? Tu sais, tu te sentirais mieux si tu... »

Elle saisit un verre et l'emplit à l'aide d'une cruche posée sur la table de chevet.

L'œil mauvais, il se soulève pour avaler une gorgée. Shirley glisse des oreillers derrière sa tête et toutes les deux l'aident à s'asseoir.

« Si tu pivotais pour sortir tes jambes du lit ? lui suggère Shirley. On pourrait te mettre tes chaussettes et tes chaussures.

— Je ne veux pas me lever ! s'exclame George. Qui êtes-vous ? Et qui est cette femme, là ? Vous êtes grosse... », ajoute-t-il en désignant Karen.

Aïe...

Les injures, Karen peut à la rigueur les supporter, mais le manque de reconnaissance la ferait hurler de douleur. À croire que, depuis qu'ils ont quitté le Portugal avec Shirley, il ne sait plus qui elle est, que sa tête fonctionne comme une chaîne de bicyclette que le dépaysement aurait fait sauter et dérailler. Son incontinence grandissante semble le confirmer, mais Karen se garde d'en faire part à sa mère. George la soucie déjà assez comme ça.

Il désigne les chaussures que Shirley dispose sur le sol près de ses pieds gonflés :

« C'est quoi, ça ? Elles sont pour qui ? »

En plus, depuis peu, sa confusion s'aggrave. Il faut tout lui réexpliquer, et pas une seule fois, mais plusieurs. L'habiller est épuisant, mais moins que de tenter de le convaincre de se doucher ou de faire un tour dans le jardin, et il ne s'aventure jamais hors des limites de la maison de santé. Devant sa mauvaise volonté, Karen et Shirley ont à présent renoncé à le prendre par la douceur. En public, il est très difficile à maîtriser, n'hésitant pas à adresser aux inconnus des remarques désobligeantes à haute voix – « Vos cheveux, on dirait un vieux balai tout moche ! », « Vous n'êtes pas très douée comme serveuse… », « Pourquoi portez-vous ce pantalon ridicule ? » – et son œil peut être d'une acuité féroce. Sans compter qu'il se montre parfois d'une agressivité qui frise la violence.

Une demi-heure plus tard, George est habillé et debout. Il faut encore dix minutes pour le conduire avec l'aide d'un déambulateur jusqu'à la salle commune. Là, ils s'assoient ; de ce trio buvant du thé clair, deux membres seulement savent ce qu'à eux trois ils représentent…

* *
*

Michael se trouve dans la cabane de jardin quand de petits coups frappés à la porte l'avertissent de l'arrivée de Chrissie, une tasse de café à la main.

« J'ai pensé que ça pourrait te réchauffer…

— Merci, mon amour », répond-il en levant à peine les yeux vers elle.

À quatre pattes, il répare une de leurs chaises de cuisine à l'aide d'adhésif surpuissant et de ficelle. C'est un soulagement de pouvoir se concentrer sur un sujet sans lien avec le travail : depuis sa dernière rencontre avec Tim, Michael fait tout pour contenir sa colère, mais être bloqué à la boutique ne facilite pas les choses.

« Brrr ! frissonne sa femme. Il fait frisquet. Ça va, tu es sûr ?

— Mmm », grogne-t-il.

Comment expliquer à Chrissie le plaisir qu'il prend à être là, loin de ses soucis ? Ryan et Kelly, bien qu'ils soient à l'université, ont toujours leur chambre, Chrissie a pour elle le reste du pavillon, Bloomin' Hove appartient dans une certaine mesure à ses clients, mais cette remise, avec son bardage en bois, son unique et minuscule fenêtre et son installation électrique douteuse, est le territoire de Michael, et de lui seul.

« Je le pose où ? » demande-t-elle, hésitante.

Bonne question : actuellement, son établi accueille une chaîne hi-fi démontée qu'il essaie de réparer car il a vaguement dans l'idée de l'installer à la boutique pour pouvoir y passer ses vinyles. Ça pourrait rendre l'endroit moins déprimant.

« Euh... mets-le par terre, lui indique-t-il en désignant le sol près de lui.

— Je ne sais pas comment tu t'y retrouves là-dedans... »

Chrissie considère ce capharnaüm avec une expression qu'il connaît bien : un mélange d'incrédulité et d'affection.

Mais, dans ce fouillis, il y a un ordre, proteste intérieurement Michael. À portée de main, au-dessus de son atelier, se trouvent ses outils ; voici des années, il avait planté des clous deux par deux dans une baguette horizontale où sont accrochés toutes sortes de marteaux, pinces, burins, tournevis, clés et scies. Même l'énorme masse en acier, achetée pour ouvrir un passe-plat entre leur petite cuisine et le salon-salle à manger, y a sa place. Au-dessus, deux étagères : l'une est encombrée de pots en verre – ceux emplis de clous reflètent un goût ancien pour la marmelade Chivers Olde English ; ceux contenant des vis, un penchant pour les pickles Branston. Chrissie avait commencé à décoller les étiquettes à l'eau et à mettre des pots de côté bien avant que le recyclage ne se répande, et voilà désormais Michael à la tête d'un système de rangement commode où les écrous à oreilles sont bien séparés des tire-fond, les semences de tapissier des pointes à tête plate, etc. La seconde étagère héberge des objets plus volumineux ; certains – des colles de natures diverses – prennent place dans des barquettes en plastique, vestiges d'années de consommation de curry à emporter ; des prises de courant et des ampoules électriques sont logées dans de vieilles boîtes à chaussures.

En face de la porte est adossé un buffet en Formica des années 1950, à présent dévolu au matériel de décoration : peintures, pinceaux, white-spirit et enduits de rebouchage, sans oublier quelques rouleaux de papier peint ornés de gâteaux secs, reliquat de la chambre de Kelly. Perpendiculairement à ce meuble sont suspendus des outils de jardin, des peaux de chamois et un mini-aspirateur de voiture d'un autre âge.

« J'aime bien quand c'est comme ça », explique-t-il.

Qu'est-ce que ça peut bien faire que mon établi soit couvert d'éclaboussures ou que le rembourrage de mon fauteuil soit mangé par les souris ? se dit-il. C'est ici que je peux me détendre en lisant mes *NME* écornés, que je peux savourer les basses généreuses de ma radio analogique sans personne pour se moquer du maigre choix de stations, ici enfin où, lorsque Chrissie ou les mômes me tapent sur les nerfs, je peux venir me jeter vite fait une gorgée du whisky caché dans la vieille boîte à biscuits en fer marquée « Écrous en vrac ». Cette semaine, je ne sais pas comment j'aurais tenu sans mes deux ou trois petits coups avalés en douce.

« Je sais, chéri », lui répond Chrissie en se penchant pour embrasser le dessus de son crâne avant de refermer la porte et d'aller se réfugier dans la chaleur de la maison.

8

Abby est dans la cuisine avec Callum et fait de la place pour qu'ils puissent confectionner des gâteaux secs. À travers le plafond lui parvient un murmure, celui de Glenn qui parle au téléphone. Il rit et elle se demande avec qui il discute – ça fait une éternité qu'Abby n'a pas réussi à lui tirer ne serait-ce qu'un sourire.

Elle se tourne vers son fils en s'efforçant de conserver son entrain.

« On s'occupe d'abord du beurre ? »

Mais lui, le regard fixé sur la porte-fenêtre, ne prête pas attention à elle.

Après tout, dans cette phase-là, je peux me passer de Callum, se dit-elle en ouvrant le placard pour sortir le robot. Les fouets, c'est dangereux quand je n'ai personne pour m'aider à garder un œil sur lui.

Puis, tout à coup, ses yeux s'emplissent de larmes et, avant de comprendre ce qui se passe, elle éclate en sanglots.

Partager une maison avec une personne dont on est en train de divorcer, c'est pire que de vivre seule, se dit-elle. Si seulement j'avais quelqu'un à qui parler ; quelqu'un qui comprendrait Callum comme cette femme qui nous a dépannés à Co-Op – ça me ferait un bien fou... Mais il est difficile de communiquer avec les autres parents – en général, les mères de jeunes enfants ne s'intéressent aux conversations d'adultes que par intermittence, et moi, il est bien rare que j'arrive à me concentrer sur une seule. Et puis, il y a les comparaisons embarrassantes entre les étapes franchies par leurs enfants « normaux » et le « un pas en avant, deux en arrière » du mien.

Mais bon sang, reprends-toi, s'exhorte-t-elle. Flancher et s'apitoyer sur son sort, ça ne sert à rien. Je dois être forte. Elle essuie ses larmes avec le dos de sa main et revient à ce qu'elle avait entrepris.

Quelques minutes plus tard, Glenn entre tranquillement dans la cuisine.

« Tu fais quoi ? lui demande-t-il en appuyant sur le bouton de la bouilloire.

— Des gâteaux secs, lui répond Abby en espérant qu'il ne remarquera pas qu'elle a pleuré. Tu peux me donner un coup de main si tu veux.

— Tu te débrouilles très bien toute seule.

— Évidemment..., marmonne-t-elle entre ses dents. Continue comme ça, laisse-nous tout le boulot.

— Amuse-toi bien ! » lance Glenn quand son café est prêt, et il s'éclipse de la cuisine.

Même s'il a du travail, Glenn pourrait très bien le faire ici s'il le voulait, pense-t-elle. Nous avons une connexion sans fil et il pourrait poser son portable à l'autre bout de la table. Le simple fait d'être dans la même pièce que Callum serait une preuve de sa bonne volonté. Elle ravale la colère qui monte en elle. Depuis quand ai-je accepté de m'occuper de notre enfant à plein temps ?

« Après tout, tant pis pour lui, hein ? dit-elle à Callum en déverrouillant le placard près de la cuisinière. Hé, chéri, regarde, c'est du sucre. *Sucre*. »

Elle saisit le paquet.

Son fils aime le sucre, mais moins que la farine. Voyant la boîte à rayures rouges et blanches qui lui fait de l'œil, il s'étire de toute sa hauteur, plein d'empressement.

« Hiiiiiii !

— Attends une minute, chéri.

— Ah ! Ah ! »

Les doigts de Callum piquent l'air d'impatience.

« Non, ça d'abord. »

Abby retire le bol du robot et attrape une cuiller en bois, bien décidée à faire un essai.

« Vas-y, c'est bien... »

Ensemble, ils versent le sucre et Abby l'incorpore sous les yeux d'un Callum hypnotisé.

« Tu veux essayer ? »

Elle lui tend la cuiller. Callum la prend, remue le mélange à la va-vite, puis lâche la cuiller et décampe. Abby termine à sa place et se retourne pour prendre la farine.

« OH NON ! CALLUM ! »

Il est parvenu à se hisser sur la cuisinière et, debout sur les feux de cuisson, a engagé le bras dans le placard...

D'un geste, il ouvre le couvercle en plastique, plonge la main et prélève une poignée de farine qu'il fourre dans sa bouche – *Mmm, délicieux !* semble s'exclamer son visage. Quand, tout à coup, il se met à crachoter, à tousser en expulsant un nuage blanc. Avant qu'Abby ne réalise ce qui se passe, il redescend d'un bond et file dans l'entrée. Le temps qu'elle le rattrape, il a atteint le palier du premier étage.

« Espèce... Espèce de ouistiti... ! » lui lance-t-elle en le saisissant par une cheville pour l'immobiliser et en le recueillant dans ses bras. Peut-être parce que le paquet est vide, il se laisse retomber sans résistance sur ses genoux.

Abby s'arrête pour reprendre son souffle et, ensemble, ils s'assoient sur la dernière marche. Elle baisse alors les yeux : une traînée de farine ininterrompue parcourt l'entrée et remonte l'escalier... Sur certaines marches, ce n'est qu'une mince pellicule de poussière ; sur d'autres, d'énormes amas rayonnent en étoile. Le tapis est constellé d'empreintes de pas. En guise de visage, son fils porte un masque blanc de spectre ; il a de la farine jusque dans les cheveux.

Abby secoue la tête, incrédule.

« Disons que je ne vis sûrement pas les mêmes choses que les autres parents... »

Elle éclate de rire.

« Tu viens d'inventer un genre d'installation artistique très personnel ! »

* *
*

Après la chaleur étouffante de la maison de santé, de l'air frais, ça fait du bien, se dit Karen.

« Mon gâteau est délicieux, dit-elle. Et le tien ?

— Bon. Tu veux goûter ? »

Sans attendre de réponse, sa mère en charge un gros morceau sur sa fourchette et se penche par-dessus la table de ce café de plage.

Karen examine les couches de crème et de génoise au chocolat. Au diable les injures paternelles ; ce petit plaisir, elle l'a mérité. Elle ouvre la bouche et Shirley lui donne à manger directement avec sa propre fourchette.

Maman, ça ne l'a jamais dégoûtée de partager des microbes, note Karen en savourant la pâtisserie. Et elle ne s'en plaint pas. Shirley a été une enfant de l'après-guerre, habituée à la débrouille et au rafistolage, et son pragmatisme a irrigué les jeunes années de Karen tel un ruisseau souterrain, invisible et nourricier. Mes principes de mère sont à l'image des siens, constate-t-elle. Molly et Luke partagent l'eau de leur bain comme mon frère et moi le faisions quand nous étions petits ; dans notre potager, ils ont chacun leur parcelle où je les incite à semer et à faire pousser leurs propres légumes, comme nous, autrefois, dans le nôtre...

Shirley interrompt le cours de ses pensées :

« Je me fais du souci pour George dans cette maison... »

Ah, ça y est ! Karen rassemble ses forces. C'est parti ! Je n'aurais jamais dû critiquer le personnel pour ne pas l'avoir levé. Je n'ai fait qu'alimenter la culpabilité de maman.

« Tu n'avais pas le choix, maman ! Ce n'était plus possible de continuer comme ça.

— Tu as sûrement raison... »

Shirley n'a pas l'air sûre d'elle et ses yeux noisette sont inquiets, mais elle parvient à sourire.

« C'est formidable pour moi de m'être rapprochée de toi et des enfants.

— Et pour nous de t'avoir plus près ! »

Mais te prendre chez nous, ce serait un peu trop, se dit Karen avant de rougir de honte d'avoir pu ne serait-ce que penser une chose pareille. Ne soit pas égoïste, se réprimande-t-elle. Ce serait merveilleux pour Molly et Luke d'avoir leur grand-mère avec eux.

« Je crois que c'est l'histoire du romarin qui m'en a fait prendre conscience, lui dit Shirley. Je t'ai raconté ? »

Karen lui fait signe que non.

« Qu'est-ce qui s'est passé ?

— Ton père est sorti avec un sac-poubelle pour aller à la cabane et il a dû avoir une absence car il est revenu avec les cisailles. En tout cas, il a ratiboisé le pied que j'avais fait pousser près de la porte du fond. Et il était tout fier de lui ! "J'en suis venu à bout, Shirley, de cette saloperie de mauvaise herbe !" m'a-t-il dit. L'air a embaumé pendant des jours et des jours. J'étais tellement anéantie que j'ai aussitôt admis ma défaite. C'est d'autant plus triste que le romarin passe pour être la plante de la mémoire. J'aurais dû en rapporter quelques brins avec nous, je te les aurais donnés... »

Elle ne termine pas sa phrase et pose sa fourchette.

Pendant quelques instants, elles observent le silence. Le café en lui-même est un préfabriqué sans charme et elles ont orienté leurs chaises face à la mer. Juste devant elles, la lumière qui brille sur l'eau les aveugle ; à leur gauche se dressent, sur une herbe impeccablement tondue, des cabines de bain, semble-t-il fraîchement repeintes en blanc ; à leur droite, une vaste étendue de galets, interrompue par un ensemble sculptural de rochers plus ou moins escarpés.

« Simon aurait adoré cet endroit, dit enfin Karen.

— George aussi. Je devrais peut-être essayer de l'amener ici… »

Mais le ton de Shirley manque de conviction. Elles savent toutes deux que George n'en serait pas capable.

À nouveau, elles se taisent. Les cris perçants des mouettes et le vacarme des vagues sur les pierres se mêlent aux éclats de voix de trois jeunes qui jouent à rester le plus longtemps en équilibre sur les pieux d'un des brise-lames.

« Tu sais ce que Simon aurait aimé aussi ? demande Karen en souriant. Ce gâteau-là. Il ne disait jamais non à une énorme part de gâteau ! »

La serveuse qui arrive alors pour débarrasser leurs assiettes les tire toutes deux de leur rêverie.

« Allez, maman, allons nous promener avant qu'il soit l'heure de reprendre les enfants, ordonne Karen en se mettant debout. Tâchons de brûler un peu des calories qu'on a ingurgitées. »

Et elle tend la main pour que Shirley s'y appuie en se levant de son siège.

9

Il est 3 heures du matin, la Saint-Valentin est dans deux jours et Michael fait route vers Londres. D'habitude, il aime rouler à cette heure-là : la chaussée est large et déserte et il connaît bien le trajet – le grand contournement vers l'ouest par la rocade ; avant de filer plein nord par la A23 en laissant derrière lui les collines plongées dans l'ombre, ralentir un poil pour passer les virages devant la jardinerie où ils viennent d'ajouter une voie ; le panneau *Pease Pottage Services* lui fait toujours penser à *Peas Porridge Hot*, une comptine qu'il chantait à Ryan et à Kelly à chaque fois qu'ils passaient devant en se rendant chez ses parents à Croydon. Mais, cette nuit, il est d'humeur sombre. Tout le mois de janvier, les affaires ont été en dessous de ses espérances – le plafond de sa carte de crédit est atteint et il a un gros découvert sur son compte courant. Toutes les nuits, il les a passées éveillé près de Chrissie dans un silence paniqué. Mais, s'encourage-t-il, avec un peu de chance Bob pourra m'aider quand j'arriverai là-bas.

Pour se redonner le moral, il attrape la mallette zippée contenant ses CD, fait défiler d'une main les pochettes en plastique et glisse dans l'autoradio *Greatest Hits* des Cure. Ryan le charrie sur son incapacité à maîtriser les téléchargements – « Si tu avais un lecteur MP3, papa, tu aurais juste un fil à brancher sur les enceintes du camion, ça serait plus facile » –, mais Michael, qui regrette encore le vinyle, s'est dit que le passage du CD au numérique était au-dessus de ses forces.

Les accords de *The Lovecats* le ramènent à Chrissie. Il la revoit à la Batcave avec ses cheveux roux crêpés, assise dans une alcôve de cette boîte de nuit, se livrant à une drôle de petite danse en tandem avec sa copine tandis qu'autour d'elles des adeptes du Nouveau Romantisme se donnaient du mal pour jouer les détachés et les ténébreux. Les joues entre leurs mains recourbées comme des griffes, elles dodelinaient de la tête au rythme sautillant du piano. Il se souvient de s'être approché et de leur avoir demandé si elles étaient danseuses professionnelles – plus ringard, tu meurs… – et Chrissie s'était collée contre sa copine en riant bêtement. Je lui plais, en avait-il conclu. Bingo !

« Vous êtes meilleures que les filles de The Human League », leur avait-il déclaré, le regard tourné vers Chrissie. Et ça avait commencé comme ça.

Espérons que cette magie opère encore un peu, se dit-il en se regardant dans le rétroviseur pour s'en assurer. Dans la pénombre, il aperçoit les rides autour de ses yeux et la masse grisonnante de ses cheveux – même ses sourcils sont sillonnés d'épaisses traînées blanches. Autrefois, il n'avait qu'à regarder certaines femmes pour les faire rougir. Sans tomber dans l'excès de vanité – Michael va chez un coiffeur de quartier, pas dans un salon sophistiqué, et il ne songerait pas à acheter de l'hydratant pour sa peau –, il aime bien flirter un peu.

J'espère qu'elles ne marchent pas uniquement pour faire plaisir à un vieux monsieur..., se dit-il.

Bientôt il se retrouve à Croydon, dont le territoire lui serait familier si l'infrastructure de Purley Way n'avait pas été bouleversée. Voir des grandes surfaces prendre le pouvoir, Michael ne s'en réjouirait nulle part, mais les conséquences de ce changement sur sa ville natale sont catastrophiques. Il suffit de repenser aux émeutes de 2011 pour comprendre le mal qu'elles font, constate-t-il. Ces mouvements-là n'étaient pas dus à des tensions raciales ni à des brutalités policières comme, dans ma jeunesse, les soulèvements de Brixton et de Tottenham ; les émeutiers étaient des voleurs qui pillaient les magasins en emportant écrans plats, téléphones et baskets dernier cri avant de mettre le feu aux bâtiments. Il frissonne au souvenir de son effroi devant son ancien terrain de prédilection transformé en champ de bataille, les immeubles en flammes et les familles en fuite. Il avait eu envie de pleurer en voyant autant de petits commerces en faire les frais.

Il y a quelque chose qui ne va pas dans la façon des grandes surfaces d'engranger les bénéfices, se dit-il, car, tout en poussant à la consommation, elles incitent les clients à déconsidérer le personnel qui les sert. Quand j'ai commencé, un savoir-faire de fleuriste comme le mien était apprécié ; maintenant, on préfère acheter un bouquet pas cher en faisant ses courses au supermarché.

La A23 se faufile dans Streatham High Road, dévale Brixton Hill, puis s'enfonce dans Stockwell et Vauxhall, avec leur mélange de tours et d'alignements de maisons géorgiennes. Enfin, un panneau l'accueille à destination : *New Covent Garden Flower Market*. Comme Michael s'y attendait, il y a la queue pour se garer, mais demain ce sera pire. Faire son stock pour la Saint-Valentin, c'est tout un art : le 13 et le 14, les cours flambent, mais s'il s'était présenté trop en avance, les fleurs auraient été fanées le jour venu…

La lumière vive des néons et les cris sonores des vendeurs contrastent avec l'obscurité et le silence de la banlieue, aussi lui faut-il un moment pour prendre ses marques. Sous le toit en tôle ondulée d'un vaste hangar s'entassent des grossistes par dizaines, chacun sur son emplacement. Par rapport à un marché ordinaire, tout ici est démesuré et les fournisseurs font l'article par chariots entiers : fleurs coupées, feuillages et plantes à massifs, sans parler des feuilles de Cellophane et du papier de soie, des vases et des rubans de tous styles et coloris, ou encore du fil de fer, de la mousse florale, des ciseaux…

Michael se gratte la tête en réfléchissant à la meilleure façon de procéder. Il est sûr de trouver tout ce dont il a besoin, mais ici l'argent est roi. Or il n'a que 50 livres et, même si acheter en gros permet parfois de négocier de meilleurs tarifs, il n'est pas en position de force.

Inutile de s'affoler, se persuade-t-il en prenant un chariot, si j'arrive à acheter tout le reste avec mon liquide, Bob pourra me dépanner de quelques roses.

Il remonte lentement la première allée, à l'affût. Derrière l'un des étals, il aperçoit des baies écarlates

– avec leurs longues tiges, elles seraient parfaites pour des bouquets de Saint-Valentin.

« Combien pour ces plateaux de millepertuis ? demande-t-il au marchand.

— 40, répond celui-ci.

— Je vous en donne 20. »

Le vendeur fait non de la tête.

« Vous voulez payer par carte ? propose-t-il devant la maigre liasse de billets de Michael.

— Merci, mais non. »

Michael passe au stand suivant. Ah, de la gypsophile, ça, c'est une idée ! Même si, pour certains confrères prétentieux, ces minuscules fleurs blanches sont passées de mode, ses clients de la Saint-Valentin seront surtout des hommes qui se fichent pas mal de ces considérations.

« Votre meilleur prix pour la gypso ? demande-t-il à la jeune femme en tablier de vendeuse penchée sur un seau de tulipes.

— 10 », répond-elle en relevant à peine les yeux.

C'est de l'arnaque totale, se dit Michael. J'aurais dû venir hier. Il se remémore l'incident de l'Hôtel sur plage avec un pincement de dépit – après tant d'années dans le métier, il trouve injuste de tirer le diable par la queue.

Fais-toi une raison, se dit-il, sinon, elles vont partir. Le voyage lui coûte une fortune en essence – il faut absolument le rentabiliser.

« Je vous en prends trois pour 20 », propose-t-il, et l'affaire est faite.

En peu de temps, tout son budget y passe : deux ou trois bottes de lys d'Orient, de l'eucalyptus odoriférant, un plateau d'anthuriums pour les clients qui préfèrent quelque chose de plus tranché, trois rouleaux de kraft, et on n'en parle plus.

Il fait progresser son chariot, à présent chargé de marchandises, à travers le hall. Bob tient un stand au même endroit – au bout de l'allée opposée – depuis trente ans.

Voilà une négociation dont je me passerais bien, se dit Michael. En général, les grossistes de Covent Garden ne concèdent aucun crédit, mais, comme ils se connaissent depuis trois décennies, Bob fait – sans jeu de mots – une fleur à Michael. Il est convenu entre eux que, pour pouvoir acheter, il ait réglé la facture du mois précédent, ce que, depuis peu, il n'a pas été en mesure de faire. En même temps, se dit-il, est-ce que j'ai le choix ? Et quelques boîtes des magnifiques roses rouges de Bob m'aideraient à retomber sur mes pieds…

Mais lorsqu'il atteint l'extrémité de l'allée, son cœur fait un bond.

Il n'y a en vue aucun seau, boîte, plateau ni botte de fleurs…

Le stand de Bob est absolument vide.

* *
*

Abby est debout au bar, seule, lorsqu'elle sent un doigt descendre lentement le long de sa colonne vertébrale. Elle sursaute et se retourne : c'est Pierre.

« Comment ça va ? murmure-t-il, comme s'ils n'étaient intimes que depuis hier.

— Ça va bien. »

Elle se délecte de ses cheveux noirs, de son blouson de cuir, de son style.

« Je suis ici pour affaires, juste pour une nuit, lui annonce-t-il en levant un sourcil. « Je t'offre un verre ? »

Tiens donc, une invitation : *Abandonne-toi encore à moi.*

« Je vais réfléchir, lui répond-elle.

— Ne réfléchis pas trop longtemps... »

Et Pierre se tourne pour parler à une autre fille.

Abby se réveille, désorientée, l'entrejambe humide. Pourquoi diable fantasmer sur Pierre après tout ce temps ? s'étonne-t-elle. Peut-être parce qu'à cette époque de l'année les magasins débordent de cartes romantiques et de cadeaux, bien que Pierre n'ait jamais été très fleur bleue. Quoi qu'il en soit, c'est troublant. La tentation de s'enfuir s'immisce jusque dans mes rêves, dirait-on. Pourtant, Pierre ne m'a pas rendue heureuse ; loin de là. Il était trop instable, trop détraqué – il a failli me rendre folle.

Pierre était l'antithèse du premier petit ami d'Abby, un garçon doux et charmant, avec le recul, ça saute aux yeux. Abby s'était lassée, avait cherché quelqu'un de plus stimulant. Et, pour le coup, avec Pierre, elle avait été servie...

Après Pierre était venu son mari ; chaque homme la consolait du précédent. Ils s'étaient rencontrés à une soirée ; Abby avait été aussitôt séduite par Glenn. Sous ses allures de pirate, elle avait découvert en le connaissant mieux quelqu'un de solide et de sensé. Il avait un travail qu'il aimait, et de l'ambition. Dans son souvenir, il semblait combiner les deux critères qu'elle recherchait le plus : l'attrait physique et la sécurité. « Viens habiter avec moi », lui avait-il proposé. Alors elle avait levé l'ancre pour s'installer à Brighton. Et ils avaient été heureux, comblés, même. Là-dessus, elle ne pensait pas se tromper.

Non, se dit-elle, je ne me trompais pas. On faisait l'amour dehors, dans les collines, on riait des petites manies des autres, on était sur la même longueur d'onde en matière de politique, d'environnement et d'attentes de la vie. Sauf qu'entre nous il n'y avait pas d'amour, seulement de l'affection. Mais, tout ça, c'était avant Callum.

Dans la chambre d'à côté, elle entend son fils taper du pied contre le bout de son lit, dans un instant il sera là, impatient de courir partout.

Si Glenn était un croisement de mes deux premiers petits amis, Callum en est un de nous deux, observe-t-elle une fois de plus. La façon dont il passe du Zébulon hyperactif à l'obsédé du détail, c'est un mélange de Glenn et de moi, c'est certain. Peut-être que si notre enfant avait été différent, nous nous serions bien entendus, mais je ne peux pas refaire l'histoire, et je ne le veux pas. Pourtant, qui aurait pu prévoir que de la rencontre avec l'homme qui m'a apporté l'équilibre naîtrait un enfant qui nous séparerait ?

* *
*

Karen est dans son lit, mais les souvenirs affluent avec une densité et une vitesse telles qu'elle a à peine fermé l'œil. Le train pour la gare Victoria avait quitté Burgess Hill. Elle et Simon étaient assis côte à côte, dans le sens de la marche. Simon avait apporté un livre, mais, depuis leur départ de Brighton, ils avaient bavardé.

« Mon patron a déplacé mon bureau, lui avait-elle appris, sans rien me demander...

— Pauvre chou », lui avait répondu Simon en lui caressant la main lorsque, tout à coup, en un clin d'œil, tout avait basculé.

Simon avait marmonné quelque chose, agrippé sa poitrine et, avec un bruit sourd, s'était affaissé, la tête la première, sur la table. Il était immobile, d'une immobilité inquiétante... Elle avait été déroutée, choquée, affolée, tout s'était déroulé si vite.

Dans les secondes qui avaient suivi, elle s'était dressée, avait crié son nom. Selon Lou, assise de l'autre côté de l'allée, elle avait étonnamment gardé son sang-froid, mais, depuis, Karen s'était dit que Lou avait peut-être arrangé la vérité pour l'aider à alléger sa peine et sa culpabilité.

C'était une crise cardiaque. Un infarctus si foudroyant que Simon était probablement mort en quelques secondes, c'est du moins ce qu'ils avaient dit après l'autopsie.

Je n'aurais pas dû lui commander ce café, se reproche Karen pour la millième fois. J'aurais dû l'écouter quand il m'a dit qu'il avait une indigestion. Nous aurions dû nous asseoir sur un banc du parvis et attendre que ça passe. Jamais nous n'aurions dû monter dans ce train. Je n'aurais pas dû le tracasser en rouspétant. Et quand il s'est effondré, j'aurais dû tenter de le ranimer, de lui faire du bouche-à-bouche...

Sans cesse, elle y revenait. Mais elle a beau battre sa coulpe, les mois ont beau avoir défilé depuis ce matin fatal, la conviction d'avoir mal agi ne semble pas devoir la quitter.

Elle roule sur elle-même et consulte le radio-réveil. Il affiche 6 h 45, vendredi 12. Deux jours avant la Saint-Valentin, deux ans après la disparition de Simon.

10

Quel début de journée compliqué..., se dit Abby.

Callum avait enfilé son pantalon, puis l'avait enlevé. Mis son sweat à l'envers, puis à l'endroit, puis de nouveau à l'envers. Le bas de jogging, il n'en avait pas voulu, considérant qu'il le grattait, alors que, comme sur tous ses vêtements, l'étiquette avait été découpée plusieurs mois auparavant. Puis, inexplicablement, il en avait accepté un autre, pourtant identique. Étaient ensuite venus les rituels consistant à toucher des objets et à les déplacer dans la chambre. Quant à convaincre Callum de prendre un petit déjeuner, c'était impossible.

À 8 h 30, la nounou arrive, mais elles ne parviennent à lui mettre son manteau qu'à 8 h 50. Abby pousse Eva et Callum hors de la maison lorsque le grincement du portail du jardin annonce l'arrivée de visiteurs.

« Nous sommes... euh... venus voir la maison... »

Un homme d'environ l'âge de Glenn monte l'allée en tenant par la main un petit garçon. Derrière lui arrive une femme portant un bébé dans une écharpe nouée autour de son buste.

« Nous sommes les Donaldson. »

Oh non ! soupire Abby. Ils sont en avance…

Un encombrement se produit au moment où tout ce petit monde se croise sur le seuil.

« Ah oui, entrez ! lance Abby tandis qu'Eva s'excuse.

— Désolée, ne faites pas attention à nous, nous sortons ».

Au moment où Mme Donaldson leur cède le passage, son porte-bébé effleure la joue de Callum et celui-ci a un mouvement de recul comme s'il avait été brûlé, avant de bondir sur la pelouse.

Mme Donaldson a l'air interloquée.

« Le bébé ne va pas te faire de mal ! » lui assure-t-elle.

Ho, ho, alerte rouge ! se dit Abby tandis que Callum gesticule en hurlant de douleur. Heureusement, Eva, qui a compris ce qui se passait, contourne les Donaldson en deux enjambées pour adoucir l'enfant :

« On va aller à l'école, Callum, on va aller à l'école. »

Elle évite de le consoler avec ostentation en le serrant ou en l'embrassant ; il vaut mieux lui montrer que rien ne change dans ses habitudes.

Abby se force à sourire et lance un « Bonjour et bienvenue ! » en incitant d'un geste chaleureux les visiteurs à entrer. Elle referme la porte en priant que tout se passe bien pour Eva et Callum.

« Voici Finn ! dit l'homme en posant une main paternelle sur la tête de son fils.

— Bonjour, Finn ! lui lance Abby en s'accroupissant à sa hauteur. Quel âge as-tu ?

— Trois ans, répond son père.

— Trois ans et demi ! » corrige Finn.

Abby rit et patiente quelques instants dans l'entrée pour leur permettre de se faire une idée de l'espace.

« Sympa ! » conclut M. Donaldson en hochant la tête.

Abby se félicite de le voir lever les yeux vers la corniche, mais son épouse garde le front plissé en caressant la chevelure duveteuse de son bébé.

Je parie qu'elle se pose des questions sur Callum, se dit Abby mais elle veut à tout prix éviter de s'empêtrer dans des explications. Si les Donaldson éprouvent de la culpabilité ou de la gêne, leur regard sur sa maison peut s'en trouver changé. L'agent les avait chaudement recommandés : ils achètent comptant...

Tous les deux semblent séduits par la cuisine – heureusement, Abby s'était débarrassée de la télé cassée – et lorsque Finn lance d'une voix flûtée : « C'est beaucoup plus joli que la dernière maison qu'on a vue, papa ! », sa sympathie pour le petit garçon ne fait qu'augmenter.

Le salon soulève leur enthousiasme, mais tandis qu'Abby les emmène au premier étage, la femme remarque :

« Comme c'est curieux... Votre tapis d'escalier est plus clair au milieu que sur les bords. Le nôtre, c'est le contraire, à cause de la saleté qu'on ramène avec nos pieds. »

Abby est alors partagée. Elle pourrait lui en révéler les raisons : *Callum a pris un paquet de farine et l'a vidé dans l'escalier. Cette poudre blanche le fascine, et son coup d'essai a plutôt été une réussite...* Mais elle craint qu'en l'absence de précisions sur l'état de son fils celui-ci ne passe simplement pour un enfant très mal élevé, surtout par rapport à leur propre petit garçon. Elle pourrait, en adoptant un autre angle, leur servir des anecdotes bouleversantes qui, à coup sûr, lui vaudraient leur compassion. Elle pourrait leur montrer les verrous posés sur tous les placards à provisions et le frigo, leur expliquer qu'ils ne sont pas là que pour empêcher son fils de chiper des gâteaux secs – ou même de la farine – car il peut très bien aussi manger une barquette de beurre à lui tout seul, emplir l'évier de miel ou jeter les assiettes sales du dîner à la poubelle. Elle pourrait encore présenter sa propre situation sous un jour positif en évoquant avec effusion son plaisir de regarder Callum sauter sur le trampoline plus haut et plus longtemps que n'importe quel autre enfant de sept ans, son plaisir d'entendre ses vocalises faire place à de petits rires étranglés.

Mais elle ne tient pas à devenir « la femme à l'enfant autiste », une étiquette qui l'agace autant que celles des vêtements irritent Callum. Dès que des étrangers la voient ainsi, ils semblent rarement capables ensuite de percevoir autre chose en elle. Et comme l'important, dans l'immédiat, c'est d'être « la femme à la belle maison », elle garde le silence et les conduit au grenier.

« J'adore cet endroit ! s'exclame la femme en se tournant vers son mari. Ce serait parfait pour Finn quand il sera plus grand, non ? »

L'excitation élargit les yeux de Finn.

Abby leur montre la chambre principale – où la vue depuis le bow-window les laisse bouche bée –, puis celle de Callum, qu'elle a rangée avec soin. Tout se déroule à merveille jusqu'à ce qu'elle ouvre la porte de la salle de bains.

Ils y pénètrent – c'est une pièce de belles dimensions – et, aussitôt, Finn demande :

« Ça sert à quoi les images, là, maman ? »

Près des toilettes est en effet collé au mur, avec de la pâte adhésive, un schéma montrant un petit garçon, le pantalon déboutonné, avec une flèche indiquant qu'il doit le baisser ; en dessous se trouve une image similaire avec une flèche invitant l'enfant à s'asseoir sur le siège des toilettes. Depuis peu, Abby et Eva ont mis en place pour Callum un programme d'entraînement à la propreté et imprimé des schémas sur l'ordinateur. À côté du rouleau de papier, une autre image lui montre le nombre de feuilles à utiliser.

« C'est pour mon petit garçon, explique Abby.

— Il va pas sur les toilettes ? demande Finn.

— Hum... Il n'y arrive pas très bien.

— Ah..., répond Finn. Pourtant il est très grand !

— Il fait des progrès... », poursuit Abby sans en être convaincue.

La femme fronce une nouvelle fois les sourcils, l'homme tousse.

« Allons, Finn, ne soit pas impoli », intervient-il.

Abby est sûre de lire dans leurs pensées : *Quoi, leur fils met encore des couches !*

« Ne vous inquiétez pas ! » leur assure-t-elle pour ne pas mettre Finn dans l'embarras. Mais à présent, elle n'a pas d'autre choix que de s'expliquer.

« Mon fils souffre d'autisme, dit-elle en s'adressant aux parents.

— C'est quoi, l'autisme ? demande Finn.

— Finn ! intervient sèchement la femme. Qu'est-ce que papa a dit ? »

Abby se rend compte que Finn est au bord des larmes. Elle réfléchit vite – dans ce domaine, ses compétences sont affûtées. De nouveau, elle s'accroupit près de Finn, trouvant cette position plus aisée pour lui répondre.

« Ça veut dire que quelque chose s'est passé dans la tête de mon petit garçon avant qu'il naisse, Finn, et qu'il n'arrive pas à faire certaines choses aussi bien que toi, même s'il est plus âgé que toi, comme par exemple aller aux toilettes.

— Ah..., dit Finn en hochant la tête.

— Et parfois, il a aussi de drôles de réactions, comme quand on le touche sans le faire exprès. C'est pour ça qu'il a fait un tel bond quand vous êtes arrivés, tu as remarqué ?

— Oui.

— Mais, pour d'autres choses, il est très doué, poursuit Abby.

— Comme pour sauter ? demande Finn.

— Oui, répond Abby en souriant. Tu le verrais sur le trampoline ! »

Puis, mue par une impulsion, elle ébouriffe les cheveux de l'enfant. Quel plaisir de pouvoir témoigner son affection à un petit garçon, se dit-elle, sans craindre de prendre des coups en retour...

* *
*

Inutile de se morfondre, se dit Karen, qui doit bientôt repartir pour Worthing.

« Tu es vraiment obligée d'aller voir ton père demain ? lui avait demandé Anna la veille au soir. Je ne voudrais pas te paraître insensible, mais je n'ai pas l'impression qu'il se souvienne de grand-chose quand tu lui rends visite. Pas facile comme perspective quand la journée s'annonce rude...

— Mais je n'y vais pas que pour papa. J'y vais aussi pour maman.

— Tu places toujours les besoins des autres avant les tiens.

— Quitte à passer une journée de merde, autant y aller à fond ! avait-elle déclaré, ce qui avait fait rire Anna.

— Laisse-moi au moins t'accompagner au cimetière.

— Je ne dis pas non. »

Anna n'avait peut-être pas tort, se dit Karen en faisant au revoir de la main à Molly et à Luke à la porte de l'école. Ce n'est jamais facile pour elle de voir son père ; la dernière fois qu'elle lui a rendu visite avec Shirley, l'infirmière leur a appris que George était incontinent. « On dit parfois que les parallèles sont nombreux entre les phases du développement de l'enfant et celles de la maladie d'Alzheimer, leur avait-elle expliqué. De même qu'un enfant apprend à s'asseoir, puis à marcher à quatre pattes, à parler et à aller sur le pot, nos patients... hum... en font autant, mais en sens inverse. »

Molly apprend de nouvelles choses à l'école aussi vite que la tête de papa les efface, soupire Karen en remontant dans sa voiture. Par bien des côtés, la médecine moderne a échoué face à Simon comme face à George. Leur généraliste n'avait pas diagnostiqué la fragilité cardiaque de son mari ; sans que ce soit vraiment sa faute, puisque ce dernier n'avait pas fait de check-up depuis des années. À l'inverse, les médecins en ont presque trop fait pour le père d'Abby, car quelle qualité de vie a-t-il ? Au cours de ces dernières années, une autre maladie aurait très bien pu avoir raison de lui. Au lieu de ça, il est encore avec eux, mais si peu. Qu'est-ce qui est préférable, se demande Karen, partir en quelques secondes comme Simon, ou après une maladie interminable comme papa ? Assister, comme maman, au déclin de celui qui partage sa vie depuis cinquante ans, est-ce moins pénible que le choc que j'ai reçu ? Moi, au moins, je peux essayer d'avancer, même si j'ai beaucoup de mal…

Voilà que tu recommences à pleurnicher, se réprimande-t-elle. Pour se remonter le moral, elle opte pour la route de la côte ; la mer l'attire comme un aimant. Tandis qu'elle longe la rangée de boutiques proches de la gare de Hove, une composition à la devanture d'un magasin de fleurs capte son attention : un panier de pensées suspendu à l'angle de l'auvent se balance sous la brise. Sans réfléchir, elle engage la voiture sur une aire de chargement toute proche et en descend d'un bond.

J'adore les pensées, se dit-elle, le cœur de plus en plus léger à mesure qu'elle les examine. Il y a quelque chose d'humain dans leur frimousse, et celles-ci sont d'un jaune d'or très joyeux, comme si elles dansaient sous le soleil. Maman pourrait accrocher ce panier près de l'entrée de son appartement, il égaierait l'escalier. Je vais prendre aussi des anémones – elles seront parfaites pour mettre sur la tombe. Elle choisit le plus beau bouquet dans un seau près de la porte.

À l'intérieur de la boutique se trouve un homme en jean et caban. Debout derrière le comptoir, il compose un petit bouquet.

« Je vais prendre celles-ci, dit-elle en lui tendant les anémones, et le panier accroché dehors.

— Vous pouvez m'accorder un instant ? lui demande-t-il.

— Bien sûr. »

Comprenant qu'il ne peut pas lâcher sa composition sous peine qu'elle se défasse, Karen prend le temps d'examiner les lieux. Le sol en béton gris est éraflé par des années d'allées et venues ; des étagères blanches en aggloméré stratifié garnissent les murs. Dessus, une ribambelle de seaux en tôle : plusieurs sont vides, certains ne sont occupés que par une ou deux tiges, dans quelques autres s'entassent des fleurs qui n'ont pas encore été entièrement déballées. Au-dessus de la caisse se déploie un assortiment de vases en verre – sans doute sont-ils à vendre, mais Karen se demande qui pourrait en vouloir tant ils sont poussiéreux. Elle a globalement l'impression d'un net laisser-aller – assez voisin de celui de sa propre maison et de son jardin...

Voyant l'homme concentré sur sa tâche, elle le regarde avec curiosité piquer une rose rouge, une seule, au centre d'un nuage de fleurettes blanches. Il a de belles mains, pense-t-elle. Elles sont grandes, mais ses doigts sont longs et élégants. Et ce qu'il réalise est d'une simplicité bienvenue par rapport aux bouquets bariolés dont tant de fleuristes semblent friands. Il y apporte beaucoup de soin, frottant du bolduc rouge vif contre la lame de ses ciseaux pour le faire onduler. Pour finir, il bloque le ruban avec un adhésif en forme de cœur.

Au moment où, dans un sursaut, Karen comprend la destination de ce bouquet, l'homme se tourne vers elle en souriant.

« Merci d'avoir attendu. Alors, qu'en dites-vous ? demande-t-il en tendant la composition devant lui. Vous pensez qu'il plaira aux dames ?

— Il est charmant », confirme Karen, qui se surprend à rougir.

Il est bel homme : des cheveux bruns striés d'argent, des traits robustes et, autour des yeux et de la bouche, de profondes rides qui traduisent un être sensible. Ce n'est pas souvent que Karen rencontre des hommes qu'elle trouve séduisants, et il doit être sensiblement de l'âge de Simon – ou plutôt de l'âge que Simon aurait.

Avant qu'elle ait pu s'y préparer, le chagrin la frappe à nouveau.

Simon pensait toujours à la Saint-Valentin, se souvient-elle. Mais, désormais, personne ne m'offre plus de fleurs...

* *
*

« Tenez, laissez-moi faire ! dit Michael en décrochant le panier. Où voulez-vous le mettre ? Dans le coffre ?

— Oui, merci ! »

La femme hoche la tête en s'asseyant au volant de sa Citroën cabossée.

« Il ne doit pas être fermé à clé. »

Il pose le panier à l'intérieur en le calant de son mieux entre un gros nounours et un jeu de câbles de démarrage.

Elle avait l'air sympa, se dit-il, tandis qu'elle s'éloigne.

Revigoré par l'enthousiasme de sa cliente, Michael confectionne plusieurs bouquets identiques et les installe dans de petits seaux métalliques qu'il place sur le trottoir. Pas mal, juge-t-il en se reculant pour les examiner. J'ai réussi à faire durer les roses de Jan un bon moment, mais, question qualité, rien à voir avec celles de Bob et, punaise, qu'est-ce qu'elles étaient chères...

Il laisse échapper un long soupir. Il n'est pas encore remis de sa visite au marché, mais ne peut repousser plus longtemps l'échéance. Revenu dans sa boutique, il extrait l'enveloppe de dessous la caisse, l'ouvre et lit :

Cher Monsieur Harrison,

Je vous écris au sujet de votre compte ouvert à l'adresse ci-dessus. Nous constatons que, contrairement aux termes de notre contrat du 01/06/07, ce compte n'a pas été soldé depuis neuf mois. Or nos conditions stipulent clairement que toute dette doit être réglée en fin de mois. Veuillez par ailleurs trouver ci-joint un exemplaire de ce contrat, accompagné des factures en souffrance.

Si le solde de 3 850,00 £ n'était pas intégralement réglé dans les 7 jours à compter de la date du présent courrier, nous nous verrions dans l'obligation d'engager des poursuites judiciaires.

Les mots dansent devant les yeux de Michael. Leur contenu étant trop lourd à assimiler en une seule fois, il glisse à nouveau la lettre sous la caisse en se promettant de la relire plus tard.

11

Je vais faire cet escalier avant d'être accaparée par autre chose, décide Abby en refermant la porte sur les Donaldson.

Arrivée dans la cuisine, elle déverrouille le placard sous l'évier et y déniche un bidon de nettoyant et une brosse à récurer. Après avoir empli un seau d'eau, elle se retrouve bientôt à quatre pattes dans l'entrée à frotter, frotter et frotter encore la farine emprisonnée dans le tapis, en soulevant au passage un océan de mousse blanche. Alors, sans aucun signe avant-coureur, elle se sent prise d'un étourdissement, d'un étrange vertige accompagné d'un picotement dans les membres comme si ses terminaisons nerveuses étaient en feu. Elle a très chaud, puis très froid.

Tout va trop vite, dit une voix dans sa tête. *Tout* ça *vient trop tôt.*

Mais les Donaldson semblent intéressés par la maison, se reprend-elle. C'est quand même bien, non ?

Je n'arrive pas à réaliser, encore moins à faire face, poursuit la voix.

Ne soit pas ridicule, se dit-elle. Bien sûr que je peux faire face. Ai-je le choix ?

Elle reprend la brosse, mais ses mains tremblent tant qu'elle peut à peine la tenir. Alors elle s'interrompt et s'accroupit.

Son cœur palpite, *ba-boum, ba-boum, ba-boum*... Mais plus elle s'évertue à canaliser ses pensées, plus les images qui lui viennent sont insoutenables. L'idée des Donaldson ici... De leur fils et de leur petite fille montant et descendant cet escalier, enfilant leurs manteaux dans cette entrée, lorgnant à travers la boîte aux lettres pour savoir qui leur rend visite, à *eux*...

Son estomac se soulève et, se précipitant dans la cuisine, elle atteint l'évier juste à temps pour vomir.

Mais ses pensées continuent de galoper. Absolument impossible pour moi de quitter cette maison. Elle est tout près des commerces... et du parc que Callum connaît... on peut aller à l'école à pied... et j'ai équipé tous les placards de la maison avec des verrous... Se dire qu'il va falloir tout recommencer ailleurs, je ne peux pas, je ne peux pas...

Elle tend le bras pour attraper une chaise et parvient à s'asseoir.

Si seulement j'avais quelqu'un à appeler, se dit-elle, en baissant sa tête entre ses genoux. Mais qui ? Maman et papa sont à des kilomètres d'ici et, de toute façon, que leur dirais-je ? Ils n'ont pas l'air de très bien me comprendre, sans même parler de Callum.

Le malaise finit par se dissiper, mais il faut à Abby une éternité avant que ses tremblements s'estompent suffisamment pour lui permettre de ranger le matériel de nettoyage. À peine en a-t-elle terminé, lui semble-t-il, que son portable sonne, la faisant sursauter. Que m'est-il arrivé ? s'interroge-t-elle.

Le numéro qui s'affiche est celui de l'agent immobilier.

« Les Donaldson ont fait une offre », déclare Ollie, et, sans préambule, il la lui expose en détail.

Abby est incapable de penser, encore moins de raisonner.

« Ce prix m'a l'air tout à fait convenable, s'entend-elle lui répondre.

— Inutile de vous rappeler qu'ils paient comptant…, poursuit-il.

— Bien sûr ! C'est une bonne nouvelle, merci, dit-elle en tentant désespérément de contenir sa panique. Euh… Il faut que j'en parle à mon mari. Nous vous recontacterons. »

Lentement, elle s'efforce de digérer l'information. C'est un peu en dessous de ce que nous demandions, mais une offre acceptable, ça veut dire qu'il va falloir déménager sans tarder… Or je n'ai eu le temps de voir qu'une poignée d'appartements, et aucun ne m'a tapé dans l'œil. Tous étaient tellement petits, tellement sombres, tellement loin de tous…

Tu es trop exigeante, se dit-elle. Puis lui vient une idée : et si Glenn s'en occupait ? C'est lui qui tient absolument à vendre. Mais, après avoir composé son numéro, elle tombe directement sur la messagerie.

« J'aimerais bien que tu répondes au téléphone, lui dit-elle lorsque enfin il la rappelle, avant de lui faire part de l'offre du couple.

— Ce n'est pas assez ! tranche-t-il aussitôt.

— Pardon ?

— J'en veux plus – pas toi ? Il faut qu'on demande le maximum si on veut pouvoir acheter quelque chose de correct chacun de son côté.

— Personne ne paie jamais le prix demandé.

— Et personne n'accepte non plus la première offre. Il n'y a que six semaines qu'on l'a mise en vente. On va bien voir s'ils acceptent plus. Visiblement, ils ont eu un coup de cœur.

— *Tu* vas bien voir s'ils acceptent plus ! rectifie Abby. Tu es beaucoup plus doué que moi pour négocier.

— Impossible. Tu sais bien qu'il m'est extrêmement difficile d'appeler du travail. »

C'est donc sur moi que ça va retomber, constate Abby, qui sent monter l'exaspération. Comme tout le reste dans cette maison. Pourquoi ce serait à moi de me taper le sale boulot alors que je n'ai même pas envie de déménager ? Elle est sur le point de le lui dire quand elle fait défiler la séquence en mode avance rapide : je refuse d'appeler l'agent – on se dispute avec Glenn – je culpabilise – je cède – et je finis de toute façon par appeler. Sa colère a au moins eu le mérite de calmer sa panique. Pour autant, elle est trop lasse pour se battre.

« Si c'est ce que tu veux… Mais je te croyais pressé de déménager. Ça ne va pas t'arranger.

— Effectivement, je suis pressé, lui confirme Glenn. Mais il s'agit de notre argent.

— Je vois », dit Abby.

C'est drôle, est-elle tentée d'ajouter, car je pensais, moi, qu'il s'agissait de notre famille…

* *
*

Molly et Luke courent devant dans l'allée. Anna et Karen avancent d'un pas plus mesuré en observant de part et d'autre les pierres tombales. Karen serre dans sa main le bouquet d'anémones, prête à le déposer sur la tombe de son mari.

« J'ai toujours trouvé dommage qu'on ne célèbre plus la mort avec le même panache qu'à l'époque victorienne, regrette Anna en glissant son bras sous celui de Karen. Tu dois me trouver affreusement morbide... »

Karen sourit à son amie.

« Tu as toujours été plus gothique que moi. Il suffit de regarder ta tenue... »

Anna est vêtue de noir de la tête aux pieds, tandis que Karen est fidèle aux tons ocre. Il a plu, or les élégantes bottes en cuir d'Anna possèdent des talons hauts et effilés, tandis que les semelles compensées en caoutchouc de Karen adhèrent parfaitement aux pavés.

« Pas faux ! » sourit Anna.

Des deux côtés de l'allée sont alignées des tombes rectangulaires ; presque toutes sont surmontées d'anges aux mains ouvertes et au regard tourné vers le ciel.

« Karen, je ne voudrais pas te paraître sacrilège, mais si je partais avant toi, j'aimerais vraiment beaucoup une belle et grande statue avec de vraies ailes et une expression sereine.

— Je verrai ce que je peux faire...

— Cela dit, tu éviteras les euphémismes du genre *Elle s'est éteinte* ou *Elle a été rappelée à Dieu*. Un bon vieux *Elle est morte* m'ira très bien. »

Tu nous manques beaucoup, lit Karen. Elle se reconnaît dans ce sentiment, mais s'abstient d'en faire état. Les pavés font place au goudron et les deux femmes passent de l'exubérance du XIXᵉ siècle aux croix toutes simples du XXᵉ.

« “Tendre souvenir”, dit Anna. C’est partout la même inscription. Ils n’ont donc aucune imagination ?

— Tout le monde n’a pas ton génie des formules... »

J’ai peut-être fait une erreur en acceptant qu’elle m’accompagne, se dit Karen.

« Pendant la Première Guerre, on avait sûrement autre chose en tête que d’en élaborer de nouvelles.

— Désolée...

— Je t’en prie. »

Simon aurait apprécié leur conversation, se souvient Karen. Il aimait bien plaisanter avec Anna. Ce qu’il n’aurait surtout pas voulu, c’est de me voir pleurer à chacune de mes visites.

Avant de perdre son mari, Karen voyait les cimetières comme des lieux isolés où venaient s’asseoir les proches des défunts, avec uniquement le chant des oiseaux et les cloches des églises pour troubler leur recueillement, mais celui où Simon est enterré est coincé entre une rue animée, Old Shoreham Road, et la voie ferrée. Malgré tout, Karen souhaitait une tombe sur laquelle se rendre, et cet endroit était le seul du coin où des concessions étaient disponibles. Au moins, quelques corbeaux sautillent dans l’herbe – c’est déjà ça.

Elles avancent avec précaution sur l’allée étroite et passent devant un demi-cercle de stèles dédiées aux personnes récemment incinérées.

« Ces fleurs en plastique, c’est d’un nul ! » fait observer Anna.

Karen se dit qu’elles ont sans doute été déposées là par des personnes sans grands moyens qui voulaient quelque chose qui dure, mais, là encore, elle se garde de tout commentaire.

« Maman, regarde ! »

Droit devant elle, Molly sautille sur place, l'index pointé devant elle.

« Mon Dieu ! » s'exclame Anna lorsqu'elles la rejoignent.

D'énormes lettres en trois dimensions faites de têtes d'œillets d'un bleu criard leur apprennent le décès récent de *Jayden*. Sa tombe est couverte d'animaux et de nounours, de bonhommes de neige sous des dômes en verre et de bougies plates couleur pastel, de minuscules carillons et de moulins à vent tourbillonnants. Il y a là aussi des photos de lui, détrempées par la dernière pluie. Il fait encore bébé. Karen consulte la pierre tombale : « Âgé *de 22 mois* », et une boule se forme dans sa gorge.

« Et, je t'en prie, évite-moi ça ! poursuit Anna. Pardon, Karen, c'est très triste, je sais…

— Mais les enfants, ils adorent… »

Admirative, Molly s'accroupit en promenant la main sur cet amoncellement hétéroclite.

« Ma chérie, si un jour je prends Molly comme conseillère en matière de bon goût, c'est que je n'aurai plus toute ma tête ! »

Karen sait qu'Anna essaie de la dérider, mais, prononcée si tôt après la visite rendue à son père, cette remarque au second degré est la phrase de trop. En temps normal, elle ne relèverait pas, mais aujourd'hui elle ne peut s'empêcher de réagir :

« Et qu'est-ce que ça peut faire qu'il y en ait trop ? Je suis sûre que, le moment venu, les parents de Jayden en enlèveront les trois quarts. C'est leur façon d'exprimer leur chagrin, c'est tout ! »

Son amie a le souffle coupé, mais Karen continue :

« Qui es-tu pour décréter ce qui convient et ce qui ne convient pas ? »

Dans un silence ponctué par le martèlement des talons d'Anna, elles continuent d'avancer sur la pente douce qui mène à la tombe de Simon.

« Excuse-moi... », murmure Anna.

Mais quelque chose en Karen se refuse à en rester là.

« J'espère que cette pierre tombale est à ton goût ! » lance-t-elle avec fiel.

Le rectangle de marbre est simplement gravé des dates de naissance et de décès de Simon.

« Je ne voulais pas te froisser... »

Les joues de Karen sont en feu. Elle se penche pour aider Molly à déposer les anémones dans le pot, mais sans parvenir à retrouver son calme.

« J'aimerais que tu partes. »

Quelques instants à peine après avoir prononcé ces mots, Karen les regrette. Anna est mon amie la plus chère, se dit-elle. Elle a assisté à mon mariage et à la naissance de mes enfants, elle a été d'un immense soutien quand Simon est mort... Mais, déjà, Anna s'est éloignée. Alors Karen se redresse et la regarde redescendre l'allée étroite avec ses hauts talons qui cliquettent et son manteau noir de créateur qui bat au vent.

* *
*

Michael va repêcher la lettre sous la caisse et inspire profondément. Elle a été signée par Bob Hawkins lui-même devant témoin. Tout ce qu'il y a de plus officiel, donc.

À mesure qu'il parcourt le relevé détaillé, son inquiétude grandit. Il pourrait comparer les montants avec ses propres reçus – qu'il a entassés dans une boîte de l'arrière-boutique et n'a pas eu la force de regarder depuis des mois –, mais comme il se souvient de presque tous ses achats, le compte doit être bon.

3 850 livres.

L'heure est grave.

Peut-être pourrais-je proposer à Bob quelques centaines de livres pour le faire patienter, en les empruntant à droite à gauche ? se dit-il. Mais si Bob lui réclame près de 4 000 livres, Jan va bientôt lui en demander encore plus. Tout mon stock de ces derniers mois, je l'ai pris à Covent Garden ou chez le Hollandais. Et je n'ai pas le premier sou pour les payer. Comment vais-je faire pour mon emprunt ? Et la scolarité des enfants ? Et le loyer de la boutique ? Je suis déjà en retard sur tout ce que je dois...

Il lève les yeux au plafond comme si quelque puissance supérieure pouvait venir à son secours. Mais Michael ne croit pas en Dieu – et cette ultime injustice ne fait que lui donner raison. En redescendant, son regard se pose sur les vases en verre alignés au-dessus de la caisse. Incapable de se raisonner, il attrape le plus gros. En forme de globe, c'est un objet de prix. Une cascade de poussière fait tousser Michael.

Alors il soulève le vase à bout de bras, tel un ballon de basket, et le jette de toutes ses forces sur le sol en béton gris.

12

« Maman, pourquoi tu pleures ? »

C'est Luke, il est posté dans le parallélogramme de lumière qui se découpe devant la porte entrouverte du séjour.

Oh, mon Dieu, se dit Karen. Je l'ai mis au lit il y a une demi-heure ; il a dû m'entendre du premier. Je faisais tant de bruit que ça ?

« C'est juste que j'étais un peu triste, chéri, lui explique-t-elle en s'efforçant de trouver une réponse qui ne l'inquiète pas.

— Triste à cause de papa ?

— Oui. »

Et de grand-père, pense-t-elle, mais elle le garde pour elle.

« La journée a été particulièrement triste, aujourd'hui. »

Luke plisse le front.

« Tu veux que je te fasse un câlin ?

— Ce serait gentil. »

Il vient se pelotonner contre elle sur le canapé et, de ses petits doigts, caresse ses cheveux. Bientôt, ce mouvement de va-et-vient endort le petit garçon. Karen le ramène dans sa chambre à l'étage et s'arrête un instant au-dessus de son lit en écoutant le son régulier de sa respiration.

J'ai perdu Simon, se dit-elle. Je suis en train de perdre mon père. Je ne peux pas, en plus, perdre Anna.

De retour dans le séjour, elle saisit son portable.

Je suis désolée. C'était une journée pourrie – en tout point conforme à tes prédictions –, mais je n'aurais jamais dû passer ma colère sur toi. Je m'en veux beaucoup. Pardonne-moi. Bises, K

Et, sans prendre le temps de se relire, elle appuie sur « Envoyer ».

« Comme d'habitude ? » demande la patronne.

Michael hoche la tête.

« S'il te plaît. »

Il regarde Linda tirer une pinte de Speckled Hen. Il brûle d'impatience en voyant le nectar couleur bronze s'élever dans le verre, mais s'abstient de la brusquer. Michael a adopté ce lieu voici des années en raison de son large choix de bières à la pression et, même si The Black Horse a connu plusieurs propriétaires durant cette période, il reste l'un des rares débits de boissons du coin à ressembler à un vrai pub, avec plafond bas et plancher, panneaux de vitraux et jeu de fléchettes, et un éclairage tellement tamisé que, même s'il fait plein soleil dehors, on se croirait dans une tanière.

Oh, que j'en ai besoin de celle-là ! se dit-il et, quelques instants plus tard, le verre qu'il repose sur le comptoir est vide.

Linda lève un sourcil.

« T'en reprendrais bien une, je me trompe ?

— S'il te plaît. »

Au bar, non loin de lui, se trouve son voisin, Ken. Ken fait partie du décor au même titre que les ardoises et les dessous de verre, et il est installé à son poste habituel, son large fessier débordant de l'assise en cuir d'un tabouret haut. Tandis que Linda refait le plein, Michael sent le regard de Ken posé sur lui.

« Je t'en offre une ? lui propose-t-il machinalement avant de se souvenir qu'il a déjà à peine de quoi se payer la sienne.

— Merci, vieux. »

Ken donne un coup de menton à l'adresse de Linda, consigne suffisante pour qu'elle prépare une deuxième pinte.

« Rude journée ? »

Michael opine.

« Tu peux le dire ! »

En tendant son billet de 20 livres, il est tenté de se confier à eux, mais se retient. Les mauvaises nouvelles vont vite et, si ses ennuis étaient rendus publics, son commerce n'aurait rien à y gagner. Même si Ken et Linda sont loin d'avoir des situations enviables – à ce qu'il sait, la carrière de Ken se résume à de petits boulots très sporadiques –, il se sent humilié. Si jamais j'admettais être à deux doigts de perdre ce que j'ai mis une vie entière à bâtir, je ne m'en remettrais peut-être pas, pense-t-il. Il se demande si c'est aussi pour cela qu'il ne peut pas non plus se résoudre à s'en ouvrir à Chrissie, lorsque l'effet anesthésiant de l'alcool atteint son cerveau. Profitant de ce sursis, il détourne la conversation vers un sujet moins traumatisant : le dernier week-end de football.

Il a presque terminé sa deuxième pinte et le verre de Ken est vide depuis quelques minutes lorsque Linda se retourne vers l'extrémité du bar qu'ils occupent.

« Une autre tournée, messieurs ? »

En taquinant Ken sur les piètres résultats d'Arsenal, Michael n'a pas réduit ses démons intérieurs au silence, mais ils crient déjà moins fort – et, pour les tenir en respect, un autre verre ne serait pas de refus. Il attend que Ken se propose de lui en offrir un et, voyant que celui-ci ne s'exécute pas, il répond par l'affirmative. Comme il l'espérait, Ken donne un nouveau coup de menton, Linda actionne deux tireuses et pose devant eux leurs verres respectifs. Ce n'est qu'en la voyant rester là sans bouger que Michael comprend que Ken compte sur lui pour payer.

Ce culot !

En temps normal, il céderait et casquerait – il ne veut pas mettre Linda mal à l'aise –, mais, avec la lettre de Bob, il va devoir tenir un moment avec ce qu'il a dans son portefeuille. Michael reste de marbre, mais Ken ne bouge pas le petit doigt. Il évite son regard et se contente de fixer les deux pintes de bière posées devant eux.

On se croirait dans un western-spaghetti, se dit Michael, on est tous les deux à attendre que l'autre dégaine le premier.

Linda tambourine ostensiblement le comptoir de ses ongles en contemplant le plafond. Ken demeure immobile encore un instant avant que, très lentement, sa main droite ne fasse mouvement en direction de sa hanche. Mais au lieu de glisser les doigts dans sa poche de pantalon, il la tapote de l'extérieur et en palpe le contenu. Puis il répète son geste sur le côté gauche et, avec un haussement d'épaules, se tourne vers Michael avec ces mots :

« Désolé, vieux, je suis un peu à court... Tu peux... ? »

Aussitôt les démons resurgissent en protestant plus fort que jamais. Michael sent son visage s'empourprer et la fureur lui envahir la poitrine. Il saisit son portefeuille, ressort le billet de 10 livres que Linda vient de lui rendre et le claque sur le dessus du bar, faisant tressaillir Ken.

« Voilà pour toi ! lui lance-t-il. Et pendant que tu y es, prends celle-là aussi ! »

Et il pose sa pinte à côté de l'autre avec une telle violence que la bière se répand sur le comptoir. Puis il quitte le pub en marmonnant : « Connard ! »

Il traverse High Street à toute allure en prenant à peine garde aux voitures et attaque d'un pas vif la côte qui mène à son pavillon. L'air froid le dégrise vite.

En approchant de la maison de Ken – une minuscule villa précédée d'un jardin bien tenu, empli de statues mièvres et de jonquilles miniatures en pot (tout cela est l'œuvre de Della, Michael en est sûr) –, il se verrait bien balancer une brique à travers une des fenêtres à petits carreaux. Avec une bouffée de satisfaction, il visualise le métal tordu et la moquette du séjour jonchée de débris de verre et, l'espace d'un instant, se sent investi d'un pouvoir ; c'est la première fois de la journée qu'il éprouve la sensation de maîtriser quelque chose. Si Ken découvrait ça en rentrant chez lui, il pourrait suspecter Michael, sans être certain que c'est lui. Et ce ne serait que justice de ne pas être le seul à souffrir aujourd'hui...

Je me suis cassé le cul au boulot pendant des décennies, se dit Michael, et pour quoi ? Pour avoir des créanciers sur les talons comme une meute de loups ?

Il aperçoit alors un rai de lumière entre les rideaux et imagine Della assise devant la télé, comme Chrissie le fait souvent. Sa pulsion le quitte aussi vite qu'elle lui est venue. Il laisse retomber ses mains, les enfonce dans ses poches et reprend le chemin de la maison.

Le travail paie : cette notion lui a été inculquée par son père ; c'est un principe qu'il a tenté de transmettre à ses enfants. Mais je me suis bien fait avoir, se dit-il. Ces dernières années, j'ai fait plus d'heures que jamais, et regardez où ça m'a mené. Peut-être que si j'avais vendu il y a dix ans, j'aurais encore le choix, mais, à présent, vers qui je pourrais bien me tourner ?

Il a l'impression d'être entraîné dans une partie d'échecs où, quoi qu'il joue, il sera mat. L'idée qu'il puisse être obligé de vendre la boutique, de déposer le bilan et – au mieux – d'accepter des petits boulots comme Ken, lui est insupportable pour l'instant. Et puis, il n'est pas sûr de pouvoir affronter Chrissie non plus. Ce qu'il voudrait, c'est simplement tout effacer. Alors, au lieu de continuer à gravir ce sentier, il prend brusquement à droite et se dirige vers le magasin du coin. Il est cher et le choix est maigre, mais quand il le faut… Ça pourrait aussi l'aider à dormir.

Un autre accès de fureur le traverse en tendant l'argent qu'il lui reste. Mais, dès qu'il a effectué son achat, qu'il est ressorti et a dévissé le bouchon, il se sent un peu mieux.

J'en parlerai à Chrissie demain, se promet-il, en prenant une gorgée.

Alors que le liquide chaud coule dans sa gorge et tombe au fond de son estomac, ses yeux se ferment de soulagement.

* *
*

Abby s'effondre d'épuisement sur le lit.

On dirait que Callum flaire le moindre changement d'atmosphère. Il était particulièrement excité – il est près de minuit et elle vient juste de le mettre au lit. En plus, Glenn n'a toujours pas donné signe de vie. Elle a reçu un SMS laconique expliquant qu'il était retenu au bureau ; il n'a même pas appelé pour savoir si elle avait des nouvelles de l'agence au sujet de leur maison.

Elle tend le bras, éteint la lumière et ferme les yeux.

Mais, peu de temps après, elle en est toujours au même point. Pourquoi diable son mari n'est-il pas rentré ? Elle regarde le réveil. S'il n'est pas là d'ici quelques minutes, c'est qu'il aura raté le dernier train… Un bref instant, Abby se demande s'il a une liaison, et son sang se fige. Mais ce n'est pas le moment de penser à ça : dans moins de cinq heures, Callum sera debout. Alors il faudra attaquer tête baissée une nouvelle journée, l'habiller, lui donner son petit déjeuner et l'emmener à l'école, aller au supermarché… Et dorénavant elle doit trouver un logement, et vite, sinon, leurs acheteurs leur tourneront le dos.

Il faut vraiment que je dorme, pense-t-elle. J'ai tant à faire et, si je ne dors pas, je serai incapable de mettre un pied devant l'autre.

Elle repousse la couette, sort du lit, gagne la salle de bains à pas de loup et ouvre l'armoire. Tout au fond se trouve un tube de témazépam que Glenn avait réussi à convaincre un médecin remplaçant de lui prescrire lorsque Callum avait été diagnostiqué. Le choc de cette annonce ajouté à son travail avaient provoqué chez lui une période d'insomnie. Le tube est presque plein. La date de péremption des comprimés est sans doute dépassée, mais Abby n'est plus à ça près. Elle en fait tomber un dans le creux de sa main, puis deux, puis – allez, tant pis ! – trois.

* *
*

Michael, qui ne s'est pas rendu compte qu'il a cédé au sommeil, se réveille en sursaut. Son cœur bat à coups sourds, sa tête résonne, il a la gorge serrée, desséchée. Il perçoit une lumière intermittente, des voix... Il finit par comprendre : c'est la télévision. Il est sur le canapé.

Il plisse le front en tentant de reconstituer la soirée de la veille. Impossible, il ne se souvient de rien à partir du moment où il a avalé ce whisky.

Puis, dans un frisson, l'après-midi précédent lui revient. La lettre... Ses dettes... Les répercussions sur sa boutique, sur sa famille... Ces perspectives le frappent avec la force d'un ouragan, et la panique explose dans sa tête.

Lentement, comme s'il se mouvait dans du sirop, il parvient à atteindre le couloir. Ses jambes sont si lourdes qu'il peut à peine les soulever, mais après un temps qui lui paraît une éternité, il ouvre la porte de la chambre et, à bout de souffle, ruisselant de sueur, s'appuie contre le chambranle.

C'est un infarctus, se dit-il. Mais il lui semble que son cœur fonctionne encore.

« Chrissie... ? »

Aussitôt, sa femme ouvre les yeux. Elle s'assied vivement, allume la lampe de chevet.

« Oh, mon chéri, que se passe-t-il ? »

La lumière est aveuglante ; c'est plus que les sens de Michael ne peuvent supporter. Il s'affaisse et s'effondre sur le sol.

* *
*

Karen est réveillée par une sonnerie. C'est le fixe, mais dehors il fait encore nuit. Ses nerfs sont à vif. Personne n'appellerait à une heure pareille sauf pour une urgence. Puis elle se souvient du SMS envoyé à Anna ; son amie a dû le recevoir avant de partir au travail et elle y répond. Soulagée, Karen saisit le combiné.

« Salut !

— Karen ? »

Avant que Shirley n'en dise plus, Karen a une affreuse prémonition de ce qui va suivre.

« C'est ton père. Je suis à l'hôpital. »

Karen a l'impression de recevoir une centaine de ballons à la fois. La tête lui tourne ; elle est incapable d'en attraper un seul. Comment la santé de papa a-t-elle pu se dégrader aussi vite ? Dans quel hôpital est-il ? Dans quel service ?

Pendant ce temps, Shirley poursuit d'une petite voix :

« Ils ne sont pas sûrs qu'il s'en sorte... »

C'est pas possible, se dit Karen. Sans trop savoir comment, elle parvient quand même à articuler :

« J'arrive dès que je peux. »

À peine a-t-elle reposé le téléphone qu'elle se lève d'un bond en se demandant quoi faire des enfants. Les emmener ? Vu les circonstances, ce n'est pas une bonne idée. Il n'existe qu'une seule personne à qui elle peut oser demander de les garder à une heure pareille. Si seulement... Karen attrape son portable, posé lui aussi sur le chevet. Ah, un SMS ! Les premiers mots qui paraissent à l'écran lui suffisent :

Pas de problème, ma chérie. Ne t'en veux pas, j'ai manqué de tact.

C'est tout ce qu'elle voulait savoir. Elle appelle ; dans la demi-heure, Anna est là. À mi-voix, elles conviennent de laisser les enfants dormir.

« N'hésite pas à finir ta nuit dans mon lit », lui dit Karen en se précipitant vers la porte.

Sur la A27, elle roule aussi vite que son antique Citroën le lui permet.

Et si, quand j'arrive, il est déjà mort ? se dit-elle.

Elle écrase alors l'accélérateur sans se soucier de sa propre sécurité.

II

Le vent tourne

13

Ça se voit que c'est une clinique privée, se dit Michael en montant l'escalier qui part de la salle à manger. Regardez-moi ces bouquets exotiques : des oiseaux de paradis aux langues orange, des lys calla crème, des colonnes d'orchidées vertes… Je me demande qui a le marché. Il doit y en avoir pour une fortune !

Sur le mur du palier sont accrochées une série d'aquarelles montrant la campagne autour de Lewes : les spectaculaires falaises de craie de Seven Sisters, un panorama aérien des South Downs, des canots à rames qui se reflètent dans les eaux de l'Ouse. Michael se dit qu'elles ont été choisies pour procurer un sentiment de paix et de communion avec la nature, mais lui a encore l'impression d'avoir livré une guerre.

Comme il n'a pas bien dormi depuis des semaines, il demande à une dame qui passe l'aspirateur sur la moquette du hall où il peut trouver du café et elle l'oriente vers une cuisine. Il appuie sur le bouton marqué « Expresso » et regarde la tasse en carton s'emplir d'un liquide noir lorsqu'un chuchotement parvient à son oreille.

« Si c'est de la caféine que tu cherches, faut aller en bas. »

En se retournant, Michael découvre un jeune homme avec un piercing dans le sourcil et une crête sur la tête.

« Pardon ?

— Dans cette machine-là, y a que du déca.

— Quoi, même l'expresso ?

— Eh ouais ! Je te jure. Les sachets de thé aussi. »

D'un signe de tête, le jeune homme désigne les boîtes d'Earl Grey, d'English Breakfast et de thé à la menthe.

« T'es nouveau, c'est ça ? T'es sur quel programme ? »

Michael ne se souvient pas de grand-chose de son arrivée, encore moins de ce qu'il est censé faire de ses journées.

« Désolé, j'en sais trop rien. »

Le garçon à la crête renifle.

« Disons que si t'étais accro, tu le saurais, c'est sûr. Tu aurais été en désintox dès ton arrivée et ça, c'est l'enfer, dit-il en frissonnant. En tout cas, en bas, dans la machine de la réception, c'est pas la même came – nous, les toxicos, on n'y a pas accès.

— Euh…

— Après la porte avec la serrure codée, t'as dû la voir, non ? »

Michael opine, même s'il n'a rien vu de tel.

« Bref, si tu veux un petit shoot de caféine, c'est là-bas que tu le trouveras.

— Merci. Du coup, je crois que je vais me passer de café », conclut Michael en jetant son expresso dans l'évier.

* *
*

« Il faut que j'aille aux toilettes, explique Abby. Vous allez m'accompagner là-bas aussi ?

— J'ai bien peur que oui... »

L'infirmière grimace d'un air désolé, mais Abby ne ressent pas en elle beaucoup de compassion. Elle ne ressent pas grand-chose tout court. Une vague angoisse, une tristesse diffuse, mais, globalement, elle est assommée.

« J'ai envie de faire pipi, dit-elle en atteignant les toilettes des femmes. J'espère que vous n'allez pas entrer avec moi ?

— Non, mais ne fermez pas à clé. »

Abby se retient de le faire. Cette femme qui la suit partout lui tape sur les nerfs. Elle ne comprend pas du tout les raisons de sa présence. Si seulement ces derniers jours n'étaient pas aussi flous...

Elle n'est dans les toilettes que depuis quelques minutes lorsqu'on frappe à la porte.

« Ça va ?

— Très bien.

— C'est juste que la séance commence à 11 heures et qu'à mon avis ça vous ferait beaucoup de bien d'y assister. »

Abby sent bien que l'infirmière s'efforce de garder une voix douce et calme, mais du coup elle lui donne l'impression de minauder.

« J'arrive dans une minute.

— Ils aiment bien commencer à l'heure.

— Je fais pipi aussi vite que je peux », réplique Abby.

Elle n'a aucune envie d'aller à cette séance – elle n'a aucune envie du tout. Oh, et puis après tout, se dit-elle en ressortant, je n'ai rien de mieux à faire, alors… Elle se laisse donc raccompagner dans le couloir, puis jusque dans la salle où, avec l'infirmière, elles prennent place sur un canapé.

Un type plus âgé en costume apparaît à la porte, suivi d'une femme d'âge moyen munie d'un parapluie à pois – par la fenêtre, Abby constate qu'il s'est mis à pleuvoir. C'est peut-être lui qui s'est chargé de mon admission la nuit dernière, se dit-elle, mais il règne une telle confusion dans sa tête qu'elle n'en est pas sûre.

« Voici donc le groupe auquel vous allez participer, explique l'homme au costume. Si vous voulez bien vous asseoir, c'est Johnnie qui l'anime aujourd'hui et il devrait être là dans une dizaine de minutes. »

Et il tourne les talons.

La femme pose son parapluie trempé par terre et s'installe timidement sur le canapé près d'Abby. Elle a de longs cheveux châtain ondulés ; ils sont d'une épaisseur incroyable, on dirait un rideau.

Je regrette mes cheveux longs, songe Abby. J'aimerais bien les laisser repousser.

* *
*

Sans savoir à quoi l'intérieur de Moreland's Place ressemblait, Karen ne s'attendait pour autant pas à cela. La salle est plus accueillante qu'elle ne l'avait imaginé, et tout y est généreusement dimensionné : canapés le long de trois murs sur quatre, fauteuils disposés en biais dans les angles et immense télé à écran plat. Sur le bord de la fenêtre trône un énorme vase de fleurs coupées et, au centre de la pièce, une table basse supporte une boîte grand format de mouchoirs en papier et une coupe pleine de fruits. Sur la tablette du bas, elle accueille les derniers numéros de plusieurs mensuels sur papier glacé ainsi qu'un exemplaire du *Times* du jour.

Karen regarde autour d'elle pour voir qui sont les autres personnes présentes – sans doute participent-elles aussi à cette séance. Juste en face d'elle se trouve un type grisonnant appliqué à remplir un formulaire. Au moment où Karen s'assied, il lève les yeux et elle se dit qu'elle l'a déjà vu quelque part, mais ne sait plus où. Il est bel homme mais il paraît agité et, instinctivement, elle reste sur ses gardes.

Le canapé voisin est occupé par une femme blonde ; Karen lui donne entre cinq et dix ans de moins qu'elle. Pâle et mince, elle a les membres effilés d'une personne habituée à l'exercice, une coupe courte ébouriffée et pas une once de maquillage. Elle est blême, les traits tirés, mais Karen voit bien qu'elle est jolie. À ses côtés se trouve une infirmière nommée Sangeeta, comme on peut le lire sur son badge.

Karen regarde l'horloge – plus que cinq minutes. Tout cela est très perturbant, elle n'a jamais pris part à rien de semblable. Elle repense à Molly, à sa première rentrée ; comme elle était fière ! Comme elle était excitée ! Ma petite fille est plus courageuse que moi, se dit-elle.

Appuyée sur une canne, une Asiatique d'un certain âge entre dans la pièce d'un pas mal assuré. Ses cheveux forment un nuage blanc et, quand elle relève son sari turquoise pour se laisser glisser avec précaution dans un fauteuil, Karen, constatant qu'une de ses chevilles est très enflée, comprend la cause de sa gêne. À côté d'elle se trouve une jeune femme aux lèvres brillantes, aux cils épaissis de mascara, aux cheveux fauves enroulés en spirales, à la forte poitrine et au ventre plat comme une planche. Elle est tellement éblouissante que Karen prend immédiatement conscience de son propre pull informe et de ses cheveux gras. Je pensais qu'on était tous ici pour des raisons similaires – où trouve-t-elle la force, se demande Karen, d'être aussi coquette ? Peut-être est-elle ici depuis un moment et que le traitement agit vraiment… Un instant, Karen reprend espoir, mais la tristesse qui l'accable depuis des semaines s'empare à nouveau d'elle et l'oblige à ravaler ses larmes. Je ne peux même pas imaginer aller mieux, se dit-elle. D'ailleurs, à quoi bon aller mieux ? Il y a Molly et Luke, bien sûr, mais je suis fatiguée, fatiguée au-delà de tout.

Elle prend un mouchoir et, tandis qu'elle se mouche, elle se rend compte que l'éblouissante beauté la regarde en souriant. Karen rougit d'être surprise au bord des larmes, mais cette amorce de contact amical la soulage. Elle lui retourne son sourire du mieux qu'elle peut.

Ce ne serait pas une star du cinéma ? se demande Karen. Il doit y avoir des gens célèbres ici, Moreland est connu pour ça.

« Je m'appelle Lillie. »

La jeune femme lui tend la main. Ses ongles sont magnifiquement manucurés.

« Karen », répond Karen.

Elle remarque alors que les doigts de Lillie tremblent et que sa voix est hésitante, incertaine, quand celle-ci lui demande :

« C'est ton premier jour ?

— Oui.

— Ah… »

Sans trop savoir ce que signifie ce « ah… », Karen comprend que le fait qu'elle soit nouvelle est important.

« Tu es déjà venue ici ?

— Non, répond Karen, jamais. »

L'homme qui lui fait face lève à nouveau les yeux vers elle. Elle sent qu'il est sur le point de parler, mais il se ravise et se replonge dans son formulaire.

Ils sont alors rejoints par un jeune homme en surpoids qui arbore une queue-de-cheval et a gardé ses pantoufles aux pieds – il doit résider ici, en conclut Karen – et par un Noir élégamment vêtu qui se présente lui-même, « Troy », avec un accent américain.

Enfin, à 11 heures pile, un homme à la démarche élastique et à la frange tombante entre dans la pièce en poussant devant lui un grand tableau blanc. Il porte dans l'autre main une pile de documents et une boîte de marqueurs.

« Merci, Sangeeta, dit-il à l'infirmière avec un hochement de tête. Vous pouvez y aller. »

Il règle le tableau pour que tout le monde puisse le voir, pose la boîte et les papiers sur la table basse et ferme la porte. Puis il se retourne et adresse au groupe un large sourire qui semble illuminer tout l'espace.

« Je m'appelle Johnnie. »

Il doit avoir la trentaine, estime Karen, peut-être même moins, mais sa jeunesse apparente est peut-être due au fait que, comparé à nous, il a l'air plein d'entrain et d'énergie.

« Je suis thérapeute et, ce matin, c'est moi qui anime le groupe. Commençons par une courte présentation puisque plusieurs d'entre vous sont nouveaux. Karen ? »

Il bondit vers elle et lui sert vigoureusement la main.

« Abby ? »

Il fait de même avec la blonde à la coupe ébouriffée.

« On s'est vus hier soir, lui rappelle-t-il, mais Abby semble ailleurs. Et… Michael ? »

Pendant tout ce temps, l'homme remplissait fébrilement son formulaire, mais il pose enfin son bloc et son stylo.

* *
*

Je ne crois pas une seconde qu'il ait le niveau, se dit Michael en serrant la main du jeune homme. Il paraît à peine plus vieux que Ryan. Je parie qu'il est encore étudiant. Tu le vois s'enfermer dans une pièce pleine de gens angoissés et déprimés ? Avec la fille, là-bas – elle a les mains qui tremblent comme des feuilles… Est-ce vraiment raisonnable ? Cette façon de nous cloîtrer, de nous dire ce qu'on peut boire ou pas, ça me rappelle *Vol au-dessus d'un nid de coucou*.

« Pour commencer, je vous invite tous à dire en quelques mots comment vous vous sentez en ce moment même, poursuit Johnnie en approchant une chaise du tableau. Qui veut commencer ? »

Plutôt me faire couper un bras, pense Michael.

« Peut-être quelqu'un qui a déjà assisté à ce groupe ? suggère Johnnie.

— OK, je me lance. »

À la grande surprise de Michael, c'est la jeune femme tremblante qui se jette à l'eau.

« Je m'appelle Lillie... »

Elle jette un regard circulaire sur le groupe en souriant ; on voit bien, se dit-il, qu'elle a l'habitude de faire ça.

« Et aujourd'hui je ne me sens pas très vaillante. »

Elle est métisse, note Michael, et elle est du coin. Elle a un pur accent du Sussex, si je ne m'abuse.

Le thérapeute hoche lentement la tête.

« Et, selon vous, d'où provient cette fragilité ?

— Eh bien... Ils ont augmenté mon lithium hier soir, et je pense que je ne m'y suis pas encore habituée. »

Exactement, se dit Michael. Le psychiatre que j'ai vu hier veut aussi me mettre sous médocs, mais quand on voit ce que ça donne sur elle... C'est un paquet de nerfs.

« Cela dit, je sais que le matin, c'est toujours le moment où j'ai le plus de mal... »

Elle a un décolleté vertigineux, observe Michael, et, tandis que Lillie continue de parler, il constate qu'il a beaucoup de mal à suivre ses propos.

Il est tiré de sa rêverie par Troy, l'Américain, qui prend alors la parole. Michael comprend qu'il travaille dans l'armée, est actuellement en congé maladie mais doit reprendre du service en Afghanistan à la fin de la semaine.

« J'appréhende beaucoup », ajoute-t-il.

La femme aux cheveux blancs et le type en pantoufles échangent quelques mots auxquels succède un long silence.

L'attente s'installe au-dessus de leurs têtes comme un nuage d'orage.

Qui va craquer ? se demande Michael. La femme aux longs cheveux roux en face de lui ou la toute frêle sur le canapé d'à côté ? Pas moi en tout cas.

La femme assise face à lui remue sur son siège et ouvre la bouche pour parler, mais éclate aussitôt en sanglots.

Michael regarde le sol, gêné.

Mais Johnnie se contente de se pencher et de pousser la boîte de mouchoirs vers elle. Il semble imperturbable.

« Sentez-vous libre de vous exprimer, Karen.

— Ouh, là là ! fait Karen en saisissant un mouchoir. Pardon, pardon, je ne sais pas d'où ça sort, tout ça...

— Inutile de vous excuser, la rassure Johnnie.

— Je n'arrive pas à croire que j'ai atterri ici ! se lamente-t-elle en redoublant de sanglots. Oh non, ce n'est pas ce que je voulais dire. Que je suis maladroite, alors que je ne connais aucun d'entre vous...

— Je ne connais personne non plus », souffle Abby.

Sa voix est un murmure.

Michael se dit que c'est son tour de dire que lui non plus, il ne connaît personne, mais il est trop embarrassé pour ouvrir la bouche.

« J'étais dans le même état que toi en arrivant, confie Lillie à Karen.

— ... et vous faites tous preuve de courage et de franchise, alors que moi je pleure toutes les larmes de mon corps…, susurre Karen, qui semble manquer d'air.

— Mais ça va aller mieux, je te promets, lui assure Lillie.

— Vraiment ? »

Karen semble profondément en douter.

Michael se demande s'il ne l'a pas déjà rencontrée. C'est peut-être une cliente. Hove n'est qu'à quelques kilomètres de Lewes ; certains patients sont d'ici, c'est sûr. Il tire sur les petites peaux autour de ses ongles tout en fouillant dans ses souvenirs : il est plutôt physionomiste - enfin, il l'était… Depuis qu'il a perdu le sommeil, sa mémoire lui joue des tours.

« Ouais, t'es au fond du trou, confirme Troy. Ça ne pourra pas aller plus mal.

— Efforcez-vous de verbaliser à la première personne si vous le pouvez, Troy », intervient Johnnie.

Qu'est-ce qu'il peut bien vouloir dire par là ? se demande Michael. Ah, ces consignes ! Mais il est incapable de prononcer un mot.

Troy opine.

« Pardon. Je veux dire, quand *je* suis arrivé, en posttrauma, j'étais au fond du trou.

— Merci, dit Johnnie.

— Et, à partir de là, ça ne peut que s'améliorer », confirme Lillie.

Le visage de Karen se détend pour laisser place à un minuscule sourire de reconnaissance.

14

Johnnie s'approche du tableau, dessine un grand cercle et recule.

« Aujourd'hui, comme trois d'entre vous sont nouveaux, je vous propose de voir comment notre façon de penser peut concrètement aggraver notre dépression ou notre angoisse », commence-t-il.

J'aimerais bien qu'il arrête de sourire, se dit Michael. Qu'est-ce qui le rend si heureux ? Je ne vois pas ce qu'il peut y avoir de pire que de parler de dépression toute la journée.

« C'est l'une des premières phases du processus thérapeutique : repérer vos pensées et vos comportements, et la façon dont ils sont liés. La seconde phase consistera à remettre en question ce comportement, mais intéressons-nous d'abord à notre manière de penser. Pour y parvenir, on peut utiliser par exemple le diagramme de la “fleur vicieuse”.

— Je l'ai déjà fait, cet exercice-là, marmonne Troy.

— Alors désolé, s'excuse Johnnie, mais chaque groupe est différent car ceux qui le composent changent et je suis donc sûr que vous allez tirer quelque chose de neuf de leurs témoignages. Peut-être pourriez-vous commencer en nous disant ce qu'on inscrit au centre ?

— "Dépression" », répond Troy avec un soupir las, et Johnnie écrit ce mot dans le cercle.

Je vois pas trop le rapport entre cet exercice de nombrilisme et les fleurs..., se dit Michael.

« Bien. Quelqu'un souhaite-t-il me dire ce qu'il fait quand il est déprimé ? »

Johnnie parcourt le groupe du regard.

« Je reste au lit », déclare l'homme aux pantoufles.

C'est original ! se dit Michael.

« Parfait ! s'exclame Johnnie en dessinant à partir du cercle un arc sur lequel il écrit "rester au lit". Et ensuite, que se passe-t-il quand on ne se lève pas ? Comment se sent-on ?

— Comme une merde, répond Troy.

— Exactement, confirme Johnnie, et il écrit "dégoût de soi" sur un autre arc qui revient au cercle.

— Vous auriez dû écrire "comme une merde", rectifie Michael, qui est intervenu comme malgré lui.

— Merci, Michael. Je pense que, pour notre propos, le sens est le même », explique Johnnie.

Michael voit de petites taches roses apparaître sur les joues de Johnnie. Il ne fait pas le poids, ils devraient nous envoyer quelqu'un de plus aguerri, se dit-il. Malgré tout, il s'en veut un peu.

« Quelqu'un d'autre peut-il dire comment il lui arrive de réagir quand il n'a pas le moral ? demande Johnnie.

— En augmentant sa consommation d'alcool ? suggère Michael dans un accès de générosité, et Johnnie trace un nouvel arc à partir du cercle et y inscrit une légende.

— Merci, dit-il, et les taches rouges s'estompent. Et à quoi cela peut-il conduire ?

— À la gueule de bois ! répond Lillie, provoquant l'hilarité générale.

— À augmenter l'angoisse », ajoute Troy, et Johnnie de tracer une nouvelle flèche qui revient vers le cercle.

Ah, se dit Michael, j'ai pigé. Ça forme des pétales. L'ironie, c'est que je suis ici justement à cause des fleurs... Ils continuent dans le même ordre d'idées : Rita, la dame aux cheveux blancs en sari, confie qu'elle reste davantage chez elle, ce qui amène sa vaste famille à moins l'inviter ; Karen explique qu'elle a cessé de faire des choses qu'elle aimait, comme organiser des soirées et voir des amis, et que cela la rend encore plus malheureuse ; Troy reconnaît qu'il s'énerve, qu'il râle et qu'ensuite il se sent coupable ; Colin, l'homme aux pantoufles, déclare qu'il se goinfre de nourriture et qu'après il s'en veut beaucoup. Chacun y va de son couplet jusqu'à ce ils soient à la tête d'une fleur débordant de pétales.

La seule qui n'a rien proposé est Abby, note Michael. Elle est toute pâle, taciturne, elle n'a pas dit un mot en dehors de ceux du tout début. Je me demande ce qui l'a amenée ici. À la dérobée, il l'observe un peu mieux. Elle a l'air épuisée ; elle garde les yeux clos comme si elle avait envie de dormir.

Michael compatit. Peut-être devrait-il lui proposer d'aller leur chercher à tous les deux un café à la réception pour essayer de leur remonter le moral ?

Johnnie poursuit son exposé.

« Alors, pourquoi accomplissons-nous tous ces actes s'ils sont aussi autodestructeurs ? »

Rita, qui est occupée à prendre des notes, lève la tête et dit :

« Parce qu'ils nous apaisent.

— En quoi ?

— Eh bien, rester chez soi, c'est plus facile que le contraire ; quand je vais mal, la dernière chose dont j'ai envie, c'est de voir du monde.

— Exactement, confirme Johnnie.

— Johnnie ? »

Au moment où Lillie se penche en avant, Michael s'exhorte à ne pas se rincer l'œil.

« C'est ce qu'on appelle des "comportements sécurisants", alors ?

— Oui.

— Je ne comprends pas pourquoi on parle de comportements sécurisants, alors qu'en fait ils nous font du mal.

— Parce que ce sont des choses que l'on fait pour se sécuriser, explique Johnnie. Et même s'il est important de se souvenir qu'ils peuvent nous apporter une sensation de réconfort, ce soulagement est temporaire. À long terme, ils peuvent entretenir le cycle.

— Ah… »

Lillie se redresse sur son siège, à l'évidence ravie d'avoir compris.

Oh, là, là ! se dit Michael. Son énergie mentale lui suffit tout juste à percevoir la logique de tout ça. Comme si ce n'était pas assez dur d'arrêter mon métier, maintenant il faudrait aussi que j'arrête de boire…

* *
*

Je me fais du souci pour Callum, pense Abby. Qui l'a préparé, lui a donné son petit déjeuner, l'a aidé à aller aux toilettes ? À l'heure qu'il est, il devrait être à l'école, mais je doute que Glenn ait pris sur son temps de travail et, toute seule, Eva n'y arrivera jamais. Je parie qu'ici personne n'a d'enfant qui demande autant de surveillance que lui, sinon, jamais ils ne pourraient se permettre de discuter comme ça. Je n'ai aucune idée de ce qu'ils racontent. Et qui est ce sosie de Hugh Grant avec sa mèche sur le front ? Je crois qu'il s'appelle Johnnie, mais je ne comprends pas un mot de ce qu'il dit. Comment se fait-il que tous les autres aient l'air de suivre et de participer ?

Elle ferme les yeux pour tenter de chasser de son esprit tous ces gens – et tout ce qui l'entoure. Si seulement c'était si simple… Quoi qu'elle fasse, les pensées sont là qui se bousculent, qui se gravent dans son cerveau. Elle a beau s'efforcer de les analyser, de se raisonner, le cycle est immuable : *tu es une ratée, une mère nulle, une bonne à rien. Indigne d'être aimée, irresponsable, faible.*

En début de matinée, elle avait demandé des médicaments pour mettre son esprit au repos – mendié plutôt, car la fierté n'avait rien à voir là-dedans. Elle voulait juste endiguer ce torrent de tourments qui l'étouffe. Depuis quelque temps, c'est bien pire et elle n'en peut plus. Mais le psychiatre lui a dit : « Vous avez encore du témazépam dans l'organisme », et il lui a donné une dose tellement faible de sédatif que le comprimé ne lui a fait pratiquement aucun effet.

« Donc, s'il y a dépression, c'est que quelque chose ne tourne pas rond, poursuit Johnnie. Et pour retrouver un équilibre, il faut d'abord être déterminé à modifier ces schémas-là. Or, très souvent, on ne veut pas changer, mais quand on commence à comprendre qu'on alimente ses propres pensées négatives, la motivation vient d'elle-même... »

Abby n'a pas le souvenir de s'être à ce point demandé qui elle était et ce qu'elle faisait là où elle se trouvait. C'est comme si une vitre la séparait du reste du monde, qu'elle ne trouvait plus ses repères et ne reconnaissait plus rien ni personne.

Soudain, elle sait ce qu'elle doit faire : rentrer chez elle. Oui, oui, c'est ça ! Il faut que je parte, se dit-elle. Callum a besoin de moi. Si je m'éclipse sans bruit, personne ne s'en apercevra. La porte est juste là. Johnnie nous tourne le dos, il est occupé à écrire au tableau...

Elle a parcouru la moitié de la pièce quand le thérapeute fait volte-face.

« Abby, vous devez partir ?

— Oui. »

Elle entend à peine sa propre voix tellement celle-ci est faible.

« Il le faut, ajoute-t-elle d'un ton plus ferme en avançant la main vers la poignée.

— Je préférerais que vous assistiez à toute la séance. Il ne reste que quelques minutes. »

Elle ouvre la porte.

« Hum, écoutez, attendez un instant... »

Sans lui prêter attention, Abby s'engage dans le couloir.

« Excusez-moi ! » entend-elle Johnnie lancer au groupe.

Elle presse le pas, mais il la rattrape et la saisit par l'épaule avec douceur.

« Abby, ça va ? »

Les pensées d'autoflagellation sont de retour.

« Il faut que je rentre chez moi », répond-elle en tentant de retrouver la lucidité qui était la sienne à peine quelques secondes plus tôt.

Elle reprend sa marche vers l'escalier, mais, au bout de quelques pas, Johnnie la rejoint.

« Arrêtez-vous ! lui intime-t-il.

— Que se passe-t-il ? » demande une femme.

C'est l'infirmière qui, un peu plus tôt, avait agacé Abby en la suivant partout comme son ombre. Elle se précipite vers eux.

« Ah, Sangeeta. Abby s'apprêtait à quitter le groupe... »

Johnnie sourit à Abby sans qu'elle saisisse bien pourquoi.

« Il faut que je m'occupe de mon fils », explique Abby.

Dès qu'il aura compris ça, c'est sûr, il me laissera partir.

« Je ne pense pas que ce soit une bonne idée de rentrer chez vous, reprend Johnnie en adressant à Sangeeta un signe de tête discret qu'Abby capte néanmoins.

— Je m'en charge, assure Sangeeta. Abby, voulez-vous que nous bavardions ensemble ?

— Non. »

Et puis quoi encore !

« Je dois rejoindre le groupe, dit Johnnie. Je vous vois après, Abby. »

Certainement pas, se dit-elle.

* *
*

« Désolé pour cette interruption », s'excuse Johnnie en revenant dans la salle.

Qu'est-ce qui a bien pu se passer ? se demande Michael. Un peu inquiétant, tout ça... Cela dit, elle ira pas bien loin, cette Abby, même si elle en a envie. Je parie qu'elle a pas remarqué que la porte du bas était fermée à clé et qu'il faut le code pour sortir.

Johnnie reprend son marqueur.

« Où en étais-je ?

— Vous parliez de motivation », lui rappelle Troy en bâillant.

J'aurais bien besoin qu'on me motive un peu, moi, se dit Michael. Depuis qu'il a mis la clé sous la porte, il a passé le plus clair de ses journées devant la télé ; Chrissie lui faisait la guerre à ce sujet. C'est quand elle l'avait entendu marmonner qu'il ne voyait pas l'intérêt de reprendre une activité qu'elle avait insisté pour qu'il l'accompagne chez le médecin.

« Ah oui ! Merci, Troy. »

Johnnie efface du tableau le diagramme de la « fleur vicieuse » et écrit en haut les mots : « Se fixer des objectifs ».

« Nous allons maintenant faire un exercice qui pourra vous aider à retrouver la motivation. »

Il saisit les feuilles A4 qu'il avait déposées sur la table.

« Je vous ai apporté un peu de documentation. »

Il s'avance vers Rita, assise sur le siège le plus proche de lui, et lui remet la pile.

« Si vous voulez bien prendre une feuille et faire passer le reste aux autres. Chacun peut essayer de répondre aux questions. »

Mince, j'ai l'impression de retourner à l'école, se dit Michael. Après, on nous libérera pour la récré. Sous la surveillance d'un instit, évidemment...

15

« Alors, qu'avez-vous pensé de ce groupe ? » demande Johnnie tandis que Karen prend place dans le fauteuil face à lui.

Il l'a conviée à un « entretien infirmier » à l'issue de la séance.

« Un peu bizarre », répond-elle en détaillant la pièce dans laquelle il l'a conduite. Celle-ci est rose pâle et beige, avec des voilages aux fenêtres. En dehors de leurs deux sièges, le seul meuble est une petite table sur laquelle sont posés une autre boîte de mouchoirs en papier, un pichet d'eau et des gobelets en plastique ; une horloge est également accrochée au mur. Apparemment, ils ont une demi-heure.

« Parfois, les gens sont un peu déroutés au début et j'ai cru comprendre que vous n'aviez participé à rien de semblable auparavant.

— Oui… Enfin, non », répond Karen.

Elle est encore sous le coup de l'effort produit pour assimiler autant d'informations, et son estomac gargouille. Moi qui me réjouissais d'aller déjeuner, se dit-elle, je vais sans doute devoir attendre.

« Je suis désolé de vous prendre au dépourvu, mais je voulais profiter du fait que nous avions tous les deux du temps devant nous, et je me disais que ce serait aussi bien de commencer maintenant.

— Mais pourquoi ces entretiens en plus des groupes ?, demande Karen.

— Ils nous permettent de faire le point sur votre cas personnel ; je les vois volontiers comme un espace où nous pouvons traiter de sujets qui risqueraient d'être difficiles à aborder devant d'autres patients. Il n'y a que vous et moi, et ce que vous dites ici est confidentiel, sauf si j'estime que vous pourriez nuire à vous-même ou à d'autres. J'espère que vous trouverez ces séances utiles. »

Karen hoche la tête. J'ai vu des séances de thérapie dans des films et à la télé, se dit-elle. Et comme Lou travaille avec des élèves à problèmes, je sais un peu, à travers elle, comment ça se passe. J'aurais peut-être dû lui parler de mon état. Mais elle a un métier assez dur comme ça, et son bébé doit naître d'un moment à l'autre. Je ne voulais pas lui rajouter du stress.

« Donc, Karen, reprend Johnnie en la tirant de ses pensées, pour me permettre de mieux vous connaître, peut-être pourriez-vous me parler un peu de votre passé et revenir sur les événements ou des épisodes particuliers qui vont ont conduite ici ? »

La frange de Johnnie retombe tandis qu'il se penche sur un dossier posé sur ses genoux. Il doit tout y avoir sur moi là-dedans ; c'est sûrement écrit que je suis complètement cinglée, s'inquiète Karen. Mais je ne sais pas s'il veut commencer par mon histoire personnelle, la mort de Simon ou le fait que je n'arrête pas de pleurer…

« Je ne sais pas trop ce que vous savez déjà sur moi, dit-elle.

— Eh bien, je sais ce que vous avez partagé avec le groupe ce matin. »

Mais ce n'était pas ce que Karen voulait dire et Johnnie semble l'avoir compris.

« Sinon, je n'ai rien d'autre qu'un bref courrier de recommandation de votre généraliste, de sorte que vous pouvez considérer que j'en sais très peu sur vous et commencer où bon vous semble. »

Au secours ! se dit Karen. Il y a tant à dire, or elle n'est pas sûre d'être prête à révéler quoi que ce soit sur elle. Cela dit, comme les thérapeutes sont souvent enclins à penser que les problèmes proviennent de l'enfance, elle attaque par un sujet qui n'est pas trop douloureux et qui lui paraît pertinent.

« Alors, j'ai grandi à Reading, dans le Berkshire, et nous étions deux enfants... mais aujourd'hui mon frère vit en Australie, du coup nous ne nous sommes pas vus depuis un bon moment... quant à mes parents... hum... mon père et ma mère étaient... »

Mauvais choix, la seule évocation de son père lui tire des larmes. Il me manque tellement, se dit-elle, se revoyant petite fille avec lui.

« Il faudrait que j'arrête de pleurer comme ça, dit-elle en prenant un mouchoir. Désolée. Je ne pensais pas que tout ça ressortirait aussi... aussi... vite.

— Pleurer peut être une très bonne chose », la rassure Johnnie.

Karen n'en est pas si sûre. Est-ce vraiment productif de pleurer aussi souvent ?

« Vos larmes sont peut-être le signe que quelque chose est en train de se libérer, voire de changer.

— Peut-être... »

Malgré son jeune âge, Johnnie a l'air plein de discernement. Karen pousse un long soupir :

« Mon père est mort il y a six semaines. »

Elle a l'impression de se retrouver plongée dans l'hôpital de Worthing, courant dans le couloir, cherchant désespérément sa mère, finissant par la trouver, livide et égarée, devant l'unité de soins intensifs...

« Il était dans une maison de santé, explique Karen à Johnnie. On ne sait pas au juste ce qui s'est passé, mais, d'après l'infirmière, quand elle est allée dans sa chambre pour lui donner ses comprimés du soir, elle l'a trouvé dans son fauteuil, incapable de bouger. Elle lui a demandé si tout allait bien et il n'a rien répondu. Alors que mon père, quand il était réveillé, disait toujours quelque chose, même si c'était : "Casse-toi !" »

Karen rit d'un air contrit.

« Il avait eu une attaque. »

Johnnie hoche la tête d'un air compréhensif.

« Il n'a jamais repris conscience. »

Elle tapote ses yeux avec le mouchoir.

« Il a tenu une semaine, à la fin... »

Elle avait pu voir son père, tenir sa main, sentir la chaleur de sa peau et écouter sa respiration, mais il ne s'était jamais réveillé.

« Je suis vraiment navré pour vous, dit Johnnie.

— Ce n'est rien », dit-elle, avant de se reprocher cette expression aussi banale.

Une mort peut-elle n'être « rien » ? Elle ne veut pas non plus que Johnnie pense qu'elle n'aimait pas son père.

« Il avait plus de quatre-vingts ans, il souffrait d'Alzheimer depuis plusieurs années.

— Ç'a dû être difficile.

— Effectivement... Mais, avant, eh bien... on était très proches. »

Elle lève les yeux – Johnnie a une expression pleine de compassion – et les sanglots la reprennent. Elle a l'impression d'être une bulle de savon qui ne tient que par sa tension ; quelques mots gentils et, *plop !*, elle éclate. À cause des larmes, elle a du mal à parler.

« Je… je m'en suis moins bien sortie cette fois-ci. Comme je sentais que je ne tenais pas le coup, hum, mon amie Anna m'a suggéré de voir mon médecin, et il m'a dit… il m'a dit qu'il n'était pas surpris que j'aie du mal, et, euh… il m'a proposé des antidépresseurs, mais ça ne me ravit pas de prendre des médicaments… je n'ai pas envie de devenir quelqu'un d'autre – ils risquent de modifier ma personnalité – et je ne veux pas devenir dépendante…

— Je doute vraiment que ça vous arrive, la rassure Johnnie. Et, pour certaines personnes, ils sont d'une réelle utilité.

— Vraiment ?

— Ils peuvent aider à retrouver le moral et, même si je ne les préconiserais pas seuls, il a été prouvé que, associés à une thérapie, les antidépresseurs pouvaient donner de bons résultats.

— Ah…

— Vous pourrez toujours en discuter avec le Dr Kasdan – c'est notre psychiatre – si vous souhaitez en savoir plus. Je vous propose de voir comment se passent les sept ou dix prochains jours, avec le groupe et les séances individuelles, et d'en reparler ensuite.

— Ça me paraît être une bonne idée.

— Mais je vous ai interrompue. Vous disiez ? »

Karen hésite, s'efforce de retrouver le fil.

« Oui, donc, hum, j'ai décidé que… Enfin, mon amie m'a dit que mon assurance maladie me donnait peut-être droit à d'autres prestations, vous voyez, comme celles qu'on trouve ici, dont je me suis informée et j'ai vu que oui, que j'étais prise en charge... donc...

— Il n'est peut-être pas indispensable d'entrer dès maintenant dans ce genre de considération, dit Johnnie. Puis-je vous ramener un instant à votre père ?

— Oh, bien sûr. »

Karen est désarçonnée. Je dois le barber, se dit-elle, à me perdre dans les détails.

« Vous avez dit "cette fois-ci". "Je m'en suis moins bien sortie *cette fois-ci.*" Puis-je vous demander... Aviez-vous perdu un proche auparavant ?

— Oui. »

Elle marque un temps, puis poursuit :

« Mon mari.

— Votre mari ? »

Johnnie est interloqué, Karen le voit bien. Il ne s'attendait pas à ce qu'elle soit veuve. Personne, d'ailleurs. Elle a beau être habituée à cette réaction, elle a du mal à s'y faire. À présent, pour atténuer le choc, elle évite d'entrer dans les détails, et puis la jeunesse de Johnnie l'incite à le ménager plus particulièrement. Ayant attrapé un nouveau mouchoir, elle explique :

« Il a eu une crise cardiaque, totalement imprévue... Ça fait tout juste deux ans... »

Sa voix se brise. Elle se souvient que Johnnie est thérapeute. Il peut encaisser ça.

« Mon mari s'appelait Simon.

— Le choc a dû être terrible.

— En effet. Mais je m'en suis sortie... Bon, je ne dis pas que je n'ai pas été affectée, bien sûr que si, ç'a été horrible, une période épouvantable, affreuse... »

La vision fugace de Simon s'effondrant dans le train la fait frissonner. Sa gorge se serre.

« Mais j'ai fait face, bien obligée, vous savez, à cause des enfants, et j'ai continué d'avancer. Tandis que là, avec mon père, j'ai l'impression de ne pas tenir le choc. Ces dernières semaines – depuis sa mort –, j'ai passé mon temps à pleurer, tous les jours, plusieurs fois par jour. Et on dirait... Je ne sais pas ce qui se passe en moi. Certains jours, j'ai le moral à zéro, tandis que d'autres, je me sens au plus mal, mais différemment. C'est comme si quelqu'un avait pris le contrôle de mon corps et que je n'étais plus du tout moi-même.

— Diriez-vous qu'il s'agit de symptômes physiques ? »

Karen plisse le front.

« C'est difficile de séparer les deux. J'ai des maux de tête, comme si on me comprimait le front avec un bandeau en métal – parfois, l'impression est tellement nette que je m'étonne de ne pas le voir... C'est comme si j'avais mis un chapeau et qu'en l'enlevant il laissait une marque, mais que je le sentais encore sur ma tête. »

Johnnie opine.

« C'est une bonne image.

— Mais pourquoi maintenant ? Pourquoi ai-je surmonté la mort de Simon, pourtant totalement imprévisible, et pas celle de mon père... alors que j'aurais dû me douter – et que je me doutais – qu'elle allait venir ? Mon père avait quatre-vingts ans passés, il était malade depuis des années.

— Écoutez, tout porte à croire que vous êtes en dépression. Vous avez traversé des épreuves très difficiles dans un laps de temps relativement court, et il est donc tout à fait naturel que vous ayez ce type de réaction.

— Pour ma mère, ç'a été très dur nerveusement de s'occuper de lui... du coup, c'est une sorte de bénédiction, de soulagement pour elle. J'aimerais bien voir les choses ainsi, moi aussi, mais à présent je me fais sans arrêt du souci pour elle, pour ce qu'elle va devenir. Elle devrait sûrement venir s'installer chez nous, mais je ne suis pas certaine de pouvoir affronter ça en ce moment, pas en aussi piteux état... »

Karen s'interrompt et lève les yeux, puis ajoute :

« Désolée.

— Vous n'avez pas à vous excuser.

— Non, sans doute pas. Désolée. »

Se rendant compte de ce qu'elle vient de dire, Karen éclate de rire. Johnnie sourit.

« J'ai l'impression que vous culpabilisez beaucoup.

— Ah oui ?

— On dirait que vous vous croyez tenue d'adopter une certaine attitude envers la mort de votre père et que, comme vous n'y parvenez pas, vous vous le reprochez. J'entends beaucoup le mot "devoir" dans ce que vous dites : vous auriez dû anticiper l'attaque de votre père, vous *devriez* demander à votre mère d'emménager chez vous, vous ne *devriez* pas pleurer autant...

— Effectivement, c'est un peu mon état d'esprit...

— Face à un événement douloureux, on a parfois l'impression d'avoir mal réagi. »

Johnnie jette un coup d'œil à l'horloge.

« Juste pour votre gouverne, il ne nous reste hélas que quelques minutes.

— Je n'arrive pas à comprendre pourquoi je suis plus chamboulée qu'à la mort de Simon, avoue Karen. Vous ne trouvez pas ça bizarre ?

— C'est-à-dire... J'ai l'impression que vous avez probablement subi ce qu'on appelle fréquemment un *traumatisme cumulatif*. Cela peut se produire quand on traverse plusieurs événements pénibles à la suite.

— Ça expliquerait une perte d'équilibre aussi grave ?

— Il est peut-être préférable de ne pas comparer ça à un équilibre de ce type... (Johnnie tend devant lui ses mains en forme de conques, comme les plateaux d'une balance) où un chagrin serait plus lourd qu'un autre. (Il baisse une main et lève l'autre.) Ce qui s'est sans doute plutôt produit... (il pose ses mains l'une sur l'autre) c'est que vous avez été capable de supporter un lourd fardeau, mais pas deux. »

Il baisse les deux mains.

« Ah, je n'avais pas vu les choses ainsi...

— Je ne dis pas qu'il n'y a que ça, mais vous gagneriez peut-être à être plus indulgente envers vous-même. »

Karen acquiesce d'un signe de tête.

« Nous allons devoir en rester là pour aujourd'hui, mais vous pourriez y réfléchir un peu, pour la prochaine fois.

— Bien sûr.

— Bon appétit ! » ajoute Johnnie.

16

Oh non…, se dit Michael en pénétrant dans la salle à manger. Presque toutes les chaises sont prises ; il va devoir partager une table avec d'autres patients. Une place est libre à côté de Rita et, avec cette dernière, il ne craint pas grand-chose, mais elle est assise avec Troy, et comme Troy semble d'humeur aussi sombre que lui, il vaudrait peut-être mieux l'éviter. Michael cherche Karen des yeux – quitte à discuter avec quelqu'un, autant que ce soit avec elle, se dit-il – parce qu'elle est nouvelle, comme lui. Mais il se souvient que Johnnie l'a interceptée au moment où ils sortaient.

Il ne reste que deux places libres, à une table située dans l'angle près de la porte-fenêtre. Les deux autres sont -occupées par le type à la crête qui avait renseigné Michael sur la machine à café et par un autre jeune à lunettes dont les tatouages bigarrés semblent grimper le long de ses bras et déborder sur sa nuque. Michael va jusqu'à eux et, au moment où il leur demande : « Ça vous ennuie si je me mets avec vous ? », une bouffée de parfum envahit l'air et il sent des cheveux lui caresser le bras.

« Salut ! »

C'est Lillie.

« Ça pose un problème si je m'assois là ?

— Bien sûr que non ! », répondent les deux hommes.

Tu m'étonnes..., se dit Michael.

« Allez, Michael, pose tes fesses à côté de moi ! » le convie Lillie en tapotant l'assise rouge de la chaise voisine.

Il s'exécute.

« Michael est nouveau, explique Lillie.

— On s'est vus ce matin », confirme l'homme à la crête avec un hochement de tête.

Il tend la main.

« Moi, c'est Karl. »

Michael la lui serre.

« Et lui, c'est Lansky. »

Lansky lève les yeux de son assiette – son hamburger-frites est déjà servi – et lui adresse un signe de tête.

« C'est pas courant comme prénom, observe Michael avant de s'en vouloir d'avoir sorti une évidence et d'ajouter : On doit te le dire tout le temps.

— Non, répond Lansky. Il n'y a qu'ici qu'on m'appelle comme ça. C'est mon nom de famille – mon prénom, c'est Paul, mais on est deux dans le GA.

— Le "groupe addictologie", explique Lillie en lisant la perplexité sur le visage de Michael.

— Et toi, t'es là pour quoi ? demande Lansky.

— Oh, lui, c'est un déprimé, explique Lillie.

— Tandis que nous, on est des dépravés. »

Karl lui lance un clin d'œil que son sourcil piercé semble amplifier.

« Très dépravés ! »

Lillie approuve de la tête. Elle se tourne vers Michael :

« Karl tournait à la cocaïne.

— Et aux amphètes, précise Karl.

— Tandis que moi, c'est l'alcool », ajoute Lansky.

Ça se voit, se dit Michael. Derrière ses larges lunettes à monture noire, les joues de Lansky sont striées de vaisseaux éclatés.

Au milieu de la table se trouve une cruche. Lillie s'en saisit pour emplir son verre d'un jus indéterminé et précise :

« Ici, on aime bien dire qu'il y a les détraqués, les dépravés et les déprimés. »

Michael se fend d'un sourire.

« Donc, si nous on est les déprimés et les dépravés, les détraqués, c'est qui ?

— Oh, il n'y en a pas beaucoup en ce moment, explique Karl. Mais c'est... tu vois, les psychotiques, les grands malades, ceux qui ont vraiment pété un câble.

— Un câble, j'en ai pété un avant de venir ici », confie Lillie.

Sa franchise est désarmante, mais Michael s'est vite aperçu qu'à Moreland's Place on va droit au but.

« Je suis BP. »

Elle lui sourit de toutes ses dents.

« C'est quoi, ça ? demande Michael.

— Bipolaire », explique Lansky en prélevant une grosse bouchée de son hamburger.

Du ketchup gicle sur le côté et tombe dans son assiette avec un bruit mou.

Lillie lève les yeux vers une femme qui leur apporte leurs plats. Celle-ci tend à Michael une assiette contenant une pomme de terre au four garnie de thon et de maïs ; il se souvient à présent de l'avoir commandée plus tôt.

« Vous avez la mienne, Sally ? »

Ça fait drôle d'appeler le personnel et les autres patients par leur prénom, se dit Michael. Cela dit, c'est sympa, ça fait du bien.

« C'était quoi ? demande Sally.

— Une omelette, répond Lillie. Je suis allergique au blé », explique-t-elle à Michael.

Elle l'a dit en baissant la voix, comme si cet aveu était plus intime que le précédent.

« D'accord... »

Michael n'est pas curieux de nature, mais il est captivé. Il se voit déjà moins comme une bête rare et puis, pendant longtemps, il s'est senti coupé des autres. Pour la première fois depuis des mois, il éprouve un sentiment vaguement apparenté à la gaieté.

« Quand tu dis "j'ai pété un câble", ça veut dire quoi ?

— J'ai tenté de poignarder ma sœur », répond Lillie.

Michael est à deux doigts de s'étouffer avec sa pomme de terre.

« Tu as dû en entendre parler, poursuit Lansky. C'était dans tous les journaux. »

Au moment même où il prononce ces mots, Michael a une illumination. C'est donc là que j'ai vu Lillie ! Ça alors ! Avec sa sœur, elle présente l'émission de télé dont mes gosses sont fous, *Street Dance Live*. Moi, je déteste – c'est la musique qui m'insupporte –, mais quand même. Dire que je déjeune avec quelqu'un de célèbre..., songe-t-il en s'immobilisant un instant pour avaler sa bouchée, Ryan et Kelly ne vont pas en revenir.

« J'ai eu un épisode psychotique, explique Lillie en rajustant son haut, ce qui oblige une nouvelle fois Michael à prendre sur lui pour ne pas regarder. Mais maintenant, ça va mieux. »

D'où les médocs, se dit Michael. Après tout, peut-être que, pour certains patients, c'est pas si mal.

« Et ta sœur ?

— Oh, elle me connaît par cœur, sourit Lillie. Mais, sur le coup, j'étais sûre et certaine qu'elle était la fille du diable.

— Une détraquée, tu vois ! intervient Lansky en se tapotant la tempe, mais avec un grand sourire.

— Et donc, t'es pris en charge ou quoi ? » demande Karl.

Il faut un moment à Michael pour saisir ce dont il parle.

« Tu veux dire, comment je fais pour payer mon séjour ?

— Ben oui, répond Karl. Elle, c'est du financement privé, évidemment..., poursuit-il avec un petit geste en direction de Lillie. Et Lansky aussi...

— C'est mon père qui casque, explique ce dernier, l'air penaud.

— Et moi, c'est ma boîte qui m'aide. Et toi ?

— Ah..., répond Michael, qui comprend peu à peu. Moi, c'est le NHS.

— Le NHS ! » s'exclament Lillie et Karl, dont la curiosité est piquée au vif.

Michael confirme d'un hochement de tête. Je n'avais pas conscience que c'était aussi rare, se dit-il. Pour autant, il n'a pas beaucoup repensé à son admission. Elle se perd dans le brouillard.

« T'as du bol, enfoiré ! » s'exclame Karl.

C'est la première fois depuis longtemps qu'on me dit que j'ai de la chance, pense Michael.

« Pourquoi ?

— Ça coûte une fortune d'être ici, sinon. »

Karl se tourne vers Lillie :

« Combien déjà ?

— T'es hospitalisé, c'est bien ça ? » demande Lillie.

Michael acquiesce d'un hochement de tête, même s'il n'a aucune idée de la durée prévue de son séjour.

« Comme nous, alors. Pas loin de 1 000 livres la nuit. »

Pour la seconde fois, Michael manque de recracher ce qu'il a dans la bouche. Il saisit son verre et avale une gorgée de jus.

« Mais comment ça se fait que le NHS t'ait envoyé ici ? reprend Karl.

— Pas de lits disponibles ailleurs, répond Michael.

— Tu te souviens pas ? demande Lansky. L'autre gars – il y a quelques semaines – Matt ? Celui qui avait toujours le nez dans un livre. L'accro au Scrabble. Pour lui aussi, c'était le NHS.

— Ah oui ? s'étonne Lillie.

— Ben oui. Apparemment, ils ont réduit le nombre de lits dans les services de santé mentale. Du coup, ils font le tour des hôpitaux psy par téléphone et, s'il n'y a plus de place, les patients en trop finissent dans des cliniques comme celle-ci.

— Je savais pas... », admet Karl.

Je ne comprends pas qu'ils s'en étonnent, se dit Michael, on octroie au secteur public de moins en moins de moyens. Il prend alors conscience de la portée de ce qu'ils viennent de dire.

« Donc si un lit se libère, ils vont me transférer, vous croyez ? »

Il lutte pour dominer sa panique. C'est un farouche partisan du public, mais pour lui, qui commence à peine à s'adapter, l'idée d'être envoyé dans un service psychiatrique du NHS l'emplit de terreur. Des images de camisoles de force et de patients attachés aux montants de leurs lits lui traversent l'esprit. Ne sois pas ridicule, se dit-il. On n'est plus au XIXe siècle. Pour autant, il ne peut chasser l'effroi suscité par cette perspective. Là-bas, pas d'aquarelles originales sur les murs, il en est presque certain, mais il peut s'en passer. Le pire, et de loin, c'est l'idée de ne pas avoir de chambre pour lui seul.

« Non, maintenant que tu es là, tu peux être tranquille. Je suis sûr que ça serait bien trop compliqué de te changer d'endroit », le rassure Lansky.

Dieu merci, se dit Michael. Se retrouver dans un service avec des cas dans mon genre, je ne peux rien imaginer de pire.

17

« Voulez-vous qu'on s'installe dans la petite salle ? propose Sangeeta.

— Ça m'est égal. »

L'infirmière suit le couloir jusqu'à une autre porte, retourne une pancarte pour la faire passer de LIBRE à OCCUPÉ, et introduit Abby dans une salle semblable à celle où le groupe s'était réuni, mais plus petite.

À part nos chambres, les locaux sont tous rose pâle et beige comme celui-ci dans ce bâtiment ? se demande Abby. Il y a de quoi s'y perdre.

« Prenez un siège », lui dit Sangeeta en désignant le canapé le plus éloigné de la sortie. Elle s'assied sur l'autre, près de la porte.

Abby reste debout.

« Je ne préfère pas. »

Elle n'a pas renoncé à se sauver. Ça va être difficile de passer devant Sangeeta, mais en faisant vite… Pourtant, une minuscule parcelle de son être lui dit qu'il serait peut-être plus sage de rester là. Elle se balance nerveusement d'un pied sur l'autre.

« Pourquoi je ne peux pas partir ?

— Dans la mesure du possible, les thérapeutes souhaitent qu'on ne quitte pas les groupes en pleine séance, explique Sangeeta. Dès qu'une personne s'en va, d'autres l'imitent souvent, ce qui peut être perturbant pour ceux qui veulent rester. »

On n'est pas en plein milieu, se dit Abby, et Sangeeta se trompe.

« Je ne voulais pas partir du groupe. Je voulais partir d'ici.

— Ah… »

Un silence.

« Je ne crois pas que ce soit une bonne idée non plus.

— Pourquoi ? »

Abby réfléchit à cent à l'heure, cherche des solutions tous azimuts, mais à peine lui viennent-elles qu'elle les écarte.

« Il faut que je rentre chez moi pour être avec mon fils. »

Elle se dirige vers la porte, mais Sangeeta tend la main et saisit la poignée. De nouveau, l'angoisse envahit Abby.

« Je ne me sens vraiment pas bien, c'est ma tête… Je n'arrive pas à avoir les idées claires, à me concentrer… C'est pour ça que ça n'a pas collé avec le groupe… et, la nuit dernière, j'ai à peine fermé l'œil, on ouvrait tout le temps la porte pour voir comment j'allais… ça me réveillait sans arrêt…

— Si vous voulez, je peux rester un moment avec vous pour faire des exercices de respiration.

— Non, merci.

— Vous êtes sûre ? Ça pourrait vous aider à vous détendre un peu et empêcher votre esprit de galoper.

— Ça fait des semaines que j'essaie. »

Abby réprime une brusque envie de hurler.

« Vous auriez un autre comprimé à me donner ? »

Elle se creuse la tête. C'est terrible, impossible de retrouver le nom...

« Je crois que ça commençait par un D... Je n'en ai eu qu'un.

— Du diazépam ?

— Vous pourriez aller voir ? demande Abby très agitée. Franchement, je n'en peux plus...

— Si j'y vais, vous me promettez de rester ici ?

— D'accord.

— Vous savez qui a été désigné pour vos entretiens infirmiers ?

— Mes quoi ?

— Vos entretiens infirmiers.

— Aucune idée.

— Comme vous venez d'être admise, je ne suis pas au courant, explique Sangeeta. Je vais vérifier ça aussi et je reviens tout de suite. »

Une fois seule, il faut à Abby une volonté énorme pour rester dans la pièce. Sans la perspective du diazépam, elle ficherait le camp.

Quelques instants plus tard, on frappe et, avant qu'Abby ait eu le temps de dire « entrez », la porte s'ouvre.

Son cœur fait un bond : ce n'est pas Sangeeta qui revient avec le médicament, mais une autre femme, radicalement différente.

« Bonjour, dit celle-ci, je m'appelle Beth. »

Abby scrute son badge d'un œil suspicieux.

« Vous avez mes comprimés ?

— Ne vous inquiétez pas, Sangeeta s'en occupe. »

Quelque chose dans son attitude rassure Abby. Son angoisse descend d'un cran.

« C'est avec moi que vous aurez vos entretiens infirmiers. »

Beth lui sourit. Ses yeux pétillent et son expression est plus douce que celle de Johnnie ; elle est également plus âgée – de beaucoup – et sa voix est apaisante. Étrangement, le fait qu'elle soit un peu ronde la rend accessible ; Abby sent d'instinct qu'elle est en présence de quelqu'un de posé, de réconfortant, même.

Elles sont sympas, ses chaussures, se dit Abby, admirative devant les semelles compensées violettes de Beth. C'est la première pensée positive qui lui vient depuis le matin.

« Sangeeta m'a expliqué que vous aviez l'intention de partir. J'ai cru comprendre que vous étiez contrariée et je me suis donc dit que le moment était propice pour me présenter à vous, poursuit Beth en s'asseyant. Voulez-vous prendre un siège, Abby ? Je ne sais pas vous, mais, moi, je préfère être assise pour discuter.

— D'accord. »

Abby se pose au bord du canapé.

« Je sais que vous vous sentez très angoissée.

— Oui. »

Le mot suffit pour que les jambes d'Abby soient prises d'un tremblement irrépressible.

« C'est une sensation affreuse, je le sais. Je l'ai connue moi aussi.

— Vous ? »

Abby est sidérée d'entendre une thérapeute révéler un aspect de sa vie privée ; parmi les médecins et les spécialistes qu'elle a rencontrés au fil des ans – et ils ont été nombreux si elle remonte à ses années d'études et y ajoute ceux qui se sont occupés de Callum –, aucun ne lui a jamais fait part de ce qu'il avait lui-même vécu.

« Oh, que oui ! reconnaît Beth en grimaçant et en secouant la tête. Parfois, elle vous submerge complètement, n'est-ce pas ? »

Peut-être pourrais-je faire confiance à cette femme, juste un peu, se dit Abby.

« J'aimerais bien qu'on arrête de me suivre partout, lui confie-t-elle. Ça m'angoisse encore plus.

— Qui vous suit ? Des gens à l'extérieur d'ici ?

— Oh non ! s'esclaffe Abby. Je ne suis pas complètement paranoïaque. Ici même. Vous savez, les infirmières.

— Sangeeta, vous voulez dire ?

— Oui. Et la nuit dernière aussi, c'était dingue. Même quand j'étais couchée. Ils n'ont pas arrêté de venir, toutes les cinq minutes, toute la nuit. Expliquez-moi comment je peux arriver à dormir avec tout ça, moi !

— Nous nous efforçons de prendre soin de vous, Abby, c'est uniquement pour ça. Nous procédons ainsi avec beaucoup de nos patients qui, hum...

— Qui quoi ?

— Qui peuvent constituer un danger pour eux-mêmes.

— Mais je ne suis pas un danger pour moi-même. La vie est merdique, mais je ne vais pas faire de bêtise. »

Beth reste muette quelques instants, puis murmure :

« OK…, en hochant lentement la tête. Pourriez-vous m'en dire un peu plus sur votre état d'esprit actuel ? »

Abby fronce les sourcils. Il y a longtemps qu'on ne l'a pas questionnée aussi franchement sur ses émotions.

« Je suis stressée. »

Elle hausse les épaules. Par où vais-je bien pouvoir commencer ?

« Je sors d'une période infernale : avec mon mari, on ne s'entend plus.

— Je suis navrée de l'apprendre.

— Nous sommes en instance de séparation, et je vais devoir déménager. On pensait avoir des acheteurs pour la maison, mais comme Glenn n'a pas voulu démordre du prix de départ, j'ai l'impression qu'on les a perdus. »

Elle s'interrompt. D'avoir prononcé ces simples paroles, la tête lui tourne. Elle sent ses jambes s'agiter contre le bord du canapé.

« Ah oui, et puis il y a mon fils. Il souffre d'autisme.

— Ça fait énormément de choses à gérer, dites-moi !

— Oui, en effet.

— Vous avez reçu du soutien pendant toute cette période ?

— J'ai plusieurs nounous qui me donnent un coup de main pour Callum…

— C'est votre fils ?

— Mmm.

— Pour autant, j'imagine qu'elles ne vous permettent pas réellement de vous confier, n'est-ce pas ? »

En entendant Beth parler ainsi, Abby se rend compte à quel point elle était seule.

« Non, pas vraiment.

— D'autres personnes ? Des amis, de la famille ?

— Euh... »

Elle plaisante ou quoi ? s'étonne Abby. Mes amis, je n'ai pas une minute pour eux. Ces derniers temps, surtout. Elle songe à sa mère et à son père.

« Mes parents habitent dans le Nord, et je ne les ai pas vus depuis un moment. Mais, bon, on n'est pas non plus très proches. Ils aiment bien leur tranquillité.

— Donc, j'imagine qu'avec le temps votre angoisse n'a fait qu'empirer... »

Beth pose ses coudes sur ses genoux et se penche en avant.

Les pensées d'Abby ralentissent légèrement leur cavalcade, ce qui lui permet d'y voir plus clair.

« Oui. Elle s'est beaucoup aggravée depuis le début de l'année. »

Je devrais peut-être lui dire que j'ai déjà été dans cet état, se dit-elle, quand j'ai rompu avec Pierre.

« À croire que chez moi, l'angoisse, c'est une habitude.

— Qu'est-ce qui vous fait dire ça ?

— À une époque, j'ai vraiment été au plus mal... »

Abby tâche de retrouver la date exacte.

« Il y a à peu près dix ans. Je me suis séparée de mon ami au moment même où je préparais mon expo de fin d'études.

— Ces deux événements concomitants, ça a dû être terrible. »

Abby repense à Pierre. Ce tango qu'il lui a fait danser : je te prends-je te quitte, je te prends-je te quitte...

« J'ai abordé mes examens finaux avec une appréhension terrible, je me souviens. J'étais tellement tendue que, pour la première épreuve, pendant une demi-heure, j'étais complètement bloquée, explique Beth en riant et en secouant la tête. C'est ce qui se produit quand on panique, on est incapable de canaliser sa pensée. »

Une nouvelle fois, Abby est frappée par sa franchise. Le thérapeute qu'elle avait vu brièvement à la fac s'était montré distant et s'exprimait comme un robot, comme s'il lisait un manuel à voix haute.

« J'ai été sous Prozac pendant un temps, reconnaît-elle.

— Diriez-vous que ça vous a aidée ?

— Oh oui ! »

Plus que la thérapie, se rappelle Abby.

« Depuis, vous avez eu d'autres épisodes d'angoisse ?

— Aucune alerte vraiment sérieuse, non.

— Tant mieux. »

Depuis quelques années, je suis tellement centrée sur Callum que je n'ai pas pensé à grand-chose d'autre, songe Abby. Peut-être que tout ça s'est accumulé.

Beth reste silencieuse un moment, puis regarde Abby droit dans les yeux.

« J'aimerais vous demander quelque chose, Abby, et j'espère que vous ne m'en voudrez pas d'être aussi directe. Quand je prends en charge une personne nouvelle ici, comme je le fais avec vous, je dispose au préalable de quelques renseignements. Ils sont très succincts – dans votre cas, il s'agit simplement de ceux transmis par l'hôpital car je crois savoir que vous y avez été admise ce week-end. Pour autant, j'y ai lu qu'un tube vide de témazépam a été retrouvé près de votre lit. D'après votre mari, vous auriez ingéré des comprimés en assez grand nombre. »

À travers la brume des derniers jours, les souvenirs commencent à refaire surface. Abby revoit Glenn rentrer à la maison, tard comme à son habitude – ce devait être… quand ? Vendredi soir ? Il est venu dans sa chambre – à cause de Callum qui pleurait ou s'agitait, n'est-ce pas ce qu'il lui a dit ? La trouvant totalement hébétée, il s'est inquiété et a insisté pour l'emmener aux urgences où on lui a administré quelque chose pour la faire vomir alors même qu'elle était à moitié endormie…

Abby fait le lien.

« C'est pour ça qu'on m'a envoyée ici ? »

Beth confirme d'un mouvement de tête.

« C'est une des raisons pour lesquelles vous avez été admise, oui. Je pense que votre mari était extrêmement inquiet à votre sujet. Selon lui, le tube contenait encore pas mal de comprimés.

— Mais, sur le moment, je lui ai dit que je voulais dormir, rien d'autre.

— Ne craigniez-vous pas de vous faire du mal en en prenant autant ?

— Je n'en ai pas avalé tant que ça !

— Vous n'aviez donc pas l'intention de dépasser la dose ?

— Non ! »

Pensaient-ils vraiment qu'elle avait essayé de se supprimer ? Pire, Glenn le pensait-il aussi ?

« Enfin, heureusement qu'il est assez difficile de s'empoisonner avec du témazépam. Je ne suis pas médecin, mais j'ai cru comprendre qu'il en fallait une forte dose pour y parvenir. En général, il vous plonge dans un très, très profond sommeil.

— Je n'ai pas voulu m'empoisonner. »

Abby sent la tension revenir.

« Je n'abandonnerais jamais mon fils. Même si j'étais moralement au plus mal, jamais je ne prendrais un tube entier. Je n'ai pas arrêté de le dire, je n'en ai pris qu'un ou deux pour m'aider à m'endormir. »

De nouveau, Beth garde le silence.

« J'ai essayé de le dire à Glenn et aux gens des urgences, mais personne ne m'a écoutée… Glenn ne m'écoute plus depuis des mois. »

Elle tente de retrouver d'autres souvenirs de cette nuit-là, mais en vain. Était-ce à cause des médicaments ou de tout ce stress auquel elle était soumise, sans doute des deux, en tout cas elle ne se remémore pas grand-chose de son arrivée à Moreland's Place ; si ce n'est que Glenn l'a conduite ici en voiture le lendemain matin et qu'un type en costume a rempli des tas de formulaires.

Beth regarde toujours Abby, l'air perplexe. Elle essaie de recoller chaque morceau, se dit Abby, comme si j'étais une pièce de porcelaine brisée. Je ne lui en veux pas ; moi-même j'ai du mal.

Tout à coup, elle comprend : ils m'ont placée en – comment dit-on ? – surveillance suicidaire. C'est pour ça qu'on me suit partout. Il faut que je m'explique mieux, que je mette les choses au clair.

« Je crois qu'il y a eu un malentendu… Je n'ai pas pris tous ces comprimés en même temps. Je vous assure. »

Beth la considère d'un œil interrogateur.

« OK. Il m'est effectivement arrivé d'en prendre plusieurs, mais jamais plus de deux ou trois à la fois.

— Je vois... »

Beth se frotte le front, comme pour s'aider à démêler la vérité.

« Puis-je vous demander pendant combien de temps vous en avez pris ? C'est juste qu'ils peuvent entraîner une forte dépendance.

— Oh, quelques semaines. Mais je n'en prenais pas tous les soirs.

— D'aaaccord...

— Je vous l'ai dit, je ne dormais pas et, sans sommeil, impossible de faire face à tout ce que j'ai à faire. »

Abby est agacée. Pourquoi Beth ne la croit-elle pas ? De nouveau, elle sent l'angoisse reprendre le dessus.

« Votre mari savait que vous en preniez ?

— Non. »

Abby rougit. C'étaient ses comprimés à lui. Un accès de colère la gagne alors :

« Depuis quelque temps, il n'était pas assez souvent là pour s'en apercevoir ! »

Beth hoche la tête, lentement.

« Je crois avoir compris la situation. Merci de vous être montrée aussi coopérative. »

Nouveau hochement de tête, plus résolu.

« Je suis désolée pour cette erreur d'interprétation.

— Oui, moi aussi... »

Ces excuses incitent Abby à l'indulgence. J'imagine que tout le monde a cru bien faire. Sauf Glenn, se dit-elle. J'ai l'impression qu'il s'est débarrassé de moi ici au lieu de m'apporter son aide. Ce n'est pas que j'attende un soutien de sa part, mais c'est tout lui, ça. Si seulement je n'avais pas été autant dans le cirage l'autre nuit, je ne me serais pas laissé interner aussi facilement.

Tandis qu'Abby est aux prises avec ses pensées, on frappe de nouveau à la porte.

« Oui ? » répond Beth.

Cette fois, c'est Sangeeta.

« Je vous ai apporté ça, dit-elle à Abby en lui tendant un petit comprimé blanc et de l'eau dans un gobelet en plastique. Le Dr Kasdan préfère que vous n'en preniez qu'un à la fois, mais il dit qu'il pourra vous en accorder un autre dans la journée si vous ne vous sentez pas mieux. »

Sangeeta esquisse un sourire. Le psychiatre est probablement persuadé que je vais me fiche en l'air s'ils m'en donnent plus, se dit Abby. Mais peut-être que Sangeeta n'est pas si horrible que ça – elle ne fait que son travail, après tout.

18

Une femme d'âge moyen s'engouffre, haletante, dans la salle. Son badge indique qu'elle fait partie du personnel.

« Toutes mes excuses pour ce retard, lance-t-elle en se débarrassant d'un long gilet et en rajustant sa robe. J'ai été retenue. »

Était-elle avec Abby ? se demande Michael. Celle-ci semblait mal en point et n'a pas rejoint le reste du groupe après le déjeuner.

La nouvelle arrivante jette un regard autour d'elle.

« Je pense que tout le monde est là.

— Et Abby ? demande Lillie.

— Elle ne viendra pas cet après-midi, répond la femme.

— Elle va comment ?

— Il faudra le lui demander, Lillie. Donc, je m'appelle Beth et je vais animer cette séance. J'ai déjà rencontré la plupart d'entre vous… Mais, vous, vous devez être Michael ? demande-t-elle à celui-ci en souriant. Et vous… Karen ? »

Karen confirme d'un hochement de tête.

« Bien. Ces séances de l'après-midi servent à mettre en pratique les théories dont nous avons parlé le matin. Elles ont un côté plus expérientiel. »

Beth croit lire de la perplexité sur le visage de Michael.

« Plus *concret*, si vous voulez. »

Michael a l'impression d'avoir huit ans.

« Johnnie m'a dit que vous aviez vu avec lui que, quand on est déprimé, on a tendance à répéter les mêmes cycles de pensée négatifs. On ressasse ses problèmes en tentant de les résoudre. Les psychologues parlent de "rumination". Qui, ici, passe beaucoup de temps à se reprocher de ne pas mieux diriger sa vie ? Moi, je sais que je le fais. »

Elle parcourt l'assistance du regard. Michael fixe ses chaussures.

« Oui, moi, se dévoue Colin. J'ai peur que ma copine me quitte parce que je suis encore ici. J'ai passé un temps fou avec elle hier au téléphone à m'énerver à ce propos, j'ai dû lui demander trois fois si elle allait me laisser tomber. Quel parano !

— Je doute qu'elle vous laisse tomber, Colin, le rassure Beth.

— Sérieusement, je me dis qu'elle en est capable, répond Colin en tripotant sa queue-de-cheval d'un air distrait. Ça fait longtemps que je suis ici. Hier, elle en avait tellement marre de moi qu'elle m'a dit de réagir. Si seulement c'était si facile... »

Plusieurs membres du groupe opinent de la tête avec compréhension.

« C'est exactement ce que je voulais dire. »

Beth s'adresse à tous :

« Nous passons tellement de temps dans ce carcan d'autocritique que nous finissons par nous y habituer. »

Une toux étouffée monte du canapé qui lui fait face. C'est Karen.

« Depuis quelque temps, je suis totalement chamboulée et ça m'inquiète. Hum, j'ai perdu mon père il y a quelques semaines. »

Mal à l'aise, Michael s'agite sur son siège. Karen lève les yeux vers lui et s'empresse de se taire.

« Poursuivez, Karen ! » l'encourage Beth.

Karen rougit.

« Je culpabilise de pleurer autant. Je n'arrive pas à comprendre pourquoi je suis aussi malheureuse.

— Mais c'est tout à fait normal d'être bouleversée quand son père meurt, suggère Rita. Ça montre à quel point tu l'aimais.

— Merci. C'est peut-être plus compliqué que ça... », nuance Karen en jetant un bref regard vers Rita.

La vieille femme semble sincèrement compatir.

« Mais oui, tu dois avoir raison.

— Ce sont de bons exemples, Colin et Karen, reprend Beth. Mais essayer de se débarrasser de sa tristesse ou de son angoisse en ruminant ses soucis, c'est comme essayer de se dépêtrer de sables mouvants : plus on se débat, plus on s'enfonce. Est-ce ce que vous avez constaté, Karen ?

— Plus ou moins, oui, répond Karen. Depuis que mon père est mort, je ne me trouve pas à la hauteur, et plus le temps passe, plus mon état se dégrade au lieu de s'améliorer.

— Alors, qu'est-ce que vous êtes en train de nous dire, que c'est bien d'être triste ou pas ? demande Troy à Beth.

— Je n'essaie pas de vous dire que c'est mal en soi d'être triste. Mais comme je comprends que tout ça puisse vous paraître confus, je vais m'y prendre autrement. Vous vous en doutez peut-être (Beth rit en se tapotant les cuisses), je ne suis pas une grande sportive. Personnellement, je préfère le chocolat à la gym. »

On s'en serait douté…, pense Michael.

« Pour autant, il peut être utile d'envisager l'esprit comme un muscle. Un athlète doit s'entraîner dur pour accomplir certains efforts. Eh bien, pour l'esprit, c'est pareil : j'appelle ça "le syndrome du bras droit de Roger Federer". Voici quelques années, en le regardant jouer – même si je ne suis pas vraiment athlétique, j'ai toujours aimé regarder le tennis pour… hum, des raisons évidentes (elle rit à nouveau) j'ai remarqué que son bras droit était beaucoup plus développé que le gauche. "Ben, évidemment ! m'a répondu mon mari avec un certain mépris, c'est parce qu'il est droitier". En d'autres termes, il s'est tellement servi de sa main droite…

— Oh, madame ! » intervient Colin.

Beth lui répond par un grand sourire. Elle prend mieux la taquinerie que Johnnie, observe Michael.

« J'aurais peut-être pu trouver une meilleure tournure, en effet. Bref, ses bras ne sont plus identiques, ils sont déséquilibrés, si vous voulez. Loin de moi l'idée de critiquer le physique de Federer, bien sûr, mais j'espère que vous voyez où je veux en venir. Pour notre humeur, c'est la même chose : si nous exerçons notre cerveau à raisonner négativement, il va prendre le pli et surdévelopper ce mode de pensée. »

Elle recule.

« C'est clair ?

— Plus ou moins, grommelle Troy.

— Mais comment faire pour reprogrammer notre cerveau ? demande Rita avant de s'interrompre pour prendre des notes. Il m'a fallu des années pour devenir ce que je suis.

— Notre humeur, quelle qu'elle soit, est liée à nos processus de pensée, explique Beth. La dépression met en œuvre des pensées, et ces pensées peuvent être modifiées.

— Je croyais que vous aviez parlé d'une séance *concrète*, objecte Troy. Pour l'instant, on n'a rien fait d'autre que vous écouter. »

S'il pouvait la fermer…, se dit Michael. Je me fais suer autant que lui ici, mais, moi, au moins, je ne passe pas mon temps à interrompre les autres.

Là encore, Beth demeure imperturbable.

« Très juste, Troy. Le temps passe et j'espère que le prochain exercice vous aidera à répondre à votre question, Rita. Il ne pleut plus, mais vous pouvez peut-être mettre quelque chose sur votre dos si vous le souhaitez, puisque nous allons dans le jardin. Rita, nous vous attendrons, donc, je vous en prie, ne vous sentez pas obligée de vous presser. »

Ça alors, on va vraiment avoir droit à la récré avec l'instit…, se dit Michael.

* *
*

Karen attrape sa veste à côté du canapé, l'enfile, et se lève pour en remonter la fermeture.

J'aime bien comment Beth est habillée, se dit-elle en regardant la thérapeute passer son gilet long par-dessus sa robe. Et ses chaussures sont fabuleuses. Je me demande où elle les a eues.

« Pour cet exercice, je vous demande d'observer ce qui vous entoure », explique Beth.

Tandis que Rita ajuste son sari, puis rassemble à grand- peine son bloc et son stylo ainsi que sa canne, elle ajoute :

« Ne vous embêtez pas à prendre des notes, contentez-vous de bien ouvrir vos yeux dès que nous serons sortis de cette pièce, ce qui déclenche moult raclements de pieds et marmonnements dans les rangs. La seule contrainte, c'est de ne pas parler avant que nous soyons remontés ici. »

Dès que le silence s'est installé, Beth ouvre la porte et conduit le groupe dans l'entrée tel un prêtre au début de l'office.

Je suis contente d'aller dehors, j'avais bien besoin d'un peu d'air frais, pense Karen. Elle a fait de son mieux pour enregistrer les propos de Beth, mais elle est tellement vidée après son entrevue avec Johnnie que son attention est sans cesse prise en défaut.

Des tableaux, note-t-elle consciencieusement tandis que leur petite troupe descend l'escalier. C'est Seven Sisters et ça, ce pourrait être Barcombe Mills.

Beth s'arrête à la porte de la réception pour taper un code.

Ça alors, je ne savais pas qu'on était enfermés ! se dit Karen.

Ils suivent Beth le long d'un autre couloir tandis que, dans leur sillage, Rita chemine à son rythme en faisant bruisser la soie de son sari. Karen remarque une photocopieuse et, à côté, deux femmes qui bavardent, puis ils pénètrent dans une salle à manger.

Mais ce n'est pas celle où on a déjeuné, se dit Karen. Ici, il y a des bancs devant les tables, pas des chaises, et, au mur, des posters proclament : « La honte, je peux m'en passer », « Quel que soit mon poids, je suis quelqu'un de bien » et « Je suis beau comme je suis. »

« "Troubles de l'alimentation", chuchote Lillie à son oreille. Ils dînent à part.

— Ah...

— Chuuut ! lance Colin d'une voix forte, et Lillie pouffe.

— Fais gaffe ou je te fais passer dans ce groupe-là ! lui glisse-t-elle.

— Rhôôô, la méchante ! » répond Colin en tapotant sa généreuse bedaine.

Le jardin n'a rien d'extraordinaire. Pourquoi nous avoir amenés ici ? se demande Karen.

Elle s'oblige pourtant à se concentrer. Au milieu, sur un carré d'herbe, sont posés un banc en bois et une table métallique rouillée. À l'est, le mur est flanqué d'un massif composé d'un hortensia aux floraisons sèches et brunes, vestiges de l'été dernier, de touffes de jonquilles et de tulipes précoces. Le côté opposé est bordé d'une haie de laurier, d'un arbre qui ressemble à un cerisier près d'éclore, avec une mangeoire vide suspendue à sa branche la plus basse, et d'un ricin. À l'ouest, une haute barrière en bois isole le jardin des propriétés voisines.

Une fois que chaque membre du groupe a pu faire le tour de la pelouse – y compris Rita avec sa canne –, Beth fait signe à tout le monde de rentrer.

À l'étage, ils retirent leurs manteaux et échangent des haussements d'épaules, dubitatifs quant à la finalité de l'exercice.

« Je parie que c'est un genre de jeu de mémoire », avance Colin à voix basse en lissant ses cheveux en arrière.

C'est aussi ce que craint Karen. Elle soupçonne un jeu comme celui auquel elle jouait enfant dans les fêtes, où il fallait se souvenir d'objets disposés sur un plateau une fois celui-ci sorti de la pièce. J'ai une mémoire épouvantable, se dit-elle. Je suis sûre que j'aurai tout faux.

Ayant saisi le marqueur, Beth s'approche du tableau et explique :

« Je vais commencer par dessiner un plan des endroits où nous sommes passés. »

Rapidement, elle esquisse l'escalier, le couloir, la salle à manger et le jardin. Comme rien n'est à l'échelle ni bien dessiné, ce n'est pas la précision qui importe.

« Maintenant, je vous demande d'annoncer haut et fort ce que vous avez vu, et si, dans le groupe, tout le monde se souvient d'avoir vu le même objet, je le mets sur le plan, autrement, non. Les objets qui n'auront été vus que par un ou deux d'entre vous n'y seront pas. C'est compris ? »

« UN BANC ! lance aussitôt Colin.

— Qui d'autre a vu le banc ? demande Beth, et comme le reste du groupe lève la main, elle le note sur le dessin.

— Extincteur ! dit Colin, mais, cette fois, Karen et Lillie font signe de la tête que non. Il était près de la porte du fond, plaide-t-il, mais Beth refuse de le prendre en compte.

— Hortensia ! propose Karen. Elle commence à comprendre.

— C'est quoi ? demande Lillie.

— Quoi, tu sais pas ce qu'est un hortensia ? » demande Michael, mais sur un ton léger, sans rien d'agressif.

On dirait qu'il se déride un peu, se dit Karen.

« Qui d'autre a vu l'hortensia ? demande Beth.

— Moi ! Il était dans le massif de fleurs, il aurait bien besoin d'être taillé, précise Michael.

— Personne d'autre ? »

Le reste du groupe fait non de la tête.

« Désolée, Karen ! » s'excuse Beth.

Et ainsi de suite. Viennent s'ajouter les aquarelles, de même que les deux bavardes de la photocopieuse, mais pas les posters de la salle à manger ; et, dans le jardin, il s'avère que, si Karen a noté presque tous les végétaux, elle a complètement oublié, près de la porte du fond, une boîte à outils que les hommes, eux, ont jugé impossible de rater. Mais d'autres choses, tant d'autres choses lui ont échappé : la caméra de surveillance en bas de l'escalier, la plaque sur la porte indiquant « Directeur », les chambres numérotées de 1 à 6, un sandwich entamé dans la salle à manger, les bacs de recyclage empilés près de la grille du jardin et même, semble-t-il, une grande remise en bois.

Comment ai-je pu être aussi aveugle ? se demande Karen, mais, apparemment, les autres ont manqué pas mal de choses aussi.

« Bien, maintenant on va retourner dehors en reprenant tout de zéro, annonce Beth.

— Non ! s'exclame Colin.

— Mais si ! J'essaie de vous montrer comment bousculer vos schémas de pensée habituels. Rita, si c'est au-dessus de vos forces, n'hésitez pas à rester ici. Les autres, même trajet, en silence, et retour ici même. Manteau pour tout le monde… »

Les voilà repartis.

Cette fois-ci, Karen est tellement conditionnée visuellement qu'elle voit sans peine les objets qui lui avaient échappé la première fois. Et dès qu'elle en repère un – la caméra de surveillance, la plaque « Directeur », le sandwich entamé, la boîte à outils –, elle ressent une petite bouffée de plaisir, comme si une vanne s'était ouverte et que la joie irriguait directement son cerveau. Elle en note aussi de nouveaux : les magnifiques sculptures qui ornent les rampes d'escalier, comme si du lierre s'enroulait autour ; des décorations de Noël entassées sur une étagère près de la photocopieuse ; le papier peint qui se décolle près de la porte-fenêtre de la salle à manger ; un écureuil qui court le long du mur du jardin… Et plus elle en voit, plus elle est heureuse.

Hélas, les voilà bientôt de retour dans la salle.

« Alors, comment ça s'est passé ? demande Beth, radieuse.

— Wouah, c'était incroyable ! s'écrie Colin.

— C'est extraordinaire, non ? répond-elle.

— Ouais ! renchérit Lillie. J'ai a-do-ré !

— Vous avez remarqué que c'est au deuxième passage que le plaisir était au rendez-vous ? C'est cela qui nous positionne concrètement dans le présent, dans la partie créative, intuitive du cerveau, explique Beth. Quand on prend soin de regarder le monde qui nous entoure, on cesse de penser au passé, ou à l'avenir, et de ruminer.

— Ça m'a un peu rappelé l'ecstasy…, confie Colin.

— CHUUUT ! » réplique Lillie.

Mais Beth n'y prête pas la moindre attention.

« Je voudrais savoir comment tout le monde se sent à présent, reprend-elle.

— J'ai pu respirer l'odeur de la pluie qui venait de tomber, explique Rita. C'était formidable...

— Moi aussi, opine Colin. Du coup, j'ai pris un bon bol d'air.

— Ça m'a ouvert les yeux, dit Lillie.

— J'ai l'impression d'avoir les idées un peu moins noires », explique Michael.

Karen balaie la pièce du regard. Tout le monde - même Troy qui, jusque-là, était resté renfrogné - paraît moins morose.

Je suis sûre que ça ne va pas durer, se dit-elle en sondant son propre état émotionnel, et je ne sais pas trop pourquoi, mais quel soulagement de retrouver sa bonne humeur. J'avais oublié l'effet que ça faisait...

19

« Tu ne restes pas pour la relaxation ? demande Lillie en voyant Karen attraper sa veste.

— Je pensais qu'on finissait à 16 heures et je dois récupérer mes gosses, répond Karen.

— Dommage ! Moi, je ne raterais ça pour rien au monde. C'est le meilleur moment de la journée, hein, Rita ?

— Ah, oui ! » confirme Rita.

Lentement, elle pivote et remonte ses jambes sur le canapé pour s'y étendre complètement.

« En plus, Johnnie, il est doué », poursuit Lillie.

Karen se demande bien ce que signifie être « doué en relaxation », lorsque Rita précise :

« Il a une voix charmante.

— Tiens, Rita », dit Lillie en ramassant le châle en laine de celle-ci et en le lui déployant sur le torse à la façon d'une couverture.

La vieille dame ferme les yeux et sourit avec gratitude.

« Je resterai peut-être la prochaine fois.

— Vous devriez, Karen ! » l'encourage Johnnie, de retour dans la pièce.

Sur ses talons arrivent deux jeunes hommes qu'elle ne reconnaît pas. L'un a une crête sur la tête et un sourcil piercé, l'autre porte des lunettes à monture noire et est tatoué de partout.

« Salut, les gars ! » s'exclame Lillie.

Elle a grimpé sur un des canapés pour baisser les stores.

« Des patients de divers groupes de Moreland y participent », explique Johnnie.

Lillie saute par terre.

« Karl, Lansky, voici Karen. »

Elle les présente avec un geste théâtral.

« Bonjour ! »

Karen est curieuse d'en savoir plus à leur sujet, mais elle devra attendre.

« Je suis navrée, je ne peux pas rester...

— Quand revenez-vous, Karen ? demande Johnnie.

— Vendredi. Le reste de la semaine, je travaille.

— Alors, à plus ! »

Et, en guise d'au revoir, Lillie imite de ses doigts impeccablement manucurés les ailes d'un papillon.

C'est pas de chance, se dit Karen en prenant l'escalier. J'aurais bien besoin de me relaxer et j'étais bien en leur compagnie. Il est sympa, ce groupe, et puis Lansky et Karl ont l'air intéressant. Qui aurait imaginé ça à Moreland ?

La réceptionniste l'intercepte au moment où elle avance la main vers la poignée de la porte d'entrée.

« Excusez-moi, mais vous devez signer le registre de sortie. »

Karen revient sur ses pas pour s'exécuter sous les yeux de la jeune femme qui, d'après son badge, s'appelle Danni.

À cet instant, un souffle d'air froid signale une arrivée et, se retournant, Karen voit une femme trébucher sur le seuil et entrer en vacillant. D'une main, elle tient une valise à roulettes, de l'autre une bouteille de vin qui, à en juger d'après la giclée de liquide qui atterrit sur la moquette, doit être débouchée.

« Elaine arrive ! » annonce la femme en se dirigeant droit sur Danni.

Elle sent la cigarette, note Karen.

« Je crains que vous ne puissiez pas entrer avec ça, la prévient Danni en désignant du menton la bouteille.

— Je rentre en désintox que demain ! se défend Elaine.

— Même, vous ne pouvez pas. »

Karen jauge Elaine en un clin d'œil. Les traits saillants, vêtue d'un jean stretch et d'un blouson d'aviateur en cuir, elle est d'une minceur qui donne à penser qu'elle est sous-alimentée. Je n'aimerais pas avoir affaire à elle, se dit Karen. Elle décide de rester un moment, de peur que la situation ne dégénère.

« Pourquoi pas ? J'ai payé ma nuit !

— Parce que notre règlement interdit la drogue et l'alcool.

— Je resterai dans ma chambre ; ça regarde que moi ! »

Danni secoue la tête.

« Je suis désolée.

— Oh, allez… »

Les lèvres de Danni demeurent hermétiquement closes. Elle n'en est pas à sa première rencontre de ce genre, se rend compte Karen, impressionnée par son sang-froid.

« Non ! »

Elaine titube vers la porte intérieure.

« Vous n'irez pas plus loin, l'avertit Danni. Elle est fermée à clé.

— Je t'emmerde ! » réplique Elaine.

Karen voit Danny glisser la main sous son bureau. Elle a dû appuyer sur un bouton car, aussitôt, des pas pressés retentissent.

« Un problème, Danni ? »

C'est le type en costume avec la barbiche qui avait fait visiter les lieux à Karen.

« Elaine voulait entrer avec du vin, explique Danni. Et je lui expliquais que c'était interdit.

— Ah, d'accord, je vois. »

Il s'adresse à la visiteuse :

« Bonjour Elaine. Je suis Phil, le directeur. Je sais que votre admission parmi nous est programmée pour ce soir, mais l'alcool n'est pas autorisé ici.

— Mais je dois arrêter que demain...

— Certes, mais...

— Je vais m'asseoir ici pour boire, alors ! »

Elaine se laisse choir sur une des chaises.

« Santé ! »

Et elle porte la bouteille à ses lèvres.

« Non, vous ne pouvez pas non plus... »

Phil s'approche d'elle. Elle a un mouvement de recul.

« Hé, pas touche ! »

Il t'a à peine effleuré la manche, se dit Karen.

« Très bien, je m'en vais... »

Elaine se lève et se dirige vers la porte d'entrée en laissant sa valise au beau milieu de la réception.

« Vous ne prenez pas votre bagage ? demande Danni.

— Je serai là dans une minute. »

Karen, Danni et Phil regardent, stupéfaits, Elaine descendre les marches de l'entrée de la clinique en se tenant à la rampe pour ne pas tomber à la renverse. Arrivée en bas, elle s'immobilise sur le trottoir, élève à nouveau la bouteille jusqu'à sa bouche et la vide en s'interrompant à peine pour respirer. Puis elle se penche en avant, la dépose avec précaution sur la première marche et, en chaloupant de plus belle, revient vers la porte.

« Voilà ! annonce-t-elle à Danni. Je suis prête ! »

* *
*

Depuis plusieurs minutes, Michael est assis en face d'une femme qui s'est présentée comme étant Gillian. Hormis un « oui » quand elle lui a demandé s'il était bien Michael, lui n'a pas dit un mot. D'après son badge, elle est thérapeute en chef. Ça se voit qu'elle est chef, se dit Michael : elle est vieille. Johnnie était peut-être trop jeune pour que je le respecte, mais avec cette rombière écossaise et son chignon gris, ses lunettes et son châle à motifs cachemire, on passe d'un extrême à l'autre. On n'est pas de la même génération et, en plus, pas du même monde.

Je la vois mal en sueur se déchaîner dans une fosse de concert, ou débarquer sur le marché de gros au petit matin, se dit-il. Quitte à voir une thérapeute, pourquoi pas Beth – si je me souviens bien de son nom... ? Et, le plus fort, c'est qu'elle m'a fait rater la relaxation. J'aurais bien fait une sieste, moi.

« Si je comprends bien, vous n'avez pas envie de parler », conclut Gillian au bout de quelques minutes d'attente supplémentaires.

Mais parler de quoi ? se demande Michael. Je suis foutu, point final. Comment elle compte m'aider ? En me donnant des sous ? J'aurais mieux fait d'aller au bureau d'aide sociale, au moins, là, c'est gratuit.

Gillian croise le regard de Michael et lui adresse un minuscule sourire.

Je suppose que c'est pour m'encourager, se dit-il. Si elle savait le nombre de sourires qu'on m'a faits aujourd'hui, elle ne prendrait pas cette peine.

« Causer, on n'a fait que ça toute la journée », marmonne-t-il.

Puis il baisse les yeux et tripote les petites peaux de ses ongles en évitant le regard de Gillian.

« Lors des séances de groupe, je suis bien consciente que vous, sans doute, et les autres patients avez pris la parole, mais, à présent, nous ne sommes que tous les deux. Vous vous en apercevrez sans doute, mais mettre des mots sur vos émotions pourrait vous aider un peu.

— Je comprends pas pourquoi tout le monde tient absolument à nous faire parler, dit Michael en tirant sur une peau particulièrement récalcitrante.

— Puis-je vous demander si, à votre avis, garder vos problèmes pour vous les fera disparaître ? »

Qu'est-ce qu'elle sait de ma situation ? se demande Michael. Elle a un dossier sur les genoux, je parie qu'il y a des tas de choses à l'intérieur.

« Il y a quoi, là-dedans ?

— C'est une lettre de votre généraliste, répond Gillian. Vous pouvez la lire si vous voulez.

— Non, merci. »

Mon médecin m'a dit que j'étais cliniquement déprimé, se souvient Michael. Je ne suis pas sûr de bien saisir la différence entre une dépression « clinique » et une bonne vieille dépression, mais, en tout cas, c'est pour ça qu'on m'a admis ici – apparemment, je cours un risque grave. L'idée que des informations aussi personnelles soient consignées là-dedans, noir sur blanc, irrite Michael, mais exiger de les voir pourrait être perçu comme une agression.

« Je vais prendre quelques notes pendant que nous parlons, si vous n'y voyez pas d'inconvénient », poursuit Gillian.

Michael remue sur son siège. Il ne voit absolument pas quoi lui dire. Savoir qu'elle va tout consigner est intimidant.

« Je ne suis pas doué du tout pour parler de moi, marmonne-t-il enfin. C'est pas mon truc, vous comprenez. Je sais que c'est très à la mode, tout ça..., reprend-il, hésitant, quand il a la surprise d'entendre Gillian glousser.

— Est-ce que j'ai l'air d'être à la mode, Michael ? »

Elle touche son châle aux dessins cachemire. Il ne peut réprimer un petit rire.

« Non, pas vraiment.

— L'idée selon laquelle mettre des mots sur ses émotions peut soulager n'est pas particulièrement moderne. On sait d'ailleurs depuis longtemps que si quelqu'un est triste ou irrité face à une situation et qu'on parvient à le faire parler, il risque de libérer des émotions et de se sentir mieux. »

Elle doit faire allusion à la faillite du magasin, pense Michael. Sinon, comment saurait-elle que j'ai perdu mes nerfs si personne ne le lui a dit ? Il est pris soudain d'une envie d'attraper le dossier et de vérifier qu'elle ne lui a pas menti sur son contenu.

« Voici plus de deux mille cinq cents ans, Bouddha évoquait déjà les bienfaits de mettre un nom sur chacune de nos expériences. »

Et maintenant, le bouddhisme ! se dit-il. Alors ça, si c'est pas à la mode, c'est quoi ? Elle est peut-être écossaise, mais, à tous les coups, je parie qu'elle habite à Brighton, dans le quartier bobo. Bon, ces séances, ça peut marcher pour certains, mais, moi, je n'en tire rien.

Il jette un nouveau coup d'œil à l'horloge.

« Ça vous embête si je pars maintenant ? »

Gillian consulte l'heure à son tour. Elle hoche la tête.

« Non, vous pouvez y aller. Nous devons nous revoir vendredi. Mais deux mille cinq cents ans, Michael... Ça suffit à démontrer que parler peut effectivement guérir. Alors, la prochaine fois que nous nous verrons, peut-être pourriez-vous essayer de vous lancer ? »

* *
*

« Ah, Abby, content de vous revoir ! lance Johnnie. Alors, vous êtes des nôtres pour la relaxation ? »

Abby acquiesce d'un signe de tête. Le comprimé supplémentaire a – enfin – réussi à enrayer sa panique.

« C'est Sangeeta qui m'a suggéré de venir.

— Parfait, conclut Johnnie. Quelqu'un peut-il trouver un tapis pour Abby ? »

Une éblouissante jeune femme qu'Abby reconnaît vaguement de la séance de 11 heures était sur le point de s'allonger, mais, se remettant sur ses pieds, elle se dirige vers un panier contenant des tapis d'exercice dans un coin de la salle.

« Tiens, lui dit-elle en lui tendant un rouleau fuchsia.

— Merci. »

Abby jette un regard circulaire pour voir ce qu'on attend d'elle. Les canapés sont déjà pris, mais on a retiré la table basse pour permettre aux autres d'étaler leurs tapis sur le sol. Une fois qu'Abby s'est fait sa petite place, tout l'espace est occupé.

Abby s'étend sur le dos et regarde Johnnie tamiser l'éclairage et fermer la porte. Ça fait tout drôle, se dit-elle. Mais, bon, elle trouve tout bizarre en ce moment. Elle laisse tomber ses épaules pour tenter de ralentir la ronde incessante de ses soucis au sujet de Callum et du probable désordre de sa maison en se concentrant sur ce qui l'entoure. Pour autant, cette proximité avec autant d'inconnus la met mal à l'aise. Depuis que Callum sait marcher, les rassemblements de personnes ne lui ont valu que des ennuis. Une anxiété sourde vient troubler le calme apporté par le médicament.

Elle entend Johnnie ouvrir un boîtier de CD et glisser le disque dans le lecteur. Un discret tintement musical emplit alors la salle.

Relax, Abby ! s'exhorte-t-elle. Plus tu seras tendue, plus ils te garderont longtemps.

« Commencez peu à peu à vous recentrer sur votre corps... », dit Johnnie.

Abby est tentée de tourner la tête pour voir ce qu'il fait – où est-il assis ? Leur lit-il un livre ? –, mais elle s'oblige à garder les yeux clos.

« Prenez quelques instants pour renouer le lien avec votre respiration. »

Abby sent ses poumons monter… puis redescendre… monter… puis redescendre…

« Quand vous vous sentirez prêt, déplacez votre conscience vers les points de contact de votre corps avec votre tapis ou votre canapé. »

Ah, oui ! se dit Abby. Ici, ce sont mes talons… mes mollets… mes cuisses…

« Et à chaque expiration, faites en sorte de vous y enfoncer un peu plus. »

La voix de Johnnie est douce, apaisante.

« Si votre esprit se met à vagabonder par le biais de mots ou d'images, considérez ces pensées comme des productions mentales qui vont et viennent tels des nuages dans le ciel. Avec calme, prenez acte de ces pensées, puis regardez-les s'enfuir au loin… »

Abby commence à se sentir plus légère, moins agitée.

« Et maintenant, imaginez que votre respiration s'écoule vers le bas de votre corps, à travers votre jambe droite, jusqu'aux orteils de votre pied droit. »

Sa respiration ralentit.

« Attardez-vous un instant sur les sensations présentes dans votre pied, puis, sur une expiration, relâchez la tension éventuelle ressentie à cet endroit… »

Quelques minutes plus tard, Abby dort.

20

« Alors, c'était comment ? » demande Anna dès que Karen décroche.

Karen bâille.

« Désolée, j'ai dû piquer du nez après avoir mis les enfants au lit. Ne quitte pas. »

Elle attrape la télécommande et baisse le son de la télévision.

« Tu veux qu'on parle à un autre moment ?

— Non, je t'en prie.

— Super, parce que je t'avoue que je suis très curieuse. Je me suis toujours demandé l'effet que ça faisait d'aller à Moreland. On lit tellement de choses sur cet endroit dans la presse. »

Tout dépend de ce que tu entends par « la presse », se dit Karen, mais il est vrai qu'Anna a toujours eu un faible pour les potins mondains. Elle se met en appui sur ses coudes pour poursuivre la discussion.

« J'ai passé une journée formidable, en fait. Ce dont je n'avais pas conscience, c'est que l'approche est assez globale. Du coup, ton mental n'est pas considéré comme une entité séparée, comme si on t'avait coupé la tête. On a fait un tour dans le jardin, par exemple.

— Oh, à propos de jardin… tu es toujours partante pour le potager jeudi ?

— Bien sûr. Mais après le boulot, alors.

— Super. Sinon, t'as croisé des gens connus ? »

Karen éclate de rire :

« Désolée, non. »

Je suis certaine d'avoir reconnu Lillie, se dit-elle, mais on nous a demandé de respecter la vie privée des autres.

« Je suppose que les célébrités doivent aller à la clinique de Londres. J'ai cru comprendre que c'était carrément une classe au-dessus.

— Ah… »

Karen perçoit la déception d'Anna. À tous les coups, elle espérait plonger – ne serait-ce que par procuration – dans un univers hybride entre le spa de luxe bourré de people et l'asile de fous.

« C'était pas trop spartiate, j'espère. Car j'ai cru comprendre que ça coûtait une fortune.

— Détrompe-toi, c'est très confortable. Je peux juste te dire que tout est étonnamment normal. Les personnes qui suivent le même traitement que moi ne m'ont pas l'air très différentes de toi et moi.

— Personne avec un entonnoir sur la tête, alors ?

— Moi, en tout cas, je n'en ai pas vu.

— Heureuse de l'apprendre. J'ai pas envie que tu tombes nez à nez avec la hache d'un psychopathe au détour d'un couloir.

— Moi non plus. En même temps, je suis sûre que certains patients sont plus atteints que d'autres. Je n'ai pas eu l'occasion d'en rencontrer beaucoup, mais, de toute évidence, certains d'entre eux ont dégusté…

— C'est-à-dire ?

— … mais moi aussi, cela dit. »

Karen repense à l'épisode avec Elaine et sa bouteille – Anna y serait sensible, elle qui a vécu avec un alcoolique –, mais elle résiste à l'envie de le lui raconter.

« Oh, rien de très spectaculaire, d'après ce que j'ai pu voir, juste ce que beaucoup de gens vivent : divorce, chômage… »

Elle hésite. La journée a été particulièrement dense ; certaines révélations au sein du groupe en fin d'après-midi étaient très intimes. Cela dit, rien ne lui interdit de partager avec Anna ses propres impressions.

« Je suis contente que tu y trouves déjà ton compte », conclut celle-ci après avoir entendu le récit de la séance avec Johnnie.

Karen décèle une trace de doute dans la voix de son amie. Étant donné qu'Anna est sa confidente habituelle, peut-être est-elle un peu jalouse ? Je ne dois pas lui donner l'impression de la tenir à l'écart, se reprend Karen.

« Je te suis très reconnaissante, tu sais… Si je vais là-bas, c'est entièrement à toi que je le dois. »

Elle jurerait entendre Anna soupirer d'aise à l'autre bout de la ligne.

« Entièrement, non : n'oublie pas Simon, quand même. »

La complémentaire santé de Karen lui vient de son mari ; c'est lui qui l'avait souscrite.

« J'ai de la chance, mais je me fais vraiment du souci pour ceux qui n'ont pas accès au même niveau de prestations.

— Arrête un peu de t'en faire pour les autres et occupe-toi de toi ! »

Ce n'est pas ce que je voulais dire, pense Karen.

« D'après ce que je sais, le NHS ne prend pas en charge la dépression de la même façon partout, et certains attendent des mois pour se faire soigner. Je préfère ne pas penser à l'état dans lequel j'aurais été si ç'avait été mon cas.

— Tu ne dois pas culpabiliser d'avoir la chance d'aller là-bas. Simon a cotisé à cette assurance pendant des années.

— Pour ce que ça lui a rapporté... »

Elles soupirent à l'unisson.

« Raison de plus pour que tu t'en serves ! Estime-toi heureuse d'avoir ce filet de sécurité.

— Tu as raison, dit Karen. Ça paraît fou, mais ça me console de penser que Simon m'aide à m'en sortir. Comme s'il continuait de veiller sur moi de là où il est.

— Ça n'a rien de fou, rectifie Anna. Et j'ai toujours soutenu que tu étais la personne la plus saine d'esprit que je connaissais. »

* *
*

On frappe à la porte de la chambre d'Abby.

« Mais oui, mais oui, je suis encore en vie ! » lance-t-elle.

Lors de leur entretien, elle avait pourtant espéré avoir convaincu Beth qu'elle ne représentait pas un danger pour elle-même...

« On vous demande au téléphone, annonce Sangeeta à travers la porte. Vous pouvez prendre l'appel au bureau des infirmières de l'étage, si vous voulez. »

La barbe..., soupire Abby. Si j'ai coupé mon portable, ce n'est pas pour rien. Elle se lève du lit où elle était allongée en se demandant si elle peut réclamer un autre diazépam car, elle en est sûre, l'effet du précédent commence à se dissiper, puis elle ouvre la porte.

« Vous savez qui c'est ?

— Je crois que c'est votre mari. »

Oh, non..., se dit Abby.

Quelque chose est arrivé à Callum. Sinon, pourquoi Glenn appellerait-il ? Elle écarte presque Sangeeta de son passage avant de se ruer dans le couloir.

« Il est sur ce poste-là, lui indique un infirmier en lui désignant le téléphone du bureau d'en face.

— Merci. »

Abby saisit le combiné :

« Tout va bien ?

— Oui, répond Glenn. Impeccable ! »

L'ancienne Abby se serait laissée glisser de soulagement sur une chaise, mais cette Abby-là ne semble pas se résigner à lâcher le morceau. Elle sautille d'un pied sur l'autre.

« Comment va Callum ?

— Oh, il est cool. »

C'est sûr, ça ? se demande Abby. Ça lui semble hautement improbable. Callum est rarement « cool » et, même quand il l'est, Glenn ne semble jamais vouloir l'admettre.

« Oui, on a passé une journée extraordinairement tranquille aujourd'hui, tout compte fait. »

Tu veux dire *compte tenu que je suis ici*, se dit Abby. *Que je manque à tous mes devoirs*. Pourquoi ne le dis-tu pas ? Elle ravale sa colère et lui demande :

« Alors, tu as dû prendre ta journée ? Je suis désolée... »

Même si je ne le suis pas vraiment, pense-t-elle. Je m'en veux d'avoir perturbé les habitudes de Callum, mais pas d'avoir obligé Glenn à sécher le bureau. Il est temps qu'il passe plus de cinq minutes avec son fils.

« Franchement, ça ne m'a pas posé de problème. Inutile de t'excuser. »

Ça aussi, c'est bizarre..., songe Abby. Ces derniers temps, elle avait l'impression que Glenn lui demandait de s'excuser à propos de tout ou presque – même, parfois, d'exister tout court.

« Non, ça se passe bien, tu peux me croire. Je ne veux pas que tu fasses du souci pour nous. Je n'appelais pas pour t'embêter ou de tracasser. Je, euh... enfin... (Il toussote.) Je me disais que ça serait sympa d'amener Callum te voir... Mais surtout, je voulais savoir comment tu allais. Tout va bien là-bas ? »

Il a adopté un autre ton, on dirait, moins hostile, moins intransigeant.

« Je, hum... Je vais bien, je dirais. »

Elle ne sait pas par où commencer. Ça fait si longtemps – des mois, peut-être des années – que son mari ne lui a plus demandé comment elle se portait, pas plus qu'il n'a manifesté le moindre désir d'avoir une conversation sérieuse avec elle. Elle en est presque à se demander si le diazépam n'a pas effectivement perdu de son effet et si elle n'est pas victime d'un délire dû aux médicaments.

« Tu as fait très peur à tout le monde, lui confie-t-il d'une voix entrecoupée. À moi, surtout... »

Et, soudain, elle comprend pourquoi il l'appelle, pourquoi il a fait une telle volte-face, pourquoi sa voix est si tendue, si bizarre.

Mais bien sûr ! Dans l'esprit de Glenn, j'ai dépassé la dose volontairement, se souvient-elle. Mon Dieu, que c'est embrouillé dans ma tête... Pas étonnant qu'il ait l'air si perturbé. Et puis, on dit bien qu'en général ceux qui se suicident ont déjà commis une tentative auparavant. Donc il a appelé parce qu'il est inquiet – terrifié, même. Oui, cette gorge serrée est un signe. Il a une peur bleue que je recommence et que, la prochaine fois, je ne me rate pas.

* *
*

Michael regagne sa chambre en suivant le couloir lorsque Abby sort à toute allure du bureau des infirmières.

« Ouh là ! » s'exclame-t-il au moment où ils se percutent, avant de reculer, gênés.

Abby se frotte l'épaule.

« Excuse-moi. Ça va ? demande Michael.

— Oui, pas de problème. Désolée. En ce moment, je ne sais plus trop où j'ai la tête. »

À qui le dis-tu..., pense Michael.

« En tout cas, c'est ma faute. Je ne regardais pas où j'allais.

— Les torts sont partagés », corrige-t-il, avant de s'en vouloir d'utiliser une expression aussi tarte.

À sa grande stupeur, Abby fait demi-tour pour se joindre à lui tandis qu'il reprend sa marche.

« Moi aussi, je suis à cet étage, explique-t-elle. Tu es dans quelle chambre ?

— Celle-là, dit-il, lorsqu'ils arrivent devant sa porte.

— Le monde est petit... ajoute-t-elle en ouvrant la porte d'en face. C'est là que je suis. »

Il pense qu'elle va tourner les talons et le laisser, mais elle demeure sur le seuil.

« Comment as-tu trouvé cette journée ? »

C'est une colle, cette question. S'il dit qu'il n'a pas aimé, Abby pourrait mal le prendre, vu qu'elle y a participé. Mais il peut difficilement dire qu'il a aimé : en dehors de quelques minutes au déjeuner et pendant la séance de Beth, ça n'a pas été le cas.

« Un peu compliquée… », avoue-t-il enfin.

Elle hoche la tête.

« Espérons que ça va s'arranger, hein ?

— Ouais.

— En tout cas, dors bien.

— Ça risque pas ! répond-il, puis, craignant d'avoir été brutal, il ajoute : Je n'ai pas fait une nuit correcte depuis des semaines.

— Moi non plus. »

Michael sent qu'elle attend qu'il dise quelque chose, mais rien ne lui vient. Ils restent plantés là tous les deux à danser d'un pied sur l'autre. Après un moment, il se lance :

« Et comme ils viennent me contrôler toutes les cinq minutes, ça n'arrange rien.

— Toi aussi, ils te le font ? »

Abby baisse la voix et jette des coups d'œil des deux côtés du couloir.

« Enfin, moi, au moins, ils ont arrêté de me suivre partout. C'était horrible !

— J'imagine… »

Sa phrase reste en suspens.

« Bon, j'espère que, cette fois-ci, tu passeras une meilleure nuit.

— Merci. »

Puis, avec un sourire en coin, elle ajoute, avant de refermer sa porte :

« Après tout, demain sera un nouveau jour. »

21

Abby scrute la réception à travers la porte vitrée. Comme Glenn et Callum l'attendent déjà, Danni, depuis son poste, lui ouvre aussitôt la porte.

« La petite salle du premier est libre, lui dit-elle en consultant son planning. Vous pourriez vous y installer tous les trois, non ?

— Suivez-moi », leur dit Abby, mais Callum, désorienté, se met à pousser des gémissements.

Il n'est pas habitué à me voir dans cet environnement bizarre, en déduit-elle, et quand Glenn demande à Callum de lui donner la main, celui-ci tente de s'échapper. Ce n'est qu'ensemble, à force de douceur, qu'ils parviennent enfin à le faire entrer dans la pièce.

C'est drôle de penser qu'il y a seulement quarante-huit heures j'étais ici avec Sangeeta, songe Abby en fermant la porte. Je me sens déjà beaucoup plus calme – à présent, c'est mon fils qui est à cran.

« Hé ! hé ! », lui dit Abby lorsque Glenn le dépose par terre.

Elle s'accroupit pour se mettre à la hauteur de Callum. Avec cet énorme casque antibruit sur la tête, ses traits délicats paraissent encore plus frêles ; l'effet général est à la fois comique et déchirant.

« C'est maman. Maaaa... maaan... Tu te souviens de moi ? »

Mon Dieu, se dit-elle, ça fait moins d'une semaine, mais qu'est-ce que tu m'as manqué ! Elle reste accroupie et attend, pleine d'espoir, mais impossible d'amener Callum ne serait-ce qu'à la toucher, encore moins à lui faire le câlin dont elle meurt d'envie. Enfin, au moins, elle ne s'est pas complètement effondrée et, assez vite, il cesse de geindre et entreprend d'escalader un des canapés.

Glenn s'installe sur celui d'en face.

Mon mari n'a pas tout à fait perdu son côté suffisant, observe-t-elle en le redécouvrant après avoir été séparée de lui. Il est grand et brun, tandis que Callum est menu et blond. Pourtant, si on regarde bien, on retrouve un écho de Glenn dans le visage de notre fils : la fossette au menton, la forme des lèvres.

« Alors, ça se passe bien ici ? » demande Glenn.

À peine a-t-il prononcé ces mots que Callum tend le bras et s'empare d'un petit vase sur le rebord de la fenêtre située derrière le canapé. Puis il en arrache les fleurs et les jette au sol.

« Oh, Callum ! »

Abby bondit pour les ramasser. Mais Callum ne lui prête aucune attention. Il incline le vase et...

« NON ! »

Il est sur le point de boire l'eau lorsque Glenn attrape son bras.

« Hé, mon garçon, tu peux pas arrêter de faire l'autiste de temps en temps ? »

Il fait pivoter Callum face à lui.

C'est le genre de remarques qui faisaient souvent sursauter Abby, mais, cet après-midi, elle éclate de rire. Peut-être qu'être à Moreland l'aide à comprendre Glenn. D'habitude, elle est tellement absorbée par son fils qu'elle n'imagine pas le monde sans lui. Elle est en vigilance constante, soucieuse de savoir où il est, ce qu'il fait. Or, ces derniers jours, elle a eu le temps de se consacrer à elle, et même de retrouver le plaisir de s'amuser, juste un peu.

« Je crois que ça m'aide vraiment d'être ici », explique-t-elle tandis que Glenn rassemble les fleurs éparses.

Elle aimerait ajouter que ça lui a fait du bien de voir autour d'elle des vases avec des bouquets sans avoir peur que quelqu'un boive leur eau ou massacre leur contenu. Elle aimerait dire à Glenn : *Quel luxe d'avoir pu prendre un bain hier soir et de m'y attarder avec délice !* Surtout, elle aimerait lui expliquer le soulagement qu'elle éprouve à parler avec d'autres adultes. *Je suis capable de sortir des blagues !* a-t-elle envie de lui dire. En compagnie de Lillie et Colin, elle a regardé la télé et joué aux cartes. Mais elle craint que, quoi qu'elle dise, Glenn le prenne comme une critique : il ne s'occupe pas assez de Callum, il la rend malheureuse, c'est à cause de ça qu'elle a fini ici…

« Tu as l'air plus détendue, remarque-t-il.

— C'est vrai. »

Mais je suis loin d'aller mieux, se dit-elle.

« Il faudra encore quelques semaines pour que les antidépresseurs fassent effet.

— Ils t'ont mise sous traitement ? Est-ce vraiment une bonne idée, après ce qui s'est passé la semaine dernière ?

— Je te l'ai dit au téléphone, je n'ai pas dépassé la dose. »

Abby perçoit l'irritabilité de sa propre voix. Elle préférerait être plus mesurée, mais elle est distraite par Callum qui joue avec la télécommande, allume et éteint la télé. Elle a toutes les peines du monde à trouver le bon ton.

« Hier, j'ai parlé d'antidépresseurs avec le Dr Kasdan, le psychiatre d'ici. Il pense que ça m'aiderait.

— Ah bon…

— Où est le problème ?

— J'aurais aimé t'accompagner.

— Je ne pensais pas avoir à te demander ta permission au sujet de mon traitement.

— Je ne m'attendais pas à ce que tu m'en demandes une.

— Tant mieux. Ça n'aurait pas de sens, n'est-ce pas, puisque nous nous séparons ?

— Ça ne veut pas dire que je me désintéresse de toi, Abby. »

Et dire qu'il y a quelques minutes je croyais que nous commencions à nous comprendre…, se dit-elle.

« C'est quand même moi qui paie ton séjour ici, murmure Glenn.

— *Je te demande pardon ?*

— J'ai dit que, sans moi, tu ne serais pas ici, répond Glenn.

— Ce n'est pas ce que tu as dit.

— OK, je m'excuse, je me suis mal exprimé. Ce n'est pas moi qui paie personnellement, bien sûr.

— Non, c'est la complémentaire de ton boulot qui raque. Et, au cas où tu ne l'aurais pas remarqué, ces dernières années, je n'ai pas franchement eu la possibilité de travailler. Sinon, j'aurais peut-être eu ma propre assurance. »

Il a de la chance de pouvoir travailler, se dit Abby. Elle sent quelque chose en elle se raidir.

Ne t'embarque pas là-dedans maintenant, se ravise Abby. Callum a beau porter un casque anti-bruit, qui sait ce qu'il enregistre ?

« Viens voir, chéri », lance-t-elle à son fils, mais celui-ci continue de jouer avec la télécommande en lui tournant le dos.

Alors, en un éclair, l'angoisse revient. Abby cherche de l'air ; comme si ses poumons n'étaient plus alimentés en oxygène.

« Ça va ? demande Glenn. Tu respires un peu bizarrement… »

Elle déglutit et hoche la tête, s'efforçant de se calmer du mieux qu'elle peut, même si elle se sent suffoquer. Reste calme, reste calme. C'est une réaction physique, c'est tout. « *Considérez ces pensées comme des productions mentales qui vont et viennent tels des nuages dans le ciel* », se rappelle-t-elle, mais elle tremble de la tête aux pieds.

« Hé ! s'exclame Glenn. Callum, petit gars, attention ! Fais un peu de place à ta maman, tu veux ? »

Abby a vaguement conscience de battre des bras de détresse. Glenn se remet sur ses jambes et la guide jusqu'au canapé. Elle a envie de s'enfuir, de hurler, de prier, de prendre un autre diazépam – n'importe quoi pour enrayer cette spirale effrayante.

Qu'on me débarrasse de cette tête qui n'en fait qu'à sa tête, implore-t-elle en silence. Je vous en supplie, je vous en supplie, un peu de paix !

* *
*

En fin d'après-midi, comme prévu, Karen et ses enfants se rendent avec Anna au potager. Le risque de gel est passé et les deux femmes ont hâte de planter des petits pois et des haricots. Mais, avec le redoux, ronces et pissenlits commencent eux aussi à s'installer, de sorte que Shirley est venue de Goring pour les aider à s'en débarrasser.

« Grand-mère, demande Molly en levant les yeux des petites tranchées qu'elle et Luke ont pour mission de creuser pour les mange-tout, pourquoi on n'a jamais été chez toi ? »

Occupée à désherber, Shirley relève la tête pour répondre à sa petite-fille :

« Molly, ce n'est pas que je ne veux pas que vous veniez, simplement, c'est un peu petit pour vous recevoir tous, c'est tout !

— Grand-mère est en location à Goring, explique Karen sans trop savoir si Molly va comprendre ce que cela signifie. Mais peut-être qu'un jour elle aura un logement à elle.

— Ah ! » dit Molly.

Un instant, elle reste silencieuse, pensive, puis reprend :

« Si c'est trop petit à l'intérieur, on pourrait pas se mettre dans ton jardin ?

— Malheureusement, je n'ai pas de jardin !

— T'en avais un grand, au Portugal, fait remarquer Luke.

— Je sais... », reconnaît Shirley.

L'espace d'un instant, elle semble mélancolique, puis sourit à son petit-fils.

« C'est pourquoi j'aime bien venir ici vous aider.

— Nous, on a un jardin *et* un potager, fanfaronne Luke.

— Notre jardin à nous, il n'est pas très grand, c'est plutôt un patio », rectifie Karen pour tenter d'atténuer les remarques de ses enfants.

Pauvre maman..., se dit-elle.

« Pourquoi tu viens pas habiter chez nous ? demande Molly. Comme ça, tu pourrais nous aider tout le temps !

— Euh..., répond Shirley, qui paraît déconcertée. C'est très gentil de ta part, Molly, mais je ne pense pas vraiment que vous ayez la place... »

Elle jette des regards inquiets vers Karen. Karen rougit, trop interloquée pour savoir quoi répondre.

Peu après, Anna se joint à celle-ci pour planter des haricots grimpants.

« J'étais un peu gênée, lui murmure-t-elle.

— Pardon ?

— Quand Molly a demandé à ta mère si elle allait venir habiter chez vous.

— Je sais. »

D'un coup d'œil, Karen s'assure que Shirley et les enfants ne les écoutent pas. Ils sont en pleine conversation, un peu plus loin.

« C'est marrant comme les gosses captent tout ce qui se passe. Je me demandais justement si je devais l'interroger sur ses projets. »

Anna, qui creusait un trou avec son plantoir, suspend son geste pour regarder Karen. L'inquiétude se lit sur sa figure.

« J'espère que tu n'envisages pas sérieusement qu'elle vienne habiter avec vous ?

— Pourquoi pas ?

— Vous n'avez pas encore fait le deuil de ton père.

— Oui, mais...

— Je ne suis pas sûre que vous soyez au clair avec ça, l'une comme l'autre.

— Peut-être...

— Ma petite, tu veux que je te dises ? Tu as déjà deux enfants à t'occuper toute seule, avec un revenu limité. Je sais que tu commences à remonter la pente avec le programme de Moreland et donc j'ai peur – j'espère que tu ne m'en voudras pas d'être franche avec toi – que ce soit un peu prématuré. »

Karen sourit.

« Si je t'en voulais d'être franche, il y a belle lurette que je t'aurais laissée tomber !

— Tu t'en es magnifiquement sortie depuis la mort de Simon – moi, je n'en aurais pas supporté la moitié.

— Merci, dit Karen, surprise, car, en temps normal, Anna est avare de compliments.

— Et tu es une mère formidable pour Molly et Luke.

— J'ai fait ce que toute mère aurait fait.

— Je ne suis pas sûre que ce soit vrai, mais bon. Tu m'as dit toi-même que la mort de ton père t'avait carrément fichue par terre. Je m'inquiète pour toi. Mais toi aussi, tu t'es inquiétée pour toi. Tu es traitée pour dépression. Inutile de te mettre un fardeau de plus sur le dos !

— Mais maman n'est pas un fardeau, c'est ma mère... »

Karen se remémore une anecdote que Johnnie a racontée au groupe à la fin de sa séance de lundi. Il venait de parler de motivation et d'expliquer combien il était capital de hiérarchiser ses propres besoins pour atteindre ses objectifs. « Avez-vous remarqué que, lorsque les hôtesses récapitulent la procédure de sécurité avant le décollage d'un avion, elles disent quelque chose du genre : "Si vous êtes un adulte accompagné d'enfants, veillez à mettre votre masque à oxygène en premier, avant de vous occuper des leurs" ? » leur avait-il dit. Tout le monde avait acquiescé, sauf Karen.

Elle lui avait fait observer :

« J'ai toujours pensé que c'était totalement contraire à mon intuition. Moi, je me dépêcherais d'équiper mes enfants.

— Mais le problème, c'est que si l'avion descend et que l'oxygène manque, vous aurez besoin de votre masque pour équiper vos enfants, avait répondu Johnnie. Vous voyez la conclusion qu'on peut en tirer ? »

Sur le moment, Karen n'avait pas bien compris et il avait fallu que Rita intervienne : « Tant qu'on ne s'occupe pas de soi-même, on ne peut pas s'occuper correctement des autres ? »

« Je pense que je vois où tu veux en venir », dit à présent lentement Karen à Anna.

Mais, songe-t-elle, je ne suis pas entièrement d'accord. D'après ce que je vois, je m'entends beaucoup mieux avec ma mère que la plupart des filles adultes.

Karen s'interrompt pour écouter la discussion animée qui a lieu de l'autre côté du potager. Elle ne distingue pas avec précision ce que Molly et Luke sont en train de dire, mais le contraste entre leurs voix haut perchées, impatientes, et le ton plus mesuré de sa mère reflète les générations qui les séparent. Ils aiment tant être ensemble, et le fait qu'ils puissent s'apprécier les uns les autres est un pur bonheur, se dit-elle. Si maman a envie de s'installer avec nous et si Molly et Luke le souhaitent eux aussi, au nom de quoi pourrais-je m'y opposer ?

22

Malgré les vœux d'Abby, Michael ne dort pas bien, pas seulement le lundi, mais toutes les autres nuits de la semaine. Ses journées, elles, se passent de mieux en mieux à mesure qu'il se familiarise avec son emploi du temps, mais il préfère encore se tenir sur la réserve. Ainsi, lorsqu'il se retrouve seul avec Troy dans la salle vendredi matin, tous deux demeurent assis dans un silence pesant en attendant le début de la séance. La tension est finalement brisée par l'arrivée de Karen, de retour pour la première fois depuis lundi.

« Bonjour, me revoilà ! » lance-t-elle en leur souriant et en prenant un siège.

Après un bref silence, le temps pour elle de sortir son dossier et son stylo d'un grand sac en toile, elle se tourne vers Troy :

« C'est ton dernier jour aujourd'hui, c'est bien ça ? »

Troy confirme d'un signe de tête et grimace.

Elle a bonne mémoire, note Michael, qui s'en veut de ne pas avoir lui-même posé la question. Je ne voudrais pas être à la place de Troy, se dit-il. C'est la première fois depuis longtemps que Michael préfère son propre sort à celui d'un autre.

Karen poursuit :

« Je peux te demander comment tu as atterri ici, en Angleterre ?

— Bien sûr, répond Troy. Mon unité est basée en Italie, du coup, ça revient moins cher de nous envoyer au Royaume-Uni pour nous faire traiter que de nous rapatrier aux États-Unis. Vos cliniques sont nettement plus abordables. »

C'est dur, se dit Michael. Je parie qu'il aurait préféré se faire soigner chez lui. C'est déjà pas évident d'être ici, j'aimerais pas, en plus, être aussi éloigné de ma famille. Pas étonnant qu'il soit aussi négatif…

Après s'être éclairci la gorge, Michael lui dit :

« Bonne chance, mon gars. Je penserai à toi.

— Merci », répond Troy en hochant la tête.

Il a l'air de crever de peur, se dit Michael.

La suivante à pénétrer dans la salle est Rita, qui gagne lentement son fauteuil favori. Puis arrivent Lillie, Colin et Abby. Lillie est vêtue d'une minijupe à couper le souffle et d'un pull en angora, Colin demeure fidèle à ses pantoufles, mais Abby a troqué le jogging usé qu'elle a porté toute la semaine pour un jean et un haut rayé flamboyant. Elle a repris des couleurs, constate Michael tandis qu'elle s'assied à côté de lui en murmurant : « Salut. » Ce n'était pas difficile, vu sa pâleur à son arrivée, mais ça fait plaisir de voir qu'elle va un peu mieux. Enfin, ils sont rejoints par deux personnes que Michael ne connaît pas : un homme d'âge moyen au visage tanné et aux mains noueuses, et une jeune femme dotée d'une touffe de cheveux crépus rose vif, à qui il donne à peu près l'âge de sa fille.

« Bonjour, dit Lillie. Moi, c'est Lillie. Et toi ? demande-t-elle en lui tendant la main.

— Tash, répond la femme avec un geste convulsif de la tête. Je t'emmerde !

— Oh ! s'exclame Lillie avec un mouvement de recul. Je ne voulais pas te froisser.

— Excuse, explique Tash, prise d'un nouveau tic. Syndrome de Gilles de la Tourette.

— Ah ! t'inquiète, je comprends. Avec nous, tu seras pas dépaysée. On trouve de tout ici comme troubles.

— Connasse ! lui répond Tash en clignant plusieurs fois des yeux à intervalles rapprochés. C'est pas vraiment mon syndrome qui m'a amenée ici, c'est mes sautes d'humeur. J'espère que mes tics vont diminuer quand je serai un peu stabilisée.

— Bien sûr... »

Lillie se tourne vers le nouveau venu.

« Rick », lâche-t-il.

Il a les mâchoires serrées et la gorge à ce point nouée qu'il peut à peine prononcer son nom. Il a l'air incroyablement stressé, se dit Michael. C'est marrant comme on le repère plus facilement chez les autres.

« Bonjour à tous ! »

Voici Beth. Elle se débarrasse de son long gilet, se présente à Tash et à Rick, puis saisit un marqueur et se dirige tout droit vers le tableau.

« Aujourd'hui, on va s'intéresser à la relation entre santé mentale et santé physique. »

Elle ôte le bouchon du marqueur avec les dents ; Michael se cale au fond du canapé.

« Nous allons voir comment on peut garder un bon moral en étant attentif à ses réactions physiques. Si vous voulez favoriser votre guérison, il est important de comprendre comment notre esprit et notre corps interagissent. »

Beth trace un cercle au tableau.

« Qui, ici, connaît déjà la *brioche de carême*[1] ?

— Je t'emmerde ! s'exclame Tash.

— Ça fait des mois que j'ai envie de lui dire ça, à Beth », avoue Colin avec un clin d'œil vers Tash.

Mais enfin, qu'est-ce que les brioches ont à voir là-dedans ? se demande Michael. Des fois, les thérapeutes, ils sortent des trucs encore plus dingues que nous...

Beth dessine une croix à l'intérieur du cercle, le divisant ainsi en quatre.

« Peut-être quelqu'un peut-il me dire quoi inscrire aux quatre extrémités ? »

Le marqueur en l'air, elle attend.

« Tout en haut, il y a *Pensées* », propose Lillie.

Beth écrit *Pensées* à douze heures.

« Et à droite, c'est *Émotions*, en bas *Sensations physiques* et, à gauche, *Comportement*.

— Parfait, conclut Beth. Comme le constateront ceux parmi vous qui découvrent cette "brioche", voici un des schémas clés utilisés en thérapie comportementale et cognitive, ou TCC. »

Et un sigle de plus, un ! soupire Michael. Pas facile de se rappeler ce qu'ils veulent dire.

Beth poursuit :

« Le mot *cognitif* désigne simplement nos pensées car, dans ce type de thérapie, on s'intéresse à l'influence de notre comportement sur nos pensées, et inversement. Qui peut expliquer les autres liens ?

— Nos pensées agissent sur nos émotions ou nos humeurs et, à leur tour, celle-ci agissent sur notre

1. Gâteau individuel aux épices et aux raisins secs, décoré d'un glaçage en forme de croix.

comportement et sur les réactions de notre corps, répond Colin.

— Exactement. Si nous adoptons un mode de pensée négatif, nous le ressentons aussitôt sur le plan émotionnel. Si nous sommes persuadés par exemple que quelque chose de terrible va se produire, notre cerveau intercepte ces messages et les traduit sous forme de réactions physiques. Qui souffre d'angoisse ici ? »

Un murmure unanime de « moi » se fait entendre.

« Et quelles en sont les manifestations physiques ?

— J'ai mal au cœur, dit Rita.

— J'ai des fourmillements, jusqu'ici, ajoute Abby qui étend les bras et agite le bout de ses doigts.

— Je me mets à trembler, dit Rick. D'ailleurs, je tremble très souvent.

— Moi aussi, dit Lillie.

— Mes tics empirent », dit Tash.

Un blanc. Michael estime ne rien avoir à dire sur le sujet.

« J'étais particulièrement angoissée lundi en arrivant ici pour la première fois, explique Karen. Je crois que c'est pour ça que j'étais en larmes. Ça se tient ?

— Bien sûr, répond Beth. Angoisse et dépression vont souvent de pair.

— Je m'en suis voulu, après, reconnaît Karen en jetant des regards à la ronde. J'espère que je ne vous ai pas sapé le moral à tous !

— Pas du tout, la rassure Rita. Ça me fait du bien de penser que d'autres éprouvent les mêmes choses que moi. »

Beth écrit les symptômes – dont *larmes* – sous la brioche, puis se retourne pour faire face au groupe.

« Voilà pourquoi il est important de prendre soin de notre corps. Évidemment, je n'attends pas de vous que vous soyez des saints. Certains indices physiques tendent à montrer que, moi-même, je suis assez portée sur les viennoiseries. Cela dit, quand on est angoissé, autant ne pas solliciter notre organisme au-delà de ce qu'il encaisse déjà du fait de nos pensées néfastes. Certains types de nourriture et de boisson peuvent exacerber l'angoisse. Que conviendrait-il de réduire ou d'éviter en particulier ?

— L'alcool, propose Troy.

— Le café, ajoute Colin.

— Oui. »

Beth approche une chaise et s'assied.

« On peut être tenté de faire appel à des stimulants pour pouvoir continuer d'avancer quand on est stressé ou, à l'inverse, de prendre quelques verres pour se détendre en fin de journée, mais, dans ces deux cas, les excès sont à déconseiller.

— *Aaah...* »

Rick se penche en avant. Il vient de comprendre quelque chose, se dit Michael, pourtant, ça n'est pas bien sorcier, tout ça.

« Alors vous pensez que le fait que je consomme pas mal de Coke pourrait entretenir mon, hum... niveau d'angoisse et me miner encore plus le moral ? »

Michael en reste bouche bée. Pas étonnant que Rick tremble et ait l'air d'en avoir vu dans sa vie. Michael se disait qu'il devait être maçon ou quelque chose comme ça et travailler en plein air.

Même Beth paraît décontenancée.

« Euh...

— Wouah, la coke..., reprend Troy avec son gros accent américain. Pas bon, ça...

— T'entends quoi par *pas mal* ? demande Lillie. Parce que ce groupe est fait pour les personnes qui ont des problèmes de santé mentale, style dépression, mais si tu prends beaucoup de poudre, tu devrais peut-être plutôt voir du côté du groupe addictologie. Vous êtes d'accord, Beth ?

— Pas si vite, Lillie. Laissez Rick parler. »

Beth a l'air déconcertée, se dit Michael. J'ai comme dans l'idée qu'il y a eu erreur d'aiguillage...

« Je parle pas de la coke, rectifie Rick. Mais *du* Coke, du Coca, quoi !

— Ah ! » s'exclame Lillie, et tout le monde éclate de rire.

Beth sourit, visiblement soulagée, et attend qu'ils se calment.

« Ah, mais ça vaut la peine d'en parler, malgré tout. Quand vous dites que vous en prenez *pas mal*, Rick, qu'entendez-vous ?

— J'en bois tous les jours.

— Le Coca-Cola provoque le cancer, assure Rita.

— Non, ça, c'est le *light*, corrige Lillie.

— Combien diriez-vous que vous en consommez par jour ? demande Beth.

— Ooh... »

Rick lève les yeux au plafond tout en calculant.

« Deux bouteilles ?

— Deux petites bouteilles ? Il serait peut-être bon de lever le pied.

— Ah, non ! Je parle de deux de cette taille-là. »

Rick place ses mains l'une au-dessus de l'autre à une quarantaine de centimètres de distance.

« Ça fait quoi ? Un litre et demi chacune, à peu près ? »

Beth s'appuie contre son dossier, abasourdie.

« Seigneur ! Vous êtes en train de me dire que vous buvez *trois litres* de Coca... par jour ?

— Ben oui !

— C'est bourré de caféine, le Coca, ajoute Troy.

— Peut-être que Rick pourrait passer au sans caféine ? suggère Karen.

— Moi, Rick, à ta place, j'arrêterais carrément, affirme Lillie. Tu ferais de grosses économies. C'est toi qui paies pour venir ici ?

— Ou-ui... »

Rick ne voit pas bien le rapport.

« Et ça dépasse de loin mon budget Coca !

— Et si, en supprimant le Coca, tu faisais aussi baisser ton angoisse ?

— Ah ! répond Rick avec un grand sourire, ça serait bien, ça !

— Du coup, tu t'économiserais le coût exorbitant d'un séjour ici et, du coup, tu retrouverais le moral. »

Parce que comportement et émotions sont liés, se souvient Michael. Peut-être qu'il y a un fond de vérité dans cette brioche du carême, après tout...

23

« Désormais, comme il est dit dans la Bible, “mon corps est un temple” ! »

Abby hoche la tête face à son assiette de *fish and chips*.

« Alors, autant de partir sur de bonnes bases.

— C’est excellent pour les cellules grises, ça, confirme Colin, qui a commandé le même plat.

— C’est du poisson tout huileux, pas du bon cabillaud pané ! » objecte Lillie.

Colin s’en enfourne une pleine fourchetée et ferme les yeux.

« Et même si ça n’est pas vraiment bénéfique pour le cerveau, c’est délicieux !

— Merci mille fois, Sally ! dit Lillie à qui on apporte une assiette garnie d’un monceau de salade.

— Non, mais, regardez-moi ça ! reprend Colin.

— Alors là, Beth serait impressionnée ! constate Abby.

— Quelle fayotte ! dit Colin.

— T’es jaloux parce qu’elle t’a tapé dans l’œil ! rétorque Lillie.

— N’importe quoi ! se défend Colin. Elle est bien trop vieille pour moi. »

Mais ses joues s'empourprent.

Abby s'apprête à surenchérir quand elle aperçoit Karen qui se dandine en périphérie de la salle à manger. C'est la première fois qu'Abby la revoit depuis lundi et, en dehors des séances, elles n'ont encore jamais parlé ensemble. Au premier abord, Karen paraissait vulnérable, elle qui a fondu en larmes lors de la présentation, et Abby elle-même était trop au bord du gouffre pour prendre en charge une autre tristesse que la sienne. Mais la femme qu'elle a vue lors de la séance de ce matin semble moins susceptible de la faire vaciller sur ses bases, aussi fragiles soient-elles, et Abby se lève pour que Karen puisse la voir.

« Viens avec nous ! Il y a de la place !

— Merci ! »

Karen sourit en s'asseyant entre Abby et Colin.

Elle a un visage doux, se dit Abby. Pas beau, ni même joli – ses traits ne sont pas assez réguliers pour ça –, mais son expression est chaleureuse, ouverte. Quant à ses cheveux… Abby ressent une nouvelle pointe de jalousie.

« Alors comment tu trouves cette première semaine ? »

Lillie va droit au but sans laisser à Abby le temps de poser une question.

« En fait, ce n'est que mon deuxième jour, répond Karen.

— Ouh, tu t'en souviens, Colin, de ton deuxième jour ? demande Lillie.

— J'ai l'impression que ça remonte à des années. »

Colin se frotte le menton tel un retraité repensant à son enfance.

« Et vous deux, ça fait combien de temps que vous êtes là ? demande Karen.

— Depuis novembre, répond Colin.

— Non ! » s'exclame Karen.

Abby sait ce qu'elle pense car elle a eu la même réaction lorsque Colin le lui a avoué hier. *Donc ça fait des mois que tu es hospitalisé et tu ne vas pas mieux pour autant !*

« Et il n'a toujours pas quitté ses pantoufles ! note Lillie en clignant de l'œil.

— Tu es... euh... allé dehors ? demande Karen timidement.

— Dans le jardin, oui... Avec toi, lundi.

— Tu n'es jamais sorti de la clinique ?

— Aucune envie », avoue Colin.

Abby voit bien que, comme elle, Karen a du mal à le croire. Il risque de devenir asocial, se dit-elle. Pas étonnant que sa copine en ait marre de lui.

« Quand il prend l'air, c'est sur le balcon, explique Lillie. Pour fumer...

— Tandis qu'elle, précise Colin en inclinant la tête vers Lillie, elle passe son temps à entrer et à sortir d'ici, comme un diable de sa boîte. Avec elle, il ne faut pas raisonner en nombre de jours, mais de séjours.

— Je suis une fille de mauvaise vie ! glousse Lillie en rajustant sa minijupe.

— C'est la cinquième fois qu'elle se fait coffrer », poursuit Colin.

On dirait un vieux couple, se dit Abby. Elle apprécie de plus en plus Colin et Lillie – leur situation ne les empêche pas de garder le sens de l'humour et cette attitude déteint sur elle. Mais elle voit Karen soucieuse.

« Ne t'inquiète pas, tout le monde ici n'est pas aussi accro à Moreland que ces deux-là !

— Alors vous pensez que ça marche, ce traitement ? demande Karen.

— Mais oui ! la rassure Lillie. Ils sont extrêmement compétents. »

Je sais, je sais, brûle d'envie de dire Abby à Karen, c'est complètement contradictoire. Mais je lui en parlerai plus tard. Elle n'a pas envie de trop titiller Colin et Lillie. Elle leur est reconnaissante de la prendre sous leur aile.

« Je peux te demander ce qui t'a amenée ici ? » demande Karen à Abby.

Abby sent sa gorge se serrer.

Tout à coup, ses mains tremblent, au point qu'un morceau de cabillaud tombe de sa fourchette. Au secours ! se dit-elle, affolée. Je pensais que cette horrible angoisse était derrière moi – ces derniers jours n'auront été qu'un faux répit. Elle n'a pas d'autre choix que de poser ses couverts.

« Je... euh... »

La nausée la prend et elle sent remonter dans sa gorge ce qu'elle vient d'avaler.

« Oh, mon Dieu, excuse-moi... Ne te sens pas obligée de me répondre si tu n'en as pas envie. »

Le regard de Karen est empli d'inquiétude. Elle se penche et presse la main d'Abby.

Abby parvient à s'éclaircir la gorge. Je ne sais pas pourquoi je me pensais immunisée contre le regard des autres, se dit-elle.

« C'est rien », leur assure-t-elle, bien que la salle tourne et qu'elle meure d'envie de partir en courant s'allonger sur son lit.

Il ne faut pas que je craque, se dit-elle. Je ne veux pas finir comme Colin, passer des mois ici – j'ai besoin de retrouver Callum. De montrer à tout le monde que je fais face. Et Karen semble être quelqu'un de bienveillant, vraiment.

Trois visages pleins d'attente sont tournés vers elle – à Lillie et à Colin non plus elle ne s'est pas beaucoup confiée. Comment faire pour résumer ?

« Ces derniers mois ont été atroces. »

Karen soupire.

« Raconte-moi.

— Ç'a été horrible. J'ai l'impression que ma vie est en train de partir en morceaux. »

Elle s'étonne elle-même de la franchise de cet aveu.

Un silence. Elle craint d'avoir fait une révélation trop énorme, trop écrasante. Pourtant, la pièce semble avoir cessé de tourner, c'est déjà ça. Peut-être se fera-t-elle mieux comprendre en exposant la situation point par point. Elle s'agrippe à la table pour retrouver son assise.

« Avec mon mari, on est en train de se séparer. Notre fils, Callum – il a sept ans –, est atteint d'autisme. Il fait partie des cas lourds.

— Nino, le fils de ma sœur, a le syndrome d'Asperger, dit Lillie.

— Ah d'accord, tu connais un peu le sujet alors. Callum ne parle pas et il réclame énormément de surveillance. Il fréquente une école spécialisée, mais malgré tout... Quant à Glenn – mon mari –, il ne veut plus rien prendre en charge... Enfin, il n'en a jamais vraiment été capable. »

Elle soupire. Elle entend l'air quitter ses poumons, sent sa tension se dissiper.

« Ce qui signifie que je dois repartir à zéro. Trouver un toit pour Callum et moi. Trouver du boulot. Me reconstruire... (Elle secoue la tête.) Parce que je ne sais plus qui je suis. »

Elle a conscience que Karen a toujours sa main dans la sienne.

« Je comprends ce que tu veux dire, lui assure celle-ci. Pas exactement, bien sûr. Mais, moi aussi, j'ai l'impression d'avoir une vie à rebâtir... »

Abby la regarde ; Karen se mord la lèvre. Elle semble regretter d'en avoir trop dit. Plus éloquents encore, ses yeux sont pleins de larmes.

Voilà précisément ce que je cherchais à éviter, se dit Abby. *Les problèmes des autres*. Pour autant, elle ne se dit pas que le trouble de Karen va la déstabiliser. Bien au contraire.

Elle pose sa main libre sur celle de Karen et la serre.

Je ne sais pas qui réconforte qui, pense-t-elle.

* *
*

« Tu fais quoi maintenant ? » demande Abby.

Colin et Lillie ont pris congé, impatients de retrouver leur série télé favorite avant la séance de l'après-midi.

« J'irais bien faire un tour. Histoire de travailler la relation esprit-corps dont Beth nous a parlé. Tu veux venir ? »

Abby fait non de la tête.

« Hélas, je ne peux pas. Je n'ai pas le droit de sortir sans être accompagnée.

— Une autre fois, alors », dit Karen.

Abby repousse sa chaise.

« J'aimerais beaucoup. »

Incroyable, se dit Karen une fois Abby partie. Elle a l'air d'avoir fait des progrès gigantesques depuis le début de la semaine. On ne dirait plus la même personne…

« Au bout de la route, vous trouverez le lieu idéal, indique Danni à Karen quand celle-ci lui demande une suggestion de promenade à la réception. C'est une réserve naturelle, ça s'appelle le Railway Land Project. Ce site a échappé aux promoteurs grâce aux riverains. Prenez à droite en sortant et c'est tout droit. Vous ne pouvez pas le manquer. »

Honte à moi d'avoir ignoré l'existence de cet endroit, se dit Karen en arrivant sur place. Un espace vert aussi vaste, et à deux pas de l'agitation du centre de Lewes… Ça fait pourtant un bail que j'habite à seulement à quelques kilomètres d'ici ! Voici plus de vingt-cinq ans, elle arrivait à Brighton pour y étudier ; elle est d'abord tombée amoureuse de la cité balnéaire, puis de Simon, et elle n'est jamais repartie. Elle s'arrête un instant pour respirer l'air vif et se familiariser avec son environnement, comme Beth le leur a conseillé.

À l'est, Malling Down accapare la vue avec ses falaises de craie surplombant une rangée de maisons à bardeaux sur les rives de l'Ouse ; à l'ouest, des forêts humides ; face à elle, une étendue de roseaux. Le printemps a été exceptionnellement froid et gris. Le soleil s'est fait si rare que l'hiver a paru durer une éternité. Mais aujourd'hui, on dirait que le temps change : des oiseaux chantent, les arbres déploient leurs feuillages, les gens sont de sortie, à bicyclette ou derrière des poussettes.

Un chemin surélevé permet à Karen d'éviter le sol marécageux et, depuis ce poste d'observation, elle distingue un réseau de cours d'eau qui déroulent leurs méandres ou coupent tout droit à travers la plaine inondée. Pourquoi certains sont-ils rectilignes et d'autres courbes ? se demande-t-elle. Qu'est-ce qui dicte leur tracé ? Un vieux pont de brique enjambe le plus large de ces canaux ; il devait supporter l'ancienne voie ferrée. Cela doit dater de bien avant la reprise des lieux par les riverains. Comme la nature ignore la ligne droite, il doit s'agir de fossés de drainage d'origine humaine.

Les schémas de pensée sont peut-être comme ces canaux, se dit-elle, songeuse. D'abord les pluies se fraient un passage de façon presque aléatoire, mais plus le ruisseau creuse le sol, moins il aura tendance à changer de direction. Est-il possible que la perte de Simon m'ait habituée à être malheureuse ? Et que, par automatisme, je reste bloquée sur des pensées négatives, souvent au bord des larmes ?

Lorsque sa mère a appelé de l'hôpital pour l'avertir de l'attaque de son père, Karen a sans doute été renvoyée au matin de l'infarctus de Simon – et, depuis, elle traîne l'épouvantable sensation d'être à bout de nerfs. Elle est hantée par ces deux hommes ; parfois, elle s'attend à ce que, du bas de l'escalier, son père lance : « Le dîner est prêt ! » comme il le faisait quand elle était petite. L'instant d'après, elle est persuadée d'avoir vu Simon dans le jardin en train de couper du bois…

Ce sont les hommes qu'elle aimait le plus au monde et, à présent, ils sont partis tous les deux. Certains jours, Karen est tellement submergée de tristesse qu'elle craint de ne plus jamais être heureuse.

Mais je suis plus inquiète depuis la mort de papa, se rend-elle compte. Je m'inquiète pour maman qui est toute seule là-bas, à Goring ; je m'inquiète pour Molly et sa nouvelle école, pour Luke à qui il manque un modèle masculin près de lui, je m'inquiète pour le travail, pour l'argent... Je *rumine*, ce n'est pas ce terme qu'ont employé les thérapeutes ?

Mais c'est sans doute vrai : j'ai moins de raisons de me réjouir sans Simon à mes côtés, et la vie m'effraie davantage maintenant que je porte toutes ces responsabilités sur mes épaules. Retrouver la bonne humeur, ça ne se fait pas en claquant des doigts. Si j'étais capable de rebondir, je le ferais.

Elle pense aux autres patients : Lillie, Colin, Troy, Abby et Michael... Eux aussi semblent éprouver du mal à remonter la pente. Qui parmi nous pourra vraiment changer sa façon de penser ? N'est-ce pas elle qui fait de nous ce que nous sommes ? Qui fait de moi Karen ?

* *
*

La thérapeute s'éclaircit la gorge :

« Avez-vous un peu réfléchi à l'intérêt de parler ? » demande-t-elle.

Michael espérait couper à ce tête-à-tête à l'heure du déjeuner, même si celui-ci était programmé, mais Gillian est venue le trouver et a frappé à la porte de sa chambre.

Il tripote une peau près de son ongle.

Gillian soulève un sourcil.

Il tire sur une peau qui rebique.

Gillian croise et décroise les jambes. Rajuste son châle.

« Un peu. »

Il sait qu'elle en attend plus. Mais à quoi bon ? Tout ce bla-bla..., se dit-il. Jamais j'ai vu un endroit où on parlait autant. Les séances de groupe, ça va encore. Parfois, il dit quelques mots quand il est sollicité directement par le thérapeute ou pour réagir aux propos d'un autre, mais, en général, il reste muet. C'est le reste du temps qu'il redoute car, parmi les autres patients, beaucoup – et même la majorité – discutent entre eux matin, midi et, apparemment, soir. Au petit déjeuner, au déjeuner, au dîner, devant la télé, quand ils jouent à des jeux de société... Et patati et patata, et ceci et cela... ils ne s'arrêtent jamais. Machin-a-fait-ci-et-Machine-a-fait-ça et ma-mère-m'a-beaucoup-fait-souffrir et mon-copain-s'est-barré et mon-fils-me-fait-vivre-un-enfer et mon-patron-veut-me-virer et mes-médocs-me-font-rien et je-vais-pas-me-rendre-malade-avec-ça-tu-peux-en-être-sûr et tu-pourras-me-passer-ton-magazine-quand-tu-auras-fini et il-faut-manger-quelque-chose et avant-je-buvais-une-bouteille-de-vodka-par-jour... On croirait des piverts sur un tronc d'arbre. Alors, dès qu'il peut s'esquiver sans risque, Michael se réfugie dans sa chambre où, allongé sur son lit, il regarde la télé. Un peu comme chez lui, pour le coup.

Gillian lève à nouveau un sourcil.

« J'étais habitué à être seul toute la journée, hasarde-t-il, en espérant que ça suffise.

— Ah oui ?

— Dans mon magasin. »

Il tire plus fort sur son bout de peau.

« Ah !

— J'étais fleuriste, avant.

— Vous étiez ?

— J'ai dû fermer », dit-il, et il se sent lui-même se refermer comme une huître.

Gillian aura beau s'escrimer à l'ouvrir, elle n'obtiendra rien de lui. On lui a presque tout pris : le droit de garder le silence est le seul pouvoir qu'il lui reste.

* *
*

Karen choisit un emplacement entre Lillie et Tash pour dérouler son tapis. Rien de tel qu'une bonne relaxation pour terminer le vendredi, se dit-elle. Ça devrait me mettre en forme pour le week-end.

À côté de Tash, une femme défait la fermeture de ses bottes à hauts talons. Karen sourit, puis la reconnaît : c'est celle qui buvait du vin au goulot lundi… C'est Elaine.

« Bonjour !

— Salut ! » lui lance cette dernière.

Sa peau est jaunâtre, le blanc de ses yeux aussi.

Elle ne me remet pas, s'avise Karen. Pas étonnant, vu l'état dans lequel elle était…

Les participants sont nombreux et, après bien des efforts et des soupirs, après s'être longuement tortillé et contorsionné, chacun est enfin parvenu à se caser. On frappe alors doucement à la porte. Entendant Johnnie se diriger vers celle-ci sur la pointe des pieds, Karen tourne la tête pour voir qui arrive.

« Excusez-moi tout le monde, j'étais aux toilettes. Y a encore une place pour moi ? » Accent américain, donc Troy. Il parcourt du regard la salle bondée.

« C'est que j'en aurais bien besoin, de cette séance, moi, aujourd'hui !

— Vous arrivez juste à temps, murmure Johnnie. Certains d'entre vous, de ce côté, peuvent-ils se déplacer ? »

— Bien sûr », confirme Abby dont le tapis est le plus proche de la porte.

Chacun y mettant du sien, ils lui font une place, même si tout le monde est presque déjà épaule contre épaule, comme les traverses d'une voie ferrée.

« Hé, tu devrais pas te mettre si près de moi ! prévient Tash en s'adressant à Elaine.

— Pourquoi ? demande Elaine. Je pue ?

— Non, non, c'est pas toi. C'est moi, j'ai le syndrome de Gilles de la Tourette. Donc, si tu veux pas te prendre un pain, je te conseille de pas rester dans mon rayon d'action. »

Karen craint une dispute, mais Elaine obtempère et éloigne son tapis.

Tash est très franche, se dit Karen. Quelle maturité pour son âge... Elle s'apprête à lui chuchoter un compliment lorsque, de l'autre côté, Lillie commence à rire tout bas.

« Qu'est-ce qui se passe ? » souffle Karen.

Mais Lillie semble incapable de s'arrêter. Mon Dieu... Elle va agacer Tash ou, pire, provoquer Elaine.

« Chut ! s'impatiente Karen.

— Désolée », murmure Lillie en essuyant quelques larmes.

Mais quelques secondes plus tard, le rire la reprend.

« Qu'est-ce qu'il y a de si drôle ? » s'informe Elaine d'un ton brusque.

Lillie finit par retrouver son souffle.

« Je m'apprêtais à dire *On se croirait dans une maison de fous ici...* »

Une pause, puis elle reprend :

« Et alors je me suis rendu compte que c'en était vraiment une ! »

Et la voilà repartie. Rita, allongée sur le canapé derrière elles, ne tarde pas à l'imiter.

« Qu'est-ce que tu es drôle, Lillie ! »

Bientôt leur fou rire a contaminé le reste du groupe, Elaine et Tash comprises.

« Ah, j'en avais bien besoin ! déclare Abby en s'appuyant sur son coude et en se tenant le ventre. Merci ! »

Seul Troy n'a pas l'air de goûter autant la plaisanterie. Pas étonnant qu'il ne soit pas d'humeur à rigoler, se dit Karen. Pas facile de quitter ce confort et cette camaraderie pour l'Afghanistan...

Il faut que Johnnie prononce un sonore : « Chut, tout le monde ! Relaxation maintenant ! » pour que le calme revienne.

Mais, tout au long de la séance, Karen, sentant à ses côtés les épaules de Lillie secouées par des accès de rire réprimés, ne peut elle-même s'empêcher de pouffer tout bas.

24

« Ah, salut ! lance Lillie en tendant la tête dans l'entrebâillement de la porte. Je ne savais pas que vous étiez là. »

On est samedi après-midi et Abby est avec Callum dans la grande salle de Moreland devant *La Belle au bois dormant*. Aucune séance collective n'ayant lieu le week-end, les patients hospitalisés peuvent disposer de cette pièce à leur guise.

« Tu voulais regarder la télé ? demande Abby. On peut aller ailleurs. »

Mais j'espère que non, se dit-elle, Callum est tellement sage. Assis en tailleur sur la moquette un mètre devant elle, son fils est hypnotisé par l'écran. Glenn l'a déposé pour qu'ils puissent être ensemble, rien qu'eux deux cette fois-ci.

« Non, ne t'inquiète pas, restez. »

Lillie se perche sur un bras d'un des canapés.

« Tu es en beauté », lui dit Abby, notant que Lillie a apporté encore plus de soin que d'habitude à son apparence : cheveux fauves torsadés comme des fusilli, lèvres brillantes de gloss rouge foncé et peau soyeuse comme du caramel lisse. Lorsqu'elle ajuste son corsage en broderie anglaise, une fragrance d'abricot parvient aux narines d'Abby.

« Je rentre chez moi aujourd'hui, lui apprend-elle.

— Je ne savais pas ! Définitivement ? »

Abby se dit qu'elle devrait être contente pour elle, mais le départ de Lillie va laisser un vide à Moreland. Avec qui va-t-elle s'asseoir pour déjeuner, jouer aux cartes, discuter, rigoler ? Être seule avec Colin, ce ne sera pas pareil.

« C'est juste pour la soirée. Le Dr Kasdan m'a proposé de faire un essai, pour voir si je supporte.

— Ah…

— Mais je me sens infiniment mieux et, du coup, j'espère partir pour de bon à la fin de la semaine prochaine. »

J'aimerais bien sortir bientôt, se dit Abby en fixant, nostalgique, la nuque de Callum. Mais comme elle n'a pas encore passé vingt-quatre heures sans connaître une montée d'angoisse, le Dr Kasdan a recommandé son maintien en clinique jusqu'à ce qu'elle soit un peu plus d'aplomb.

À cet instant même, la princesse de Disney entonne une chanson.

« Désolée pour le choix du film, c'est mon mari qui l'a apporté. »

Abby baisse d'un ton :

« Callum en pince pour Aurore…

— On ne peut pas lui en vouloir, la rassure Lillie. Ces beaux cheveux dorés…

— Il se repasse sans arrêt cette scène. »

Aurore glisse à travers l'écran, sa jupe flottant autour d'elle tandis que, de sa voix haut perchée, elle chante *J'en ai rêvé*.

« Oh, attends voir ! »

Se levant d'un bond, Lillie se précipite hors de la pièce. Quelques secondes plus tard, elle est de retour.

« Hé, Callum ! »

Elle s'accroupit sur la moquette à ses côtés.

Mon Dieu, pense Abby. Je ne sais pas trop comment il va réagir. J'espère que Lillie ne se dit pas qu'il est comme son neveu Nino. Dans le spectre autistique, les enfants réagissent tous différemment. Cela dit, le fait que Callum tolère l'intrusion de Lillie dans son espace est inhabituel.

« Tiens ! » lui dit celle-ci.

Abby constate que Lillie lui tend une plaquette d'autocollants : toute une ribambelle de princesses radieuses et pailletées, chacune avec une robe de couleur différente.

Le regard de Callum tombe sur les adhésifs. Ses yeux s'écarquillent. Il penche la tête et observe les dessins avec une intensité redoublée.

Abby sent la chair de poule l'envahir.

« Wouah, c'est bizarre, ils lui plaisent, c'est sûr. »

Lillie rayonne.

Callum hésite, puis, tel un lézard déployant sa langue pour attraper une mouche, tend le bras, s'empare des autocollants et les plaque contre sa poitrine.

« Pas de problème, lui dit Lillie. Tu peux les garder.

— Tu es sûre ? demande Abby.

— Tout à fait ! répond Lillie en se remettant péniblement debout. C'est ma sœur qui me les a donnés.

— Donc tu ne peux pas t'en séparer !

— Ça me fait plaisir, je t'assure.

— Merci beaucoup.

— Je me sauve. Je te vois demain.

— Bon courage ! Fais au revoir, Callum. »

Abby agite la main pour lui remémorer le geste.

Callum bat des mains – nouvelle marque d'estime – et, lorsque Lillie quitte la pièce, il se remet à examiner chacune des princesses à tour de rôle, subjugué.

* *
*

« Alors, vous êtes tous enfermés ? demande Chrissie tandis qu'on leur ouvre la porte depuis la réception.

— Mmm, répond Michael.

— C'est pas très agréable.

— Non.

— Mais vous avez le droit d'aller dehors, quand même, Mickey ?

— Il faut attendre qu'on nous ouvre la porte, mais oui. »

Ce n'est pas tout à fait vrai ; en réalité, Michael n'a la permission de sortir que lorsqu'un membre du personnel est disponible pour l'accompagner, même pour aller au coin de la rue. Il pourrait bientôt être autorisé à s'aventurer à l'extérieur sans surveillance, mais à condition de le faire avec un autre patient ; leurs sacs et leurs poches seront alors fouillés à leur retour au cas où ils auraient acheté de l'alcool ou tout objet pouvant servir à s'automutiler.

Michael conduit Chrissie à l'étage.

« Quelles jolies fleurs ! note celle-ci, et tous deux marquent une pause sur le palier pour admirer la composition.

— Bonjour et au revoir ! lance Lillie en les croisant à toute allure.

— Punaise…, chuchote Chrissie lorsqu'ils atteignent le premier. Elle est sacrément glamour !

— Tu l'as reconnue ?

— J'aurais dû ?

— Elle présente *Street Dance Live*.

— C'est elle ? Tu ne m'avais pas dit qu'elle était ici avec toi. »

Michael est tout heureux d'avoir impressionné sa femme.

« Non, on nous a demandé de ne pas en parler. Mais comme, de toute façon, tu l'as vue…

— Il y a d'autres personnes connues ici ? Allez, tu peux me le dire. Je n'en parlerai à personne, promis ! »

Michael n'en est pas si sûr – la discrétion n'étant pas le fort de sa femme – mais, heureusement, il ne peut répondre que par la négative.

« Je vais te montrer la salle commune, lui dit-il avant de s'immobiliser en découvrant un petit garçon assis, jambes croisées, devant la télévision et Abby installée sur un des canapés. Désolé, je ne voulais pas vous déranger, on jette juste un œil sur la pièce.

— Pas de souci, répond Abby.

— C'est très gentil à vous. »

Chrissie passe devant son mari pour se poster au milieu de la salle.

« C'est confortable, non ?

— Si tu le dis… »

Car ce n'est pas ainsi que Michael décrirait un endroit qu'il associe à des séances de formation et de confession.

« Par rapport au NHS.

— Je ne suis jamais allé dans un hôpital psy du NHS.

— Moi non plus, poursuit Chrissie, mais je ne pense pas que ce soit comme ici. J'expliquais l'autre jour à Della que tu étais à Moreland... »

Michael frissonne. Della est copine avec Chrissie et il est très mécontent qu'elle sache qu'il est ici, mais, pire, c'est la femme de Ken, du coup lui aussi est sûrement au courant. Ils sont du coin, ça va vite se savoir... Son expression n'échappe évidemment pas à Chrissie.

« T'inquiète pas, je lui ai fait promettre de n'en parler à personne, nous sommes amies, on peut lui faire confiance. Bref, elle me disait que, normalement, tu aurais dû aller à l'unité psychiatrique de Woodingdean – Sunnyvale House, ça s'appelle – et qu'apparemment, là-bas, c'est pas terrible : malades enfermés à double tour dans les chambres, etc. »

Michael voudrait exiger de Chrissie qu'elle n'aille rien raconter à Della ni à personne. Il lui a déjà demandé de ne pas mettre les enfants au courant de son admission à Moreland – en les inquiétant, il ne ferait que souligner le fait qu'avec eux il n'a pas été à la hauteur –, mais il ne se sent pas capable d'imposer ce diktat devant Abby. Il ne voudrait pas qu'elle pense qu'il a honte d'être dans le même bateau qu'elle.

« Mais regarde-moi tous ces magazines et ces journaux... Oh, et ces fruits ! (Chrissie s'octroie quelques grains de raisin) et cette télé, elle est énorme... »

Elle pivote lentement sur elle-même en notant tout au passage.

« Ah, c'est *La Belle au bois dormant* ! s'exclame-t-elle en saisissant le bras de Michael. J'adorais ce film ! »

Elle s'interrompt pour le regarder quelques instants en croquant du raisin tandis que la princesse chante *J'en ai rêvé*.

« Le prince est caché derrière les buissons, tu vas voir, souffle-t-elle, la bouche pleine.

— Mon fils en est fou, explique Abby.

— Qu'il est chou ! »

Chrissie sourit au petit garçon assis à ses pieds.

« Quel âge a-t-il ?

— Sept ans.

— Sympa comme âge. »

À ce moment précis, la chanson se termine et le prince et la princesse se séparent. D'un bond, le prince disparaît à nouveau derrière les feuillages et Aurore reprend sa danse solitaire. Un bref instant, Michael se demande ce qui se passe avant de comprendre que le garçonnet rembobine la bande à l'aide d'une télécommande.

« Allez, Chrissie, viens, dit-il. Je vais te montrer ma chambre.

— Au revoir, dit sa femme à Abby avant de le suivre dans le couloir. Tout le monde à l'air sympa, ici. »

Elle se base sur quoi pour dire ça ? pense Michael en la faisant entrer dans la chambre. Sur un aperçu fugace de Lillie et quelques mots échangés avec Abby ? La vision de Chrissie est radicalement différente de la sienne, à croire qu'ils vivent des expériences sans aucun rapport entre elles.

Il s'assied sur le lit. Elle s'installe près de lui, puis se penche en avant et, d'une poussée, ferme la porte.

Au secours, se dit-il, j'espère qu'elle ne veut pas faire l'amour. Michael n'en a pas envie depuis des mois, depuis Noël.

Elle prend sa main.

« Alors, comment tu vas, Mickey ? »

Michael se fige, à cause de ce diminutif. C'est donc ça qu'elle veut : parler. En temps normal, il prendrait soin d'éviter toute conversation intime. S'ils étaient chez eux, il irait se réfugier dans sa cabane, mais ici, c'est impossible.

À son grand étonnement, il sent les larmes lui monter aux yeux. Elle m'a manqué, reconnaît-il, tandis qu'elle caresse le dos de sa main. Elle a été horrible, cette semaine passée loin l'un de l'autre, parmi tant d'inconnus. Mais ce n'est pas ce qu'il lui dit.

« Pas terrible, admet-il après un moment.

— Ça n'allait pas trop fort avant d'arriver ici, chéri, lui rappelle-t-elle. Je me suis fait tellement de mauvais sang.

— Je sais. »

Il lutte tellement pour retenir ses larmes qu'il peut à peine articuler un mot.

« Tu as déjà parlé à quelqu'un ? Tu sais, à un des psys ou autres ?

— Aux thérapeutes, rectifie-t-il. Non, pas vraiment...

— Tu n'as pas eu d'entretiens ? Je croyais qu'ils avaient dit que tu en aurais. »

Michael ne se souvient pas de ce qu'ils ont dit au moment de son admission.

« J'ai... C'est juste...

— Oui ?

— C'est pas évident de leur parler, je trouve. À elle, je veux dire... »

Chrissie rit, mais avec affection.

« Chéri, pour toi, ce n'est évident de parler à personne. »

Il la regarde de biais et tente – avec succès – d'esquisser un sourire.

« Je m'en veux de tout ça, Chrissie. D'être ici et du reste. Vraiment, je suis désolé. »

Aussitôt, il est submergé par la culpabilité. Par toute la souffrance qu'il lui a infligée : la perte de son activité – de *leur* activité puisqu'il lui arrivait de donner des coupes de mains à Bloomin' Hove –, les soucis au sujet de leur emprunt, des enfants, de leur survie... Et à présent elle doit se faire du souci pour lui aussi.

« Ah, il est beau, celui qui devrait faire bouillir la marmite..., murmure-t-il.

— Laissons les marmites de côté pour l'instant, veux-tu ?

— Comme mari et comme père, je suis en dessous de tout.

— Tu n'es pas en dessous de tout comme mari et comme père. Et la marmite, tu l'as parfaitement fait bouillir pendant des années. Faisons simplement en sorte que tu ailles mieux. Le reste, on verra plus tard. »

Mais comment ne pas s'inquiéter ? a-t-il envie de rétorquer.

« J'ai tout perdu, lui dit-il.

— On a encore la maison, répond Chrissie. Tout le monde ne peut pas en dire autant. »

On ne va plus l'avoir pour très longtemps si je ne travaille pas, se dit-il. Juste avant d'échouer ici, il était en pleins pourparlers avec les administrateurs judiciaires pour essayer de trouver d'autres moyens de lever des fonds. Lui revient alors un terme dont il a été question dans le groupe en début de semaine : *dramatiser*. C'est peut-être ce que je suis en train de faire, s'avise-t-il. Quand je pense à mon propre cas, je noircis le tableau, j'en fais un drame. « Chaque chose en son temps, entend-il encore le thérapeute leur dire. Ne croyez pas que votre situation actuelle ne changera jamais ; essayez de vivre dans le présent. Envisager l'échec, c'est aller au-devant de l'échec. Au contraire, restez ouverts à tout ce qui se présente à vous. »

À croire que Chrissie lit dans ses pensées car elle poursuit :

« Je pense que tu devrais profiter au maximum de ton séjour ici, vraiment. D'après Della, tu as pas mal de chance d'être là.

— Ils peuvent encore me transférer en NHS… »

Il revoit l'hôpital de Woodingdean, énorme édifice blanc et massif aux fenêtres minuscules qui aurait bien besoin d'être repeint. Il est passé devant bien des fois en voiture.

« Alors saisis l'occasion pendant qu'il en est encore temps. Parle avec les gens ! Mickey. Tu as discuté des médicaments avec le psychiatre ?

— Avec le Dr Kasdan, oui… »

Michael est allé au rendez-vous fixé en début de semaine et, à contrecœur, a accepté l'idée de tester un produit que le médecin a appelé ISRS, mais il n'en a pas encore pris. Les infirmières l'incitent en permanence à le prendre en lui faisant miroiter tous les bienfaits de ces comprimés, mais leur enthousiasme ne fait qu'accroître sa réticence. Il ne parvient pas à chasser de son esprit l'image de Mlle Ratched, l'infirmière de *Vol au-dessus d'un nid de coucou*, qui distribuait aux malades des médicaments qui les assommaient, et il craint pour lui une fin pire, bien pire que la leur.

Sa femme hoche la tête.

« Bon. C'est quand ton prochain entretien avec cette, euh..., thérapeute ? Elle est vraiment si terrible que ça ? Je suis sûre que tu pourrais demander à changer si vraiment tu ne l'aimes pas.

— Je la vois lundi. »

Il imagine déjà Gillian assise face à lui dans son châle à motifs cachemire. Avec son chignon et ses lunettes, elle a vraiment l'air redoutable. Il se souvient alors de l'impression qu'elle lui a laissée lors des séances collectives qu'elle a dirigées – ce qui s'est produit plusieurs fois dans la semaine. Elle était drôle – pince-sans-rire, plutôt – et certains de ses conseils ont, semble-t-il, beaucoup aidé d'autres patients. C'est bien Gillian qui a parlé de dramatiser, non ? Ça vient peut-être de moi, reconnaît-il. De toute façon, je la préfère à Johnnie.

« Tu as raison, elle est pas si mal que ça. Je vais rester avec elle.

— Parfait ! »

Chrissie le serre dans ses bras. Ils s'étreignent en silence un moment en respirant presque à l'unisson ; Michael sent les seins de Chrissie plaqués contre sa poitrine. C'est lui qui finit par se dégager. Chrissie le regarde et fait de son mieux pour sourire.

« Mais il faut absolument que tu lui parles, Mickey. Si tu ne le fais pas pour toi, je t'en supplie, fais-le pour moi, d'accord ? »

25

« Oh, mon Dieu ! hurle Anna dans son portable. Mais c'est une super nouvelle !

— Quoi ? » demande Karen, qui s'efforce de rester concentrée sur la route.

Anna lui fait signe de se taire.

« Combien il pèse ? »

Le cœur de Karen fait un bond : *Lou a eu son bébé*. C'est merveilleux ! se dit-elle. Lou le désirait tellement, autant qu'Adam, l'homme qu'elle a choisi pour être le père de son enfant. Il est homo et vit lui aussi à Brighton.

Sans surprise, Anna explique, après avoir raccroché :

« C'était Adam qui appelait de l'hôpital. »

Elle se tourne vers Molly et Luke assis à l'arrière.

« Lou a eu son bébé. C'est un garçon.

— Ouaiiiiiiiiiiiis ! »

Karen secoue la tête et sourit. Pour faire l'excitée, ma fille est imbattable, se dit-elle. Décidément, cette journée est vraiment bénie.

« EXCELLENT ! » s'exclame Luke.

Karen jette un regard rapide vers son reflet dans le rétroviseur. L'expression du petit garçon – un hochement de tête, un sourire esquissé, mais satisfait – indique que l'honneur du mâle est sauf.

« On peut aller les voir maintenant, maman ? *Maintenant ?* »

Molly fait des bonds sur son siège.

Voilà autre chose ! se dit Karen. Je n'aurai pas la paix tant que je n'aurai pas cédé. Moi qui pensais rentrer chez nous… En plus, je suis fatiguée – on a jardiné pendant des heures. Il faut que je fasse attention en ce moment – c'est ce que tout le monde m'a dit à Moreland –, que je ne me surmène pas.

Elle se penche vers Anna et marmonne, à la façon des ventriloques pour que les enfants ne comprennent pas :

« Tu as envie d'y aller maintenant, toi aussi ?

— Ça m'irait très bien, répond Anna, à voix basse elle aussi.

— *S'te plaîîîîîîîîîît !* » s'égosille Molly.

Je n'ai pas beaucoup vu Lou ces temps-ci, se rappelle Karen, et j'ai hâte de découvrir ce nouveau-né.

« Adam a dit quelque chose au sujet des visites ?

— Juste que Lou était épuisée. Mais on n'est pas obligés de rester longtemps… », plaide Anna.

Le front plissé, Karen pèse le pour et le contre.

« Si on se décide pour aujourd'hui, le mieux, c'est d'y aller directement. Sinon, je vais faire dîner ces deux-là à une heure impossible. »

Et je serai sur le flanc, se dit-elle. Mais son séjour à la clinique lui a aussi rappelé que les liens d'amitié étaient essentiels, et c'est ce qui l'emporte. Karen retrouve sa voix normale.

« Tu as pris les fleurs, Molly ? »

Elle entend un froissement au moment où Molly brandit le bouquet de tulipes cueillies un peu plus tôt.

« Dans ce cas, très bien, conclut-elle. Kemptown, nous voilà ! »

* *
*

Après le départ de Chrissie, Michael revient dans la salle. Je ferais peut-être aussi bien de m'y mettre dès maintenant, se décide-t-il, avant de changer d'avis ; quand il n'y a pas beaucoup de monde, c'est moins intimidant. Abby est toujours là, mais seule, étendue sur un des canapés, feuilletant un magazine.

« Rebonjour », lance-t-il en se laissant choir dans un fauteuil.

Abby sursaute.

« Salut. »

Je parie qu'elle n'en revient pas que je lui adresse la parole, se dit Michael, aussitôt dans l'embarras. En dehors des groupes, je ne lui ai pas dit grand-chose depuis notre télescopage dans le couloir.

À son grand soulagement, Abby entame la conversation :

« J'espère que tu as mieux dormi.

— Euh, oui, ment-il. Et toi ?

— Pas vraiment, soupire Abby, j'aimerais bien connaître ton secret. »

Aïe ! se dit-il. C'est que je n'en ai pas... J'aurais dû être plus franc. Ne sachant comment poursuivre, il attrape le journal sur la table basse et le parcourt rapidement. Mais ça, il pourrait le faire dans sa chambre et, de toute façon, il n'a jamais porté le *Times* dans son cœur. *Parle !* entend-il Chrissie l'encourager. Il toussote, prend son courage à deux mains et demande :

« Donc, c'était ton fils ? »

Abby laisse retomber la revue sur son ventre pour mieux le voir.

« Oui, mon mari – bientôt mon ex – l'a ramené à la maison.

— Un beau petit gars.

— Merci.

— Et donc, pendant les séances, tu disais qu'il était autiste ?

— Il souffre d'autisme, oui.

— Je peux te demander ce que c'est exactement ? J'ai jamais bien compris.

— Bien sûr, répond Abby en prenant appui sur ses coudes. C'est une bonne question car le diagnostic ne repose pas sur un seul élément. On parle de spectre car ce trouble englobe des états très divers. Mais certains facteurs sont communs. (Elle ferme le poing.) Un problème avec le langage parlé, des manies comme celle de battre des mains, une fixation sur des parties d'objets. (Elle déplie les doigts au fur et à mesure.) Peu ou pas de contact visuel, absence d'intérêt pour les autres enfants et difficultés à jouer et à faire semblant… »

Elle s'interrompt. Elle n'a plus de doigts disponibles et son expression est indéchiffrable. Je parie que, cette liste, elle se l'est récitée mentalement un nombre incalculable de fois, se dit Michael. Je n'aurais pas dû aborder le sujet.

Mais Abby poursuit :

« C'est comme si ses sens n'étaient pas câblés comme les nôtres : imagine que des odeurs te cassent les oreilles, ou que des bruits te donnent la nausée. Pour lui, c'est aussi insupportable que ça, parfois.

— Ça fait beaucoup à gérer pour un petit garçon, non ? demande Michael.

— Oui, mais tout n'est pas comme ça. Tu as peut-être remarqué tout à l'heure qu'il était particulièrement fasciné par le même passage de *La Belle au bois dormant*. Il l'adore.

— C'est pour ça qu'il rembobinait ? »

Abby confirme d'un signe de tête.

« Mais son état va s'améliorer ?

— Euh… Ce n'est pas quelque chose qui s'estompe en grandissant, mais il va changer et se développer, oui. Certains adultes atteints d'autisme sont capables de mener une vie relativement autonome, d'autres auront toujours besoin de beaucoup de soutien… »

Sa voix faiblit.

« À le voir, on n'a pas l'impression qu'il y a quelque chose qui cloche, observe Michael. Enfin, pas qui cloche, mais… »

Mince, je suis en train de dire n'importe quoi, moi…, se dit-il. Pourquoi avoir choisi un sujet aussi délicat ?

« Je veux dire, on ne dirait pas qu'il a un handicap.

— En fait, je préfère parler de trouble.

— Ah, je suis désolé, s'excuse Michael en rougissant.

— Je t'en prie, le rassure Abby. Je préfère cent fois que tu m'aies questionnée sur l'autisme plutôt que de ne pas avoir osé : c'est difficile car, extérieurement, Callum ne se distingue pas des autres enfants. Je ne compte plus les fois où j'ai eu affaire à des gens qui le trouvaient mal élevé ou lambin ou paresseux ou impoli, alors que, bon, Callum est comme il est, c'est tout.

— Ça doit être dur à vivre.

— Ça l'est. »

Abby lève les yeux au plafond.

« Par exemple, tu es là à essayer d'attraper un enfant qui court partout dans un café en soufflant les bougies posées sur les tables – et ce n'est pas toujours simple, crois-moi, car Callum a de bonnes jambes. Et tu as toujours une mère ou un père pour se mêler de ce qui ne les regarde pas – je ne sais pas pourquoi, mais c'est souvent les pères – et te dire de mieux surveiller ton fils. »

Elle secoue la tête.

Des fois, la vie est injuste, se dit Michael, qui se rappelle ses déboires avec l'Hôtel sur plage.

« Les gens peuvent être ignobles, parfois.

— Parfois, oui..., soupire de nouveau d'Abby. Et donc, c'était ta femme, tout à l'heure ?

— Chrissie, oui.

— Elle a l'air sympa. »

Michael sent là une invitation à lui en dire plus. Il marque un temps en se demandant quoi raconter sur Chrissie, puis sort la première phrase qui lui vient à l'esprit.

« On est ensemble depuis trente ans. »

Il ressent une petite bouffée de fierté. Cela fait une éternité qu'il ne s'est pas senti fier d'avoir accompli quelque chose.

Abby hoche la tête.

« C'est beaucoup. »

Ouh là, quel manque de tact ! Abby vient de lui apprendre qu'elle et son mari se séparaient... Tu vois, se dit-il, tu ne sais pas y faire. Il ajoute :

« On a eu des hauts et des bas, bien sûr. »

Et, en ce moment, on est vraiment au plus bas, complète-t-il pour lui-même.

« C'est humain, non ? Vous avez des enfants ?

— Euh, oui, Ryan et Kelly. »

Une nouvelle bouffée de fierté l'envahit, mais il hésite. Vu la situation d'Abby, il serait malvenu de s'enthousiasmer.

« Ils ont quel âge ?

— Ryan vingt et un et Kelly dix-neuf. »

Michael essaie de se retenir, mais le simple fait d'avoir prononcé leurs noms lui donne des ailes. Il est tellement malheureux de les avoir laissés tomber qu'il a tout fait pour ne pas penser à eux, mais à présent il n'y tient plus.

« Tu veux voir une photo ?

— Bien sûr ! s'enthousiasme Abby en se retournant pour s'asseoir normalement, avec grand plaisir. »

Il se met debout pour accéder à sa poche de pantalon et sortir son portefeuille, détache le bouton-pression et ouvre prestement le rabat. Derrière la petite fenêtre en plastique destinée à la carte d'identité se trouve une photo de ses deux enfants. Elle date de quelques années, elle est très défraîchie et abîmée, mais, malgré tout, c'est bien eux. Ryan a hérité de Michael ses traits robustes et ses cheveux bruns, tandis que Kelly tient plus de sa mère, rousse et délicate comme elle.

« Ryan est à droite », précise-t-il, même si ça tombe sous le sens, en tendant le portefeuille à Abby.

Elle examine le cliché avec attention.

Ç'avait vraiment été des vacances merveilleuses..., se souvient Michael.

Ils campaient en Écosse, mais avaient été gâtés par le temps. Les enfants avaient pris le soleil, ce qui explique que, sur cette photo, Ryan soit bronzé et Kelly nappée de taches de rousseur. Tous les deux sourient à l'objectif ; Kelly est rayonnante, naturelle, mais Ryan a un sourire un peu gêné – *Papa, c'est vraiment indispensable ?* semble-t-il lui dire. Pour autant, Michael tient beaucoup à cette photo. Chaque fois qu'il pose son regard dessus, il se dit que c'est à lui qu'ils sourient.

* *
*

« Attendez, vous deux ! » s'écrie Karen, mais Molly et Luke sont excités et partent à toutes jambes. Ils poussent la porte du service et se ruent au chevet de Lou.

« Pour toi ! »

Molly, bras tendus, lui colle les tulipes sous le nez.

Les feuilles ont un peu souffert des limaces, les pétales sont écrasés et le tout est enveloppé dans du papier alu, mais Lou a l'air enchantée.

« Merci ! »

En s'approchant avec Anna, Karen découvre le bébé contre le sein de Lou.

« Attends voir, mon chou, dit-elle à sa fille – excuse, glisse-t-elle à Lou –, Molly, tu ne vois pas que Lou ne peut pas les prendre pour l'instant ?

— Ah... ? répond Molly.

— Elle a le bébé avec elle », explique Karen.

Vu sa taille, Molly ne peut probablement pas le voir, emmailloté dans une couverture. Karen aperçoit des cheveux bruns et un visage fripé.

« Oh, Lou, il est magnifique !

— Je peux le voir ? » demande Molly.

Karen soulève sa fille et, avec précaution, Lou écarte la couverture pour bien dégager le visage de l'enfant. La peau de celui-ci est toute rouge et marbrée, et son front est moite, mais Karen voit bien que son amie déborde d'amour pour lui.

« Il a plein de cheveux ! s'exclame Molly, impressionnée.

— Ils sont vraiment noirs, ajoute Luke.

— Avec des reflets roux, je trouve, précise Karen à présent que le bébé est davantage dans la lumière. Mais ils vont sûrement tomber. »

Molly semble inquiète.

« Ils vont repousser, la rassure Lou. C'est normal chez les nouveau-nés.

— Tu avais les cheveux très bruns quand tu étais bébé, et regarde-toi maintenant », poursuit Karen.

Molly agite ses boucles blondes ; elle est déjà consciente de ses charmes, pense Karen.

« Tu dois être lessivée, dit-elle à Lou. Mais bravo à toi !

— Maintenant qu'il est là, ça en valait la peine.

— Il est superbe, confirme Anna, qui l'examine elle aussi avec attention.

— Merci.

— Regarde ses tout petits doigts, reprend Anna. Ils sont minuscules, parfaits. Et ses ongles… Ils sont fins comme du papier, hein ? »

Elle le respire.

« Oh… Il sent même le neuf. »

À cet instant arrive Adam, muni de deux tasses de thé.

Anna se tourne vers lui :

« Félicitations ! »

Adam affiche un sourire épanoui.

« Vous voulez que j'aille vous en chercher ? demande-t-il en posant son chargement. La machine est au bout du couloir.

— Non, ne te dérange pas, lui dit Karen. On ne va pas rester longtemps. Il faut que je fasse dîner ces deux-là. Mais ils mouraient d'envie de voir le bébé.

— Il a déjà un nom ? demande Anna.

— Pour nous, oui, répond Adam, et Lou acquiesce de la tête. On va le tester pendant quelques jours avant de l'annoncer à tout le monde.

— T'es son copain, à Lou ? » demande Molly.

Karen secoue la tête.

« Désolée, j'ai pourtant essayé de lui expliquer...

— Non... », précise Adam.

Par bonheur, ni lui ni Lou ne semblent offusqués.

« Mais je suis le papa du bébé. »

Molly fronce les sourcils, perplexe.

« J'en veux à Disney, annonce Karen avant de baisser la voix. Elle tient à tout prix à trouver un prince charmant à tout le monde. Je vais encore faire une tentative pour lui faire comprendre.

— Il n'y a pas de mal, la rassure Adam.

— Tu sais, je trouve qu'il a un peu de toi, déclare Anna. La même implantation de cheveux. »

Adam est tellement bouffi de joie qu'il semble sur le point d'éclater. Aussitôt, Karen pense à Simon, à sa réaction quand Luke est né, ici, dans ce même hôpital. Elle le revoit à présent : son gabarit de colosse tranchait avec le minuscule et fragile paquet qu'il tenait dans ses bras, et son visage rayonnait de bonheur.

26

« Hé ! s'exclame Lillie. Chez moi, ce week-end, j'ai appris un truc dingue.

— Quoi ? demandent en chœur Karen et Tash en se penchant vers elle.

— Il y a une nouvelle famille qui vient d'emménager dans le même immeuble que ma sœur et moi, et devinez comment s'appellent leurs enfants ! ajoute Lillie avec un immense sourire. Tu vas adorer, Michael... »

Karen jette un regard vers lui. Michael n'a pas l'air convaincu.

« D'abord, il y a une fille ; elle s'appelle Infinity.

— Ça fait un peu hippie, juge Rick.

— Mon Dieu ! soupire Karen. Ce n'est pas très charitable pour cette pauvre enfant, non ?

— J'espère qu'elle sera bonne en maths ! glisse Tash.

— Mais..., pouffe Lillie, le meilleur, c'est celui du garçon. Vous devinerez jamais comment il s'appelle...

— Comment ?

— Box[1], lâche-t-elle, le visage de marbre.

---

1. « Boîte » en anglais.

— *Box* ?

— Ouais. B.O.X. Box. »

Rick s'esclaffe bruyamment.

« Tu plaisantes ? demande Tash.

— Non, mais à Brighton les parents sont un peu spéciaux parfois, vous ne trouvez pas ? »

Rita, qui habite Worthing, une commune plus traditionnelle, a l'air soucieuse.

Mais Abby et moi sommes des parents de Brighton ! se dit Karen. Cela dit, elle comprend ce que Rita veut dire.

Michael tousse.

« Encore heureux qu'ils ne l'aient pas appelé *Cardboard* [1] », dit-il.

C'est la première fois que je l'entends faire une blague, note Karen, tandis que leurs rires emplissent la pièce.

« Eh bien, vous avez l'air de bien vous amuser, constate Johnnie, tout sourire, en pénétrant dans la pièce et en repliant ses longs membres sur une chaise placée à l'extrémité opposée. Bonjour à tous. Je crois que tout le monde se connaît déjà. »

Quelle différence, en l'espace d'une semaine ! se dit Karen en se remémorant son appréhension, sept jours plus tôt. Malgré tout, le trac la gagne quand Johnnie annonce :

« Commençons par faire un point et fixer des objectifs.

— Ce week-end, je suis rentrée chez moi, explique Lillie. Ça m'a fait drôle après tout le temps que j'ai passé ici. »

Son regard fait le tour du groupe.

---

1. « Carton » en anglais.

« Je suis restée avec ma sœur et j'ai joué avec mon neveu Nino, ce que j'adore faire. Le dosage de lithium semble bon, je suis donc plus sereine – je ne me suis pas du tout sentie survoltée. Ça fait du bien. »

En la voyant secouer les spirales de ses cheveux, Karen pense à sa sœur.

« Le seul hic, c'est que j'ai plus d'appétit qu'avant. Je grossis pas mal. »

Lillie se pince avec mépris une minuscule parcelle de peau.

Moi, des problèmes de poids comme ça, je veux bien en avoir, pense Karen.

« Enfin bref, mon but, c'est de sortir vendredi et de passer en ambulatoire.

— Voilà qui fait plaisir à entendre, Lillie. Suivant ? »

Et chacun de témoigner : Rick a réduit la caféine et souffre d'un mal de tête lancinant ; Rita a toujours des crises de panique, mais promet de mettre l'accent sur la méditation ; Tash se sent mieux avec le filet de sécurité que lui offre l'ambulatoire ; Colin a rompu avec sa copine.

« J'avais tout le temps la hantise qu'elle me largue, ça m'épuisait, explique-t-il. J'ai décidé de ne plus penser qu'à une chose : faire en sorte que mon état s'améliore. »

Le silence revient et Karen s'apprête à prendre la parole quand Michael intervient :

« J'ai eu une discussion avec ma femme ce week-end – ou plutôt, elle a eu une discussion avec moi. (Il a un petit rire.) Elle m'a conseillé de… Comment elle a dit ça ? "Parle avec les gens, Mickey !" (il prend un ton exaspéré), alors c'est ce que je m'applique à faire. »

Et il s'y prend plutôt pas mal, pense Abby en lui adressant un signe de tête.

« J'ai un entretien avec Gillian juste après et je vais essayer d'être un peu plus... hum... ouvert. »

Il s'appuie contre le dossier du canapé, manifestement soulagé d'en avoir terminé. Le regard de Karen croise le sien et elle lui sourit.

« C'est à moi ? demande Abby. Moi, ça va... Mieux que la semaine dernière, mais j'ai bien peur de ne pas être sortie, disons, vendredi. J'aimerais bien partir en même temps que Lillie.

— Dix jours ici, c'est rien ! s'exclame Colin.

— Mais j'ai envie de rentrer chez moi et de m'occuper de mon fils.

— Je l'ai vu, intervient Lillie. Un petit garçon adorable.

— Essayez de ne pas vous projeter trop vite dans l'avenir et de ne pas vous juger par rapport aux autres, lui conseille Johnnie. Que ressentez-vous en ce moment même ? »

Abby agite légèrement ses jambes.

« De l'impatience, je dirais.

— Et quel est votre but – pas pour vendredi, pour aujourd'hui ?

— Hmm... Peut-être de ne pas penser à l'avenir, alors ?

— Il est presque impossible de ne pas y penser du tout. Cela dit, ça me paraît bien comme objectif. (Il marque un temps.) À vous, Karen.

— Ah... oui. »

Elle était ailleurs. Elle pousse un long soupir.

« J'étais en train de penser à Troy. »

Le silence s'abat sur la salle. D'après ce que sait Karen, Troy restait discret sur ce qu'il avait vécu au combat. Cela dit, l'Afghanistan, tout le monde en connaît sûrement assez à travers le journal télévisé pour se faire une idée du sort qui est le sien : progresser par bonds dans la poussière parmi les explosions ; crever de chaud sous des épaisseurs de vêtements de protection sans prendre de douche pendant des jours ; partager une tente avec quinze autres gars au milieu de nulle part ; se réfugier derrière des rochers pour échapper aux snipers, et même tirer à la mitrailleuse.

« Ça m'a fait prendre conscience que j'avais de la chance d'être ici. »

Elle jette un œil sur le groupe. Les visages sont graves.

« Désolée, je ne voulais pas plomber l'ambiance.

— C'est parfois difficile de voir partir quelqu'un du groupe.

— J'imagine que, si je me suis bien entendue avec lui, c'est parce que je pense beaucoup à la mort... »

Johnnie acquiesce d'un signe de tête.

« Peut-être que mon objectif pour aujourd'hui, ce serait d'arrêter d'y penser », poursuit Karen avec un sourire timide, même si, intérieurement, elle est ébranlée.

Elle est surprise, en levant les yeux, de constater que Michael la fixe du regard.

« Il a du courage, le bonhomme, de repartir là-bas », conclut-il.

* *
*

Après un silence empreint de respect, Johnnie se lève pour saisir un marqueur.

« Merci à tous. Plusieurs choses m'ont frappé. D'abord, en vous écoutant, Abby, je me suis dit que vous nous donniez un bel exemple de mode de pensée anxieux. Pourquoi cela ?

— Parce qu'il est tourné vers l'avenir ? propose Lillie.

— Tout à fait. Si vous avez peur, que vous avez le sentiment d'être submergée, de ne pas pouvoir faire face, c'est que vous êtes angoissée. »

Je me retrouve bien dans ces symptômes-là, se dit Abby.

« En revanche, si vos pensées sont nourries de regrets et de culpabilité à l'égard du passé, on parle, pour aller vite, de dépression. Autre chose que j'ai noté – et c'était subtil –, c'est une discrète tendance à avoir *envie de plaire*, comme on dit souvent. Il s'agissait de vous, Karen.

Mince alors ! pense Karen, qui rougit.

« Ne vous en veuillez pas. »

Johnnie écrit les trois mots au tableau.

« Personne n'y échappe. Quand vous avez parlé de Troy, vous vous êtes excusée de plomber l'ambiance, et cette attention vous honore. Le problème, c'est que si on passe son temps à se sentir responsable des autres et à faire passer leurs besoins en premier, on finit par ne pas satisfaire les siens, et c'est en cela qu'on peut relier cette attitude à la dépression.

— La semaine dernière aussi, tu l'as fait, dit Lillie à Karen. Tu t'excusais tout le temps de pleurer.

— Moi ? Je suis désolée. »

Lillie éclate de rire.

« Arrête de t'excuser ! »

Karen est désormais cramoisie. Abby compatit : Lillie la taquine, mais ce n'est jamais agréable d'être cité en exemple.

« Mes amis me disent sans cesse que je m'efface toujours devant les autres, confirme Karen. Je l'ai encore fait ce week-end.

— Pourriez-vous nous raconter ce qui s'est passé ? demande Johnnie.

— Mais pas uniquement pour lui faire plaisir ! glousse Colin.

— C'était samedi après-midi, on revenait du potager, j'étais fatiguée et je n'avais qu'une envie, me reposer, quand un coup de fil m'a appris qu'une amie – une amie proche – venait d'accoucher. Mes enfants ont insisté pour aller voir le bébé, et mon autre amie, celle avec qui j'étais, voulait y aller aussi, alors j'ai accepté de faire un détour par la maternité.

— Alors que vous n'en aviez pas envie ? »

Karen plisse le front.

« Si, j'en avais envie. Personne ne m'a forcée. Loin de là. Si cela n'avait tenu qu'à moi, j'y serais sûrement allée le lendemain, mais je ne voulais pas décevoir les enfants.

— Malgré tout, cela montre que, quelque part, dans la liste de vos priorités, vous passez après vos enfants et votre amie, souligne Johnnie. C'est vous qui conduisiez ?

— Oui.

— Donc, en fait, la personne la plus importante, c'était vous. Autrement dit, si vous ne vous sentiez pas d'attaque pour faire ce détour, rien ne vous y obligeait.

— Euh... (Karen fronce le nez.) C'est difficile quand on a des enfants. »

Je parie que Johnnie n'a pas enfants, se dit Abby.

« Je suis sûre que beaucoup de mamans auraient agi comme Karen, fait-elle observer.

— Bien sûr, reconnaît Johnnie. Mais il est aussi important d'apprendre à dire non – même aux enfants.

— Pour moi, c'est dur, admet Karen.

— Si on dit toujours oui à tout, c'est épuisant, vous ne croyez pas ? »

Karen opine.

« Et, depuis quelque temps, je suis morte de fatigue.

— Tu devrais peut-être penser à toi plus souvent, suggère Lillie.

— Je ne laisse pas tout le temps mes enfants n'en faire qu'à leur tête. Sinon, j'en ferais d'affreux petits tyrans. »

Je parie que c'est une excellente maman, se dit Abby. Sous ses dehors doux et généreux, quelque chose me dit qu'elle ne se laisse pas avoir comme ça.

« Poser des limites est une étape essentielle pour rendre quelqu'un responsable de lui-même et de son existence », résume Johnnie.

On dirait qu'il récite sa leçon, se dit Abby, irritée. Exactement comme le thérapeute que j'avais vu à la fac.

« Mais c'est quand même bien d'aider les autres, fait remarquer Rita.

— Parfois, je trouve qu'on ne s'entraide pas assez, abonde Tash.

— Exactement ! murmure Abby, dont le poil se hérisse en pensant à ceux qui, souvent, détournent les yeux quand elle ne s'en sort pas avec Callum.

— J'apprécie toujours beaucoup qu'on s'arrête pour m'aider. »

La soie du sari de Rita frémit tandis que celle-ci masse sa jambe douloureuse.

Tash l'approuve d'un signe de tête qu'amplifient encore ses cheveux rose vif.

« Si le monde était rempli de gens qui ne s'occupaient que d'eux, personne ne tendrait jamais la main à Rita pour monter dans le bus. »

Rita et Tash échangent un sourire, heureuses d'être d'accord.

« Je n'ai peut-être pas été clair, reprend Johnnie. Je ne dis pas qu'on ne doit pas s'entraider, pas du tout. D'ailleurs, quand quelqu'un pour qui on a eu une attention vous témoigne des sentiments en retour, ce peut être aussi très gratifiant. »

De nouveau, Abby pense à Callum. Des sentiments en retour, elle en aimerait davantage de sa part ; c'est parfois un besoin physique.

Johnnie poursuit :

« Donner *continuellement* la priorité aux autres peut être un signe de dépression. Si on ne dit *jamais* non, ou si nos limites ne sont pas assez solides parce qu'on agit toujours pour les autres, y compris nos enfants, quel est le risque ? »

Il consulte le groupe du regard.

« On finit par ne plus savoir qui on est ? avance Lillie.

— Exactement. On perd la notion de soi. »

Lillie hoche la tête.

« J'ai lu quelque part qu'il était important que les enfants aient des limites pour qu'ils soient aussi conscients des besoins de leur mère. »

Tout à coup, Abby dresse l'oreille : *C'est de moi qu'ils parlent, là !* Mais sur un ton tellement suffisant et moralisateur… Passe encore que Johnnie joue les monsieur Je-Sais-Tout – c'est lui le patron –, mais s'entendre donner des leçons par Lillie, c'est exaspérant. Quand on peut passer autant de temps chaque matin à se pomponner, c'est évidemment qu'on n'est pas soumis aux mêmes contraintes que Karen et moi. Croit-elle que je n'aimerais pas dire plus souvent non pour avoir plus de temps pour m'occuper de moi ? Avant la naissance de Callum, j'aimais bien changer de coupe, m'habiller. On trouvait mon style décalé, on me disait que j'avais de l'allure. Je dansais, j'allais en boîte, je me faisais plaisir. Imaginez ce qui se passerait si je commençais à penser un peu plus à moi : vu la vitesse d'exécution de mon fils, le temps de me faire les ongles des orteils, il aurait brisé plusieurs télés. Et il y a déjà un parent grincheux à la maison ; si je me mettais à lui dire non aussi souvent que Glenn, ce serait un enfer.

« Quand on est mère, ce n'est pas toujours possible de penser d'abord à soi, dit-elle d'une voix crispée. J'ai l'impression que, pour vous, Karen a tort de donner la priorité à ses enfants, et moi de vouloir rentrer le plus vite possible à la maison pour m'occuper de mon fils. Moi, je ne crois pas du tout qu'on ait tort.

— Mais tu ne peux pas t'occuper correctement de quelqu'un si tu ne t'occupes pas d'abord de toi, soutient Lillie. Tu ne dois pas laisser les autres diriger ta vie. »

La colère d'Abby monte :

« On dirait que tu veux nous montrer, à Karen et à moi, comment s'y prendre avec les enfants. Tu sais que mon petit garçon ne peut même pas prononcer le mot "non" ? Il le comprend, mais, malgré tout, tu n'as pas idée de la difficulté que représentent ces choses-là pour lui. Juste parce qu'il a accepté les autocollants que tu lui as offerts samedi, Lillie, tu crois qu'il est toujours comme ça ?

— Non, Abby, s'il te plaît, je ne…

— Les sept dernières années, je les ai consacrées à mon fils – je suis sa mère, nom de Dieu, et si je ne le fais pas, qui le fera ? Pas cette administration de merde, vous pouvez en être sûrs ! »

Lillie en reste bouche bée, mais Abby n'en a cure.

« Quand tu as un enfant, c'est comme un prolongement de toi-même. Il fait partie de toi. Tant qu'on n'en a pas, on ne peut pas comprendre ça. »

Elle lance à Johnnie puis à Lillie un regard lourd de sous-entendus. Lillie agrippe l'assise du canapé. Son visage blêmit.

« Allons… », lui dit Rita, assise dans le fauteuil voisin.

Elle avance la main pour presser le bras de Lillie et baisse la voix.

« Elle n'est pas au courant. »

Au courant de quoi ? se demande Abby tandis que Colin se lève d'un bond pour venir s'accroupir à côté de Lillie.

« Elle ne sait pas, Lil », confirme-t-il.

Mon Dieu, se dit Abby, qu'est-ce que j'ai dit ? Mais avant qu'elle ait pu poser la question, Lillie a bondi sur ses jambes et s'est enfuie de la pièce en courant, le visage sillonné de ruisseaux noirs de mascara.

27

Michael est assis sur le siège qui fait face à Gillian.

« Ma femme veut que je vous parle vraiment de moi », lui explique-t-il.

Gillian hoche la tête. Après un silence, elle lui demande :

« Et vous, Michael, le voulez-vous ?

— J'en suis pas sûr. L'envie, je l'ai. Mais je suis pas sûr de pouvoir. »

Gillian joint ses mains.

« C'est difficile pour vous, Michael, je le comprends. Parfois, le plus dur, c'est de se lancer, ensuite ça va mieux, comme pour beaucoup de choses qui nous effraient. »

Michael baisse les yeux sur les peaux autour de ses ongles. Il en voit une qui s'est soulevée et qui ne demande qu'à être arrachée, mais il se retient.

« Je sais pas par où commencer, admet-il en haussant les épaules.

— Eh bien… Pourquoi pas par les circonstances qui vous ont conduit ici ? »

Les dernières semaines ont été tellement épouvantables que je suis incapable de les démêler pour en sortir quelque chose de cohérent, se dit Michael.

Il garde le silence. Il entend le tic-tac de l'horloge au mur.

Après un moment, Gillian toussote.

« Vous ne m'en voudrez pas, j'espère, de vous poser la question, mais précédemment... vous avez parlé d'un magasin... »

C'est comme si elle lui avait donné un coup de pied dans le ventre car, aussitôt, il recrache son histoire. L'émotion est encore tellement intense qu'il a l'impression de tout revivre en direct.

* *
*

« Voilà. Pour moi, c'est terminé », dit Michael à Ali en refermant le cadenas qui bloque la grille en travers de la vitrine.

Il lève les yeux vers l'enseigne « Bloomin' Hove »...

« Ah, mon vieux, ça me fait de la peine pour toi. »

Les yeux presque noirs de son ami luisent de larmes.

« Retiens-toi ! »

Si Ali craque, il craquera aussi. Michael fait un pas et tend les bras à Ali. Ils se tapent mutuellement dans le dos, une fois, deux fois, et se séparent.

« Donne-moi de tes nouvelles, lui lance Ali.

— Promis », répond Michael sans savoir toutefois s'il en aura la force.

Il monte dans son monospace, fait un signe rapide de la main et démarre.

Le ciel est morne, couvert, sans aucune brise pour chasser les nuages, et l'air est lourd. De retour à Rottingdean, le pavillon semble encore plus désert qu'à l'accoutumée. Quand Michael en franchit le seuil, ses pas résonnent sur le parquet. Il n'a pas encore dit à Chrissie que c'était son dernier jour ; il a décidé de rendre d'abord les clés et de lui en parler ensuite. Elle ne l'attend donc pas aussi tôt. Elle a dû sortir.

Il pénètre dans le salon-salle à manger ; au milieu de la table en chêne bien cirée est posée une enveloppe à son nom.

Il la décachette, parcourt le courrier. Il lui faut quelques secondes pour en saisir le contenu. Il le relit pour s'en assurer, mais c'est bien ça. Ils veulent la voiture.

Figé sur place, il sent le choc irradier en lui de toutes parts.

Après un moment, il ouvre la porte-fenêtre et sort. L'allée est bordée de jonquilles qui mènent au bout du jardin, là où se dresse, contre le mur du fond, la cabane.

Sa cabane.

À peine a-t-il posé les yeux dessus que l'énergie refoulée durant ces longues semaines passées devant la télé afflue en une vague d'adrénaline et de testostérone. Il n'a plus cinquante-trois ans. Il n'est plus éreinté, n'a plus de cheveux blancs, n'habite plus Rottingdean. Il a dix-sept ans. Il est punk, peroxydé, et arrive de Croydon. Et il déborde de fureur.

D'une fureur BESTIALE.

Il ouvre la porte à toute volée. BAM ! Les frêles murs en bois tremblent. Avec une détermination de robot, il s'empare de sa masse ; celle-là même qui lui a servi à ouvrir le passe-plat entre la cuisine et le coin repas. Puis, tel un guerrier qui brandit une arme comme si sa vie en dépendait, il l'abat sur l'une des étagères. L'aggloméré n'est pas robuste, pas plus que les fixations. Des pots dégringolent dans un tintement de clous et de vis.

BAM ! Il fracasse l'étagère du haut. Des boîtes de fil électrique et de prises de courant bondissent avant de produire sur le sol un bruit mat.

BAM ! Il s'attaque au mur proprement dit. Des années d'air humide et de sel marin ont fait leur œuvre : le bois n'offre pas plus de résistance que du papier de soie.

BAM ! Il assène un coup sur l'établi ; le bois, du stratifié, est plus costaud. Alors il recommence – BAM ! BAM ! – et finit par le casser en deux morceaux aux bords déchiquetés.

Au loin, il entend quelqu'un l'appeler, mais, indifférent, il se tourne vers le mur du fond.

La masse s'enfonce tout droit dans le vieux buffet en Formica ; les portes battent en grinçant sur leurs gonds rouillés. Inclinant l'outil pour l'utiliser comme un crochet, Michael, d'un mouvement enveloppant, entraîne les pots de peinture, de white-spirit, de mastic et d'enduit et, dans un fracas de fer-blanc, les envoie rejoindre tout ce qui jonche déjà le sol. Le couvercle d'un vieux pot de laque blanche se détache et la peinture, collante comme du miel, s'écoule en nappe épaisse sur les éclats de verre et un rouleau de papier peint.

« MICHAEL ! »

Michael fait volte-face. Dans l'encadrement de la porte se dresse une silhouette, mais, avec cette brume rouge, il n'y voit presque rien.

Il se retourne, lève la masse au-dessus de sa tête et, BAM !, la laisse retomber.

Le buffet est désintégré. Parfait. De toute façon, il ne l'a jamais aimé.

« QU'EST-CE QUE TU FAIS ? »

Mais Michael se dirige vers le troisième mur.

« MICKEY, ARRÊTE ! »

Du coin de l'œil, il aperçoit confusément Chrissie, emmitouflée dans son manteau et son écharpe. Au moment où il s'apprête à abattre une nouvelle fois la masse, sa femme attrape son bras droit.

« NON ! »

Il l'écarte d'un coup de coude. Elle trébuche, mais parvient à se rétablir. Il a vaguement conscience qu'elle ne peut pas s'être fait très mal et il est soulagé, mais il l'est plus encore de la voir remonter à toutes jambes l'allée du jardin. Il se remet à la tâche jusqu'à ce qu'il ne reste plus rien de la cabane.

* *
*

« Et que s'est-il passé ensuite ? demande Gillian.

— Chrissie a téléphoné à la police, répond Michael.

— Je vois. »

À sa grande honte, Michael, submergé par l'émotion, est incapable de parler.

« Elle a dû avoir très peur pour appeler les forces de l'ordre, dit-il après un moment.

— Peut-être, dit Gillian. Mais elle a eu le bon réflexe vu les circonstances.

— Cela dit, je n'ai jamais levé la main sur elle, sincèrement. Je ne lui aurais pas fait de mal.

— Elle craignait peut-être que vous ne vous en fassiez à vous.

— Je ne me contrôlais plus…

— Je comprends. »

Vraiment ? se dit Michael. Je ne t'imagine pas te mettre en colère. Il lève brièvement les yeux vers Gillian ; son visage semble s'être adouci. Elle n'est peut-être pas beaucoup plus vieille que lui, après tout ; c'est juste une apparence.

« Vous faites preuve de beaucoup de patience avec moi », lui dit-il.

Gillian esquisse un sourire.

« Vous avez attendu longtemps avant que je sorte un seul mot. »

Elle soulève un sourcil. Il y a de l'humour derrière ce petit geste, se dit-il. Ça me plaît.

« Oui, enfin…, commence-t-elle.

— Chrissie dit que ça ne m'aide pas de tout garder pour moi.

— Et qu'en pensez-vous ?

— J'ai du mal à parler de… euh… mes sentiments. »

Cela dit, ç'a été moins dur que je pensais, constate-t-il.

« Mais quand je déballe tout, c'est assez spectaculaire, non ? (Il rit.) J'imagine que ça valait le coup d'attendre.

— Oui, en effet. »

Michael sent une petite bouffée de satisfaction l'envahir.

« Je suppose que c'est pour ça que le médecin m'a fait admettre ici : il avait peur que je détruise tout Rottingdean.

— Puis-je vous demander pourquoi vous avez choisi cette cabane en particulier ? »

Michael remonte en silence le fil de ses souvenirs.

« Je sais pas trop...

— Parce que, d'après votre récit, vous étiez dans la maison quand vous avez ouvert la lettre. Alors pourquoi ne pas avoir – je ne sais pas – renversé la table ou le canapé, ou cassé la télévision ? Vous deviez en avoir plus qu'assez de cette télévision que vous aviez tant regardée. »

Michael se représente le salon-salle à manger de leur pavillon. Il secoue la tête.

« Ça, je ne pouvais pas. Pas avec toutes ces photos de famille qui me regardaient. »

Il revoit avec précision les bibelots de porcelaine de Chrissie soigneusement époussetés, les coussins rebondis sur le canapé, le tapis parfaitement aspiré devant la cheminée.

« C'est la pièce de Chrissie.

— N'est-ce pas la vôtre aussi ?

— Si, mais Chrissie se donne beaucoup de mal pour tenir la maison... »

Michael soupire. Le dévouement de sa femme le touche et le consterne à la fois. D'un côté, il lui en voudrait de tout négliger ; de l'autre, son attitude semble souligner ses propres défauts.

« Je dirais que je suis sorti parce que... »

Tant bien que mal, il reconstitue l'enchaînement des événements.

« ... quand j'ai lu cette lettre, ça m'a mis dans une rage... J'ai déjà eu des prises de bec avec des potes, ado, tapé dans les murs, tout ça, autrefois. Mais cet après-midi-là... je me souviens pas d'avoir déjà ressenti quelque chose de pareil. Mon crâne allait éclater. Il fallait que je fasse quelque chose. »

Gillian hoche la tête.

« Tous ces gens qui se disputaient un bout de mon magasin... Lawrence et Tim de l'hôtel, Bob, même Jan... »

En y repensant, il sent la sueur perler sur sa nuque.

« Ils m'ont bien entubé.

— À vous entendre, les événements se sont ligués contre vous, Michael. »

Gillian s'interrompt, puis reprend, très posément :

« Et je comprends parfaitement l'amère déception qui a dû être la vôtre. Mais toutes les réactions dont vous faites état – la rage, le sentiment d'injustice – ne sont que des pensées, du moins à l'origine. Et les pensées, ça se corrige. Je ne suis pas loin de me dire qu'en envisageant sous un autre angle ce qui s'est passé, vous constateriez que vous avez fait preuve d'une certaine grandeur d'âme. »

Michael secoue la tête, déconcerté.

« Je veux dire par là que vous ne vous en êtes pas pris à la maison, ce qui aurait fait de la peine à Chrissie et plus encore à vos enfants, ni à la voiture – ce que certains auraient pu être tentés de faire pour empêcher les administrateurs judiciaires de la saisir.

— Peut-être...

— Par conséquent, la personne qui allait souffrir le plus des conséquences de vos actes n'était pas quelqu'un à qui vous deviez de l'argent ni même, en définitive, votre famille, n'est-ce pas ? »

C'était moi, se dit Michael. Je n'avais pas vu les choses comme ça. Il hoche lentement la tête.

« Ouais… Pour le coup, Chrissie a été très compréhensive en fin de compte. Bien sûr qu'elle a eu de la peine, mais je m'attendais à ce qu'elle perde la tête. (Il éclate de rire.) Ça, elle me l'a laissé. »

28

Abby frappe au bureau des infirmières.

« Excusez-moi de vous déranger, dit-elle à Sangeeta, installée devant un ordinateur. Je me demandais si vous aviez vu Lillie.

— Elle est dans la salle d'arts plastiques. »

Et, effectivement, Lillie, assise à la grande table de l'atelier, est en train de peindre.

« Je peux te parler ? »

Lillie lève son pinceau de la toile et se tourne vers Abby. Elle s'est remaquillée : appliqués d'une main experte, de l'eye-liner et du mascara dissimulent les stigmates les plus voyants, mais ses joues sont encore gonflées et rougies. De toute évidence, elle a pas mal pleuré, se dit Abby, pleine de remords.

« Je suis vraiment désolée pour tout à l'heure. Je ne voulais pas te blesser. »

Abby retient son souffle, de crainte que ses excuses ne paraissent déplacées.

Lillie sourit.

« Ne t'en fais pas. Tu ne pouvais pas savoir que tu touchais une corde sensible. Et j'étais moi-même hors du coup, du moins, de ton point de vue, j'ai dû donner cette impression. J'ai tellement envie que les gens aient conscience de leur vraie valeur. Gillian dirait que je “projetais” car mon vrai problème, c'est de savoir ce que je vaux. »

Lillie retourne à sa peinture et, bien qu'Abby soit curieuse de savoir ce qui a provoqué ses larmes, elle estime que ce n'est pas à elle d'aborder le sujet. Pour autant, elle n'a pas encore envie de partir. Son regard balaie la pièce. Au mur, des œuvres des patients ; il y en a de toutes sortes, du barbouillage enfantin jusqu'aux ouvrages de tapisserie méticuleusement brodés. Des boîtes de pastels, de crayons de couleur, de feutres et de tubes de peinture sont empilées sur de grandes commodes renfermant elles-mêmes, d'après les étiquettes, matériel de couture, laine, papier et pâte à modeler. Dans un coin, quelques chevalets. Ça me rappelle l'école primaire, se dit Abby. Si ce n'était un grand panneau indiquant CISEAUX INTERDITS – ça, même des enfants y auraient droit.

Son attention se porte sur le tableau de Lillie. Au centre se trouve un grand trou noir entouré de cercles qui, en passant par le bordeaux, s'éclaircissent progressivement jusqu'à un rouge vif couleur sang. Lillie s'applique à ajouter dans l'angle supérieur gauche ce qui ressemble à un oiseau.

« Ça t'embête si je te regarde ? demande Abby.

— Pas du tout. »

Elle approche une chaise en prenant garde de ne pas renverser le gobelet en plastique que Lillie utilise pour diluer ses peintures.

« C'est de l'acrylique ? »

Abby se penche sur l'assiette de porcelaine ébréchée qui lui sert de palette. Sur le pourtour, fraîchement sortis du tube, sont posés de gros amas de rouge, de jaune, de bleu et de blanc ; au centre s'enroule un grand tourbillon écarlate.

« Ouaip ! Je ne suis pas très douée pour ça (d'un geste de la tête, Lillie désigne sa feuille de papier), mais j'aime bien.

— Ah, moi, je trouve ça très joli », déclare Abby qui, même si la peinture abstraite n'est pas ce qu'elle préfère, le pense sincèrement, ne serait-ce que parce que Lillie semble y prendre du plaisir.

Alors qu'elle observe Lillie déposer de petits points blancs de manière aléatoire sur sa toile, monte en elle le désir de s'y essayer.

Je ne me souviens pas de la dernière fois où j'ai laissé mon imagination vagabonder comme ça, songe-t-elle. Avec le photojournalisme, j'étais à cent lieues de cette liberté créatrice.

Elles demeurent assises dans un silence complice, seulement troublé par le bruit mouillé du pinceau que Lillie rince à intervalles réguliers, lorsque celle-ci dit :

« Je suis désolée de ne pas en avoir parlé plus tôt. Je ne me sentais pas le courage de partager ça avec le groupe, et puis je pense que j'ai cherché à me concentrer sur l'avenir, à dépasser ça. Ce n'est pas quelque chose que j'ai confié à beaucoup de gens ici. Mais tu sais que j'ai déjà fait des séjours ici ? »

Abby opine.

Lillie laisse tomber son pinceau dans le gobelet et lui fait face.

« J'ai suivi une psychothérapie posttraumatique. »

Elle inspire à fond et expulse l'air lentement, exactement comme on le leur a montré, afin de se calmer.

« Je sais bien que je suis revenue plusieurs fois, mais, la toute première, on m'a juste remise sur pied avant de me libérer. Je dis "juste", mais ça n'a pas été une mince affaire – j'étais mal en point. J'étais en pleine phase maniaque – je ne dormais pas du tout, je buvais, je ne me nourrissais pas. J'ai claqué 5 000 livres dans les magasins en une seule journée. »

Abby est sidérée, elle qui a du mal à en dépenser le dixième en une seule expédition au centre commercial.

« À l'époque, je n'ai voulu voir quasiment aucun soignant. Mais la deuxième fois, peut-être parce que je leur faisais plus confiance ou que j'étais au fond du trou, j'étais prête à tout essayer. J'étais évidemment terrifiée car c'était mon deuxième épisode psychotique en moins d'un an. En tout cas, comme par hasard, dès le début on m'a attribué Gillian comme thérapeute – elle est la seule ici qualifiée pour traiter les traumatismes. Avec elle, j'ai finalement entrepris un vrai travail en profondeur car on s'est rendu compte qu'il y avait encore des tas de trucs qui ne tournaient pas rond là-dedans. »

Elle se tapote la tempe.

Abby acquiesce d'un signe de la tête. Cette impression, je la connais un peu, se dit-elle. Mais je ne suis jamais tombée aussi bas que Lillie.

« J'imagine que c'est assez rude, la psychothérapie posttraumatique.

— Je te le confirme : ça t'oblige à te replonger dans des événements du passé, c'est horrible… »

Nouvelle inspiration profonde.

« J'ai même encore du mal à en parler aujourd'hui… mais, quand j'étais petite, dès l'âge de sept ans environ jusqu'à ce que je quitte la maison, j'ai été abusée par mon beau-père et deux de ses amis. Ma mère faisait les trois-huit et ils venaient à la maison quand elle n'était pas là. »

Abby est tellement abasourdie qu'elle ne sait que dire.

« C'est épouvantable ! lâche-t-elle enfin, mais ses mots paraissent terriblement dérisoires.

— Je ne vais pas entrer dans les détails, mais, pour que tu comprennes, ce qui m'a fait réagir pendant la séance, c'est ce que tu as dit sur les enfants. Car si tout ça s'est arrêté, c'est parce que je suis tombée enceinte. »

Abby rougit de honte.

« Mon Dieu, je suis vraiment désolée !

— Tu ne pouvais pas savoir, répète Lillie.

— Non, mais... J'aurais dû faire preuve de plus de tact. C'est comment, le dicton : "... tant que tu n'as pas parcouru une lieue dans les souliers de quelqu'un d'autre" ? Je ne m'en souviens plus exactement, mais il dit qu'il ne faut pas juger les autres, or c'est ce que j'ai fait. J'ai cru que tu me faisais la morale. Ça m'arrive souvent, à cause de Callum... Des gens qui pensent tout connaître sur l'autisme... »

Mais, toi, Abby, tu n'y es pour rien, se rappelle-t-elle.

« En tout cas, je ne m'excuserai jamais assez. »

Lillie hausse les épaules.

« Je te l'ai dit, ne t'en fais pas.

— Et puis-je te demander si, tu as... euh... »

Abby hésite, choisit ses mots avec soin :

« ... interrompu cette grossesse ? »

Lillie n'a pas dit qu'elle avait un enfant.

« Non. Même si mon beau-père aurait voulu. Même si je n'avais aucune idée de l'identité du père... »

Nouvelle expiration.

« Mais j'ai perdu le bébé. C'était peut-être, pour mon corps, une façon de dire que je ne pouvais pas être la mère de cet enfant-là… »

Ses yeux s'emplissent de larmes.

« Peut-être, répond Abby en hochant la tête. Les fausses couches ont des causes très diverses.

— Non…, reprend Lillie d'une petite voix. La grossesse est allée à son terme. Tout paraissait normal. Mais le bébé était mort-né. Donc, tu vois, je sais ce que c'est que d'avoir des enfants, d'une certaine façon… »

Elle chasse ses larmes du revers de la main.

Abby sent à son tour ses yeux s'embuer. C'est même encore pire que ce que je croyais, se dit-elle. Pauvre Lillie. Que j'aimerais effacer les ultimes minutes de la séance de ce matin…

« À travers cette peinture, j'essayais d'exprimer ce que je ressentais. C'est parti d'une suggestion que Beth à faite au groupe – tu connais son attachement à la création comme exutoire – et, c'est vrai, je trouve que ça m'aide. »

De nouveau, Abby examine le tableau.

« C'est ma petite fille, ici », explique Lillie en retrouvant son calme.

Elle désigne la forme qu'Abby avait prise pour un oiseau. La traînée de points qui se déploie dans son sillage indique qu'elle vient de sortir du noyau sombre.

« On dirait un ange », note Abby.

Toutes deux se taisent, le regard fixe, captivées. Après un moment, Abby demande :

« Tu crois que ton trouble bipolaire pourrait être lié à tout ce que tu as vécu ? Mais, je t'en prie (elle lève la main)... tu n'es pas obligée de me répondre si tu n'en as pas envie. »

De nouveau, Lillie hausse les épaules.

« Je n'en sais rien. Ma sœur – Tamara –, elle aussi a été abusée, pourtant elle va bien... Enfin, pas bien, naturellement, mais elle n'est pas bipolaire. Qui sait ? Gillian dit que nous n'avons pas tous les mêmes réactions face aux événements. Mais elle m'a aussi assuré que les souffrances dues aux traumas affectifs peuvent provoquer des lésions réelles dans le cerveau, susceptibles de modifier les réactions de la personne au stress, entre autres. J'avais probablement déjà quelque chose en moi, quelque chose de chimique, qui n'allait pas... Mais oui, peut-être que sans toute cette *merde* (elle lâche ce mot comme un crachat) j'aurais été moins malheureuse.

— Tu es très forte », lui répond Abby.

Elle hésite, puis ajoute :

« Je t'admire. Franchement, c'était déjà vrai avant, mais ça l'est encore plus maintenant.

— Vraiment ? s'étonne Lillie, qui a tressailli.

— Oui. Et, d'ailleurs, la façon dont Callum à réagi devant tes autocollants ne lui ressemblait pas. Jamais il n'a noué un tel contact avec quelqu'un de totalement inconnu. Même avec moi, il est rare qu'il manifeste autant d'enthousiasme.

— Ah..., dit Lillie. Ça doit être dur pour toi...

— Certains jours, oui. »

Abby hésite. Elle ne veut pas trop en dire, mais il lui semble que Lillie n'a pas saisi ce qu'elle cherchait à lui faire sentir.

« Tu as un don, tu sais, Lillie. Ta façon de communiquer avec les gens, c'est rare, et tu prends le temps d'être chaleureuse et gentille avec tout le monde.

Sans toi, je ne pense pas que j'aurais passé le cap des tout premiers jours.

— Oh, Abby. Arrête, tu vas encore me faire pleurer ! »

La lèvre inférieure de Lillie tremble.

« Mais merci ! (Elle hésite.) Je peux te prendre dans mes bras ?

— Bien sûr. »

Tandis qu'elles s'étreignent parviennent à Abby les suaves notes d'abricot du parfum de Lillie.

29

« Alors, comment allez-vous ? demande Johnnie, une fois Karen installée sur le siège face à lui.

— Est-ce que Lillie va mieux ? Ça me tracasse vraiment, ce qui s'est passé avec le groupe. »

Johnnie remue sur son siège.

« Si vous êtes inquiète, allez peut-être lui parler. Je n'ai pas le droit d'évoquer le cas de Lillie, je suis désolé. »

Son expression semble indiquer qu'il le regrette.

« De plus, nous sommes ici pour parler de vous, Karen, et du chemin parcouru depuis notre séance de la semaine dernière. »

Voilà que ça me reprend, on dirait ! constate-t-elle. Je me polarise sur les autres.

Elle promène son regard à travers la pièce. Celle-ci est un modèle de neutralité. Il n'est rien ici qui puisse la distraire ; de toute évidence, c'est le but recherché.

« J'ai eu des hauts et des bas, dit-elle avant de se rendre compte que sa réponse est aussi plate que le décor. Cela étant, ça me fait du bien de venir ici, d'avoir trouvé un endroit où je peux me confier. »

Mais ce matin, non, ajoute-t-elle pour elle-même. Ça me coûte. Mais elle se retient de le dire. Johnnie pourrait y voir une critique, or, instinctivement, elle veut le protéger.

« Je me demandais si vous aviez réfléchi à ce dont nous avions parlé, en particulier à ce que vous éprouviez pour votre père ? »

Aïe ! Karen avait espéré éviter le sujet, pour une fois.

« Oui. »

Le regard fixé sur les rideaux, elle tente de rassembler ses idées, mais se surprend seulement à penser que c'est dommage qu'ils soient obligés de mettre des voilages tellement ceux-ci mangent de lumière.

« Et ?

— Je m'aperçois qu'être malheureuse, c'est devenu pour moi une sorte d'habitude. Les souvenirs liés à mon mari ne cessent de refaire surface... »

Aussitôt, elle revoit mentalement Simon. Il sort de la douche, les cheveux mouillés, la peau emperlée de gouttelettes...

« C'est très difficile pour moi de ne pas penser à lui. »

Sa gorge se serre.

« Mais je ne suis pas sûre d'avoir envie d'arrêter. J'aurais l'impression de l'oublier. »

À présent, Simon se sèche les cheveux avec une serviette.

« Loin de moi l'idée que vous devriez refouler ces souvenirs-là, rectifie Johnnie. Mais nous pourrions peut-être faire en sorte que vous puissiez penser à Simon et à votre père sans déprimer. »

À cet instant même, et contre toute attente, comme si Simon lui-même lui avait soufflé cette pensée, Karen a un déclic.

« Vous savez, pour moi, les deux situations étaient totalement différentes car papa était bien plus âgé et avait été longtemps malade, mais je vois des similitudes dans les circonstances de leur mort. Elle s'est produite en février, dans les deux cas. »

Son regard revient brièvement sur la fenêtre. À travers les voilages, elle constate que le temps est radieux, ensoleillé. Le matin où Simon a fait son infarctus, c'était tout le contraire. Aussitôt, elle se retrouve dans le train : un souffle froid lui parvient quand les portes s'ouvrent à Preston Park ; elle voit des passagers secouer leurs parapluies avant de monter.

« Pour beaucoup de gens, février est un moment délicat dans l'année.

— C'est un mois qui ne m'avait jamais gênée plus que ça auparavant, mais maintenant si. Le printemps a été particulièrement exécrable, non ? »

Elle s'interrompt pour réfléchir.

« En plus de la coïncidence des dates, ces événements ont été tous les deux de tels chocs... Pour Simon, on comprend aisément pourquoi, mais, en fait, la mort de mon père aussi a été soudaine parce qu'il a eu une attaque et n'a jamais repris conscience. »

Avec un frisson, elle se revoit foncer à travers les collines dans sa vieille voiture fatiguée.

« Pourtant, vous aviez dit précédemment que vous vous attendiez au décès de votre père.

— Je m'en suis voulu de ne pas l'avoir mieux surmonté car je m'y attendais, du moins je le pensais, mais je m'étais trompée. La maladie d'Alzheimer est souvent une lente déchéance et nous n'avons eu aucun signal d'alarme précis. »

De nouveau, elle hésite.

« Pour Simon non plus. »

C'en est trop : ses larmes commencent à couler.

Je regrette qu'on n'ait rien vu venir, se dit-elle en prenant un mouchoir.

« Je n'ai jamais pu leur dire au revoir, ni à l'un ni à l'autre..., poursuit-elle d'une voix éteinte.

— Si vous me permettez une suggestion, ajoute Johnnie avec douceur, je me demande si la mort de votre père n'a pas déclenché ce qu'on appelle des souvenirs sensoriels d'expériences antérieures. »

Karen se mouche.

« Je ne vous suis pas...

— Les souvenirs sensoriels, nous n'en avons pas conscience en temps normal, car ils sont liés à nos sens et se manifestent l'espace d'une fraction de seconde. Mais il se peut qu'en revivant telle ou telle situation ces souvenirs soient réactivés. »

Il se penche en avant, soucieux de bien se faire comprendre.

« Ne vous est-il jamais arrivé qu'une odeur vous rappelle des moments vécus des années auparavant ? »

Elle pense, dans la cabane de jardin, aux chaises longues qui portent encore l'odeur de Simon, et une nouvelle vague de chagrin la frappe.

« Si...

— Les souvenirs sensoriels ont ceci de particulier qu'ils échappent totalement à notre conscience. On ne peut donc pas les anticiper, mais ils sont là, profondément enfouis. Et peut-être que, chez vous, en vivant un nouveau décès à la même période de l'année, ils ont refait surface.

— Ça alors ! »

Karen s'adosse à son siège.

« C'est bien possible. Mais que puis-je y faire ? »

Johnnie passe ses doigts dans sa frange.

« On estime que, tant que la personne n'a pas conscience de ce processus et de ce lien, elle va reproduire indéfiniment les épisodes de peur, de panique ou autre. Mais dès lors qu'elle opère ce rapprochement, elle peut commencer à travailler sur ces pensées et ces sentiments.

— Je vois.

— Et vous vous apercevrez que le simple fait d'y être sensibilisée peut vous aider.

— Merci. Je vous crois. »

Karen saisit le pichet d'eau, en verse dans un gobelet, et médite en buvant une gorgée.

« Malgré tout, il y a eu des différences entre les deux événements. Pour revenir à ce qu'on disait en groupe ce matin au sujet du soutien, quand Simon est mort, aussitôt après, tout le monde a fait bloc autour de moi – sans même que j'aie à le demander. »

Sa prise de conscience est rapide, comme si une série de voyants s'allumaient les uns après les autres.

« Prenez par exemple ma nounou, Tracy : elle s'est proposée pour garder les enfants quasiment à plein temps. Mais quand papa est mort, ça n'a pas été pareil. Pas du tout.

— Avez-vous sollicité l'aide de Tracy ?

— Non.

— Pourquoi non ?

— Comme il était resté très longtemps malade, ça m'aurait paru un peu exagéré. Après tout, j'avais eu des années pour m'y faire. Tandis qu'avant, j'avais pu compter sur ma mère et mes amies – Anna, en particulier, et mon autre copine, Lou –, tout le monde avait été d'une grande aide.

— Et, dernièrement, ça ne s'est pas reproduit ?

— Non... »

Karen réfléchit.

« Non seulement je n'ai rien demandé, parce que je ne suis pas douée pour ça, mais, en plus, les situations ont changé. Celle de maman, évidemment, puisqu'elle a perdu mon père, du coup, j'ai considéré que c'était à moi de m'occuper d'elle, pas le contraire. Quant à Lou, elle pouponne son nouveau-né. Je ne me voyais pas m'épancher auprès d'elle. »

Lou a eu son lot d'épreuves, songe Karen. C'est pour elle un moment privilégié qu'elle mérite de savourer.

« Et votre autre amie, Anna ?

— Anna a été formidable, c'est grâce à elle que je suis venue ici. Mais... »

Karen l'imagine avec Rod, son nouveau compagnon. Les rôles sont totalement inversés. Avec Simon, ils se tracassaient pour Anna qui vivait avec un alcoolique, et la voilà maintenant avec un couple bien rangé...

Wouah, s'avise Karen, je suis jalouse ! C'est donc aussi la fierté qui m'a empêchée de me confier. Je n'ai pas voulu que mes amies aient pitié de moi.

Elle garde le silence. Après un moment, Johnnie demande :

« Diriez-vous que cette absence de soutien a pu favoriser votre dépression ? Existe-t-il un lien entre le fait que vous vous occupiez des autres, et le fait que vous ne preniez pas soin de vous ? Il arrive qu'on se porte au secours des autres pour éluder ses propres problèmes. »

Johnnie voit tellement juste qu'elle l'applaudirait presque.

Je me demande si c'est pour ça qu'il a choisi de devenir thérapeute, se dit-elle. Pour autant, Johnnie n'est pas parfait. Mise en confiance par ses propres progrès, Karen se décide à lui faire part de sa contrariété.

« Je n'en ai pas parlé, mais j'ai vraiment l'impression que vous m'avez malmenée ce matin.

— Pourtant, vous auriez été en droit de protester. Ça vous aurait permis de poser une limite – le sujet même de notre discussion.

— Mais c'est Abby qui s'est énervée à ma place.

— En thérapie, ce qui provoque la réaction la plus forte est parfois ce qui mériterait d'être examiné avec le plus de soin. Nous voici revenus aux facteurs déclenchants. »

Le grand sourire de Johnnie témoigne qu'il n'est pas vexé, conclut Karen. On a donc le droit de ne pas toujours se taire.

« Et le sujet des limites nous a fait réagir toutes les deux, Abby et moi. C'est très révélateur…

— Vous êtes prompte à protéger les autres, mais il est important de vous souvenir que vous êtes une personne distincte de vos amies – et de votre famille, d'ailleurs – et que, vous aussi, vous avez besoin qu'on s'occupe de vous.

— Je vois. »

Karen acquiesce d'un signe de tête, mais craint que ce ne soit pas dans sa nature.

Quand Simon était là, c'était différent, parce que c'était lui qui prenait soin de moi, se dit-elle. Apprendre à m'occuper de moi, ça ne va pas être facile.

30

« Nom de Dieu, je boirais bien un coup ! s'exclame Elaine en s'affalant sur le canapé. Putain, quelle journée ! »

Abby comprend ce que ressent Elaine. L'échange houleux lors de la séance du matin, la conversation avec Lillie : elle aussi a eu sa dose. Après le dîner, servi tôt à Moreland, elle a rejoint d'autres pensionnaires dans la salle. Ils ont toute la soirée devant eux.

Colin lève les yeux du livre dans lequel il était plongé.

« Qu'est-ce qui s'est passé ?

— Étape 4 », répond Lansky avec un frisson.

Karl hoche la tête.

« Jamais facile, celle-là. »

Abby est intriguée. Le programme de traitement des addictions comporte douze étapes et, d'après ce qu'elle comprend, chacune d'elles semble plus difficile que la précédente.

« Ça consiste en quoi ?

— On m'a demandé un "inventaire moral détaillé et lucide de moi-même", explique Elaine en traçant des guillemets en l'air. En gros, il fallait que je fasse la liste de tous mes défauts.

— Mince ! intervient Colin en regardant sa bedaine. Heureusement qu'on n'a pas à faire ça, nous !

— Les écrire tous, tu imagines ? » reprend Elaine.

Elle descend la fermeture de ses bottes à hauts talons et les envoie valser à terre.

« Moi, je te le dis, c'est plus dur d'être dépravé que déprimé, constate Karl.

— Une semaine entière sans alcool…, déplore Elaine en bâillant. Je crois pas avoir tenu aussi longtemps depuis, en gros, mes quatorze ans.

— C'est pile l'heure où je me jetterais bien une petite bière, renchérit Lansky, un œil sur l'horloge.

— Ne me dis pas ça ! »

Karl secoue sa crête.

« Tu vas me donner envie de me faire un rail.

— Je vais vous dire, moi, ce qui me ferait envie ! lance Colin, provocateur.

— Une clope ? »

Elaine se redresse à la hâte.

« Super ! Je te retrouve sur le balcon.

— Un câlin avec Beth, plutôt », intervient Lillie avec un sourire entendu vers Colin.

Celui-ci attrape un coussin du canapé et le lui lance.

Lillie esquive.

« Ha ! ha ! Raté ! »

Avant qu'Abby ait eu le temps de comprendre ce qui se passait, Lansky et Colin pourchassent Lillie autour de la pièce, fin prêts pour une bataille de coussins. Karl bondit par-dessus la table basse – sa crête est à deux doigts de se prendre dans le système d'éclairage – et bientôt Lillie se retrouve coincée par ses trois poursuivants. Tandis qu'ils la bombardent de coussins, elle s'effondre sur le canapé le plus proche en pouffant.

« Arrêtez ! Arrêtez ! » implore-t-elle.

Mais Karl fait tournoyer son coussin au-dessus de sa tête avec une ardeur redoublée avant de l'abattre avec un bruit sourd.

« Non, non ! » s'écrie Lillie.

Elle est hilare, cependant, Abby détecte dans son rire une note proche de l'hystérie.

Ce n'est peut-être pas une bonne idée, s'avise-t-elle en se souvenant de l'histoire que Lillie lui a confiée. Pour l'heure, celle-ci tousse, crachote – d'amusement ou de frayeur, difficile à dire.

« Hé, les gars, stop ! » s'exclame Abby en attrapant Lansky par son T-shirt pour tenter de l'intercepter. Le tissu, distendu à l'endroit où elle l'a empoigné, dévoile une peau pâle et une fresque de tatouages colorés.

Colin, qui semble comprendre la situation, s'arrête, mais Lansky et Karl s'amusent trop pour lui prêter attention. Cette adrénaline, c'est peut-être elle qui alimentait leur addiction, avant, se dit Abby. À cet instant, Michael, jusque-là tranquillement assis dans un fauteuil devant la télé, se dresse sur ses jambes.

« Hé, on se calme ! »

Il ne plaisante pas.

Aussitôt, Lansky et Karl se séparent. Lillie cesse de tousser et de rire, ramène ses cheveux en arrière et se lève d'un bond du canapé.

J'ai peut-être réagi de façon un peu excessive, se dit Abby tandis que Lillie se rajuste et que Michael retrouve son siège devant la télévision. Mais Lillie croise le regard d'Abby et lui adresse un petit sourire où cette dernière lit de la gratitude. Évidemment que Lillie sait aussi garder la tête froide, remarque Abby. Je n'ai jamais regardé son émission, *Street Dance*, aussi j'oublie facilement qu'elle est une professionnelle soumise à la pression des directs.

Alors, comme si elle tenait à montrer qu'elle n'en veut à personne, Lillie tape dans ses mains et adresse à tous un large sourire.

« On oublie tout ça, décide-t-elle en jetant les coussins sur le canapé et en s'emparant de la télécommande.

— Hé ! proteste Michael lorsqu'elle appuie sur le bouton arrêt.

— Allez, Michael, tu peux vivre sans les infos de Channel 4. C'est beaucoup trop déprimant. Quant à toi (elle attrape Colin par l'épaule au moment où il tend la main vers ses cigarettes)... finie la clope, pour aujourd'hui. Tu sais bien que c'est rien d'autre qu'un comportement sécurisant ! »

Colin fait la moue.

« Mais j'en ai besoin, moi, de mon kit de survie !

— Ben voyons ! Sérieusement, j'ai une meilleure idée. Je reviens dans une seconde. »

Et elle sort. Exactement comme lorsqu'elle était allée chercher les autocollants pour Callum, se dit Abby. Parfois, l'énergie que déploie Lillie est stupéfiante.

Bientôt, elle revient en trombe avec, entre les mains, son iPod et une paire de mini-enceintes. Elle branche ces dernières et fait défiler le menu de l'iPod.

« Parfait ! On va danser !

— Oh non, j'ai pas assez la pêche pour ton style de danse. Dans mes défauts, il y avait la paresse, tu savais pas ? rétorque Elaine qui, bâillant de nouveau, s'affale sur le canapé.

— Non ! Mon style, on s'en fiche. Peu importe le style ! reprend Lillie. Allez, tout le monde ! Ambiance disco ! »

Elle escalade le dossier du canapé derrière Elaine afin de descendre les stores. Celle-ci se recule car Lillie tangue dangereusement quand, soudain, *Let's Groove* d'Earth Wind and Fire emplit la pièce.

« Si t'es trop crevée pour danser, alors fais les lumières ! » lance Lillie à Elaine en sautant par terre.

Elle se précipite sur l'interrupteur près de la porte pour lui montrer comment le transformer en stroboscope. L'air las, Elaine se lève et s'exécute.

« Il faut mettre plus fort ! » assure Colin.

Il se glisse jusqu'à l'iPod et monte brutalement le son tout en chantant les paroles.

Abby sourit devant sa queue-de-cheval qui se balance d'un côté et de l'autre au rythme de la musique. Bon, si Colin s'y met, alors moi aussi ! se dit-elle. Après des mois passés ici, il doit être plutôt à la ramasse. Elle envoie voltiger ses chaussures. Quelques secondes plus tard, elle et Colin s'entrechoquent les hanches, façon seventies.

Colin pivote et, faisant face à Abby, reprend les paroles qui lui disent combien elle est jolie. En le voyant agiter son index et lui envoyer un baiser, Abby est prise de petits hoquets de rire. En cet instant, elle aime Colin pour cet enthousiasme brut. Il a beau avoir des kilos en trop et dix ans de moins qu'elle, Abby, en renouant ainsi avec sa propre dimension physique, retrouve étrangement son pouvoir de séduction.

Vraiment, j'adore danser, se dit-elle. Avant, à l'âge de Colin, je sortais beaucoup en boîte. Quand j'ai rencontré Glenn, je dansais à une soirée… Elle ressent une pointe de nostalgie, mais à nouveau la musique l'emporte.

Les hommes sont souvent plus lents à rejoindre la piste de danse, se souvient Abby. En plus, vu la crête de Karl et les tatouages de Lansky, le disco des années 1970 n'est peut-être pas leur musique favorite. Pourtant, il suffit à Lillie de recourber son index dans leur direction pour qu'ils se lèvent tous les deux et se postent à ses côtés.

« C'est mon mix, explique Lillie en élevant la voix pour se faire entendre par-dessus la frénésie du synthé. Sympa, non ? »

Il y a peu de paroles sur *I Feel Love*, aussi tout le monde peut les chanter en chœur. Et tandis qu'Abby se déhanche et virevolte elle sent sous ses pieds nus la moquette, dans ses cheveux la brise qui entre par la fenêtre ouverte, et elle ne peut s'arrêter de sourire.

Lillie est incroyable, cette façon qu'elle a d'agiter le torse, observe-t-elle. Mais quelle importance qu'elle bouge mieux son corps que nous ! J'avais oublié à quel point c'était agréable. Les soucis de chacun semblent s'être envolés.

Seul Michael demeure encore assis sur le canapé. Lillie se rapproche de lui en tournoyant et lui tend la main.

« Viens avec nous ! l'encourage-t-elle.

— C'est pas trop mon truc, marmonne Michael.

— Ah, quel rabat-joie ! hurle Abby. C'est génial ! »

Michael secoue la tête.

« Je te laisse ma place !

— T'aimes quoi comme style de musique ? lui demande Abby quand le morceau est terminé.

— Moi, j'étais punk, répond Michael, sur la défensive.

— Arrête ! s'exclame Lillie.

— Mais si ! » confirme Michael.

Abby sent qu'il serait malvenu de se moquer de lui.

« Tu me plais, toi ! annonce Karl en lui donnant une bourrade amicale, alors que Colin se dirige vers lui en se dandinant comme un diable sorti de sa boîte

— Allez, Michael ! c'est pas mon époque, mais le pogo, je sais faire ! »

Colin est irrésistible, bondissant avec une telle fougue que de la sueur perle à son front et qu'à nouveau Abby sent le rire monter en elle. Et il a toujours ses pantoufles, constate-t-elle, même après cette bataille de coussins homérique. À force de sourire ainsi, les joues d'Abby commencent à lui faire mal.

Lillie attrape son iPod et fouille parmi les morceaux. Quelques secondes plus tard, elle appuie sur « lecture ».

« Alors celle-là, ça te va ? »

Dès les premières mesures, Abby reconnaît l'air : *Rock the Kasbah*. À contrecœur, Michael se met sur ses pieds.

« Celle-là, elle est dans mes cordes… »

Il commence à danser, d'abord lentement, puis avec plus de fougue. Elaine allume et éteint les lumières de plus en plus vite ; bientôt, elle aussi se trémousse en agitant son bras libre et, quand le refrain éclate, Michael se lâche complètement.

Ils continuent ainsi pendant plusieurs morceaux.

Ça gigote et ça s'agite, ça sautille et ça se tortille, ça trépigne et ça piétine, ça se pavane et ça se balance, chacun de nous a son propre style, se dit Abby. Et qui aurait dit que Michael bougeait aussi bien ?

Soudain, des coups sonores retentissent à la porte.

« Oh, merde ! » s'exclame Lillie en se précipitant pour baisser la musique.

Comme des enfants surpris faisant les fous en pleine nuit, ils se ruent sur les canapés en gloussant et en se poussant les uns les autres. Seul Michael reste debout. La porte s'ouvre.

C'est Phil, le directeur. Tous lèvent vers lui de grands yeux innocents.

« Je ne voudrais pas gâcher la fête, lâche Phil, la mine sévère, en gagnant le centre de la pièce. Mais on essaie de faire une réunion de travail à l'étage du dessous. Vous pensez que vous pourriez baisser d'un ton ?

— Bien sûr ! lui garantit Lillie, impassible. On voulait pas... »

Elle s'interrompt alors, les yeux écarquillés. Abby suit son regard : Michael se tient derrière Phil, l'air parfaitement sérieux. Mais il a dressé deux doigts au-dessus de la tête de celui-ci et les agite comme des oreilles de lapin...

31

Abby vient de reposer son couteau et sa fourchette quand Sangeeta lui fait signe depuis la porte de la salle à manger.

« Votre taxi est là. »

L'infirmière doit élever la voix pour se faire entendre par-dessus le brouhaha.

« Et, Lillie, j'ai vu votre sœur se garer dehors, je suppose qu'elle vient vous chercher aussi ? »

Abby regarde sa montre. Le taxi est en avance. Heureusement qu'elle a fini de manger.

« Bon, autant y aller, décide-t-elle en repoussant sa chaise.

— Tu allais me donner ton numéro, lui rappelle Karen en délaissant provisoirement ses lasagnes pour saisir son téléphone.

— Exact. »

Karen tape sous la dictée d'Abby.

« Je t'appelle dans un moment, comme ça tu auras le mien.

— Parfait.

— Il faudra que tu passes prendre un café. »

Karen s'est aperçue qu'Abby n'habitait qu'à cinq minutes à pied de chez elle.

« Allez, je me sauve ! dit Lillie en dépliant la poignée de sa valise à roulettes. Passe un bon week-end, Michael ! »

De sa main libre, elle lui presse l'épaule.

Michael cesse de mastiquer.

« On va essayer… »

Abby suit Lillie jusqu'à la réception en traînant son sac derrière elle.

« J'ai hâte d'être dehors », lui confie-t-elle.

Elle appuie sur le bouton pour demander à Danni de leur ouvrir la porte codée. On est vendredi et c'est la première fois qu'Abby rentre chez elle depuis son arrivée.

« Ils estiment sûrement que ça va pour t'accorder tout de suite deux nuits chez toi, dit Lillie. Bon courage !

— Merci ! »

Mais Abby ne pense pas qu'elle en aura besoin.

De toute façon, je reviens bientôt, se dit-elle. Il lui tarde de ne plus avoir de comptes à rendre au personnel, de dormir dans son propre lit et de se faire à manger elle-même. Surtout, elle est impatiente de retrouver Callum.

« J'appréhende un peu de me retrouver seule, lui confie Lillie à voix basse tandis que Danni leur libère la voie.

— Ça va bien se passer. Tu t'en es bien sortie, le week-end dernier, non ? »

Lillie confirme d'un signe de tête mais semble inquiète.

« Ça va me faire du bien de voir Tamara et Nino. »

À cet instant, sa sœur ouvre la porte d'entrée de la clinique.

« Salut ! » lance Tamara.

D'un bras, elle tient son fils plaqué contre sa poitrine. Tous deux ont les mêmes boucles tire-bouchonnées, la même peau dorée ; ça fait drôle de retrouver les traits familiers de Lillie chez Tamara.

« Hello ! »

Lillie se penche pour les enlacer tous les deux et donne un baiser à son neveu.

« Ouh, bonjour, toi ! Il est à croquer, ce petit ! »

À la lumière de ses confidences du début de la semaine, son affection pour Nino serre la gorge d'Abby.

« Je dis juste au revoir à mon amie – son taxi l'attend. »

Mon amie, note Abby avec ravissement.

Lillie se tourne vers elle :

« Donc tu es ici la semaine prochaine ?

— Il est prévu que je revienne dimanche soir, puis que je fasse lundi, mercredi et vendredi en ambulatoire. On diminue progressivement, c'est ce qu'ils m'ont recommandé. Et toi ?

— Moi, je suis ici jeudi et vendredi, du coup, on va se recroiser.

— Super ! »

Abby, un instant tentée de demander aussi son numéro à Lillie, se ravise. Une fois de plus, elle avait oublié qu'elle avait affaire à une célébrité. Je parie qu'elle déteste être importunée, se dit-elle.

* *
*

Ce serait impoli de partir avant que Karen ait fini son repas, se dit Michael. Il est un peu embarrassé de se retrouver seul avec elle.

Karen avale une bouchée de lasagnes.

« Et donc, le magasin de fleurs que tu tenais, c'était à Rottingdean ? »

La question le fait sursauter. Il avait dit à certains pensionnaires où il vivait et qu'il avait dû fermer son commerce, mais rien de plus.

« Euh… non, c'était à Hove.

— Où, exactement ? J'habite à côté.

— Près de la gare », dit-il.

Il sent le rouge lui monter aux joues.

« Mais je passe tout le temps devant en voiture ! » lui apprend Karen.

Elle plisse le front, réfléchit.

« En fait, je crois bien avoir acheté des fleurs chez toi, il n'y a pas si longtemps. C'était une devanture vert et bleu… qui donnait sur… c'est quoi, le nom de cette rue ? »

Elle pose sa fourchette pour dessiner un plan en l'air afin de se repérer.

« Cromwell Road, répond Michael.

— Mais oui ! Des pensées. Dans un panier. Pour ma mère. »

— Ça me dit vaguement quelque chose… », dit-il lentement.

Mais si ! se rend-il compte. Je l'avais trouvée séduisante. Elle l'est, d'ailleurs. Ce constat le fait encore plus rougir.

« Tu avais mis le panier dans le coffre de ma voiture », se souvint Karen, qui sourit. C'est marrant, j'ai su tout de suite que je t'avais déjà vu quelque part, mais impossible de me rappeler où.

— Pareil pour moi. »

Michael hoche la tête, mais sachant que Karen est au courant de son passé, il se sent mis à nu, vulnérable. Il revoit les étagères du magasin avec les seaux en plastique alignés, les marques sur le sol en béton. Il a encore dans l'oreille le « ting » de la caisse, dans le nez toutes sortes de senteurs mêlées. Mais il ne laisse rien paraître de son trouble.

« J'espère qu'elles ont plu à ta mère, ces pensées.

— Effectivement ! confirme Karen. Quel dommage que tu aies dû fermer. Je ne suis entrée qu'une fois, mais dès que je passais devant, je cherchais des yeux tes compositions. Elles étaient toujours magnifiques.

— Merci », souffle Michael, sans trop savoir quoi ajouter.

Qu'elle ait noté tout le soin qu'il y mettait suffit à lui faire monter les larmes aux yeux, et il est soulagé de voir le directeur, Phil, se diriger vers leur table. Il veut sans doute parler à Karen – jusque-là, Michael n'a guère eu affaire à cet homme à barbiche et costume strict, hormis la veille au soir. Michael détourne le regard d'un air coupable en se souvenant qu'il s'était bien payé sa tête.

« Pardonnez-moi d'interrompre votre repas. »

Michael sursaute : Phil semble s'adresser à lui.

« Quand vous aurez terminé, pourriez-vous passer me voir, Michael ? J'aurais à vous parler.

— J'ai terminé.

— Ah ! peut-être pourriez-vous me suivre, dans ce cas ?

— Bien sûr », répond Michael en se levant.

* *
*

Si ça roule bien, on devrait y être dans vingt minutes, calcule Abby. Elle se carre sur la banquette du taxi. C'est un luxe de se laisser conduire ainsi, sans être au volant à regarder la route tout en conservant un œil sur son fils dans le rétroviseur. Pas d'embouteillage pour l'instant, note-t-elle tandis que le chauffeur quitte Lewes à vive allure par le tunnel de Cuilfair. Parfait. Elle avait dit à Glenn de l'attendre en début de soirée, mais, au dernier moment, elle a décidé de renoncer à la séance de l'après-midi afin d'avoir quelques heures pour elle avant le retour de Callum de l'école. Malgré toute sa reconnaissance pour Glenn et diverses nounous d'avoir pris le relais en son absence, elle est comme un chat qui veut marquer son territoire : elle entend reprendre possession des lieux.

Le front contre la vitre, elle regarde les prés défiler dans un flot continu de verdure. *Sa maison*. Cette perspective suscite en elle un mélange d'appréhension et d'optimisme.

« Je ne crois pas avoir déjà appris autant en si peu de temps – sur moi, en tout cas, a-t-elle reconnu ce matin lors de son entretien avec Beth. C'est la première fois depuis des années que je peux me concentrer sur mes propres aspirations. C'est un des avantages d'avoir un fils comme Callum : je n'ai jamais eu une minute pour m'appesantir sur mes problèmes. Mais l'inconvénient – je le vois bien à présent –, c'est que j'ai tout accumulé à l'intérieur de moi.

— L'esprit, c'est un peu comme une Cocotte-minute, a expliqué Beth. Il faut évacuer de la vapeur, sinon, on risque l'explosion.

— Ça m'a aidée de parler de tout ça, je me sens beaucoup mieux qu'à mon arrivée. Mais je suis inquiète à l'idée de retrouver tout ce qui m'a amenée ici : la vente de la maison, la séparation d'avec Glenn, la surveillance de Callum... »

Elle n'avait fait que prononcer ces mots et pourtant, déjà, elle était en sueur.

« La transition peut être difficile. Que pourriez-vous faire pour vous aider à garder le moral ?

— Demander du soutien. C'est vrai que Glenn a souvent tendance à me refuser le sien, mais le résultat, c'est que je lui en veux énormément d'être ainsi. Alors, au lieu de râler, peut-être que c'est moi qui devrais lâcher prise, non ? »

Beth a opiné.

« Ça me paraît sensé comme principe de départ ; ainsi, vous auriez sûrement du temps pour vivre des choses plus positives. À quelle activité souhaiteriez-vous davantage vous consacrer ?

— Je ne sais pas. »

Elle a eu du mal à s'imaginer avoir du temps libre.

« Qu'avez-vous aimé le plus lors de votre séjour ici ? »

Abby a souri en repensant à Rick et à sa dépendance au Coca, à Lillie au comble de l'hilarité avec sa « maison de fous » et à leur récente soirée disco.

« Rire, a-t-elle répondu. Et puis j'ai beaucoup apprécié d'avoir des conversations aussi franches et ouvertes. Cela dit, je ne m'imagine toujours pas passer mon temps à papoter – je n'ai pas encore trouvé ma nouvelle maison.

— Mais, ayant pris un peu de distance, vous vous rendez peut-être compte que votre situation actuelle ne va pas durer éternellement ? »

Le matin, Abby avait acquiescé, mais à présent cette remarque la trouble.

C'est vrai qu'un jour, que j'espère pas trop lointain, se dit-elle, cette séparation sera derrière moi ; n'empêche qu'il faudra toujours s'occuper de Callum et ce, que je dramatise ou pas, que je prenne soin de moi ou pas, quoi qu'en disent les thérapeutes. Car plus mon fils va grandir, plus sa surveillance va devenir difficile.

Elle soupire. Ça ne va pas être facile de garder le cap.

« S'attacher au positif ! » murmure-t-elle tandis que le taxi gravit la côte vers l'embranchement pour West Brighton.

Donc… s'octroyer des moments de répit et demander plus de soutien à Glenn, se fixe-t-elle comme objectifs. Après tout, il s'en est étonnamment bien tiré sans moi. C'est super qu'il se soit rapproché de Callum pendant mon absence. Mon séjour à Moreland semble bénéfique à tout le monde.

* *
*

Phil referme la porte de son bureau et présente une chaise à Michael.

C'est moins bien entretenu ici que dans le reste du bâtiment, note celui-ci. Sûrement que, puisqu'ils paient, les patients passent avant le personnel. Je me demande ce qu'en pensent ceux qui travaillent ici.

« J'irai droit au but », annonce Phil.

Aussitôt, Michael se dit qu'il a dû faire quelque chose de mal. Ses pensées se bousculent : peut-être que Phil m'a vu lui faire les oreilles de lapin – mais comment ? Je n'en ai aucune idée…

« Un lit du NHS vient de se libérer. »

Michael a l'impression de recevoir un coup à l'estomac.

« La bonne nouvelle, c'est que c'est beaucoup plus près de chez vous.

— Ah bon ? »

Michael a la tête qui tourne. Il lui faut un moment pour se ressaisir.

Mais je commençais à aller mieux, a-t-il envie de protester. Vous ne pouvez pas me transférer ! J'ai fait connaissance des autres patients, je m'apprêtais à me faire des amis. On a bien rigolé hier soir, quand on a dansé, et après j'ai dormi cinq heures d'affilée – ça ne m'était pas arrivé depuis Noël. Tout compte fait, je me plais ici.

« C'est à Woodingdean », poursuit Phil, mais la panique de Michael enfle si vite qu'il l'entend à peine.

Et Gillian ? se dit-il. On était arrivés à quelque chose. Savent-ils ce que ça m'a coûté de lui confesser tout ça ? Je commençais à mesurer ce que j'avais pris en pleine figure ces derniers mois. Je voulais voir le Dr Kasdan pour envisager de prendre des antidépresseurs – d'autres patients semblent dire qu'après tout ça leur fait plutôt du bien –, mais mon rendez-vous n'est pas avant lundi… Je suis pour le NHS mais, à ce stade, m'envoyer ailleurs, c'est ridicule comme décision, cruel, même…

Peu à peu, les paroles de Phil pénètrent en lui.

« Woodingdean… ?

— Oui, répond Phil en souriant. Vous habitez Rottingdean, n'est-ce pas ? »

Michael hoche la tête. Il commence à trembler. Intérieurement, il hurle : *Vous voulez dire que vous me transférez dans cet énorme bloc blanc où je ne connais personne ? Della, la copine de Chrissie, a dit qu'à l'intérieur c'était sinistre et que les gens sont enfermés dans les chambres...* Mais il est incapable de prononcer un seul mot.

« Sunnyvale House a une chambre libre dans le service général. »

Lorsque Michael retrouve sa voix, il ne peut que demander :

« Et je dois partir quand ? »

Pas avant la fin de la semaine, espère-t-il. J'imagine qu'ils n'admettent personne le week-end.

Phil fait tourner sa chaise pour vérifier l'écran de son ordinateur.

« En fait, nous sommes tenus de vous faire sortir dès à présent : dès qu'un lit NHS est libre, nous avons interdiction de vous maintenir ici puisque vous pouvez l'occuper. Tout est une affaire de coûts, hélas. (Il soupire.) Le NHS a supprimé des centaines de lits, vous le savez. Nous prenons le trop-plein de patients quand il n'y a plus de place, mais là, comme je vous l'ai dit, un lit vient de se libérer. J'ai bien conscience que la continuité des soins va être interrompue et j'en suis vraiment navré. Ça vous arrangerait que je vous appelle un taxi en fin de journée pour que vous puissiez assister à la séance de l'après-midi ? »

Si Michael n'était pas assis, il aurait peur de s'effondrer. Sans savoir pourquoi, il avait fait en sorte de refouler l'idée d'un possible transfert au NHS tout au fond de son cerveau. *Vous avez tous tellement insisté sur le positif !* est-il sur le point de s'écrier. *Toutes ces séances qui m'ont fait croire que, pour sortir de la dépression, il suffisait de changer sa façon de penser. Du coup, ce souci-là, j'avais tout fait pour le chasser !*

Michael a le regard braqué sur Phil. Comment celui-ci a-t-il pu prétendre une seule seconde qu'il s'agissait d'une bonne nouvelle ? À cet instant, il le hait.

Me voilà revenu à la case départ, se dit-il. Tout recommence comme avec Tim, à l'hôtel. Une fois de plus, je me suis bien fait avoir.

Mais il est incapable d'exprimer quoi que ce soit. Il ne peut que demeurer assis, abasourdi et tremblant, comme un animal qui craint pour sa vie.

III

La nuit tombe

32

Abby ouvre la porte d'entrée et franchit le seuil. Elle laisse tomber son sac, ramasse la pile de courrier sur le paillasson et va dans la cuisine. Sur le lino, ses pieds crissent ; elle baisse les yeux : des corn flakes sont éparpillés partout sur le sol. Elle fait un point rapide : l'évier déborde de vaisselle, les plans de travail auraient besoin d'un coup d'éponge et un fumet nauséabond s'échappe de la poubelle.

Tant pis pour ces quelques heures où je pensais reprendre contact en douceur, se résigne-t-elle en attrapant le balai. Un grand classique ! Et dire que je croyais que Glenn faisait face avec brio. Sachant que j'allais rentrer, il aurait pu se forcer un peu.

Une demi-heure plus tard, sa rancœur est retombée.

Le ménage de la cuisine n'a pas duré aussi longtemps que ça, reconnaît-elle en hissant son sac avec difficulté dans l'escalier. Peut-être sont-ils partis précipitamment ? Et comme Glenn ne m'attendait pas avant 17 heures, il avait sûrement prévu de nettoyer après.

Tandis qu'elle fait une pause sur le palier pour reprendre son souffle, un tableau accroché au mur attire son regard. Il s'agit d'un trio de photographies monochromes de la jetée ouest de Brighton, regroupées par ses soins dans un même cadre quelques années plus tôt ; elle ne s'était pas arrêtée dessus depuis longtemps. Sur la première image, la jetée surgit de la mer comme un squelette noir ; sur la deuxième, la structure en fer forgé est déjà à demi masquée par la brume qui s'avance au ras de l'eau ; sur la troisième, seul son sommet est visible, le reste étant enseveli sous la ouate blanche.

Elles ne sont pas mal du tout, constate-t-elle. Je suis sûre que la création me ferait plus de bien que le ménage, mais trouverai-je le temps de m'y consacrer ? *Tu devrais peut-être lâcher prise*, entend-elle une voix intérieure lui répéter. N'est-ce pas ce que les autres font ? Ils laissent le désordre là où il est – Glenn, en tout cas. Peut-être qu'au lieu de le maudire, je devrais prendre exemple sur lui.

Elle ramasse son sac en grimaçant et reprend l'escalier, mais au moment où elle pousse doucement du pied la porte de sa chambre, l'agacement l'envahit à nouveau : le lit est défait et le linge sale de Glenn est resté en plan sur la chaise posée dans le coin.

Je ne peux pas croire qu'il ait dormi ici ! se dit-elle, ulcérée.

Même s'ils n'ont pas passé d'accord précis, elle pensait que Glenn resterait au grenier. Certes, le lit bateau est plus grand et plus confortable, et les vêtements de son mari sont toujours dans l'armoire, mais, dans la mesure où il n'a pas dormi dans cette pièce depuis des mois, elle voit là un manque de respect.

Je parie qu'il allait changer les draps en prétendant avoir tout le temps dormi en haut, fulmine-t-elle.

Comme la brume sur ses photos, une sensation familière s'insinue alors en elle. Ne te laisse pas submerger, se dit-elle en s'asseyant sur le lit. Respire profondément, Abby. Aspire par le nez, souffle par la bouche... Peu à peu, elle sent l'angoisse refluer.

Tandis qu'elle inspire, elle détecte un parfum – inconnu, écœurant. Glenn a peut-être changé d'après-rasage... Elle se penche sur l'oreiller. Une note fleurie lui saute au nez. Une nouvelle lessive peut-être...

Puis elle lève les yeux.

Sur la table de chevet – du côté du lit qui était le sien – se trouve son mug préféré en porcelaine blanche. Elle le prend, l'examine de plus près, et son sang se glace.

Elle est là, sur le bord. Rose vif, avec son dessin plissé, caractéristique.

Une trace de rouge à lèvres.

* *
*

Le Dr Kasdan vérifie son dossier et lève la tête.

« Alors, comment allez-vous ? »

Karen s'attendait à ce que le psychiatre lui pose cette question ; sa réponse est toute prête.

« Je pleure beaucoup moins. Je pense que je commence à comprendre pourquoi je suis tombée aussi bas.

— Ça fait plaisir à entendre. Qu'est-ce qui vous a aidée, selon vous ?

— Les groupes. C'est formidable. Rencontrer d'autres personnes qui ressentent sous une forme ou une autre les mêmes choses que vous, c'est très réconfortant. Souvent, je progresse autant à travers ce qu'ils disent qu'en parlant de mon propre cas. »

Il faut qu'elle s'arrête. Je ne dois pas prendre mes problèmes à la légère, se dit-elle. Si je suis trop expansive, il va en conclure que je vais mieux et que je peux cesser de venir ici. Sécurisée par le traitement ambulatoire, Karen se sent stable, opérationnelle ; sans lui, elle craint que la moindre brise ne la ramène d'où elle vient.

À cet instant précis, elle sent son portable vibrer dans son sac à main.

Pourvu qu'il ne s'agisse pas des enfants, se dit-elle.

Elle est tentée de répondre, puis se souvient qu'elle n'a que quelques minutes avec le médecin – quel qu'il soit, son correspondant devra attendre.

Le Dr Kasdan poursuit :

« Je me souviens que nous avions évoqué les antidépresseurs, mais que vous préfériez vous abstenir. »

Karen acquiesce d'un signe de tête.

« Je souhaite les garder comme solution de secours, si vous n'y voyez pas d'inconvénient.

— Ça me paraît raisonnable. »

Le psychiatre prend son stylo.

« Je vous propose de continuer à venir deux fois par semaine pendant encore un mois. Nous ferons un nouveau point dans une quinzaine. »

La perspective d'avoir moins de soutien dans un avenir relativement proche n'est pas pour la rassurer, mais Karen n'oublie pas la longue route déjà parcourue.

« D'accord..., conclut-elle en se levant. À bientôt. »

Dans le couloir, elle saisit son téléphone.

Abby, affiche le journal des appels manqués.

* *
*

« Ça va passer... Ça va passer... Ça va passer... »

Abby murmure cette phrase comme un mantra. Mais elle a beau se souvenir qu'il s'agit d'une réaction physique déclenchée par des émotions, elle ne maîtrise rien, la panique est la plus forte. Que lui a-t-on appris à faire ? Ah, oui, un sac en papier...

Elle dévale l'escalier du premier, fouille dans le tiroir près de l'évier, les doigts tremblants, nerveux, en sort des paquets de sacs : tous en plastique.

Elle s'assied. Non, c'est pire. Elle sent son cœur battre à tout rompre dans sa poitrine – BA-BOUM, BA-BOUM... Elle se relève. Est prise de vertiges. Si elle faisait quelques pas ? Elle traverse la cuisine, continue dans le couloir, revient.

Elle tente d'attraper une idée au passage, de lui donner une logique, mais dans sa tête, tout est embrouillé : Glenn-a-fait-l'amour-avec-quelqu'un/qui ?/dans-mon-lit/*notre*-lit/depuis-combien-de-temps-ça-dure ?/juste-au-moment-où-je-pensais-qu'on-avait-progressé/c'était-juste-pour-une-nuit ?/a-t-il-une-liaison ?/j'espère-de-tout-cœur-qu'il-n'est-pas-amoureux-d'elle/je-ne-le-supporterais-pas/je-sais-que-c'est-fini-entre-nous-mais-aïe-que-ça-fait-mal/

toutes-ces-longues-soirées-passées-au-bureau/ j'aurais-dû-m'en-douter/comment-a-t-il-pu ?/*l'ordure* !/Callum-était-dans-la-maison ?/ et-Eva ?/les-autres-nounous ?/j'ai-l'air-d'une-parfaite-idiote/quelle-humiliation/je-n'irai-jamais-mieux-maintenant/les-draps-pouah !/ il-faut-que-je-les-lave/c'est-encore-mon-mari/on-n'est-même-pas-officiellement-séparés/pourquoi-ici ?/il-ne-pouvait-pas-aller-ailleurs ?/ il-cherche-à-me-rendre-folle ?/je-*suis*-folle/il-faut-que-je-retourne-à-Moreland/mais-Callum-alors ?/ je-ne-peux-pas-laisser-mon-fils-ici-désormais/il-n'est-pas-en-sécurité/je-ne-suis-pas-en-sécurité/ je-n'en-peux-plus/j'ai-besoin-d'aide/mon-cœur-va-exploser/il-faudrait-que-quelqu'un-m'emmène-à-l'hôpital/à-qui-pourrais-je-bien-demander ?

* *
*

Comme c'est bizarre, se dit Karen en plissant le front. Je ne m'attendais pas à ce qu'Abby m'appelle déjà ; elle sait que je suis à Moreland tout l'après-midi. Peut-être s'est-elle trompée de numéro ? Mais Karen constate alors qu'elle a un message vocal.

« Karen, je suis vraiment désolée de t'appeler, mais je ne voyais personne d'autre. Il m'est arrivé une chose affreuse et j'aimerais beaucoup parler à quelqu'un... »

Elle appuie sur « Rappeler » et Abby décroche aussitôt.

« Oh, Karen, merci ! dit-elle avant de fondre en larmes.

— Allons, allons ! »

Karen remonte rapidement le couloir en quête d'une salle où parler tranquillement.

« Désolée de ne pas t'avoir rappelée avant, j'étais avec le Dr Kasdan. »

— Ah, c'était ça ! »

Abby, hors d'haleine, ravale ses sanglots.

« Excuse-moi, j'ai interrompu ton entretien ? »

Karen constate que la petite salle est libre.

« Pas de problème, on a terminé, dit-elle en s'asseyant. Que s'est-il passé ? »

Du récit désordonné qui se déverse alors sur elle, Karen parvient malgré tout à extraire l'essentiel.

Je pourrais le tuer, ce Glenn ! songe-t-elle, mais le dire ne servirait à rien.

« Je devrais peut-être revenir à Moreland », conclut finalement Abby.

Sa voix est à peine audible. Karen marque un temps.

« Je ne suis pas sûre que ce soit une bonne idée, dit-elle lentement. Tu as l'air paniquée, or on a vu dans les séances de groupe que ce n'est jamais bon pour prendre une décision. J'ai peur que, si tu arrives ici en n'ayant pas tenu le choc chez toi, tu repartes de zéro, alors que tu as fait un bon bout de chemin.

— Mais je crois que je ne vais pas y arriver ! » admet Abby, encore essoufflée.

Karen se livre à un rapide calcul : ayant prévu de rester à la relaxation, elle a deux heures devant elle avant de passer prendre Molly et Luke chez la nounou. Elle connaît la rue dans laquelle réside Abby.

« Tu habites à quel numéro ?

— Au 8.

— Je vais passer et on va discuter.

— Mais Glenn sera là à 16 h 30 avec Callum et je ne suis pas sûre de pouvoir supporter sa présence. Pas pour l'instant.

— Ah… »

Karen quitte déjà le bâtiment.

« Je serai chez toi dans une demi-heure. Je te prends au passage et je t'emmène chez moi. »

Abby reste muette. Karen l'entend haleter, le souffle court, à l'autre bout de la ligne.

« Abby, ça va ?

— Oui, excuse, je réfléchissais…

— Ne réfléchis pas, ordonne Karen. Dis oui. On décidera de la suite autour d'une tasse de thé. »

Un nouveau silence, puis Abby dit enfin :

« Une tasse de thé. Ce serait sympa.

— J'ai du gâteau. »

— CETTE SALOPE A BU DANS MA TASSE PRÉFÉRÉE ! » rugit Abby.

Karen tressaille.

« Tu peux prendre la tasse avec toi et la fracasser contre le mur de mon jardin si tu veux. »

Abby renifle.

« C'est peut-être bien ce que je vais faire.

— Bon. Tu as défait ta valise ?

— Pas encore.

— Alors, ne la défais pas, poursuit Karen. Apporte-la chez moi. Tu pourras toujours rester un peu, au besoin.

— Et Callum ? »

Oh, bon sang, oui ! Glenn va devoir le garder, se dit Karen. Avec de la chance, il le fera.

« On pourra toujours aller le chercher en fin de journée », propose-t-elle, téméraire.

Elle se demande comment il va s'entendre avec Molly et Luke, mais ce n'est pas le moment de tergiverser.

« On verra bien comment tu seras après avoir pulvérisé une série de tasses et de soucoupes, OK ?

— OK », répond Abby.

Karen constate que sa respiration a retrouvé un rythme plus normal.

« Merci, Karen, vraiment !

— Ce n'est rien. »

Karen fait un grand geste du bras comme si Abby pouvait la voir.

« Je suis chez toi dans un petit moment. »

Ce n'est que lancée à pleine vitesse sur la A27 qu'elle réalise : Et c'est reparti, je vais encore m'occuper de quelqu'un.

* *
*

Abby arrache les draps du lit avec une énergie nourrie de fureur. Elle les roule sous son bras, attrape le mug incriminé et descend l'escalier à toute allure. Ce mug, elle est fortement tentée de le réduire en miettes, comme Karen le lui a suggéré, et de laisser le tout sur la table de la cuisine en guise de message pour Glenn, mais elle craint que Callum ne tombe dessus en premier et ne se blesse avec les éclats. Elle préfère griffonner un mot à la hâte :

Rentrée tôt, mais partie chez une amie. Merci d'avoir laissé la maison sens dessus dessous. Je te rappelle pour Callum.

Sans prendre la peine de signer, elle se contente de poser la feuille contre la tasse fardée, en plein milieu de la table, pour que Glenn sache bien qu'elle n'est pas dupe de ce qui s'est passé pendant son absence. Puis elle se rue de nouveau à l'étage, reprend son sac – que sa rage lui fait paraître plus léger – et ressort avec.

Elle ferme la porte d'entrée à clé et va s'asseoir sur le mur du jardin entre l'if et le buisson de houx pour guetter la voiture de Karen. Elle ne devrait plus tarder.

33

Tandis que le taxi s'arrête devant Sunnyvale House, Chrissie se précipite pour accueillir Michael.

« J'irai t'y retrouver à pied, lui avait-elle dit lorsqu'il l'avait informée par téléphone de sa sortie et de son transfert à l'hôpital. Il y a à peine deux kilomètres, et un peu d'air frais me fera du bien. »

Son tact n'avait pas échappé à Michael : leur voiture étant désormais entre les mains des créanciers, elle n'avait d'autre choix que de venir à pied ou en bus.

Elle ouvre elle-même la portière de la voiture.

« Coucou, chéri ! »

Michael s'extrait du siège arrière et tombe presque dans les bras de sa femme. Ses nerfs étaient bien trop à vif pour qu'il reste à la séance de l'après-midi à Moreland ; il aurait fallu dire au revoir à des gens qu'il avait appris à apprécier. Au lieu de quoi, il est allé dans sa chambre faire sa valise et, moins d'une heure plus tard, le voilà, même s'il ne digère pas mieux ce transfert ici que dans le bureau de Phil.

Il lève les yeux sur le bâtiment par-dessus l'épaule de Chrissie. En fait, les murs ne sont pas blancs, mais gris pâle ; les fenêtres, minuscules, ne semblent pas s'ouvrir et un filet en hauteur entoure les pelouses environnantes. On dirait plus une prison qu'un hôpital.

Le jeune homme qui sort les accueillir est pourtant loin de ressembler à un gardien. Il se présente comme Akono en souriant de toutes ses dents. Des grands sourires, Michael s'est habitué à en recevoir depuis quelque temps, mais celui d'Akono, au moins, semble exprimer une vraie chaleur.

« Laissez-moi vous faire visiter La Marina, lui propose celui-ci avant d'ajouter, devant la perplexité de Michael : C'est comme ça qu'on appelle le service général des hommes. Mais, pour y aller, je vais devoir vous faire passer par Les Prairies. Normalement, on prend un autre chemin, mais l'entrée principale est en travaux. »

Ils font ainsi tous trois un détour le long du bâtiment.

Les Prairies, se rend compte Michael à mesure qu'Akono déverrouille une série de portes, désigne paradoxalement une unité sécurisée.

« Toi, t'es qu'une sale gouine ! » s'écrie une voix tandis qu'ils passent dans un couloir. Michael voit se diriger vers eux un jeune homme sec et nerveux.

« Elle, c'est qu'une sale gouine ! »

Au moment où ils se croisent, ce dernier lorgne Chrissie.

Peut-être, mais elle tient ma main..., se dit Michael.

Akono reste calme.

« Ne faites pas attention à Jez et suivez-moi. En ce moment, il me traite de nègre à longueur de journée, mais c'est juste parce qu'il n'est pas bien. »

Super..., se dit Michael. Il se souvient alors de Tash et de son syndrome de la Tourette. Peut-être que Jez est pareil et qu'il n'y peut rien.

Ils longent une grande porte métallique munie d'une grille à travers laquelle Michael aperçoit, en guise de moquette, de la mousse grise. Au centre de la pièce, la mousse se surélève pour former une sorte de lit.

« Qu'est-ce que c'est ? demande-t-il.

— Isolement », répond Akono.

Cellule capitonnée, autrement dit, pense Michael.

Chrissie lui presse la main.

« Je vais d'abord vous montrer votre chambre, propose Akono. Vous pourrez y laisser votre valise avant que je vous emmène dans la salle commune.

— C'est pas si mal, note Chrissie tandis qu'ils pénètrent dans une chambre repeinte à neuf et équipée d'étagères, de tiroirs et d'un lit d'une personne aux tons assortis. Je pensais que tu serais dans une chambre double. C'est mieux comme ça, non, Mickey ?

— Ces chambres bleues, c'est mes préférées, confie Akono.

— Il y en a d'autres couleurs ? demande Chrissie.

— Des rouges, des jaunes et des vertes, selon le service. Celle-ci est la plus reposante, je trouve. »

Il s'attend peut-être à ce que je lui dise merci, pense Michael, mais la chambre empeste le désinfectant.

« Il y a une salle de bains ?

— Les sanitaires sont au bout du hall », explique Akono.

Les *sanitaires*, relève Michael. Avant, il avait une chambre avec baignoire et douche attenantes.

Il lâche sa valise qui tombe avec un bruit sec ; le sol est recouvert de lino, non de moquette. Un bref instant, il entend la voix de Gillian : « Ne vous laissez pas prendre au piège des pensées négatives, Michael. » Il l'imagine le persuadant qu'il n'a pas besoin de fleurs coupées et de sa télévision personnelle pour aller mieux. Je fais le maximum pour positiver, se défend-il, mais ça ressemble à un mauvais rêve.

Il fait le tour de la pièce en s'efforçant de prendre ses marques, va à la fenêtre, regarde dehors. Juste en dessous se trouve une table de ping-pong ; deux hommes y jouent, ça lui dirait bien d'essayer. Des patients fument debout, en groupe – il y est habitué, depuis Moreland. Il a encore dans l'oreille la remarque de Lillie : « Les dépravés fument infiniment plus que les détraqués. »

« Bien, dit-il à Akono. Vous pourriez peut-être me montrer la salle commune ? »

Michael s'attend à du rudimentaire et, de fait, un lecteur CD, un téléviseur et une pile de jeux de société écornés semblent être les seuls agréments de ce lieu. Certes, on trouve aussi un coin cuisine, mais le plan de travail est jonché de sachets de thé usagés, de cuillers en plastique et de sucre renversé ; quant au sol en vinyle, il amplifie tout, jusqu'au bruit de leurs pas. La pièce est vaste, mais seule une poignée de pensionnaires en profitent. Deux d'entre eux, absorbés par une partie de Scrabble, sont silencieux ; à côté, un jeune d'environ l'âge de Ryan se gratte les bras en marmonnant quelque chose comme : « Berk ! J'ai des dalmatiens sous la peau ! », et un vieil homme aux cheveux semblables à des toiles d'araignées a avancé sa chaise en bois tout contre la télévision. Il regarde les courses de chevaux et il est le seul à prendre acte de leur arrivée en les saluant d'un signe de tête.

Difficile de croire que, tout à l'heure encore, je déjeunais avec des gens que je commençais à considérer comme des amis, se dit Michael.

« Et maintenant, qu'est-ce qui est prévu ? demande Chrissie tandis qu'ils reprennent le couloir.

— Vous allez être évalué par le médecin du service », explique Akono à Michael en lui décochant une nouvelle fois un énorme sourire.

Mais Michael, incapable de comprendre ce qui lui arrive, et encore moins ce qui l'attend, garde le silence. Akono se tourne donc vers Chrissie.

« On préconise de donner aux patients la possibilité de prendre leurs repères par eux-mêmes. »

Tu es en train de demander à ma femme de partir, traduit Michael. Si c'est ça, pourquoi tu lui dis pas ? La perspective qu'elle le laisse seul le fait frissonner.

Chrissie hoche la tête.

« Très bien. »

Elle a toujours été plus docile que moi, pense Michael.

Mais, en se penchant pour lui dire au revoir et le serrer dans ses bras, elle murmure à son oreille : « Ne t'en fais pas, chéri. On va te sortir de là le plus vite possible, je te le promets. »

Donc, comme moi, elle pense que, malgré la jovialité d'Akono, cet endroit est épouvantable, en déduit-il. Pire encore, elle lui confirme que son jugement n'est en rien altéré. En regagnant la sortie de ce service fermé, Chrissie et Akono laissent Michael devant un choix qui n'en est pas un : retrouver l'atmosphère austère de sa chambre ou affronter les inconnus de la salle commune. Avec un spasme d'effroi, il opte pour la seconde solution en ayant la sensation de sauter du haut d'une falaise.

* *
*

« Elle est jolie, ta maison, constate Abby en promenant son regard dans la cuisine.

— Merci, dit Karen. Elle aurait bien besoin d'un peu de déco. Ici, surtout.

— Je n'ai pas remarqué. »

Abby a plus été frappée par les peintures enfantines exposées sur le frigo, les étagères pleines à craquer d'épices et d'aromates, la bouteille de vin rouge entamée près des boîtes à thé et à café.

J'aimerais bien pouvoir laisser traîner des choses comme ça, se dit-elle, au lieu de tout mettre sous clé.

« Alors, le gâteau ! »

Karen se dresse sur la pointe des pieds pour récupérer un grand moule en fer.

« Je suis obligée de le mettre hors de portée des enfants », explique-t-elle en faisant glisser sur une assiette un gâteau au chocolat.

Je connais le problème..., se dit Abby.

« Dis-moi quand je dois m'arrêter », lui demande Karen en décrivant avec le couteau le lent mouvement circulaire d'une trotteuse.

Abby se mord la lèvre, l'air contrit.

« Je ne suis pas sûre de pouvoir avaler quoi que ce soit.

— Ah, c'est vrai ! Tu n'étais pas de ceux, dans le groupe, qui disaient qu'ils perdent l'appétit quand ils sont stressés ? Moi, c'est le contraire. Quand je suis contente, je mange trop, et quand je suis triste, je mange encore plus !

— Ne te gêne pas pour moi.

— Du coup, je me sens coupable.

— Il ne faut pas.

— J'ai grossi depuis la mort de Simon...

— Tu es très bien comme tu es. »

Les cheveux châtains de Karen font magnifiquement ressortir ses yeux verts, se dit Abby, et elle respire la chaleur et la générosité.

« Allez, donne-m'en une petite tranche, dit-elle en comprenant qu'ainsi Karen s'en autorisera une.

— Bon, nous avons une heure devant nous avant que j'aille chercher les enfants. Mais tu peux rester plus longtemps si tu veux. »

Abby pousse un soupir de soulagement.

« Franchement, je ne sais comment te remercier pour ce coup de main. »

Karen engloutit une copieuse bouchée de gâteau.

« Tu sais, j'ai rencontré une de mes très bonnes amies, Lou, le jour où Simon est mort. J'étais complètement déboussolée, mais elle a été absolument formidable. Sans elle, je ne m'en serais jamais sortie, donc, pour moi, si tu veux, c'est une façon de rendre la pareille. »

Quel regard positif sur le monde ! s'émerveille Abby. J'ai bien remarqué que Karen avait l'air plus en forme qu'en arrivant à Moreland. C'est incroyable de penser qu'il y a seulement quinze jours elle n'arrêtait pas de pleurer. Mais moi aussi, j'avais repris le dessus, se dit-elle. Jusqu'à cet après-midi...

Sentant l'angoisse revenir, elle s'agrippe au bord de la table.

« Ça va ? »

Karen la regarde, inquiète.

« J'ai eu une montée de panique, explique Abby après plusieurs mouvements de respiration profonde. Excuse-moi…

— Je t'en prie, allons. J'avais compris que c'était ça. Je suis là pour toi, de toute façon. »

Karen avance la main et presse celle d'Abby.

« Merci. »

Abby voit bien qu'elle en fait trop dans la gratitude mais ne sait pas quoi dire d'autre. Elle constate qu'elles se sont tues toutes les deux, mais comment expliquer cette terreur de perdre une nouvelle fois la conscience qu'elle a d'elle-même ?

« Dis-moi ce qui se passe dans ta tête », lui demande doucement Karen.

Abby réfléchit. Peut-être pourrait-elle lui faire part de ses soucis, Karen ne la jugera pas. Elle saisit sa fourchette, s'octroie un gros morceau de gâteau et – *miam* – est surprise de le trouver délicieux.

« Tu sais, dans ma famille, on ne se parlait pas, pas vraiment… »

Elle lève les yeux ; ceux de Karen, grands ouverts, l'encouragent à continuer.

« On n'exprimait pas nos sentiments, pas du tout. Et tu sais ce dont je me suis aperçue ? Eh bien, que je me retrouve avec un fils qui ne me renvoie rien, et avec un mari qui est pareil. Je dois mal m'y prendre quelque part.

— Tu n'y es pour rien, lui assure Karen. Ce n'est pas toi qui as rendu ton fils autiste.

— Non, mais…

— Et d'après ce que tu m'as raconté sur ton mari, ce n'est pas non plus ta faute si votre relation s'est détériorée.

— Tu crois ? »

Abby n'a pas la force de retenir ses larmes.

« J'ai donné tellement de mon temps à Callum ces dernières années, ce n'est pas surprenant que notre couple n'y ait pas résisté. »

Karen se lève pour aller détacher quelques feuilles d'essuie-tout qu'elle tend à Abby.

« Ce qui me frappe, c'est que Glenn ne t'a guère laissé le choix. Tu as fait ce que beaucoup de gens normaux auraient fait : tu as colmaté les brèches.

— Mmm.

— Tu ne dois pas t'en vouloir, Abby. Sincèrement. Je ne connais pas Glenn, bien sûr. Je n'ai pas entendu sa version. Mais j'ai compris, notamment à travers les séances, que tu t'étais déjà beaucoup, beaucoup flagellée. On le fait tous à Moreland, hein ? C'est une des raisons pour lesquelles ça se termine souvent par la dépression ou l'angoisse. Ce qui me met vraiment en colère, c'est que c'est probablement Glenn qui aurait dû suivre une thérapie, pas toi. »

Les joues de Karen sont rouges, observe Abby. On dirait qu'elle s'énerve à ma place. C'est drôle comme on peut s'identifier aux autres.

Soudain, au milieu du tourbillon de ses pensées et de ses tourments, elle a un moment de lucidité.

« Je savais qu'il avait une liaison, dit-elle.

— Tu le savais ?

— Je ne dis pas que je le savais consciemment, explique Abby. Disons qu'au fond de moi j'avais des doutes, même si je ne voulais pas me l'avouer. Ça fait des années que Glenn s'est éloigné de moi. On n'a pas dû faire l'amour depuis l'automne dernier, et je ne sais pas du tout depuis combien de temps ça dure, mais il y avait des signes… Comme son habitude de rester tard au bureau. D'être tout le temps sur la défensive. Ça ne l'empêche pas de réclamer un partage de la maison à cinquante-cinquante alors que, pour s'occuper de notre fils, je me tape le gros du boulot. Il cherche sûrement quelque chose de plus grand pour pouvoir continuer de la voir, *l'autre.* »

Bizarrement, en prononçant ces mots, Abby sent son angoisse s'apaiser un peu – elle s'attendait à l'inverse. Elle s'interrompt pour voir si le soulagement se confirme ; apparemment, oui. Puis elle dit :

« Tu sais quoi ? Je crois que, ma panique, elle venait en partie de là.

— Vraiment ? »

Les yeux de Karen s'agrandissent encore.

« C'est comme si j'avais refusé de l'admettre.

— Tu ne serais pas la première dans ce cas-là.

— Non… Mais ca crevait les yeux, ajoute Abby qui néanmoins se sent bête.

— Te voilà repartie ; ne soit donc pas si dure avec toi-même, lui rappelle Karen. S'il voyait quelqu'un, c'est lui qui était dans son tort, pas toi. »

Abby se souvient de conversations à la clinique.

« Ils disent que l'angoisse traduit souvent une émotion inexprimée, non ? »

Karen hoche la tête.

« La colère, parfois… ou le chagrin… ou les deux ?

— Oui, c'est ce que j'ai cru comprendre.

— Je devais être dans le déni, reconnaît Abby avant d'éclater de rire. Le déni de justice, presque. »

Karen rit à son tour.

« On va bientôt être meilleures en thérapie que les thérapeutes eux-mêmes ! »

Abby baisse les yeux vers son assiette et, à son étonnement, constate qu'elle a fini sa part de gâteau.

« C'est étrange, mais je me sens beaucoup plus légère de t'avoir dit tout ça.

— On ne va quand même pas te laisser maigrir alors que, moi, je m'arrondis à vue d'œil ! Tu te laisses tenter ? »

De nouveau, Karen présente son couteau au-dessus du gâteau, la mine engageante.

Abby opine :

« Allez, vas-y ! »

34

Michael pénètre dans la salle commune au moment où les courses prennent fin.

« Je te reconnais pas, lui dit le vieil homme en se détournant de l'écran pour le toiser. T'es nouveau ?

— Hum, oui », répond Michael en prenant un siège à côté du jeune qui passe son temps à se gratter.

— *Enfin !* »

Ce dernier bondit pour attraper la télécommande, met *Top Gear* et se rassied, tout cela si vite que, rien qu'en le regardant, Michael a le souffle coupé.

Le vieil homme tourne sa chaise face au canapé, créant une fine brise qui soulève le voile de ses cheveux.

« C'est la première fois ?

— Si on veut... J'arrive de Moreland.

— Ah, je vois ! »

Levant la tête, l'un des joueurs de Scrabble le dévisage de l'autre bout de la pièce.

« Rien que ça, ma chère !

— J'y suis allé, moi, une fois, poursuit son adversaire.

— C'est pas moi qui payais, marmonne Michael, agacé qu'on le soupçonne d'avoir les moyens de s'offrir une complémentaire ou encore un séjour à un prix exorbitant.

— C'est courageux de te joindre à nous ! » s'exclame le vieil homme.

Michael le regrette déjà. Qu'est-ce qu'il croyait ? De toute façon, il est trop préoccupé par sa propre survie pour pouvoir vraiment discuter. Il jette des regards inquiets vers le jeune homme. Michael croit l'entendre chuchoter « ouaf, ouaf ! » tout en se grattant les bras.

« Te bile pas, il va pas te manger, le rassure son aîné. Juste une petite psychose – pas banale, celle d'Eddie : d'après lui, il est infesté par des dalmatiens. »

Il tend la main à Michael.

« Je m'appelle Terry. »

Michael se présente à son tour.

Le premier joueur de Scrabble lève les yeux vers lui.

« T'aurais pas des TOC, par hasard, Mike ?

— C'est Michael, plutôt. Euh, non, pourquoi ?

— Le coin cuisine, il aurait bien besoin d'un petit nettoyage », renchérit son acolyte, et les deux hommes éclatent de rire.

Michael est embarrassé.

« Une clope, ça te dit, Michael ? »

Terry plonge la main dans sa poche pour en sortir son paquet de cigarettes. L'index et le majeur de sa main droite sont brunis par la nicotine.

« Je fume pas, désolé.

— Viens prendre un peu l'air. »

Michael est tenté de courir se cacher dans sa chambre, mais il craint d'être pris pour un dégonflé.

En plus, la pièce pue le désinfectant et il a hâte d'en sortir.

« Alors, allons-y », décide-t-il.

Michael est reconnaissant envers Terry de se montrer chaleureux. À Moreland, il a vu des amitiés se former en quelques minutes, et son instinct lui dit qu'ici il va avoir besoin d'alliés – et vite.

* *
*

« C'est lui, prévient Abby en voyant la photo de Glenn apparaître sur l'écran de son portable au moment où retentit la sonnerie.

— Tu vas répondre ? demande Karen.

— Non. »

Elles attendent que le répondeur prenne le relais ; peu après, un signal annonce l'arrivée d'un message.

« Écoutons ça. »

Abby actionne le haut-parleur.

« Euh, comme j'arrive pas à t'avoir, je sais pas trop quoi faire… Je comptais demander à Eva de rester plus tard, mais je sais pas où tu es… Je sais pas chez quelle amie tu es allée… Tu peux me rappeler quand tu auras mon message ? Et, hum… désolé pour le bazar dans la maison. Je pouvais pas non plus deviner que tu serais là aussi tôt. »

Abby grimace.

« Je devrais peut-être y aller pour tirer tout ça au clair. »

Une partie d'elle-même aimerait rester dans la cuisine de Karen à manger du gâteau. Une autre bouillonne tellement de rage qu'elle lui donne envie de hurler. Si elle n'agit pas sous le coup de la colère, elle craint aussi que ne se jette sur elle la tristesse qu'elle sent tapie juste derrière, tel un félin épiant sournoisement sa proie. Elle ne tient pas à fondre en larmes en se présentant devant son mari.

« Je vais y aller, dit-elle. Désolée.

— Tu n'as pas à t'excuser. Il n'y a pas de problème. De toute façon, je dois aller chercher les enfants. Tu veux que je te dépose ?

— Merci pour la proposition, mais j'ai besoin de marcher. »

Abby reprend son sac à main, et Karen l'accompagne dans l'entrée.

« Appelle-moi, lui dit-elle tandis qu'Abby ouvre la porte, pour me dire comment ça va.

— Bien sûr. Ou je t'enverrai un SMS.

— Et tu reviens ici quand tu veux. Avec Callum, au besoin.

— C'est trop gentil. Et vraiment, Karen, je suis sincère, un grand merci à toi.

— Je te l'ai dit, je crois que je voulais rendre la pareille à quelqu'un. Comme dirait ma mère : "La vie est une ronde perpétuelle". »

* *
*

Dehors, sur la pelouse, Terry allume une cigarette et tire une longue bouffée avant de souffler devant lui une enfilade de ronds de fumée. L'espace d'un instant, Michael se trouve ramené à son enfance.

Je regardais mon père faire ça, se souvient-il. Il pouvait leur donner toutes sortes de formes. J'avais oublié à quel point c'était fascinant.

Décédé depuis maintenant dix ans, ce vieil homme bien-aimé lui manque beaucoup, tout comme ces moments d'émerveillement.

Terry fait tomber sa cendre par terre.

« Tu trouves ça comment, ici, par rapport à Moreland ? »

Michael fronce les sourcils. Il n'a pas envie d'être trop sévère avec Sunnyvale ; ça pourrait se retourner contre lui.

« Euh… c'est plus clinique », dit-il.

Puis il se souvient qu'Akono ne lui a pas caché que La Marina était préférable aux Prairies ; cette remarque ne vexera pas Terry, espère-t-il.

« Je dois reconnaître que l'unité sécurisée m'a fait froid dans le dos. »

Terry opine :

« C'est là que j'ai atterri, l'avant-dernière fois. J'avais été interné. Pas terrible, tu as raison. »

Il n'en est donc pas à son premier séjour.

« Qu'est-ce qui t'a amené ici ? demande Michael dans l'espoir de détourner l'attention de sa personne.

— Trouble dépressif récurrent, avec une pincée de trouble de la personnalité borderline. »

Michael ne connaît pas le sens de ces termes ; peut-être celui-ci va-t-il bientôt lui sauter aux yeux. Cette perspective le rend prudent, mais, en attendant, autant poursuivre :

« Et le personnel, il est comment ?

— Certains soignants sont sympas, d'autre pas. »

Terry hausse les épaules.

« Il y en a un ou deux qui jouent aux petits chefs, tu t'en doutes. D'autres sont au bout du rouleau – on comprend pourquoi, vu qu'ils sont payés au lance-pierre et que leurs horaires sont démentiels.

Cela dit, beaucoup sont intérimaires. Mais certains – comme Akono, j'ai vu que c'est lui qui t'a fait visiter – sont bien. Lui, il se défonce, mais souvent, il gère l'urgence, j'ai l'impression. Tu vas vite t'y faire. Baisse la tête et tout ira bien. Aucun n'a réellement de pouvoir, à part les psys. »

Il tire à nouveau sur sa cigarette, et, cette fois, à la déception de Michael, recrache la fumée sans faire de ronds.

« Mais je vais bientôt sortir. Ouf !

— C'est si terrible que ça ? l'interroge Michael, chez qui Terry avait allumé une lueur d'espoir.

— Non, ça va. Enfin, je pense ça aujourd'hui, mais, comme j'ai des hauts et des bas, je penserai peut-être différemment demain... »

Il prend une nouvelle bouffée.

« Certains te diront autre chose, mais le problème numéro un, tu veux que je te dise ce que c'est ? »

Michael lui fait signe que oui.

« L'ennui.

— Ah ?

— Il y a la télé, si tu supportes. La journée, ça va encore, mais je te préviens, le soir, il y a presque toujours quelqu'un qui a envie de regarder autre chose, du coup, il faut se battre pour voir ce qu'on veut.

— Se battre ? »

Michael se rappelle avec quelle précipitation le jeune homme s'est jeté sur la télécommande.

« Non, pas se battre pour de vrai. Ici, les gens peuvent te paraître violents, mais ils ne le sont pas. Les médicaments les en empêchent. »

Super..., se dit Michael. Donc, tout le monde est chargé jusqu'aux yeux, je m'en doutais. Plutôt crever que de me laisser imposer ça.

« Cela dit, tu peux faire des activités, tout ça. L'"ergo", ils appellent ça : l'ergothérapie.

— C'est-à-dire ?

— Les grands classiques : peinture, poterie… Et Matt, le gars qui joue au Scrabble, je crois qu'à une époque il a été à Moreland aussi, il animait un club de lecture.

— De la poterie ? »

Ça alors, se dit Michael, on n'en avait pas à Moreland.

« Il y a un four et un tour à Bellerive. C'est l'unité mères-enfants là-bas, lui apprend Terry qui, d'un geste, désigne l'extrémité opposée du bâtiment. Mais tu peux y aller même si tu viens d'un autre service. Le prof est bien, paraît-il. Ils sortent des choses très pro parfois. »

Même s'il a quelques doutes, Michael hoche la tête d'un air admiratif.

« Pourquoi, t'es intéressé ?

— Je sais pas. »

Je pourrais peut-être faire des vases, se dit-il. Et, après, Chrissie pourrait mettre des fleurs dedans.

C'est tellement pitoyable qu'il a presque envie de rire.

* *
*

« Vous pourriez surveiller Callum un moment ? demande Glenn à Eva. Abby et moi avons à parler.

— Bien sûr. »

Eva lance un regard inquiet à Abby.

Donc, elle sait, se dit celle-ci. Comment Glenn a-t-il pu mettre Eva dans cette situation ? Sans parler de moi.

La colère s'est emparée d'elle, ce qui vaut toujours mieux que l'angoisse. Abby est étonnée d'avoir les idées aussi claires. Elle se sent prête à affronter n'importe quoi : examen, saut à l'élastique... Si seulement c'était ce genre d'exercice qui l'attendait.

Callum semble percevoir la lourdeur de l'ambiance – ou il est dans un mauvais jour. Difficile de le calmer. Il entreprend d'arpenter le séjour à grandes enjambées.

« Je crois que c'est parce qu'il ne vous a pas vue depuis un moment », avance Eva.

Bien sûr, se dit Abby, et, tel du lait qui bout dans une casserole, la tristesse monte brusquement en elle.

« Tu veux qu'on s'asseye quelques minutes ? » propose-t-elle à son fils, sachant qu'il n'acceptera probablement pas.

Mais, à son grand étonnement, il se laisse tomber sur le canapé à ses côtés et, pendant un instant, elle le tient contre elle en lui caressant les cheveux. On dirait que je lui ai manqué, se dit-elle. Après un moment, il s'écarte et Abby passe le relais à Eva.

Glenn est dans la cuisine où il remet vaguement de l'ordre. Le mug est désormais lavé et posé sur l'égouttoir. Nulle trace du mot laissé par Abby.

Celle-ci allume la bouilloire et attend, debout. Elle n'a aucune envie de s'asseoir.

« Alors, qui est-ce ? »

Glenn fait volte-face. Ses traits sont tirés, son teint terreux.

« Pardon ?

— Tu m'as bien entendue. »

Il détourne le regard.

« Tu ne la connais pas.

— Parfait. C'est donc qu'il y a quelqu'un. »

Ha ! C'était facile.

« Et donc... c'est qui ?

— C'est quelqu'un que j'ai rencontré par le travail... Elle s'appelle Cara.

— Elle habite dans le coin ?

— Non.

— Donc, je suppose qu'elle est restée ici. Charmant ! »

Glenn se tait en évitant son regard.

« Depuis combien de temps ça dure ? »

Quand il relève la tête vers elle, Abby voit un éclair de peur passer dans ses yeux. Peut-être se demande-t-il s'il peut s'en tirer avec un mensonge.

« Dis-moi la vérité. Tu me la dois.

— Depuis l'automne dernier. »

Abby se sent prise de nausée. Ça fait – combien ? – à peu près neuf mois. Neuf mois qu'il me trompe. *Neuf mois*. C'est-à-dire avant qu'on mette la maison en vente, avant Noël, avant que j'aille si mal. Les paroles de Karen lui reviennent en tête : « C'est Glenn qui aurait dû suivre une thérapie, pas toi », et elle a envie de lui mettre son poing dans la figure.

Il m'a laissée sombrer, se dit-elle. J'avais l'impression de devenir folle. Je *suis* devenue folle. Et, durant tout ce temps, c'est à lui que je réagissais, inconsciemment. Pas étonnant qu'il ait eu peur que j'aie sciemment fait une overdose. Pas étonnant qu'il ait fait jouer son assurance pour que je puisse aller à Moreland, même si ça le faisait râler. Alors, qu'il aille se faire voir ! Je vais y rester des années s'il le faut. Je me fous de mettre la compagnie d'assurances sur la paille. Je me fous de le mettre, lui, sur la paille.

« Je suis désolé, Abby, vraiment je suis désolé, s'excuse Glenn en s'approchant d'elle.

— Ne t'avise pas de me toucher ! »

Elle secoue la tête, incrédule. Ça fait beaucoup à avaler et elle a du mal à tout digérer d'un seul coup. Et cette femme, comment est-elle ? A-t-elle rencontré Callum ? Un instant, elle en veut à cette inconnue de lui avoir volé son mari. Non, se dit-elle, je ne vais pas tomber dans ce piège-là. C'est lui qui m'avait promis fidélité.

« Je te demande de partir, lui dit-elle d'un ton ferme.

— De partir… ? »

Qu'elle puisse réagir ainsi ne l'avait donc pas effleuré. Quel manque de clairvoyance….

« Oui, de partir.

— Et Callum ?

— Oh, pour l'amour du ciel, ça fait seulement deux semaines que tu lui témoignes un semblant d'intérêt ! Tout va bien pour nous. On va se débrouiller.

— Mais tu ne dois pas retourner à Moreland ?

— Pas avant dimanche. Tu pourras revenir après pour t'occuper de ton fils. Pour l'instant, je me fiche de savoir où tu vas. Tu peux bien aller chez elle, ça m'est égal ! Je veux juste que tu partes. J'ai besoin d'espace. »

Une demi-heure plus tard, Glenn a fait son sac. Il toque à la porte du séjour en disant qu'il s'en va. Eva a l'air mal à l'aise et Abby, ne souhaitant pas la mêler à cette affaire plus qu'elle ne l'a déjà été – surtout devant Callum –, accompagne son mari jusqu'à la porte d'entrée.

« Prends-toi un avocat, lui conseille-t-elle, elle-même surprise de ses paroles.

— Mais, la maison… ?

— Qu'est-ce qu'elle a ?

— Je pensais qu'on la vendrait d'abord.

— Non, on ne la vend pas. Je ne veux pas partir. Je ne l'ai jamais voulu. Tu le sais. »

Le visage de Glenn devient livide.

« Je te le répète, tu devrais prendre un avocat. »

Elle ferme la porte derrière lui et s'appuie contre le mur. Elle tremble, mais elle est surprise de ne pas éprouver la moindre angoisse. De la tristesse, oui, et de la colère. Mais la panique, elle, a disparu.

* *
*

Michael tente de prendre un bain, mais rien ne va. D'abord, il a dû demander une clé avant d'être autorisé à utiliser le bloc sanitaire. Ensuite, en entrant, il a trouvé les lieux encore trempés après le passage de l'occupant précédent. Il était en train de se déshabiller quand il a repéré un petit hublot vitré sur la porte : sans doute pour que le personnel puisse s'assurer qu'il ne cherche pas à se noyer, mais l'idée de pouvoir être surveillé le perturbe – et qui sait si un des petits chefs en question ne va pas venir uniquement pour se rincer l'œil ?

Il entre dans la baignoire ; l'eau est tiède, mais il fera avec. Il s'assied et attrape le savon – très glissant, celui-ci lui échappe ; Michael a beau chercher, impossible de remettre la main dessus. Il parvient néanmoins à obtenir assez de mousse pour se laver. Jamais un bain n'avait été une telle source de souffrance mentale.

Il s'allonge sur le dos, regarde l'eau blanchir autour de son corps. Le savon forme une peau en surface.

Quelle journée atroce, se dit-il. Je ne sais pas trop comment j'ai tenu le coup. Grâce à l'adrénaline, surtout, je pense.

Son passage dans la salle commune, en début de soirée, l'a achevé. Il y a eu des disputes, à propos de la télé, mais aussi d'un portable qui avait disparu – à en croire son belliqueux petit propriétaire, quelqu'un l'aurait « fauché ». Michael a été accusé non seulement de ce vol, mais également d'être parti avec Terry, qui serait son amant… « Je veux plus te voir avec lui ! » s'est-il entendu dire en recevant une bourrade d'une violence qui l'a laissé pantois. « C'est dans sa tête, a expliqué Terry. Je le connais à peine, celui-là. On a dû l'énerver en sortant fumer ensemble. Il est obsédé par le vol. » Il y a eu aussi des échanges de piques en tout genre et des rires bruyants qui ont fait regretter à Michael la présence apaisante de femmes.

Dégonflé ou pas, ça suffit comme ça, décide-t-il en sortant du bain et en se séchant avec une serviette bleue rêche.

Puis il passe son peignoir, rend la clé et se retire dans sa chambre.

Là, il sent la déprime le gagner de minute en minute. Cette dégringolade l'effraie. Avec un peu de chance, je pourrai passer l'essentiel de la journée de demain ici, se dit-il. J'en aurai peut-être marre d'être seul avec moi-même, mais plutôt crever d'ennui que de redescendre dans cette arène.

35

« Ooh, regarde-moi ça ! s'exclame Karen. Comme il a changé en si peu de temps ! »

Lou détache le couffin du landau et se glisse dans l'entrée de la maison de Karen.

« Asseyons-nous dans le séjour, nous serons mieux, propose celle-ci.

— D'accord. »

Lou la suit, pose le couffin par terre, puis, s'agenouillant près de son bébé maintenant âgé d'une semaine, se penche pour renifler sa couche.

« Il faut le changer ?

— Ça l'air d'aller pour l'instant.

— Ce qu'il est mignon ! »

À ces mots, le front du nouveau-né se plisse imperceptiblement et Karen se met à gazouiller.

« Tu es très éveillé, hein ?

— Il s'appelle Frankie, lui apprend Lou. En souvenir de mon père.

— C'est adorable.

— Et c'est un vrai charmeur. N'est-ce pas, jeune homme ?

— Tu en as du courage d'avoir fait tout ce trajet avec lui en bus. En général, les jeunes mamans mettent rarement le nez dehors.

— Peut-être, mais, en général, les jeunes mamans n'habitent pas une mansarde grande comme un mouchoir de poche. Où sont Molly et Luke ?

— Maman les a emmenés au parc. Ils n'y étaient pas allés depuis une éternité. Elle a la patience d'une sainte, ma mère. Ils ne devraient plus tarder. »

Lou fait glisser la fermeture de son sac et attrape un hochet en forme d'étoile de mer. Elle l'agite près de Frankie.

« Comment va-t-elle, ta mère ? demande-t-elle.

— Tu verras quand elle va rentrer. Pas trop mal, finalement, mais je me tracasse de la voir seule. Je serais curieuse d'avoir ton avis.

— Tu sais, moi et les mères..., répond Lou avec une grimace. Je suis mal placée pour donner mon avis.

— Je pensais que ça allait mieux entre vous deux.

— C'est vrai, tu as raison. Il ne faut pas se plaindre. Elle a l'air d'avoir déjà adopté Frankie.

— Ma mère adore être avec Molly et Luke, reprend Karen. J'ai entendu dire que les petits-enfants étaient le dessert de la vie.

— Quand on a un bébé, ça nous rapproche de nos parents, tu ne crois pas ? Peut-être parce qu'on commence alors à se mettre à leur place. »

Dommage que la santé de mon père l'ait empêché de mieux profiter de mes enfants ces dernières années, se dit Karen. Quel bon papa il a été quand j'étais petite : il sculptait des jouets en bois avec rien, me laissait toujours gagner aux dames et aux échecs, m'a appris à faire du vélo en courant à côté et en me criant des encouragements. Il aurait fait un super grand-père si la démence ne l'avait pas autant diminué.

« Qu'as-tu ? demande Lou.

— Oh, je pensais à mon père, c'est tout.

— Moi aussi, j'ai beaucoup pensé à mon père. »

Lou lui adresse un sourire compatissant.

Au moins papa a-t-il pu voir Molly et Luke, se souvient Karen. Je devrais m'estimer heureuse.

Elle se reprend : encore ce « je devrais »... Puis, une pensée lui vient :

« Oh, juste pour te prévenir, j'ai une amie qui risque de passer ce matin. Comme elle est dans une passe difficile, je lui ai dit qu'elle pouvait.

— C'est qui ?

— Tu ne la connais pas. »

Karen saisit l'étoile de mer pour amuser Frankie.

« Je l'ai rencontrée... »

Elle se souvient qu'elle n'a pas dit à Lou qu'elle allait à Moreland.

C'est idiot vu que Lou est psychologue, mais alors il faudrait que je lui explique à quel point j'étais mal, et ça nous entraînerait trop loin, réfléchit-elle.

Elle esquive donc :

« On fait un stage ensemble, mais elle habite dans le coin.

— Je ne savais pas que tu faisais un stage...

— Hum, si... En tout cas, elle est en pleine séparation. »

Je ne dois pas en dire plus, sous peine de briser la confiance d'Abby, se souvient Karen.

« Je la laisserai t'expliquer. »

Mieux vaut sans doute revenir au sujet initial.

« Tu me demandais des nouvelles de ma mère. Tant qu'elle est sortie, je voulais te poser une question.

— Oui ?

— Je me demandais si je devais lui proposer de venir s'installer ici. Elle est toujours dans son horrible appartement de Goring.

— Hmm. Écoute, tu sais déjà que, pour rien au monde, je n'habiterais avec ma mère. »

À cette idée, Lou a un mouvement de recul et, comme en écho, le visage de Frankie se crispe et le bébé commence à hurler. Lou se penche pour l'extraire de son couffin.

« Toi, tu as faim, diagnostique-t-elle en le recueillant au creux de ses bras.

— Tu es vraiment faite pour ça ! sourit Karen. Si tu me le passais ? Tu pourrais te mettre sur le canapé et je te le redonnerais. »

Lou accepte et, l'espace de quelques secondes, Karen est ravie de pouvoir pouponner. Ah, quel bonheur qu'un nouveau-né !

« Toi, avec ta mère, tu t'entends à merveille, reprend Lou dès que Frankie tète. Malgré tout, ça te ferait quelle impression si elle était ici ?

— Celle d'avoir un fardeau. »

Les mots ont jailli de sa bouche avant que Karen ait pu les retenir.

« Mais maman a toujours tellement fait pour moi…

— Elle habitait à l'étranger quand tes enfants étaient petits, note Lou.

— C'est vrai, mais on était souvent chez eux. On a passé des vacances formidables là-bas ».

Celles-là, au moins, papa a pu en profiter avec nous, se dit-elle, même si sa mémoire flanchait.

« Mais je parie qu'elle adorait ça ! Tu dis toi-même qu'elle aime beaucoup être avec Molly et Luke. »

Karen n'est pas portée sur la critique.

« Elle avait fort à faire avec mon père. Pendant des années, elle s'est débrouillée presque toute seule.

— Oui, excuse-moi, je n'y pensais plus... Évidemment. Je t'avais bien dit de ne pas me lancer sur les mères. Je projette trop ma propre relation. Comme psychologue objective, je me pose là, hein ? »

Si Lou savait les séances de thérapie que j'ai endurées depuis quinze jours, se dit Karen. Je n'en pouvais plus.

« Je ne veux pas la contrarier – surtout qu'elle vient de perdre papa... Et je ne veux pas non plus la bousculer ni la laisser tomber... »

Elle s'interrompt.

Ça y est, c'est reparti, constate-t-elle, je fais passer les attentes des autres avant les miennes.

Depuis qu'elle a repéré cette tendance, elle la retrouve partout, se ressemant toute seule tel un pissenlit. Elles sont interrompues par un bruit de pas montant l'allée. Karen va à la fenêtre.

« C'est mon amie. »

Abby est venue avec une poussette, elle aussi ; ça fait drôle de voir celle-ci occupée par un garçon de l'âge de Luke qui, en plus, est coiffé d'une sorte d'énorme casque stéréo comme son père en avait un dans les années 1970. Un frisson de panique parcourt Karen en songeant à Frankie, si petit, si vulnérable.

« Elle a amené son fils. Je lui avais dit qu'elle pouvait, mais j'ai cru comprendre qu'il n'était pas très facile. Ça te pose un problème ?

— Pas du tout », lui répond Lou en glissant son sein dans son soutien-gorge et en refermant celui-ci.

Elle ne se laisse jamais démonter, se dit Karen, impressionnée.

« Je reviens dans une seconde », lui lance-t-elle avant d'aller ouvrir la porte d'entrée.

* * *

« Je vais le laisser dans sa poussette, dit Abby.

— Nous sommes dans le séjour, indique Karen.

— Ah… »

Abby note le pluriel. Elle est inquiète de la réaction de Callum devant les enfants de Karen – quand elle a téléphoné, celle-ci lui a dit qu'ils étaient sortis. Elle s'est dépêchée pour arriver avant leur retour, mais il lui a fallu du temps pour faire sortir Callum de la maison. Comme souvent… Sauf quand l'envie lui prend de détaler comme un champion olympique.

Abby bascule la poussette pour lui faire franchir le seuil sans érafler la peinture et conduit Callum tout près de la télévision.

« Abby, voici mon amie Lou, dit Karen. Lou, voici Abby et Callum. »

Ayant non sans peine refoulé ses larmes toute la matinée, Abby est déçue de voir, installée sur le canapé, une femme portant un tout petit bébé. Celle-ci tapote le dos de l'enfant pour le faire digérer.

Pas sûr que je supporte quelqu'un qui ne comprend rien à ma situation, se dit Abby.

Elle est tentée de repartir, mais ce serait impoli.

« Ça vous dérange si je mets un film à Callum ? demande-t-elle en fouillant dans son sac.

— Non, vas-y !

— Je crois qu'on s'est déjà vues », dit alors l'amie de Karen.

Abby lève les yeux vers elle. Effectivement, ce visage lui dit quelque chose.

« Je me suis posé la question quand Karen m'a dit que votre fils souffrait d'autisme. »

Souffrait d'autisme, relève Abby, tout le monde n'en parle pas ainsi. Pas sans avoir une certaine connaissance du sujet – « votre fils est autiste » est bien plus courant.

Elle avance le film jusqu'à une scène qu'affectionne Callum. Aussitôt, celui-ci se penche en avant pour regarder et Abby se retourne pour porter toute son attention sur l'amie de Karen.

« Vous faisiez des courses, tous les deux…

— Ça alors ! Vous êtes la dame de Co-Op ! Wouah ! Et je vois que vous avez accouché. Félicitations ! »

Voilà pourquoi je ne la reconnaissais pas…

« Frankie ! annonce Lou, rayonnante de fierté.

— Vous vous êtes déjà rencontrées ? » demande Karen.

Instantanément, Abby est d'humeur radieuse, comme si le soleil entrait dans la maison. Elle raconte l'histoire à Karen avant de conclure :

« Dans cette situation, certaines personnes se dépêchent de partir, mais la plupart restent plantées là à regarder. Je sais que c'est fascinant, mais parfois j'en ai marre qu'on passe pour des bêtes curieuses. Mais Lou m'a bien rendu service.

— Ce n'était pas grand-chose, assure Lou, qui semble à la fois gênée et aux anges.

— C'est incroyable ! reprend Karen. Tu sais, Lou est la personne dont je te parlais hier, Abby. Celle dont j'ai fait la connaissance le jour de la mort de Simon.

— Pas possible ! »

Karen rit.

« Je te l'ai dit, la vie est une ronde perpétuelle. »

Que c'est réconfortant ! se dit Abby. Ça fait du bien de se souvenir, juste après les révélations de Glenn, que tout le monde n'est pas aussi égoïste que lui.

On tape à la fenêtre. Abby aperçoit une femme d'un certain âge en manteau de tweed flanquée de deux enfants.

Hum, hum, se dit-elle en se préparant au pire.

Quelques secondes plus tard, les petits déboulent dans la maison.

« Je vais mettre de l'eau à chauffer », annonce la femme avant de disparaître dans le couloir.

Abby en déduit qu'il doit s'agir de la mère de Karen. Elles ont les mêmes yeux verts, remarque-t-elle.

« Doucement, les enfants ! ordonne Karen. Regardez qui est là.

— Lou ! »

Sa fille en a le souffle coupé.

Quelles magnifiques boucles blondes, se dit Abby.

« C'est le bébé !

— Chut ! fait Karen, un doigt sur les lèvres. Il est sur le point de s'endormir, tu vois ? »

Sur la pointe des pieds, la petite fille vient se poster à côté de Lou. Sa bouche s'arrondit en un « O » admiratif.

« Je viens de lui donner le sein, explique Lou. Il est un peu K.-O.

— Molly, Luke, je vous présente Abby, intervient Karen.

— Bonjour, dit Abby.

— Et voici son fils, Callum.

— Pourquoi il est dans une poussette ? » demande Luke.

Callum commence à gémir comme s'il avait mal.

Trop de nouvelles têtes, se dit Abby, et une nouvelle maison. C'était peut-être trop ambitieux de tenter cette expédition.

« Tu veux que j'emmène les enfants dans la cuisine ? propose Karen.

— Attendons une minute », suggère Abby.

Callum peut se laisser reprendre par le film, et elle est triste de le voir si souvent séparé des enfants de son âge.

« Molly, Luke, venez vous asseoir près de moi, propose Lou, et je vais vous expliquer. Mais il faudra vous tenir bien tranquilles. »

À l'évidence, les enfants de Karen la connaissent bien, observe Abby ; sans discuter, ils prennent place de part et d'autre de Lou.

« L'état du petit garçon d'Abby fait qu'il a du mal à parler et à comprendre tout ce qu'on lui dit », commence Lou presque dans un murmure.

Elle est perspicace, se dit Abby. Avoir compris ça au bout d'une seule rencontre et, en plus, s'en souvenir plusieurs mois après, chapeau !

« Pourquoi il a ce truc-là sur les oreilles ? demande Molly.

— Parce qu'il est très sensible au bruit et, parfois, si on parle trop fort, ça le perturbe. C'est pour ça qu'il faut y aller très doucement avec lui. »

Lou jette un regard vers Abby.

« C'est bien ça ? »

Abby confirme d'un mouvement de tête.

« On peut jouer avec lui, alors ? demande Luke.

— Ce serait sûrement plus simple pour lui de rester un moment devant la télé, répond Abby. Parfois, quand Callum joue avec des copains, il veut qu'ils se plient à sa volonté. Sinon, il s'énerve.

— Il est malade ? » demande Molly.

Elle reste sur le canapé, mais tend le cou pour essayer d'apercevoir le visage de Callum.

« Pas exactement, non. Il souffre de quelque chose qu'on appelle l'autisme.

— Je peux l'attraper ?

— Non. Il est né avec. D'ailleurs, ça touche plus les garçons que les filles.

— Moi, alors ? »

Luke semble inquiet. Abby ne sait si elle doit se réjouir de leur franchise ou être déçue par leur suspicion.

« Non, dit Lou.

— On arrive à sa chanson préférée, annonce Abby. On peut mettre plus fort ? »

Karen prend la télécommande et la voix fraîche d'Aurore emplit la pièce.

« Je le connais, cet air-là ! s'exclame Molly.

— Chut ! » l'exhorte Lou en la poussant du coude.

À voix basse, Molly chante les paroles de *J'en ai rêvé* sous le regard méprisant de son frère. Callum, enthousiaste, frappe du poing les accoudoirs de sa poussette.

« Ça fait un bail que je n'ai pas entendu ça ! » dit Karen, tandis que le prince et la princesse s'éloignent en valsant.

Abby découvre avec surprise qu'elle a les larmes aux yeux. Karen s'approche, s'accroupit et murmure à son oreille :

« Molly vénérait la princesse Aurore… Elle a la poupée et tout… »

Abby est sur le point d'éclater en sanglots.

« Callum adore Aurore.

— Molly voulait enterrer sa poupée avec son père. »

Un mot de plus et je vais pleurer, se dit Abby en refoulant ses larmes d'un battement de paupières. Callum recommence alors à gémir.

« Désolée, il va falloir la remettre, maintenant, il est à fond dedans. Je peux avoir la télécommande ? Un peu de patience… », dit-elle tandis qu'elle revient au début de la scène.

Elle appuie sur « lecture » et, de nouveau, l'excitation saisit Callum. Cette fois-ci, Molly vient s'asseoir près de lui, en tailleur sur le sol. Elle le regarde, puis, électrisée elle aussi, l'imite en martelant ses genoux de ses poings.

Si tout le monde pouvait aborder Callum avec la même intuition que Molly, pense Abby.

À cet instant, on frappe à la porte.

« J'ai préparé du café. »

C'est la mère de Karen.

« Voulez-vous que je vous l'apporte ?

— Ah, merci maman. Laisse-moi t'aider. »

Karen se remet aussitôt debout et quitte la pièce.

Abby meurt d'envie de s'esquiver avec elle, tant elle est avide de parler. Mais on dirait que c'est une fatalité... Certes, Karen doit aider sa mère, cependant, comment s'étonner que je finisse par tout garder pour moi ? se dit-elle. Avec la vie que je mène, les occasions d'échanger avec une amie sont rares.

36

Michael est allongé sur son lit. Toute l'énergie qui l'habitait la veille s'est évanouie – il est à plat, comme un ballon de baudruche percé, et se sent d'une parfaite inutilité. Il peut à peine bouger tant il est fatigué, car, cette nuit encore, il a peu dormi. Et puis, il s'ennuie – seul le personnel qui passe s'assurer que tout va bien rompt cette monotonie. Dans l'obscurité, quelqu'un est venu braquer une torche dans sa direction à travers le hublot ; depuis que le jour s'est levé, deux infirmières se sont succédé pour planter leurs regards sur lui.

Un moment, il rêve de retourner à Moreland. Le personnel paraissait moins à cheval sur les principes, et les patients moins intimidants. Bien sûr, il n'était pas d'accord avec certains, mais aucun ne l'effrayait. Il repense à Karen et Abby, Lillie et Colin, Lansky et Karl…

Peut-être que je m'étais simplement habitué à eux, se dit-il, mais ils formaient une bande sympathique. Au bout du compte, malgré nos problèmes respectifs, on n'aspirait tous qu'à une chose : aller mieux. J'ai mis un moment à le comprendre, mais j'avais fini par trouver la bonne voie.

Cela dit, le directeur était un con, se souvient-il. C'est à cause de ce Phil que je suis ici. Ce n'étaient donc pas tous des saints, loin de là, et, si j'avais vraiment compté pour Gillian, elle ne m'aurait pas laissé partir.

Au hublot apparaît enfin un visage qu'il reconnaît : Akono. Le jeune homme frappe et entre.

« Le déjeuner est servi, annonce-t-il.

— J'ai pas faim.

— De délicieux sandwichs vous attendent dans la salle commune, ajoute Akono avec un large sourire.

— Je peux le manger ici ?

— Ce n'est pas bon pour vous de rester ici, mon cher monsieur. Venez donc vous joindre aux autres. »

Ce sont « les autres » que Michael veut éviter.

« Terry est là-bas », avance Akono pour l'amadouer.

Michael est surpris qu'Akono sache qu'ils ont sympathisé. À contrecœur, il repousse la couette.

« Pourquoi ne vous habillez-vous pas ?

— Parce que, après, il faudra que je me change à nouveau, rétorque-t-il en désignant son T-shirt et son bas de pyjama. Je vais y aller en peignoir.

— Ça ne se fait pas d'aller déjeuner en peignoir.

— Très bien. (Il se lève.) Mais ne me regardez pas m'habiller. J'en ai marre qu'on m'espionne. »

Dans la salle commune, Terry se trouve près du chariot des repas et Michael se dirige droit sur lui. Il jauge l'assortiment de sandwichs ; la bouffe aussi est moins bonne ici, conclut-il.

Terry semble lire son dégoût.

« Ils ont dû fermer la cantine récemment : coupes budgétaires.

— Alors on n'a pas de plats chauds ici ?
— Si, on a un repas cuisiné par jour. »
Derrière lui, quelqu'un tousse.
« Vous voulez mon avis ? Le meilleur, c'est le fromage. »
En se retournant, Michael constate qu'il s'agit d'un des joueurs de Scrabble.
« Du bon cheddar bien costaud. »
Michael remarque alors une femme agitant un bloc-notes – c'est celle qui a passé son temps à le surveiller à travers la porte. Là encore, elle les contrôle.
« J'ai pris le mien, lui dit Terry.
— Matt... ? »
Elle jette un regard vers le joueur de Scrabble, puis sur sa liste.
« Oui, c'est bon pour vous.
— Lui, c'est Mike, indique Matt à l'infirmière.
— Michael », rectifie l'intéressé.
La femme plisse le front.
« J'ai l'impression que je ne vous ai pas sur ma fiche.
— Je suis arrivé hier, explique Michael.
— Je m'assure que chacun ait pris son médicament du matin.
— Je n'en ai pas à prendre. »
La femme lève les sourcils.
« Pas en journée ? La nuit, alors ?
— Ni l'un ni l'autre. Je viens de vous le dire.
— Je ne suis pas sûre que ce soit normal... »
Elle inscrit son nom.
« Il faut que j'en parle au psychiatre.
— Parlez-en à qui vous voulez », lui répond Michael.

Elle soupire et s'en va.

« Ouh, alors là, ils vont pas aimer ça ! reprend Matt quand elle est hors de portée de voix.

— Que tu ne prennes pas de médocs, ils vont avoir du mal à l'avaler, confirme Terry.

— C'est comme ça, c'est tout. »

Michael est tenté d'ajouter qu'il n'a pas envie qu'on le drogue, mais se retient. Il ne tient pas à agacer Matt en particulier.

« Ça peut améliorer ton état, explique Terry. Te remettre d'aplomb. »

Michael fait non de la tête.

« J'y tiens pas.

— Ne t'attends pas à ce qu'ils te gardent si tu refuses de prendre quoi que ce soit, le prévient Matt.

— Ils vont se dire que tu n'es pas si malade que ça, renchérit Terry avec un hochement de tête. Ils vont sûrement te faire sortir, et te passer en traitement à domicile. »

Moi, ça me va, se dit Michael. Plus je sortirai tôt, mieux je me porterai !

« Comment ça marche ?

— Tu restes chez toi et ils envoient quelqu'un qui passe te voir – en général pour discuter, mais aussi pour t'aider à prendre les médicaments », explique Terry.

Les mots *t'aider à prendre les médicaments* effraient Michael. Il s'était résolu à tenter les antidépresseurs de son plein gré, mais, là, il a l'impression qu'on veut les lui faire avaler de force.

En fin d'après-midi, Michael est de retour dans sa chambre lorsqu'il aperçoit un autre visage derrière le hublot. Une femme qu'il n'a jamais vue jusque-là frappe et entre. Elle est grande et mince, ses cheveux crépus tirés en arrière forment un énorme pompon.

« Auriez-vous un moment ? »

Difficile pour Michael de répondre non.

« Mmm, marmonne-t-il en se redressant.

— Je m'appelle Leona. »

Je ne sais pas pourquoi elle prend la peine de me donner son nom, se dit Michael. J'ai vu tellement de monde depuis vingt-quatre heures que je suis sûr de l'oublier.

« Vous permettez que je m'asseye ? »

Elle s'empare d'une chaise, donnant à son pompon une ondulation comique à chacun de ses gestes.

« Je suis infirmière psychiatrique et je fais partie de l'équipe de résolution de crises.

— Tout le monde est en crise, ici, non ? ironise Michael.

— Pas faux..., opine-t-elle. Le médecin du service étant absent ce week-end, j'ai été détachée ici pour réguler les admissions. »

Michael comprend alors qu'il doit se tenir sur ses gardes.

« Je crois savoir que vous n'avez aucun traitement, et je me demandais si nous pourrions en parler.

— Il n'y a rien à en dire.

— Bon... »

Elle le fixe et soutient son regard. Ses prunelles noires lancent des étincelles.

« Abordons la question sous un autre angle. Si je vous demandais de me parler de votre moral, comment le décririez-vous ? »

Michael se penche en avant et trace une ligne droite sur la couverture. Le tissu forme des talus parallèles, comme si Michael avait creusé une route miniature.

« Cela me paraît évoquer une certaine stabilité, constate Leona. Mais diriez-vous qu'il s'agit d'une stabilité ascendante ou descendante ?

— À votre avis ?

— Entendu, répond Leona en souriant. Je ne peux pas vous obliger à vous traiter, évidemment, mais je suis persuadée qu'un ISRS pourrait vous faire du bien.

— Encore une abréviation, ras-le-bol ! dit Michael.

— Certes, mais "inhibiteur sélectif de la recapture de la sérotonine", ça fait un peu long, tout de même. Voulez-vous que je vous en explique le fonctionnement ?

— Ça va me mettre à plat alors que je le suis déjà.

— Ce n'est pas tout à fait ce qui va se passer. Si vous me permettez... »

Terry a bien dit que les médicaments supprimaient l'envie de se bagarrer, pense Michael. Je soupçonne ces gens-là de vouloir m'assommer.

« Ouais, ouais...

— Bien... »

À nouveau, ce regard pointé sur lui.

« Si vous êtes sûr de ne pas vouloir en prendre, c'est votre affaire. Simplement, de nombreux patients estiment que ces produits les soulagent.

— Beaucoup de vos patients sont bien pires que moi. »

Leona approuve d'un signe de tête.

« C'est sans doute vrai. Notre plafond d'admission est effectivement élevé. »

Michael repense au jeune rencontré la veille.

« Comme Eddie, c'est ça ? En effet. Moi, je n'aboie pas... »

Leona secoue la tête, mais il voit qu'elle se retient de sourire.

« Plus sérieusement, les patients atteints d'hallucinations peuvent être très perturbants pour ceux qui les côtoient, surtout quand, soi-même, on n'est pas au mieux. Je crois que vous venez de Moreland ?

— Exact.

— Qu'en avez-vous pensé ? »

Tout ce que je pourrai dire sera interprété de travers, pense Michael.

« Ça allait...

— Nous constatons parfois que les personnes en provenance du secteur privé expriment certaines attentes. À Moreland, il est rare que les patients soient aussi gravement atteints qu'ici. Parmi les gens que vous voyez à Sunnyvale, beaucoup ont été hospitalisés pour leur propre sécurité.

— Internés, rectifie Michael.

— En fait, la plupart des patients de ce service sont volontaires. Ils peuvent partir quand ils le souhaitent.

— Oui, s'ils n'étaient pas transformés en zombies », murmure Michael.

Au bout du sillon tracé sur sa couverture, il ajoute un croisement à angle droit.

« Parlez plus fort, Michael, dit Leona. Je ne vous entends pas. »

Elle sépare la chevelure de son pompon en deux parties, puis tire dessus pour la retendre comme pour se préparer au combat.

OK, se dit Michael. À toi.

Il lève les yeux, sans ciller.

« Ici, tout ce qui vous intéresse, c'est de nous droguer pour qu'on soit plus faciles à gérer. En quoi ça va améliorer mon état ? »

Leona soutient son regard.

« Ici, on ne "drogue" pas les gens pour faciliter la vie du personnel, mais la leur, Michael. Beaucoup de patients arrivent en état de détresse avancée et nous faisons tout pour remettre autant que possible chacun sur les rails. Mais nous ne nous contentons pas de leur donner des médicaments. On peut faire d'autres choses ici ; assister à des cours, à des groupes...

— Faire de la poterie, vous voulez dire ? »

Il lève les yeux au plafond.

Leona prend une profonde inspiration. Il sent qu'il met sa patience à l'épreuve.

« Vous savez, nous aimerions beaucoup avoir les budgets dont dispose Moreland. Mais ce n'est pas le cas. En toute franchise, les temps sont durs pour le NHS. On a réduit les postes de spécialistes et le nombre de lits. La demande est très forte.

— Salauds de politiciens.

— Vous seriez surpris du nombre d'employés qui pensent comme vous.

— Je veux partir, dit Michael.

— Ah ! En fait, c'est là où je voulais en venir.

— Je ne suis pas si mal en point. Je vais bien. Je peux me débrouiller tout seul.

— Je m'apprêtais à vous dire que vous seriez peut-être mieux chez vous, poursuit Leona. Je crois savoir que vous bénéficiez d'un bon soutien familial. »

Pour autant, pas sûr d'avoir envie d'être lâché dans la nature, se dit Michael en faisant marche arrière. C'est quand même comme ça que je me suis retrouvé à Moreland…

« Vous ne resteriez pas seul avec votre famille. Vous recevriez des visites régulières…

— Vous passerez faire un tour et m'administrer vos drogues. Ne me racontez pas d'histoires ! »

Avec un soupir satisfait, il s'adosse au mur situé derrière son lit.

« Je n'essaie pas de vous raconter des histoires. »

De nouveau, les yeux de Leona étincellent.

« Mais vous me posez un sacré dilemme. Je cherche la meilleure formule pour vous, compte tenu des choix possibles. »

Il est vraiment à deux doigts de la mettre à bout.

Ne fais pas ta mauvaise tête, se souvient-il, sinon, la décision, ils la prendront sans toi.

« Je vais être franche avec vous, Michael, poursuit Leona. Le personnel d'ici et les gens de l'équipe de résolution de crises et de traitement à domicile ne sont pas vos ennemis. Dans l'ensemble, nous sommes des gens bienveillants. Chez vous, au moins, vous n'aurez pas affaire aux autres patients – ce qui, je le comprends, peut être déstabilisant. En plus, des personnes de mon équipe passeront vous voir. Nous pouvons vous aider à établir un programme pour combattre votre dépression. Et comme je suis sur le tableau de service, il pourra arriver que cette personne, ce soit moi. Sachez que certains hommes donneraient cher pour me voir plus souvent. Qu'en dites-vous ? »

Michael plisse les yeux, pesant le pour et le contre. Son instinct lui dit que Leona est aussi transparente que sa position le lui permet, mais, récemment, son instinct lui a joué de vilains tours.

Cela dit, elle n'a pas l'air désarçonnée par les joutes verbales, ne l'a pas forcé (pour l'instant) à prendre des médicaments et semble respecter son avis. Malgré l'appréhension de Michael, cette option lui semble la meilleure. Ici, de toute façon, son moral ne s'arrange guère.

« J'aimerais rentrer chez moi », dit-il.

37

« Quel effet cela vous a-t-il fait d'être chez vous ce week-end ? » demande Beth.

Il s'est passé tellement de choses qu'Abby a du mal à croire que, depuis leur dernier entretien, il ne s'est écoulé que cinq jours.

Beth m'avait prévenue que le retour serait difficile, se dit-elle, et je ne l'ai pas écoutée. Personne, dans l'état où j'étais, ne se remet en quelques semaines.

« Ç'a été horrible, reconnaît-elle.

— Ah, mince…

— J'ai découvert que mon mari avait une liaison. »

Abby raconte le mug, le rouge à lèvres et l'explication avec Glenn.

« C'est affreux, Abby. Je suis navrée d'apprendre ça, dit Beth quand elle a terminé.

— Depuis, je n'arrive pas à me sortir de la tête les images de Glenn avec cette autre femme… Au début, tout m'a paru comme irréel et j'étais dans une rage folle. »

Abby se met à pleurer.

« Mais ces derniers jours, j'ai vraiment touché le fond. »

Elle pousse une plainte, vaguement consciente de ressembler à une enfant de quatre ans.

Qu'est-ce que ça peut faire, se dit-elle, j'en ai marre de prendre sur moi.

« C'est dur de perdre quelqu'un, reprend Beth en poussant vers elle la boîte de mouchoirs en papier. Vous êtes avec votre mari depuis longtemps et vous avez un enfant ensemble. »

Abby attrape un mouchoir.

« Vous les achetez en gros ? » demande-t-elle en s'essuyant les yeux.

Beth sourit.

« Désolée. On dirait que je suis incapable de me contrôler. »

Abby soupire.

« C'est curieux que ça ne soit remonté que récemment. C'est parce que nous sommes en train de formaliser notre séparation, je pense : la vente de la maison rend les choses irrévocables. Alors qu'en fait je me suis détachée de Glenn, ou plutôt nous nous sommes détachés l'un de l'autre, depuis des années.

— Je suis frappée par le fait que vous avez connu beaucoup de changements dans un laps de temps relativement court.

— Je n'ai pas envie de quitter ma maison ; c'est la seule chose sur laquelle je puisse compter, dit Abby.

— J'imagine qu'elle vous procure à vous et à Callum un sentiment de sécurité ?

— Exactement… Comment a-t-il osé y inviter sa Cara ! »

Les joues d'Abby sont en feu.

« Vous avez tout lieu d'être furieuse.

— Je suis jalouse, reconnaît Abby.

— Même si, comme vous l'admettez, vous saviez que votre couple était brisé, apprendre qu'une personne qu'on a aimée a quelqu'un d'autre dans sa vie, c'est dur – cela avive le chagrin.

— Il la voit depuis des mois, dans mon dos !

— Vous vous sentez trahie ?

— Oui. Je sais bien qu'on s'était mis d'accord pour se séparer, mais c'est le mensonge qui ne passe pas – moi, je ne lui aurais pas menti. Cela dit, je n'ai jamais eu l'occasion d'avoir une liaison... »

Elle s'interrompt pour réfléchir et, aussi vite que la rage était montée, elle reflue.

« Je ne peux pas m'empêcher de me dire que c'est ma faute... J'étais tellement polarisée sur Callum. Vous croyez, vous, que c'est ma faute ? »

En levant les yeux, elle voit à l'expression de Beth que celle-ci compatit.

Ce qui est formidable avec Beth, c'est que je suis sûre qu'elle est de mon côté, se dit Abby.

« Il est rare que la rupture d'une relation ne soit imputable qu'à un des conjoints – et, d'après tout ce que vous m'avez dit, vous ne me paraissez manifestement pas être la seule responsable. Comprenez-vous en quoi tous ces reproches envers vous-même risquent de vous desservir ?

— Vous voulez dire que je ne pense pas comme il faudrait ? demande Abby. C'est possible... En tout cas, je ne veux pas qu'il revienne. Il me rend folle. »

Abby éclate de rire, consciente de la signification de ses paroles.

« Il est pour moitié responsable de ma présence ici. »

Le refus de Glenn de jouer avec Callum, de faire sa part à la maison, de négocier la vente... Tout cela, ce sont les facettes d'un même problème, se dit-elle. Il est égoïste, parfois cruel. Il n'a pas levé le petit doigt pour me soutenir. Et, par-dessus le marché, il a couché dans mon lit. *Avec Cara*.

« Vous voulez que je vous dise ? Je n'éprouve même plus d'affection pour lui, encore moins d'amour... »

Me voilà complètement chamboulée, passant d'une seconde à l'autre des larmes à la colère.

« Il y a une bonne nouvelle, se souvient-elle alors.

— Ah oui ?

— Mmm. »

Abby s'assure qu'elle dit vrai.

« Peut-être que mon traitement commence à agir. En tout cas, c'est bizarre. Ma panique s'est envolée. Depuis que j'ai découvert la liaison de Glenn, c'est comme si un brouillard s'était levé. J'y vois de nouveau plus clair. »

* *
*

Leona pose un sac défraîchi, tout rebondi de documents, et en sort un dossier.

« C'est joli, chez vous », observe-t-elle en faisant le tour du séjour.

Michael ferme la porte pour qu'ils soient tranquilles.

« Ma femme se donne beaucoup de mal.

— Je vois.

— Que voulez-vous, Chrissie est comme ça.

— Tant mieux si elle s'en préoccupe. »

Michael se dit qu'elle a sans doute raison, mais sans bien mesurer en quoi c'est important. Même le fait que sa femme ait débarrassé toute seule les décombres dans le jardin et récupéré tout ce qu'elle a pu de sa cabane le laisse de marbre.

Leona examine une photo dans un cadre en argent sur la cheminée.

« Ce sont vos enfants ?

— Ouais.

— Ils sont beaux, tous les deux. Le garçon vous ressemble. »

Michael ne prête pas attention au compliment.

« Comment s'appellent-ils ? »

— Ryan et Kelly.

— Ils habitent ici aussi ?

— Pas en ce moment, non. Ils sont à l'université. »

Heureusement, se dit Michael, je ne saurais pas quoi leur dire.

Leona s'approche de la bibliothèque et Michael la regarde pencher la tête pour examiner les tranches des CD. Elle est tellement grande qu'elle peut voir l'étagère du haut.

« Vous avez des trucs sympas ! Vous étiez new wave ?

— Punk. »

Il y a un silence. Michael a conscience d'être un peu bref, mais il semble avoir perdu la faculté de fournir des explications détaillées.

Comment s'y prennent les autres pour faire la conversation ?

Il a de plus en plus l'impression de n'avoir presque rien à dire.

« Je peux ? » demande Leona avant de s'asseoir sur le canapé de velours marron. Michael marmonne.

« Alors, comment vous sentez-vous chez vous ? Ça fait, quoi… quatre jours ? »

Leona ouvre son dossier et extrait un stylo des attaches métalliques.

« Un peu bizarre.

— Dans quel sens ?

— Comme si rien n'était normal.

— Ah ? »

Il s'interrompt. Des replis de sa mémoire, il extirpe un souvenir. Opération ardue, déplaisante, qui lui donne l'impression de se débattre avec des vers de terre.

« Remarquez, avant aussi, je trouvais que rien n'était normal.

— Comment ça, avant d'aller à Moreland ?

— Ça fait longtemps que j'ai cette impression. Je n'en ai pas parlé à Chrissie car je ne pense pas qu'elle comprendrait. »

Michael a du mal à construire des phrases. Il commence à tripoter les petites peaux près de ses ongles.

« Diriez-vous que vous vous sentez triste ?

— Pas exactement triste, non…

— Abattu ? »

Pendant une fraction de seconde, il bénit Leona pour son aide.

« C'est plus que ça : je ne ressens plus rien – même pour ce que j'aimais avant.

— Comme la musique ?

— Mmm. »

Et les enfants, se dit-il. J'ai l'impression de ne plus rien éprouver pour eux non plus.

« Vous êtes indifférent, alors ?

— Tout me paraît un peu brumeux, irréel. (Il étend le bras.) Très loin de moi.

— Pour moi, vous êtes encore déprimé, Michael. »

Leona prend des notes.

« Comment ça se passe avec Chrissie, globalement ?

— Bien. »

Si seulement elle pouvait m'inspirer le moindre sentiment..., se dit-il. N'importe lequel – même de la colère, au besoin.

« Il est parfois difficile, pour des personnes qui ne sont pas déprimées, de supporter des gens qui le sont, voilà tout.

— Vous voulez dire que c'est dur pour elle de me supporter ?

— Je ne prétends pas que ce soit le cas, mais ça pourrait l'être.

— C'est moins dur pour elle de me supporter que ça ne l'est pour moi de me supporter.

— Vous marquez un point, là... »

Un autre ver de terre s'agite dans le cerveau de Michael et en sort sous la forme de mots.

« J'ai l'impression que, dans son esprit, j'ai envie d'être déprimé.

— Alors que non. Je vous comprends.

— Elle passe son temps à essayer de me remonter le moral.

— C'est une bonne chose.

— Ben non.

— Pourquoi non ?

— Elle met de la musique qu'elle sait que j'aimais – les Clash ou autres... »

Michael se tait – il entend les accords de *Police and Thieves* comme si le disque passait. Il revoit Chrissie la veille au soir, des glaçons tintant dans son gin-tonic. « Hé, Mickey, a-t-elle lancé en posant son verre et en glissant un CD dans le lecteur.

Écoute ça ! » Puis elle a monté le son et est allée dans la cuisine pour en revenir avec une cannette de bière qu'elle lui a ouverte. Je suis pas sûr d'avoir envie de ça, se souvient-il d'avoir pensé, au sujet de la bière comme de la musique. Mais il n'a rien dit et est resté planté au milieu du salon, désemparé.

« Je suis vraiment contente que tu sois rentré, lui a-t-elle dit en reprenant son gin-tonic pour trinquer avec lui. Tu m'as manqué, chéri. Tu viens, on danse ? » Chrissie balançait déjà des hanches en lui souriant…

« Et qu'avez-vous fait ? » demande Leona.

Michael hausse les épaules. Comment expliquer son désarroi de ne pas éprouver l'ombre d'une émotion devant quelque chose qui, normalement, devrait le réjouir ? Il n'a goût à rien, dans ce désert d'ennui, de solitude et d'inutilité que lui semble être sa vie. Depuis sa sortie de Sunnyvale voici quelques jours, il se sent encore plus coupé des autres.

Il finit par murmurer :

« J'avais envie qu'elle arrête. Elle avait l'air ridicule. »

Il tombe alors sur un lambeau de peau sèche et tire dessus, vigoureusement.

Leona grimace en le regardant, puis reprend :

« Peut-être que, n'ayant pas connu la dépression, Chrissie se dit qu'il existe en vous une source inexploitée dont vous avez perdu la trace, et qu'en vous montrant combien certaines choses sont belles vous la retrouverez.

— Tout le temps, elle m'encourage à être positif, à espérer et, tout le temps, je lui explique que je ne comprends rien à ce qu'elle me raconte. Du coup, elle essaie autre chose. Alors, je lui réexplique, on tourne en rond, jusqu'à ce qu'elle baisse les bras en disant que je me complais dans ma déprime.

— C'est ce qui s'est passé hier soir ?

— Oui. Après les Clash, elle a mis d'autres CD. Aucun ne m'a pas fait le moindre effet.

— C'est quand même le signe qu'elle vous aime beaucoup, non ?

— C'est-à-dire ?

— Certaines femmes ne passeraient pas toute une série de morceaux punk à leur mari, même s'il était au trente-sixième dessous. »

Leona rit, mais Michael ne l'entend pas. Il s'attaque à une autre petite peau.

« Alors vous êtes de son côté maintenant ?

— Non. Je suis du vôtre dans cette histoire, si tant est qu'il y ait à prendre parti. Je veux vous aider à un peu mieux vous comprendre, tous les deux. »

Mais tu ne comprends pas que ce que je voudrais, c'est qu'elle ne m'aime pas autant ? se dit Michael. Comme ça, je ne me sentirais pas obligé de faire des efforts.

Leona baisse les yeux sur son dossier et prend quelques notes à toute vitesse.

« C'est aussi pour ça que je suis ici aujourd'hui : pour m'assurer que votre situation chez vous n'est pas insupportable. »

Tout m'est insupportable, pense Michael. Mais si je le dis, on risque de me renvoyer dans cet hôpital, or c'était encore pire qu'ici.

« Non, ça va…, ment-il.

— D'accord… Il y a une autre question que je voudrais vous poser pour m'assurer que l'équipe de crise a bien cerné vos besoins.

— Oui ?

— Avez-vous déjà eu des pensées suicidaires ? »

C'est un piège, se dit Michael. Si je dis « oui », elle va me renvoyer à Sunnyvale. Ou me faire prendre des comprimés. Ses idées sont à ce point confuses que presque tout lui échappe.

« Pas vraiment », répond-il.

Leona braque les yeux sur lui, soutient son regard.

« Que voulez-vous dire ? »

Je ferais mieux d'être plus clair, s'avise-t-il.

« Ça va. Je vais bien. Avec Chrissie, tout baigne. Je préfère être ici que dans votre hôpital merdique.

— ... et les médicaments ?

— Pas question.

— Et si vous aviez la possibilité de les tester ici ? Maintenant que vous êtes chez vous, vous comprenez peut-être que je ne vous les propose pas, comme vous le pensiez, pour faciliter la vie du personnel de Sunnyvale. »

Michael commence à saturer.

« Reparlons-en la prochaine fois. »

Il voit les commissures des lèvres de Leona se contracter, comme si elle se retenait de sourire.

« Je prendrai mon mal en patience... »

Elle feuillette son dossier, s'arrête à une page, la balaie de haut en bas avec son stylo, puis dit :

« Vous avez de la chance : c'est encore moi qui suis de service lundi prochain. Nous pourrons en reparler à ce moment-là.

— OK. »

C'est tout ce qu'il parvient à dire. Son cerveau, surmené, se cadenasse.

38

« Oh, ma pauvre ! s'exclame Karen devant les yeux rougis et les joues marquées d'Abby. Compliquée, cette séance ? »

Abby hoche la tête.

« Viens t'asseoir ici », l'invite Karen en tapotant l'espace sur le canapé entre elle et Tash.

Il n'y a pas beaucoup de place, mais, de toute évidence, il s'agit de consoler Abby.

« OK, je bouge, dit Tash en se levant. On va être trop serrées. »

Elle se glisse jusqu'à un fauteuil situé dans le coin de la salle.

« Oh, désolée ! » grimace Karen.

Aïe, j'ai manqué de tact, se dit-elle. Pas toujours facile de ménager les susceptibilités de chacun.

Abby s'installe à son tour et Karen lève un bras pour l'inviter à s'appuyer contre son épaule. Abby y pose la tête et Karen lui caresse les cheveux.

« Ça va aller…, la rassure-t-elle. Tu sors de plusieurs jours difficiles, mais tu vas t'en remettre.

— Tu crois ? demande Abby d'une petite voix.

— Oui. »

Elle note la proéminence de la lèvre inférieure d'Abby ; elle fait la moue, exactement comme Molly quand quelque chose ne va pas. Aussitôt, une pensée la frappe : la propre mère d'Abby est loin d'ici, peut-être même ignore-t-elle ce qu'endure sa fille. Tous les soins maternels d'Abby n'ont qu'un seul destinataire, se dit Karen : Callum. Pas étonnant qu'elle catalyse mon propre instinct de mère. Moi, j'ai de la chance, pense-t-elle, le cœur empli d'une reconnaissance muette. Je m'inquiète peut-être pour maman, je ne m'en occupe peut-être pas aussi bien que je le devrais, mais, au moins, pouvons-nous encore prendre soin l'une de l'autre.

« Je n'arrête pas de penser à Glenn et à cette Cara, lui confie Abby.

— Je m'en doute. »

Si je rencontre ce Glenn un jour, se dit Karen, je lui dirai ma façon de penser.

Depuis son fauteuil, Tash jette un coup d'œil dans leur direction.

« D'après ce que tu racontais en groupe ce matin, ça m'a tout l'air d'être un fameux connard. »

Abby relève la tête et Karen est heureuse d'y voir un grand sourire.

« Il ferait tourner en bourrique n'importe qui, tu as raison.

— Qu'il aille se faire foutre ! lance Tash en hochant la tête. Et elle aussi.

— C'est justement ça ! reprend Abby. Je n'arrête pas de penser à eux… Tu vois ce que je veux dire… »

Karen sent un frisson parcourir le corps d'Abby.

« Je peux pas saquer les filles qui se tapent les maris des autres », ajoute Tash.

Karen ne peut qu'admirer la netteté avec laquelle elle affirme ses principes. Tash s'est beaucoup détendue en relativement peu de temps – désormais, ses tics sont à peine perceptibles.

Abby s'écarte de Karen pour pouvoir se redresser.

« Je parie que Cara est plus séduisante que moi.

— Arrête tes conneries ! la coupe Tash.

— Avant, je me trouvais plutôt jolie.

— Mais tu l'es ! intervient Karen.

— Mes cheveux sont affreux, aussi courts...

— J'adore tes cheveux ! »

Karen n'en croit pas ses oreilles.

« Je ferais tout pour avoir des cheveux qui m'encadrent le visage comme les tiens – les miens, on dirait un gros rideau tout épais.

— Tu peux toujours les teindre en rose, suggère Tash en secouant non sans fierté ses boucles couleur cerise.

— Le coup classique ! constate Karen. À chaque fois, c'est pareil : on est positif pour les autres au lieu de l'être pour soi. Dès que tu auras franchi ce cap – et tu le franchiras, Abby, je te le promets, même si, pour l'instant, tu ne me crois peut-être pas –, les hommes se bousculeront à ta porte. Tu n'es pas d'accord, Tash ? »

Et Tash d'approuver vigoureusement de la tête.

Karen change de sujet.

« Vous savez ce que ma copine Anna m'a suggéré ?

— Non.

— Elle me bassine depuis des années pour tester les sites de rencontres sur Internet. Peut-être qu'on devrait s'inscrire ensemble.

— Bonne idée, ça ! dit Tash.

— Ouh là, je ne me sens pas prête pour ça ».

Abby semble sidérée que Karen puisse ne serait-ce qu'oser une proposition pareille.

Encore une bourde, se dit Karen.

« Non, non, bien sûr. Je n'y pensais pas pour tout de suite – d'ailleurs, je m'en méfie aussi. Simplement, quand Anna s'est séparée de son dernier copain, elle s'est inscrite aussitôt. Elle dit que ça flatte l'ego et que les rencontres, c'est comme les chevaux : le meilleur moyen d'oublier un homme est de remonter tout de suite en selle, raconte Karen en éclatant de rire. Je me comprends, hein... »

Abby se tourne pour la regarder bien en face.

« Sérieusement, tu penses à... hum... chercher quelqu'un d'autre ?

— Je ne sais pas. Je ne sais pas du tout quel genre d'homme on trouve en ligne.

— Moi, je l'ai fait, explique Tash. C'est sûr, tu as de vrais givrés. Mais ils ne sont pas tous comme ça.

— C'est là que tu as rencontré ton copain actuel ? demande Abby.

— Celui-là, non. Mais celui d'avant, oui, et je connais des tas de gens qui ont trouvé l'âme sœur sur le Net.

— Le compagnon de ma copine Anna est un type bien, mais elle a moins de bagages que moi. Pas facile d'attirer quelqu'un quand on est mère célibataire avec deux mômes, et veuve par-dessus le marché ! précise Karen en riant. Et bientôt j'aurai peut-être ma mère à la maison. Vous imaginez l'annonce : *Deux veuves, deux enfants cherchent un seul mari*.

— Je parie que Cara n'a pas d'enfants, dit Abby. Et moi alors, avec Callum ! Si Glenn ne pouvait pas s'en occuper alors que c'est son père, qui voudra de nous ?

— Allons, allons, toutes les deux, intervient Tash. J'entends pas mal de choses négatives, or aucune de vous deux n'est encore allée sur Internet.

— Elle n'a pas tort », reconnaît Abby.

Karen approuve.

Tash a beau avoir la moitié de mon âge, se dit-elle, je me trouve naïve à côté d'elle. Et elle a raison : on devrait essayer. Après tout, qu'avons-nous à perdre ?

* *
*

Michael entend le froissement du coton et sent le matelas s'enfoncer tandis que Chrissie se glisse jusqu'à lui.

Oh non ! se dit-il au moment où elle commence à lui caresser les cheveux.

Puis, progressivement, délicatement, elle fait descendre le bout de ses doigts le long de sa nuque.

Elle ne va pas m'infliger ça..., se dit-il en poussant un soupir.

Mais, se méprenant sur ce signal, Chrissie insinue une main sous son T-shirt, entre ses omoplates, et le masse doucement, là où il ressent effectivement une tension, et ce qu'elle lui fait le soulage un peu. Dans un recoin de son cerveau, minuscule, infime, Michael a envie de gémir tout bas de satisfaction, de se retourner pour lui faire vraiment face, de l'embrasser tendrement, de la caresser à son tour.

Pourtant, une part bien plus grande de lui-même résiste. Il y a si longtemps qu'ils ne se sont pas retrouvés dans l'intimité ; trop longtemps. Tout est trop compliqué, trop lourd de sens, trop plombé... Faire ça... eux... lui... c'est l'échec assuré. La distance qui les sépare, si faible dans la réalité, lui semble incroyablement, épouvantablement grande. Il sent le souffle de Chrissie se faire plus brûlant, plus bref, plus urgent.

Mais il est fatigué ; trop fatigué pour ça. Il ne s'en sent pas capable. Pas ce soir.

Alors il se tasse encore plus de son côté, se recroqueville en s'éloignant d'elle, le dos arqué en carapace de tortue pour lui fermer tout accès.

39

Sur la plage de Rottingdean, un chien entre et sort de l'eau en jappant. Michael le regarde un moment du haut de la promenade. Son maître lance une balle vers les hauts-fonds – et, à chaque fois, le chien va la rechercher en pagayant à coups de pattes enthousiastes, puis revient avec la balle dans la gueule, la dépose en frétillant de la queue et aboie jusqu'à ce qu'on la lui renvoie.

Ça me fait plus rien, plus rien du tout..., constate Michael.

Ce type de plaisir ne l'atteint plus ; il est même incapable d'éprouver une once de gaieté, ne serait-ce qu'une seconde. La colère est partie, les larmes – le peu qu'il a versées – aussi. Depuis sa sortie de Sunnyvale, tous les moments qu'il a vécus se sont aplatis, fondus les uns dans les autres et, s'il est conscient des divers événements qui lui arrivent, tous paraissent se ressembler. Aujourd'hui, c'est pareil ; il ne sait pas trop ce qu'il fait sur le front de mer, un samedi soir. Il a dit à Chrissie qu'il allait au Black Horse, mais n'a nul désir de s'y rendre. Il voulait juste ne plus rester assis chez lui, entouré des vestiges de son échec : le saccage dans le jardin, la place vide dans l'allée, l'avalanche de courrier des créanciers.

Pourtant, hormis oublier ce sentiment d'extrême inutilité, il n'a envie de rien. Sans trop savoir comment, il a échoué là. Les vagues miroitent sous la lumière qui décline, mais leur beauté le laisse de marbre.

Je me suis perdu, se dit-il. Je ne sais pas où est passé celui que j'ai été. Ce Michael-là a disparu voici des mois.

C'est comme s'il avait quitté son propre esprit. Il s'est revu brièvement tel qu'il était à Moreland, mais cet épisode n'aura été qu'une parenthèse, un soupçon de répit qui ne fait que rendre plus insupportable le vide où il se trouve. Et ça aussi, comme le reste, on le lui a arraché.

Il poursuit sa marche le long de la promenade jusqu'à ce qu'un gros empilement de rochers cache à sa vue le chien et son propriétaire. Il regarde autour de lui : un couple se balade sous les falaises de craie blanche, mais ils sont au moins à cent mètres de lui et se dirigent à l'opposé, vers Peacehaven. En dehors d'eux, la plage est déserte. Il est tard, le fond de l'air est frais et Rottingdean n'est pas Brighton : sur cette partie de la côte, pas de noctambules en goguette. Michael s'en réjouit, à défaut d'autre chose ; car il ne veut pas être dérangé.

Il quitte le chemin bétonné et passe sur la plage, ses chaussures crissent sur les galets, la pente le propulse vers la mer. Près de l'eau, les cailloux sont mouillés, luisants. Il entend le chien japper, de l'autre côté des rochers, malgré le fracas des vagues. Cet imbécile heureux de chien, il ne veut plus le voir.

Encore un mètre tout au plus et Michael est dans l'eau. Il a gardé ses chaussures lacées, mais qu'est-ce que ça peut bien faire ? Il en a maintenant au-dessus des chevilles et bientôt le bas de son jean est trempé. Il fait très froid. Il continue d'avancer, mais sa progression est ralentie par ses vêtements ; il les sent lourds, happés d'un côté et de l'autre par les vagues. La mer est houleuse ; des moutons blancs trottent jusqu'au bout de l'horizon. Mais le pouvoir que les éléments exercent sur lui a quelque chose de consolateur : il existe une force supérieure à ses propres idées noires. Depuis le temps qu'il cherche à leur échapper… Enfin, il sait comment.

« Je ne suis plus moi-même, brûle-t-il de dire à Chrissie tandis qu'il poursuit sa marche. C'est pour ça que je fais ça. »

De l'eau jusqu'aux cuisses, gelé, il claque des dents comme un jouet mécanique. Dès qu'il en a jusqu'à la taille, il commence à nager. L'eau est de plus en plus froide à mesure qu'il progresse, mais du moins s'éloigne-t-il de tout et de tous, de ses ratages, de son avenir.

Nager tout habillé se révèle difficile, aussi fait-il du surplace pour pouvoir délacer ses chaussures et s'en défaire. Le jean et le sweat-shirt, il s'en accommode – tout juste –, alors il poursuit vers le large dans un mélange de brasse et de crawl.

Enfin, il se retourne pour regarder vers le rivage. C'est à peine s'il aperçoit encore la rangée de cabines de plage sur la promenade, tant elles sont minuscules.

Alors, quelque part dans le tréfonds de son cerveau, Michael entend un timide écho de la voix de Gillian : « Ce n'est qu'une pensée, et une pensée, ça se corrige. »

Mais son jean le tire vers le bas et il est fatigué, très fatigué, de sorte que, quand une grosse vague s'abat sur lui au moment où il se retourne pour faire à nouveau face à l'océan, il n'a pas l'énergie pour résister à cette traction qui l'emporte sous la surface. Gillian n'est que Gillian, et qu'en sait-elle ?

« MICKEY ! MICKEY ! »

À présent, il entend Chrissie l'appeler.

Il remonte, haletant, crachote en quête d'air. Ça doit être sa tête qui lui joue encore des tours – qui cherche à le faire revenir alors que le désespoir a tout envahi. De là où il est, jamais il n'entendrait quelqu'un depuis le rivage.

Et il est alors trop tard : une autre vague le tire vers le fond.

IV

Le lendemain matin

40

« Non ! », s'exclame Johnnie.

La nouvelle le frappe au ventre comme un coup de poing.

« Quand ?

— Pendant le week-end, répond Gillian d'une voix hachée.

— Mais pas ici, tout de même ? »

À Moreland, il est presque impossible aux patients d'attenter à leurs jours ; des mesures sont prises dans tout le bâtiment. Pas de couteaux dans la cuisine commune, pas de ciseaux dans la salle d'arts plastiques, pas de rasoirs dans les chambres – s'ils souhaitent se raser, les patients doivent demander la permission et le font sous la surveillance d'une infirmière. Les portes des chambres ne sont jamais verrouillées et les patients susceptibles de se mutiler sont contrôlés à intervalles réguliers.

Gillian secoue la tête.

C'est effroyable, mais Johnnie sent ses épaules s'affaisser de soulagement. La situation serait encore plus grave si le suicide avait eu lieu dans la maison. On poserait des questions, on désignerait des coupables, on ouvrirait peut-être une enquête

– qui sait où cela mènerait… Le plus pénible, ce serait l'impact sur les autres patients. Malgré tout, Johnnie s'en veut beaucoup.

J'aurais dû en faire plus, se dit-il.

Gillian semble lire dans ses pensées.

« Je sais que vous avez animé plusieurs séances de ce groupe, mais je vous interdis de vous reprocher quoi que ce soit.

— J'aurais dû mesurer à quel point son état était désespéré », lui dit-il.

Gillian jette un regard par la fenêtre.

« Dès qu'une personne sort d'ici, nous ne pouvons plus grand-chose pour elle… Nous ne pouvons pas, hélas, garder les gens ici éternellement. »

Son visage est si triste que Johnnie a le sentiment qu'elle voudrait leur éviter à tous les écueils qui les attendent au-dehors.

« Mais ça ne faisait que dix jours…

— Je sais. Malheureusement, quand on a affaire à des problèmes de santé mentale aigus, tout peut se dérégler très vite. »

Johnnie savait devoir s'attendre un jour au suicide d'un patient ; il entend même encore Gillian l'inviter à s'y préparer lors de leur premier entretien. Mais savoir qu'un événement peut se produire est une chose, affronter la réalité en est une autre. Il n'a pas pu entendre le récit du drame, encore moins s'en imprégner, et il va devoir guider des patients vulnérables pendant la prochaine heure et demie. Il ne sait absolument pas quoi leur dire. Cette perspective l'affole.

C'est curieux quand même, se dit-il, avoir parlé d'angoisse pendant des mois et se retrouver soi-même plongé dans ses affres…

« Je vois que vous animez le prochain groupe, lui dit Gillian. Je ne peux pas vous proposer de vous remplacer – j'ai un patient à la demie. Mais je peux vous accompagner pour annoncer la nouvelle. Ils l'apprendront, de toute façon, si ce n'est déjà fait, alors mieux vaut prendre les devants. Ça vous aiderait ? »

Gillian est infiniment plus douce et gentille qu'elle ne l'était à mes débuts, se dit Johnnie.

« Merci, oui. Ce serait bien.

— Je ne vous répondrai pas "Tout le plaisir est pour moi" », reconnaît Gillian avec un rire contrit.

Elle se lève.

« Nous y reviendrons au déjeuner. Une bonne partie du personnel a été durement affectée par cette histoire, et nous allons devoir nous occuper d'eux aussi. Dans l'immédiat, nous ferions mieux d'y aller. Êtes-vous prêt ?

— Plus que jamais », répond Johnnie.

* *
*

Il est 11 h 05 : Karen est en retard. Elle se gare – n'importe comment, insère des pièces dans le parcmètre et franchit d'un bond les marches de la clinique.

« Ça roulait atrocement mal, lance-t-elle à Danni en signant le registre d'un gribouillis pressé.

— Vous n'êtes pas la seule à avoir eu des problèmes pour arriver. »

Karen attend que la porte codée s'ouvre, puis, d'un pas vif, gagne l'étage – pas le temps de se faire un thé – et s'engage dans le couloir.

À l'instant même où elle pénètre dans la salle, elle sait que quelque chose d'anormal s'est produit. Rita a pris place dans son fauteuil habituel, mais, courbée en avant, elle est enveloppée par l'étreinte maladroite de Colin, accroupi à ses pieds. Assise sur un des canapés, Abby a les jambes tremblantes et le visage livide ; à ses côtés se tient Tash, la tête secouée de convulsions, glapissant comme un chien éperdu. Seul Rick, à genoux devant la table basse, un journal étalé devant lui, note distraitement l'arrivée de Karen.

« Salut », lui lance-t-il avec un signe de tête.

Mais même son intonation est bizarre. Trop calme, trop neutre.

« Qu'est-ce qui se passe ? » demande-t-elle.

Ce silence, cette tension, elle ne les connaît que trop.

* *
*

Je ne peux pas y croire, se dit Abby. C'est terrible. On s'entendait si bien, je pensais qu'on était amies, ou qu'on aurait pu l'être. On était différentes, mais, dès ma sortie, je prévoyais de la contacter, de prendre de ses nouvelles.

L'agitation de ses jambes ne semble pas devoir cesser, elle a mal au cœur.

Je dois être en état de choc, se dit-elle, en tentant de comprendre ce qui s'est passé. Mais le spectacle des autres, aussi effondrés qu'elle, la remue plus encore. Elle est terrifiée de se voir déstabilisée, sonnée, exactement comme lors de son admission à Moreland. Je pensais aller beaucoup mieux, mais je me trompais. Je n'ai jamais été aussi mal. Peut-être que je n'irai jamais bien. Manifestement, être renvoyé chez soi ne signifie pas être guéri.

Et voici Karen qui arrive. Qui semble ne se douter de rien. Mais, de grâce, que quelqu'un lui dise – je ne veux pas que ce soit moi –, j'ai peur que cette nouvelle la ramène elle aussi à son point de départ, et je ne pourrais pas le supporter.

* *
*

Rick fait glisser le journal de l'autre côté de la table.

En haut d'une double page se déploie la manchette : SUICIDE D'UNE VEDETTE DE LA TÉLÉVISION

Karen en a le souffle coupé.

En dessous figure une photographie de Lillie. À ses côtés se tient une jeune femme en qui Karen reconnaît sa sœur. Vêtues de minirobes blanches et de bottes en cuir vernies, toutes deux se tiennent par le bras en adressant de grands sourires à l'objectif. Karen tombe à genoux. Elle lit :

Hier, la cité balnéaire de Brighton a été le théâtre d'un drame lorsqu'au petit matin a été découvert le corps sans vie de la très populaire présentatrice de télévision Lillie Laybourne. D'après les premiers éléments de l'enquête, Lillie, vingt-quatre ans, aurait succombé à un arrêt cardiaque dû à une absorption massive de comprimés.

Originaire du Sussex, Lillie s'était surtout fait connaître en animant Street Dance Live *qu'elle présentait avec sa sœur, Tamara, de deux ans son aînée.*

Les deux célébrités ne vivaient qu'à un étage de distance dans une luxueuse résidence du front de mer. C'est Tamara qui a découvert Lillie hier. Leur ami et voisin, Jack Lawrence, soixante et un ans, a expliqué que, inquiète de ne pas l'entendre répondre sur son portable, Tamara s'est rendue dans l'appartement de sa sœur pour s'enquérir de son sort. Elle a alors appelé les secours, mais il est désormais acquis que Lillie était déjà décédée depuis plusieurs heures.

« Elles étaient très proches l'une de l'autre, a indiqué M. Lawrence, et Lillie se consacrait beaucoup à Nino, le petit garçon de Tamara. »

DERRIÈRE LE CHARME ET L'INSOUCIANCE, L'ENFER

À l'écran, la personnalité chaleureuse et enjouée de Lillie lui avait gagné des légions d'admirateurs de tous âges. Mais alors que le public voyait en elle une jeune femme pétillante habile à doper la confiance des jeunes danseurs qui concouraient dans son émission de début de soirée, on a appris qu'en coulisse Lillie souffrait de graves problèmes psychologiques. Seul un petit nombre de proches et de parents la savait atteinte d'un syndrome bipolaire, également appelé psychose maniaco-dépressive, qui se traduit par des périodes d'euphorie spectaculaires suivies de sévères et redoutables baisses de moral.

D'après un ami proche qui a préféré garder l'anonymat, Lillie aurait interrompu le traitement qui lui avait été prescrit pour réguler son humeur.

« Les antipsychotiques et les stabilisateurs d'humeur aident souvent des patients comme Lillie à mener une vie relativement normale, a expliqué le Dr Jiang Chung, psychiatre en chef du Maudsley

Hospital. Environ une personne sur trois atteintes de troubles bipolaires demeure totalement à l'abri de ces symptômes en se soumettant à un traitement soigneusement encadré. Mais des problèmes peuvent survenir lorsque les patients sont tentés d'arrêter de prendre la dose d'entretien. En l'absence de symptômes, ils peuvent se dire qu'ils n'en ont plus besoin ou bien l'euphorie des épisodes maniaques peut leur manquer. Les recherches montrent clairement qu'un arrêt, surtout s'il est brutal, débouche presque toujours sur une rechute. En cas d'interruption du lithium, on peut assister à une spectaculaire dégradation du moral en l'espace de quelques jours et à une élévation vertigineuse du taux de suicide. »

UNE ENFANCE CAUCHEMARDESQUE

Voici encore quelques semaines, Lillie expliquait à notre journal qu'après une période très sombre elle avait retrouvé une pleine forme. « J'ai eu une enfance particulièrement difficile – mes parents se sont séparés quand j'avais quinze ans et, depuis, je n'ai plus revu mon père, confiait-elle à notre spécialiste people, Jayne Whitehead. Mais avec le soutien de ma sœur et de mes amis, et l'aide d'une merveilleuse équipe de professionnels, j'ai affronté mes démons et je suis heureuse d'annoncer que j'ai fini par les terrasser. »

On estime aussi que son statut de personnage public exposait cette présentatrice fragile à une attention qu'elle jugeait lourde à supporter. Il y a deux ans, elle avait été photographiée quittant Moreland's Place, une clinique de Lewes spécialisée dans le traitement des troubles psychiatriques.

« Je savais que Lillie avait fait un séjour à Moreland, mais sans me douter qu'elle était si malheureuse. Elle

a emménagé ici à l'âge de dix-sept ans et passait souvent prendre le thé. La dernière fois que je l'ai vue, elle riait, elle était pleine de vie – elle venait de faire les boutiques et s'était arrêtée chez moi pour me montrer ses achats, a indiqué M. Lawrence avant d'ajouter, en refoulant ses larmes : C'était une jeune femme délicieuse, et ceux qui l'aimaient ne peuvent pas croire à sa disparition aussi subite. Elle va énormément nous manquer à tous. »

Karen ne s'arrête pas avant d'avoir fini l'article. Puis elle examine les petites photos. Il y en a une, floue, de Lillie et Tamara enfants, une autre de Lillie toute en beauté à côté d'un récent lauréat de *Street Dance Live,* une où elle câline son neveu Nino alors bébé, et une dernière la montrant en imperméable quittant la clinique, le visage caché par un magazine pour ne pas être reconnue.

Karen laisse le journal ouvert sur la table basse et s'assied sur le canapé près d'Abby. Sans un mot, elle prend sa main et elles entrelacent leurs doigts. Plusieurs minutes durant, les deux femmes restent immobiles, les yeux baissés, les mains unies.

41

Michael sent d'abord la respiration de Chrissie, sa chaleur contre sa joue. Même dans l'état second où il se trouve, il sait de qui il s'agit.

« Mickey..., murmure-t-elle à son oreille. Mickey... »

Il sent qu'elle lui prend la main ; sa paume est douce et lisse.

« C'est moi, Chrissie. »

Il ouvre les paupières, à peine. Il n'ose pas trop regarder, par peur de ce qu'il pourrait découvrir.

« Oh, Mickey, grâce au ciel, tu es là ! »

Où est-il ? Il n'est pas tout à fait persuadé d'être vivant.

Peu à peu, les traits de Chrissie se précisent ; son visage est à la hauteur du sien. Elle est presque méconnaissable : ses cheveux blond-roux sont aplatis et gras, ses yeux bordés de rouge et, sous les discrètes taches de rousseur, sa peau est grise.

« Pourquoi ? » lui demande-t-elle d'une voix implorante.

Il éprouve un très vague remords dont les raisons toutefois lui échappent. Il voudrait tant lui expliquer : « Je ne suis plus moi-même » – il se souvient déjà d'avoir eu envie de le lui dire –, mais les mots ne veulent pas sortir. Enfin, après un colossal effort, il parvient à articuler :

« Pardon... »

Il sent ses paupières retomber.

« Ils t'ont donné un sédatif, chéri », lui apprend Chrissie.

Il tourne sa tête sur l'oreiller pour tenter de regarder derrière elle. Même ce mouvement minuscule lui coûte. À l'arrière du fauteuil sur lequel elle est assise, il aperçoit un autre lit à cadre métallique blanc. La couverture forme une bosse ; il y a quelqu'un dessous, qui lui tourne le dos. Il n'est donc pas chez lui. Des bribes de souvenirs lui reviennent. La plage... La mer...

« Michael ? »

À l'appel de son nom, il se réveille en sursaut et ouvre les yeux. Tout est trouble, mais, peu à peu, une silhouette se dessine. Une femme grande et mince aux cheveux plaqués en arrière est debout à ses côtés.

« C'est moi, Leona, l'infirmière psychiatrique. Vous vous souvenez ? »

Michael plisse le front, tentant de reconstituer les événements. Il parvient à demander :

« Où suis-je ?

— Au Sussex Hospital, lui répond Leona.

— Depuis combien de temps ?

— Vous avez été conduit en soins intensifs samedi soir et transféré dans ce service hier. »

Mais je ne sais pas quel jour on est, se dit Michael.

Leona baisse les yeux sur lui.

« Vous avez eu beaucoup de chance. »

Ce n'est pas ce que je ressens, se dit Michael. Il ne sait d'ailleurs pas ce qu'il ressent.

« Vous souvenez-vous de ce qui s'est passé ?
— La mer... », commence-t-il.

Il se rappelle avoir nagé, avoir eu de plus en plus froid. Ensuite... Il tente de sonder sa mémoire. Rien.

Leona s'assied.

« Tout porte à croire que vous avez essayé de vous donner la mort, Michael. »

Déjà il sent la honte fourmiller dans ses veines.

« Si vous le pouvez, j'aimerais beaucoup reparler avec vous de cette soirée-là. Je veux vous aider, voyez-vous, nous le voulons tous. »

Le regard de Leona se déplace vers le pied du lit. En relevant légèrement la tête, Michael voit Chrissie debout, occupée à se triturer les mains.

« La semaine dernière, nous avons parlé de votre moral ces derniers temps. J'étais venue vous voir chez vous...
— Mmm. »

La semaine dernière ?

Rien à faire, Michael a perdu toute notion du temps, il n'a plus la moindre idée de la façon dont celui-ci s'organise.

« Je sais que vous alliez très mal et je m'en veux beaucoup de ne pas l'avoir bien mesuré. »

Très mal ? se dit Michael. Non, elle n'a pas compris.

« J'ai l'impression que, les jours qui ont suivi, vous avez vraiment dégringolé. »

Il ne demande qu'à pouvoir communiquer mais se sent enveloppé d'un inexplicable brouillard dans lequel il est seul et coupé de tout – même ceux qu'il devrait aimer, comme Chrissie, ne suscitent en lui aucune émotion. Cette gangue l'emprisonne depuis un temps qui lui semble infini.

Je n'en pouvais plus, se souvient-il vaguement, alors je suis parti vers la mer... Chaque seconde vécue était – et est toujours – pour moi une torture morale, or vous m'y ramenez, vous me réveillez en me demandant d'en parler.

Fermez-là ! a-t-il envie de leur dire. Mais il ne le peut pas, et Leona est assise là, qui attend. Finalement, il lui donne un os à ronger, histoire d'avoir la paix.

« Je ne suis plus moi-même.

— Pouvez-vous m'en dire un peu plus ?

— J'ai l'impression d'avoir disparu. »

Et une personne qui a disparu, on ne peut pas l'aider, estime-t-il. Pas quand elle en est convaincue, même si elle est assise face à vous. L'« homme sans personnalité », c'est moi.

« Nous pouvons vous prescrire des médicaments qui vous permettrons de retrouver celui que vous étiez ».

Leona jette un nouveau regard vers Chrissie en hochant la tête.

Elles sont de mèche, se dit Michael. Elles vont me droguer, me garder dans cet endroit horrible.

Il entend grogner l'homme allongé à quelques mètres de lui et sent une odeur d'urine. Il secoue la tête.

« Les comprimés vont gommer encore plus ma personnalité.

— Mais non, Michael ! » lui assure Chrissie.

Elle vient se placer derrière la chaise de Leona.

Elles vont me soumettre à leur bon vouloir, redoute Michael.

« Leona et l'équipe de crise estiment que les anti-dépresseurs pourraient vraiment t'aider. Je ne sais pas ce que tu as contre. Je pensais que tu en prenais depuis ton entrée à Moreland, j'ignorais que ce n'était pas le cas… »

Elle éclate en sanglots.

Oh, laissez-moi tranquille, se dit Michael, je vous en supplie !

« J'aimerais que tu essaies, Mickey ! »

C'est un hurlement qui est sorti de sa bouche.

« Les enfants aussi.

— Les enfants ? »

Ryan et Kelly savent que je suis ici ?

« Il a bien fallu que je le leur dise », lui avoue-t-elle.

Mais il divague encore.

« Je me rappelle pas ce qui s'est passé. »

De la manche de son haut, Chrissie tire un mouchoir en papier et se tamponne les yeux. Puis elle se tourne vers l'infirmière.

« Je peux lui dire ? »

Leona lui fait signe que oui.

« Une femme sur la plage t'a vu entrer dans la mer, chéri. Apparemment, elle promenait son chien. »

Ah, oui…, se rappelle Michael. Ce souvenir émerge à peine de son brouillard.

« Il aboyait… Ils étaient de l'autre côté des rochers.

— Oui, c'était cette dame-là. Tu peux lui dire merci… »

Chrissie se tait. Puis reprend :

« Elle était assez loin, mais elle a vu que tu étais habillé. Alors elle t'a suivi des yeux et, quand tu as commencé à nager vers le large, elle a pris peur. (Chrissie recommence à pleurer.) Dieu soit loué !

— Ce n'est pas elle qui est venue me chercher, quand même ?

— Non, elle n'aurait jamais pu aller jusqu'à toi – elle a appelé les secours et (la gorge de Chrissie se serre)... ils ont envoyé le bateau de sauvetage de Brighton. Les hommes t'ont sorti de l'eau et on t'a transféré de la plage jusqu'ici par hélicoptère. Apparemment, tu venais juste de couler – ça s'est passé sous leurs yeux... »

De nouveau, elle s'arrête. Elle tremble, violemment, note Michael.

« Je n'arrête pas de penser à ce qui se serait passé s'ils ne t'avaient pas vu... Ils n'auraient pas pu te porter secours. »

La honte brûle les veines de Michael comme du feu : tous ces gens qui cherchent à le maintenir en vie alors que rien en lui ne mérite d'être sauvé...

Quelques minutes de plus et ils seraient arrivés trop tard, se dit-il.

J'aurais préféré ça. Et voilà maintenant Chrissie assaillie par une effroyable tristesse qu'elle dirige sur moi comme un jet d'eau. Et je ne sais pas quoi faire. J'ai déjà du mal à supporter mes propres états d'âme, alors ceux des autres...

Leona se penche vers lui.

« Michael, vous vous souvenez que, la première fois où nous nous sommes vus, je vous avais demandé de me décrire votre moral. Et vous aviez tracé une ligne, n'est-ce pas ? »

Michael hoche la tête.

« Vous m'aviez dit que vous ne voyiez pas ce que ce médicament pourrait vous apporter et que vous n'aviez pas envie d'être stabilisé puisque vous étiez déjà à plat.

— Mmm.

— J'aimerais que vous tentiez le coup, Michael. Personne ne prend des comprimés de gaieté de cœur. Croyez-moi, je le sais. Des gens comme vous, j'en vois : des mieux, des pires, des comparables, beaucoup. »

Personne n'est comme moi, pense Michael. C'est impossible. Être dans ma tête, c'est vivre un enfer sur terre. Si je suis encore ici, c'est uniquement à cause d'une saleté de clébard.

« Mon métier consiste à tenter de vous aider. Beaucoup de gens sont absolument contre l'idée de prendre des comprimés, exactement comme vous. Mais quand on est malade, il arrive qu'on ait besoin d'un traitement pour aller mieux. À l'heure actuelle, vous êtes comme quelqu'un qui vient de faire un infarctus, mais qui refuse obstinément le massage cardiaque. »

Elle a le visage grave, mais Michael ne comprend pas ce qu'elle cherche à lui dire.

« Vous êtes déprimé depuis des mois et des mois, et vous vous en sortez sans médicaments, je sais, poursuit-elle. Mais vous en êtes arrivé à attenter à vos jours. Ça ne vaudrait pas le coup d'essayer les antidépresseurs ?

– Vous voulez faire de moi un zombie... », marmonne-t-il.

Leona dément d'un signe de tête.

« C'est bien la dernière de nos intentions. Mais, après tout, c'est à vous de voir. Et ce ne serait qu'un essai : si vous ne le jugez pas concluant, vous pourrez arrêter. »

Chrissie tousse discrètement.

« C'est par fierté, chéri ? hasarde-t-elle. Considère ça, peut-être, comme des comprimés pour la tension, quelque chose de ce genre. Je ne pense pas que tu t'y opposerais si les médecins disaient que tu en as besoin. Il n'y a pas de honte à prendre des médicaments. »

La tête de Michael lui fait mal ; il est à bout d'arguments.

« OK, consent-il. Je vais les prendre, vos saloperies de comprimés.

— Chéri, merci ! » s'exclame Chrissie en se penchant pour l'embrasser.

Michael se souvient d'avoir aimé être embrassé, mais à présent cela ne lui fait plus rien.

Leona hoche la tête.

« C'est une sage décision, croyez-moi. Un jour, vous vous sentirez beaucoup mieux, j'en suis intimement convaincue, même si je sais que vous-même ne pouvez l'imaginer. Les antidépresseurs mettront quelques semaines à agir, mais j'ai bon espoir, c'est le moyen le plus sûr d'avancer.

— Dépêchez-vous de m'en apporter pour que je puisse me rendormir », dit-il.

Leona lève un sourcil.

« Parfait. Je vais faire le nécessaire pour votre ordonnance. »

Dès qu'elle est partie, Chrissie se glisse sur la chaise.

« Les enfants sont rentrés, Mickey, et on est bien décidés à t'aider.

— Ryan et Kelly... ? »

Il ferme les yeux pour masquer sa culpabilité.

« Oui, ils sont venus te voir tout à l'heure, mais tu somnolais. Ils étaient tellement soulagés que tu sois sain et sauf... De toute façon, comme ils sont tous les deux bientôt en vacances, ça ne leur posait pas de problème d'écourter un peu la fac, et puis ce sera sympa de les avoir avec nous, non ? »

Elle lui caresse le bras.

« On va s'en sortir. Je t'assure !

— Mmm. »

Il faudra des semaines pour que le traitement fasse effet, a dit Leona, or Michael se traîne déjà depuis de longs mois dans un désert infini de déprime absolue. C'est comme si, sur l'autre rive d'un détroit, il avait aperçu au loin la lueur prometteuse d'un ailleurs et, qu'un court instant, en se risquant dans l'eau, il s'était cru capable d'atteindre ce pays meilleur, mais qu'arrivant de l'autre côté il était tombé sur un nouveau désert infini de déprime absolue... Et voilà que maintenant sa propre famille est embarquée dans cette histoire. Comment leur expliquer qu'il ne pense pas pouvoir aller plus loin ?

* *
*

Peu à peu, tandis qu'elle tient la main d'Abby, Karen sent son amie se détendre et l'agitation de ses jambes se calmer. Les deux femmes sont toujours assises dans cette position quand Gillian entre dans la pièce.

En temps normal, Karen a du mal à décrypter les pensées de Gillian – le chignon serré et les demi-lunes lui donnent un air impénétrable –, mais, aujourd'hui, la détresse crispe son visage. Quelques pas derrière Gillian arrive Johnnie, mais sa démarche élastique et son grand sourire ont disparu et, tandis qu'il s'empare d'une des chaises, il jette un œil au journal déplié sur la table et Karen lit dans ce regard de la douleur. Malgré son propre ébranlement et sa propre peine, elle comprend ce qu'il ressent. Être investi de la responsabilité d'autres personnes – dont beaucoup sont déjà dans un état mental précaire – doit être une charge écrasante.

Gillian emporte une chaise à l'autre bout de la pièce jusqu'au tableau blanc, se laisse choir dessus et ferme les yeux. La thérapeute semble rassembler ses forces, mais elle demeure ainsi tellement longtemps, à inspirer et expirer, que Karen commence à craindre qu'elle ne soit trop affectée pour diriger la séance. Enfin, Gillian relève la tête et les regarde tous les uns après les autres.

« Bien, je présume que vous avez tous appris la très triste nouvelle au sujet de Lillie. »

Un acquiescement unanime lui répond : oui, ils sont au courant.

« Je suis venue dire à chacun de vous que le personnel de la maison fera tout ce qui est en son pouvoir pour vous soutenir dans cette épreuve. Nous sommes conscients de l'énorme choc que cela doit être pour beaucoup d'entre vous, comme c'en est un pour nous. Pour la plupart, vous connaissiez bien Lillie, vous la considériez, je pense, comme une amie… »

Colin pousse une plainte déchirante.

« … et éprouviez pour elle une affection profonde. »

La lèvre de Gillian frémit et elle s'interrompt. Karen presse la main d'Abby, qui presse à son tour la sienne.

« Dans un instant, je passerai le relais à Johnnie et vous aurez alors toute latitude pour échanger vos impressions sur ce qui s'est passé dans le groupe, mais, dans l'immédiat, je pensais que nous pourrions commencer la journée en observant quelques minutes de silence en souvenir de Lillie, si vous en êtes d'accord. »

Tous acquiescent d'un signe de tête et les vociférations de Tash se réduisent à des gémissements sporadiques, avant de cesser. Et tandis qu'ils demeurent assis dans un silence troublé par le seul tic-tac de l'horloge murale, Karen est renvoyée à un autre épisode, à un autre lundi matin, voici plus de deux ans. Comme celui d'aujourd'hui, cet événement l'avait laissée chancelante, incapable de saisir sa réalité, ni ses causes, ni ses conséquences pour elle-même.

* *
*

« Amie », pense Abby. La dernière fois que je l'ai vue, Lillie m'a dit que j'étais son amie. Et dire que j'ai été à deux doigts de lui demander son numéro, mais je me suis dit qu'elle devait en avoir assez d'être sollicitée. J'aurais dû la prendre au mot et lui extorquer son adresse ou son mail, enfin, quelque chose. J'aurais pu être pour elle une épaule sur laquelle s'appuyer, j'aurais pu lui dire que je la comprenais, et si elle m'avait dit qu'elle avait arrêté ses médocs, j'aurais pu l'encourager à les reprendre... Même un SMS aurait pu la tirer d'affaire.

Au lieu de quoi, mes problèmes personnels sont passés avant et, maintenant, il est trop tard.

Mais peut-être que je me fais des idées, se dit-elle. Même si j'avais appelé, qui dit que Lillie m'aurait répondu ou confié comment elle se sentait ? De toute évidence, elle n'avait pas parlé de sa détresse à sa sœur, à Gillian, à Colin ou à quiconque, or elle était bien plus proche d'eux.

Pourtant, réfléchit Abby, ceux d'entre nous qui ont connu des périodes sombres de ce genre ne devraient-ils pas prendre soin de leurs semblables ? Nous tous qui sommes dans cette pièce avons, à des degrés divers, laissé tomber Lillie ; nous avons lâché une des nôtres. Il y a trois jours seulement, elle et moi devions nous croiser en ambulatoire. J'ai failli demander au personnel ce qui se passait en ne la voyant pas vendredi – mais j'ai pensé qu'ils ne me le diraient pas. Que sa situation était précaire ! Si seulement je m'étais – nous nous étions – rendu compte de la gravité de son état, peut-être se trouverait-elle dans cette pièce aujourd'hui.

V

Une parcelle de lumière

42

Après un moment, Leona revient au chevet de Michael.

« Et voilà le travail ! annonce-t-elle en brandissant un sachet de papier blanc. J'ai aussi pu parler de votre cas avec le psychiatre, le Dr Kasdan.

— Je croyais qu'il exerçait à Moreland…, s'étonne Michael.

— Effectivement. Mais, en tant que spécialiste, il travaille trois jours ici et deux là-bas. Heureusement, il était là cet après-midi, ce qui nous a bien arrangés car il se souvient de vous.

— Parfait, se félicite Chrissie. Je craignais que ces changements permanents de personnel ne nous facilitent pas la tâche.

— Nous faisons de notre mieux, lui rétorque Leona.

— Oh, euh… Je ne pensais pas à vous, chère madame…

— Il n'y a pas de mal. »

Leona se tourne vers Michael.

« Avec le Dr Kasdan, nous nous sommes dit qu'il serait bon de démarrer par ça. C'est un antidépresseur courant, auquel beaucoup de patients réagissent bien. »

Elle ouvre le sachet, en sort une boîte et la dépose sur la couverture.

« Et les effets secondaires ? demande Michael.

— Je préférerais que vous ne vous attardiez pas trop là-dessus. Quand on est vulnérable, un rien nous obsède. Ils sont détaillés sur la notice à l'intérieur.

— Vous avez peur que je change d'avis. »

Leona le regarde bien en face.

« Eh bien oui, sans doute. Car vous avez fait du chemin – d'après ce que j'ai pu constater, mon cher ami – et nous nous connaissons depuis à peine quinze jours. Voyez-vous, tout est une question de regard. Vous vous dites : "Si Leona ne me parle pas des effets secondaires, c'est qu'ils sont redoutables."

— Euh...

— Alors qu'en fait je me dis : "Je ne veux pas me focaliser sur les aspects négatifs car je suis convaincue que ces lascars-là... (Leona tapote la boîte) pourraient aider ce monsieur." Pas tout seuls, comme je vous l'ai déjà dit, mais conjointement avec un programme d'exercices et de conseils sur la gestion de la dépression, et avec le soutien de la famille.

— Ah... »

Il voit en gros où elle veut en venir.

« Je ne sais pas pourquoi, mais je n'ai pas envie que vous vous fichiez en l'air. Tout comme, je pense, votre femme ici présente. Quelque chose me dit qu'elle souffrirait énormément de vous perdre, elle aussi. »

Chrissie esquisse un sourire.

« Mais ce qui me soucie chez vous, Michael, c'est que vous êtes sur le fil du rasoir. Si vous arrêtez les comprimés avant qu'ils n'aient produit leur effet, qui sait si vous n'allez pas retourner faire trempette dans cette eau délicieusement chaude que vous trouvez si engageante ? »

Elle étend un bras en direction d'une fenêtre tout proche.

« Mais, moi, je sais qu'on peut vous faire franchir ce cap. J'aimerais que vous profitiez à fond de ce programme – je suis certaine que vous pourrez en tirer parti.

— Comment le savez-vous ?

— J'ai l'impression que vous et moi avons un trait de caractère commun, poursuit Leona. Nous avons notre franc-parler. Alors, de deux choses l'une : ou vous débattez sans fin sur les effets secondaires, ou vous vous en remettez à mon avis. »

Elle lance un regard vers Chrissie avant de revenir sur Michael.

« Que choisissez-vous ?

— Vous disiez qu'ils mettaient des semaines à agir… »

Leona lève la main.

« Je sais que, quand on est mal, ça paraît une éternité. Rien ne dure jamais et la souffrance qui est la vôtre va passer. Mais je comprends que, dans l'immédiat, vous ne puissiez pas faire comme si elle n'existait pas. J'ai donc une suggestion à vous faire qui, je l'espère, vous rendra cette attente moins pénible.

— Vous allez me lobotomiser ? »

Leona s'esclaffe. Son rire est à son image : sonore et sans retenue. Elle regarde Chrissie, en secouant la tête.

« J'aime assez ! Et on va mettre votre cerveau au congélateur. Blague à part, je me disais qu'en attendant on allait essayer ça. »

Elle prélève une deuxième boîte dans le sachet.

« Du diazépam, couramment appelé valium. Addictif, donc pas de prise au long cours, mais il devrait vous permettre de vous détendre et de dormir en attendant que les antidépresseurs fassent effet. »

Michael considère les deux boîtes.

« Je n'arrive pas à croire qu'à eux seuls ils puissent me tirer d'affaire.

— Certainement pas. »

Les yeux noirs de Leona lancent un éclair.

« Vous avez entamé une thérapie à Moreland ?

— Oui, répond Michael, bien qu'il ne s'en souvienne pas beaucoup.

— Bien, ce que nous allons aussi faire – vous et moi, mais surtout vous –, c'est changer ce qui se passe là-dedans. »

Elle tapote le côté de son crâne.

« Vous en avez déjà parlé ?

— Oui, un peu…

— Parfait. Alors, voici comment, à mon avis, vous vous voyez en ce moment : "Je suis sur une autre planète et personne ne comprend ce que je vis." C'est à peu près ça ? »

Michael ne peut qu'acquiescer d'un hochement de tête.

« Alors qu'en fait on vous comprend. Moi, en tout cas. Je ne prétends pas saisir toutes les nuances ni toutes les idées macabres, mais je capte l'essentiel. Vous ne me croyez pas car votre seul point de référence, c'est vous. Dites-moi, c'est votre première grosse dépression ? »

Michael tâche de faire le point. Malgré ses problèmes de mémoire, il ne se rappelle pas avoir déjà été aussi malheureux. En tout cas, il n'avait jamais tenté de se tuer. Ça, il ne l'oubliera pas.

« Moi, je crois que oui, intervient Chrissie. Nous sommes ensemble depuis des années, et je ne l'ai jamais vu comme ces derniers temps. »

Elle regarde Michael.

« C'est depuis que tu as fermé le magasin, hein, chéri ? »

Le rappel de cette faillite donne envie à Michael de repousser les couvertures, de bondir hors du lit et de s'enfuir à toutes jambes.

« C'est logique, estime Leona. Vous n'imaginez pas le nombre de personnes que je reçois – ce n'est pas du sexisme, mais il s'agit souvent d'hommes, plutôt âgés d'ailleurs –, dont l'estime personnelle est à ce point liée à leur métier que, quand leur emploi disparaît – BOUM ! –, leur estime personnelle aussi.

— Vraiment ? demande Chrissie. Quelque part, je trouve ça réconfortant.

— Oui, et donc, reprend Leona avec un geste de la tête vers Michael, il suffirait qu'on le fasse comprendre à notre Michael. »

Elle lui adresse un clin d'œil.

« Je sais que ça n'est pas évident. Et que c'est encore pire quand on ne s'est jamais senti comme ça avant, car le choc de la descente dans la dépression est très traumatisant. On se retrouve dans des ténèbres... »

C'est juste, se dit Michael. C'est exactement là où je suis : en enfer sur terre.

« ... peuplées de millions de gens. »

Ah bon ? s'étonne Michael. Je pensais que j'étais tout seul...

« Vous n'allez peut-être pas me croire, mais d'autres sont passés par là avant vous et ils sont ressortis de l'autre côté, poursuit Leona. Certains avec mon aide. Je souhaiterais pouvoir vous montrer la voie. Mais, comme je ne peux pas faire ce chemin à votre place, vous devez au moins essayer de me faire confiance. »

Michael a des doutes. L'idée que quelqu'un – qui que ce soit – puisse le guider à travers ce dédale lui paraît difficile à croire. Car, depuis des mois qu'il erre, il en a rencontré, des gens – dont certains ont bien tenté de le guider –, et, pourtant, il est toujours perdu.

« À vous de voir comment vous souhaitez réagir à ce que je vous dis. Vous pouvez estimer que les prochaines semaines vont être tout aussi rudes que ce que vous vivez depuis je ne sais combien de temps. Ou, au contraire, vous pouvez commencer à vous dire que, *peut-être*, vous avez fait le plus dur.

— D'aaaccord... »

Le mal de tête de Michael reprend.

« Ce qui signifie qu'à partir de maintenant – même s'il pourra vous arriver d'avancer d'un pas et de reculer de deux –, votre état va s'améliorer graduellement.

— Ah...

— Tu devrais écouter Leona, Mickey », risque Chrissie.

Les paroles de Gillian reviennent à l'esprit de Michael : « Ce n'est qu'une pensée, et une pensée, ça se corrige... »

Mais cette fois-ci, au lieu de faire taire cette voix, il l'écoute et, ne serait-ce que l'espace d'un instant, en tire un réconfort. Comme si renaissait en lui une toute petite lueur d'espoir totalement éclipsée depuis des mois et des mois, et que quelque chose bougeait.

Dans le monde de Michael brille à nouveau une parcelle de lumière.

43

« Pousse-toi, papa », dit Ryan avant de s'affaler de tout son poids sur le canapé de velours marron en faisant grincer les ressorts.

Michael glisse sur le côté. Il regarde d'un œil le journal télévisé local, mais le diazépam lui embrume tellement le cerveau qu'il a coupé le son pour pouvoir s'assoupir. Tout à coup, un visage qu'il reconnaît surgit à l'écran.

C'est Lillie. Aussitôt, il se redresse.

La caméra se porte sur une jeune femme aux cheveux torsadés et à la peau couleur miel. Elle est interrogée par un journaliste et, à en juger par son expression, elle retient ses larmes.

Ryan attrape aussitôt la télécommande et passe sur une autre chaîne.

« Hé ! se récrie Michael. Je veux regarder ça !

— Pas sûr que ce soit une bonne idée, papa.

— Pourquoi ? Qu'est-ce qui s'est passé ?

— C'est juste la présentatrice de *Street Dance Live*…

— Mais justement, remets-la ! »

À contrecœur, Ryan s'exécute.

« Monte un peu le son, ordonne Michael. Je veux écouter.

— Pourquoi elle t'intéresse tant, tout à coup ? Tu détestes cette émission.

— Tais-toi, fiston, écoutons.

— Nous avons souhaité des obsèques dans l'intimité, explique cette femme qui ressemble à Lillie. Nous apprécions beaucoup le soutien que nous avons reçu du public, mais la mort de ma sœur reste un choc épouvantable.

— *Des obsèques ?* » balbutie Michael.

Il se tourne vers Ryan. Son fils est écarlate.

« Lillie est morte ? »

Il ne comprend pas. Lillie était en pleine santé quand je l'ai vue, se dit-il. Ça n'a pas de sens.

« D'après eux, elle... euh... s'est suicidée, lui apprend Ryan d'une voix enrouée. Elle, c'est, hum, Tamara, sa sœur. »

Michael se concentre à nouveau sur l'écran. « Je tiens à vous dire merci à tous », déclare Tamara en fixant l'objectif. Michael a l'impression qu'elle lui parle personnellement tant sa ressemblance avec Lillie est troublante. « Je suis bien sûr sensible aux hommages rendus par nos fans, mais j'habite dans cet immeuble avec mon fils (elle lève les yeux vers le bâtiment situé derrière elle) et toute cette attention est difficile à supporter. Je vous remercie donc par avance de bien vouloir nous laisser faire notre deuil en paix. »

De nouveau, la caméra balaie la façade blanche d'une résidence que Michael situe sur le front de mer, face à la marina de Brighton. Il passait tous les jours devant pour se rendre au travail. C'est à moins de cinq kilomètres de là où lui et Ryan sont assis.

Posés contre les balustrades en fer forgé et les marches de l'escalier d'entrée, fixés par des rubans aux réverbères et aux bornes, apparaissent des centaines de bouquets de fleurs. Michael distingue quelques compositions et des roses rouges isolées, mais ce sont les lys qui dominent : lys tigré et lys oriental stargazer, lys calla et lys de la paix, sans parler de variétés crème, jaunes, roses, orange et écarlates auxquelles il ne saurait donner un nom précis. Parmi ces hommages floraux sont assis quelques dizaines de jeunes gens, des adolescents, surtout. L'un d'eux porte sur le visage un LILLIE rouge tracé à la hâte, d'autres écoutent de la musique, un couple est en larmes. À sa grande consternation, Michael se met lui aussi à pleurer.

Il faut quelques secondes à Ryan, qui a les yeux rivés sur l'écran, pour le remarquer.

« Oh, mais papa… Je t'avais dit de ne pas regarder… »

Michael sent son fils déconcerté. À cet instant, on entend claquer la porte d'entrée et Chrissie, qui était sortie un instant, déboule dans le séjour. Aussitôt, ses yeux se posent sur ce qu'ils sont en train de regarder.

« Quelle tristesse ! J'ai lu dans le journal ce qui s'est passé. »

Elle se tourne vers Michael :

« J'hésitais à t'en parler… Oh, chéri, je suis navrée ! » ajoute-t-elle quand elle voit ses larmes couler.

Elle s'assied à ses côtés et le serre contre elle.

« Tu as un mouchoir ? » murmure Michael.

Chrissie fouille dans son sac à main.

« Tiens.

— Merci. »

Michael se mouche. Il risque un œil vers Ryan, l'air à la fois coupable et humilié.

« Excuse-moi.

— Pas de souci. »

Ryan lui tapote le genou. Michael trouve étrange d'être consolé par son fils ; d'habitude, c'est le contraire. Jusqu'ici, Ryan et lui ont évité le sujet de sa tentative de suicide – il a laissé à Chrissie le soin de lui en parler.

Michael hésite. Il ne sait pas s'il doit lui dire qu'il connaissait Lillie, mais après tout, maintenant, quelle importance ?

« Elle était à la clinique de Lewes en même temps que moi, dit-il à voix basse.

— Arrête ! s'exclame Ryan en se penchant vers lui. Sérieux, papa ?

— À Moreland, oui.

— Wouah ! Dingue ! »

Ryan s'appuie contre le dossier. Michael ne saurait dire s'il est impressionné, sidéré ou horrifié.

« Tu veux dire que tu la connaissais ?

— Si on veut…

— Tu lui as parlé ?

— Oui. »

Michael tente de se remémorer les détails. Si seulement ce n'était pas aussi flou dans sa tête…

« On était ensemble pour les séances collectives.

— Tu savais qu'elle était aussi… hum…

— … déprimée ? » complète obligeamment Michael. Il est soulagé d'avoir pu prononcer ce mot.

« Non. »

Il ne se souvient pas de Lillie autrement qu'effervescente.

« Elle ne donnait pas cette impression. C'est (il marque un temps)… *c'était* une fille bien. Gentille. Drôle. »

Avec des seins fabuleux aussi, se rappelle-t-il, mais il a la présence d'esprit de garder cette observation pour lui.

« C'est l'image qu'elle donnait dans l'émission que vous regardez avec ta sœur ?

— *Street Dance Live*. Oui, elle était sympa. Mais c'était la télé. Elle était peut-être différente quand toi tu la voyais. »

Michael secoue la tête.

Je pensais qu'elle était heureuse, se dit-il.

« Et quand elle dansait, c'était chaud ! »

Michael opine en se rappelant la soirée disco. Lillie était un spectacle à elle seule, mais elle était plus, beaucoup plus qu'une jolie frimousse.

« Je ne comprends pas bien cette histoire de *street dance*, dit Chrissie. Ça m'a toujours paru un peu bizarre.

— Le truc, c'est que, souvent, tu apprends plus ou moins tout seul. Les techniques, tout ça. »

Le regard de Ryan oscille entre sa mère et son père.

« Je peux vous montrer deux, trois mouvements, si vous voulez.

— Quoi ? Tu sais faire ça ? demande Michael.

— Un peu. Tiens, on va repousser ça. Lève-toi. »

Ryan se met debout, tend la main à son père et, d'une traction, aide celui-ci à se remettre sur ses jambes. Ensemble, ils reculent le canapé.

« Attention au tapis », prévient Chrissie.

Ryan tire sur son sweat-shirt, ajuste son bas de survêtement et vérifie les lacets de ses tennis. Il jette un œil d'un côté et de l'autre pour être sûr d'avoir la place. Puis, brusquement, il saute en l'air et atterrit sur les mains, les jambes à angle droit. Il bascule d'une main sur le pied opposé et inversement. La séquence, quoique saccadée, dénote agilité, équilibre et grâce. Elle demande incontestablement plus de compétences que le pogo…

« Ce mouvement-là, c'est plutôt du *break dance*, précise Ryan.

— Je ne savais pas que tu étais capable de ça, avoue Michael.

— Je suppose qu'il y a pas mal de choses qu'on ignore l'un de l'autre, papa. »

Ryan tire à nouveau sur son maillot, gêné.

« Mais je suis pas si fort que ça, pas autant que Lillie l'était. »

Il se laisse tomber sur le canapé avant de se tourner vers sa mère.

« Au fait, maman, désolé, j'ai oublié de te demander : comment ça s'est passé au pub ? »

Chrissie lui adresse un large sourire.

« Je l'ai eue !

— Wouah, c'est génial, m'man ! la félicite Ryan.

— Eu quoi ? demande Michael.

— La place ! » s'exclame Chrissie.

Michael a du mal à suivre : d'abord, il essaie d'assimiler qu'une personne qu'il pensait heureuse était en fait aussi désespérée que lui l'avait été et s'était donné la mort ; ensuite, il découvre les talents cachés de son fils ; et voilà que sa femme semble avoir trouvé toute seule du travail… Encore plus que l'enchaînement de ces événements, c'est celui de ses propres émotions qui n'est pas banal : en quelques minutes, il est passé d'un état de choc aux pleurs, puis de la fierté à l'ébahissement. Cela dit, après une traversée du désert où il avait perdu toute sensation, voilà qu'il reprend pied : il est de retour sur la planète Terre.

* *
*

« Toute cette histoire concernant Lillie m'a complètement retournée, reconnaît Abby en prenant un nouveau mouchoir.

— C'est tout à fait compréhensible, la rassure Beth. Le suicide fait remonter beaucoup de choses chez ceux qui restent. »

Abby hoche la tête.

« Nous en avons parlé toute la semaine – personne ne se doutait que Lillie allait si mal.

— Si votre réaction est aussi vive, c'est peut-être parce que, semble-t-il, Lillie n'avait fait part de ses intentions à personne. Quand un tel événement se produit, il arrive qu'on se montre très critique envers soi-même et envers les autres. Il peut engendrer autant de colère que de désespoir. »

Abby remonte le fil de sa mémoire.

« On s'entendait très bien... J'aimais beaucoup Lillie. On a bien discuté ensemble... »

Elle se souvient de leur conversation à cœur ouvert dans la salle d'arts plastiques.

« Ça peut paraît idiot, vu qu'on ne se connaissait que depuis peu, mais elle me manque vraiment.

— Cela n'a rien d'idiot. Il arrive que les liens se nouent très vite, surtout quand on est ouvert et vulnérable. »

Les amitiés fortes me manquaient, constate Abby, et, avec Lillie, j'ai repris conscience de leur valeur.

« Elle s'est occupée de moi quand je suis arrivée...

— Lillie était quelqu'un de très gentil et de très doux. »

Beth soupire.

Elle doit être triste elle aussi, songe Abby. Lillie a beaucoup apporté à toute la clinique. Cette semaine, les séances collectives ont paru étrangement vides.

« Elle m'avait raconté son histoire… Elle a beaucoup souffert, mais jamais elle ne râlait ni ne pleurnichait… »

Mais la douleur, elle, devait encore être là, se rend compte Abby, sous la surface. À l'affût.

« J'ai peur de l'avoir obligée à revenir sur ce traumatisme, et peut-être de l'avoir aggravé.

— D'après ce que j'ai compris, son cas a surtout été aggravé par l'arrêt du lithium, rectifie Beth. Puis-je vous demander, puisque vous étiez proches, si vous ne vous seriez pas un peu identifiée à elle ? Nous sommes parfois attirés par des personnes dont le parcours nous semble entrer en résonance avec le nôtre. »

Le front d'Abby se plisse. Jusqu'ici, elle n'y avait pas pensé.

« Je n'ai jamais été suicidaire, malgré tout ce que vous avez pu vous dire quand je suis arrivée… Mais ça… Je ne sais pas… Ça m'a vraiment donné à réfléchir. »

Elle cherche les bons mots, puis se dit que cela peut être mal interprété.

« Ce n'est pas que je sois tentée de me donner la mort ni rien. Mais je me suis retrouvée à nouveau très angoissée, déstabilisée. Je me suis dit : si Lillie n'allait pas mieux, alors qu'on avait cette impression – et vous tous aussi, j'imagine –, est-ce que, moi, j'irai bien un jour ? »

Cet aveu déclenche en elle une montée de panique.

« Expirez », lui conseille Beth.

Abby vide ses poumons.

« Vous reteniez votre respiration. »

Beth sourit.

« Bon, avant d'aller plus loin, j'aimerais que vous fermiez les yeux... »

Abby s'exécute.

« Maintenant, ces pensées et ces souvenirs liés à Lillie, je vous demande de les mettre de côté et, tout doucement, d'investir à travers vos sens l'espace où vous vous trouvez : sentez la moquette sous vos pieds, vos bras posés sur vos jambes, vos cuisses et vos fesses soutenues par la chaise... Écoutez les bruits qui vous entourent, le tic-tac de l'horloge, les oiseaux au-dehors, le moteur de cette voiture qui accélère... Qu'entendez-vous d'autre ? »

— Une tondeuse. Quelqu'un tond sa pelouse... »

Peu à peu, Abby sent décroître le bourdonnement qui emplissait sa tête.

La vie continue, se souvient-elle, tandis qu'elle et Beth enchaînent inspirations et expirations.

« Ensuite, quand vous serez prête, ouvrez doucement vos paupières, déplacez votre regard dans la pièce, prenez note des tableaux au mur, des tapis, du plafond, de la table basse... Et de moi, assise face à vous... »

Le visage de Beth exprime de la tendresse.

« Ça va mieux ? »

Abby hoche la tête.

« Oui, merci.

— Bien. »

Beth s'adosse à sa chaise.

« Me permettez-vous de vous faire part d'une expérience personnelle ? Elle m'est revenue lorsque vous m'avez dit que vous vous sentiez déstabilisée.

— Bien sûr.

— Le week-end dernier, j'ai eu la chance de visiter le phare de Portland Bill. Vous le connaissez ?

— Nous avions étudié Chesil Beach en géographie à l'école, se souvient Abby. C'est à côté, non ?

— Oui. Géologiquement parlant, c'est étonnant : Portland n'est relié au Dorset que par une mince bande de terre. Je trouve parfois rafraîchissant de découvrir de nouveaux paysages et, là-bas, la côte est beaucoup plus austère et accidentée que par ici. Mais je m'égare. C'était en début de soirée, j'étais sur la plage à regarder le soleil se coucher sur l'océan, les vagues se succédaient et s'écrasaient sur le rivage à quelques mètres de moi. Tandis que je me trouvais là, la lampe du phare situé au sommet de la falaise s'allumait, s'éteignait, s'allumait... J'étais hypnotisée : près d'une heure plus tard, j'étais toujours au même endroit. J'ai remarqué qu'à mesure que la nuit tombait les vagues étaient de plus en plus hautes et que je me sentais de plus en plus petite et vulnérable. De nouveau, j'ai porté les yeux sur le phare. Sa lampe clignotait encore ; comme si la hauteur des vagues ne changeait pas, comme si je ne courais aucun danger. J'ai trouvé ça très réconfortant.

« Un peu plus tard, j'ai été frappée par la similitude entre la vie et l'océan : il y a des moments calmes et des moments agités, et il y aura toujours des vagues qui viendront s'écraser sur le rivage. Mais peu importe leur hauteur, le faisceau lumineux du phare sera toujours là. Parfois, on se laisse impressionner par les vagues qui font peur et on oublie de se retourner et de regarder ce qui nous rassure – et qui nous rappelle que les tempêtes finissent, toujours.

— J'avais oublié de le faire. Merci, ça m'aide beaucoup.

— Je tiens à vous rappeler que vous n'êtes pas Lillie, Abby, même si, par certains côtés, vous vous êtes identifiée à elle. Vous êtes un être distinct avec des pensées, des sentiments et des expériences qui vous sont propres. Vous avez déclaré, pour votre part, n'avoir jamais été suicidaire. Lors de cette séance, mais avant aussi – vous avez beaucoup insisté là-dessus. Vous avez bien progressé lors de votre séjour ici, et il est tout à fait normal que cet événement vous ait affectée – vous ne seriez pas humaine, sinon. Moi-même, il m'a attristée... »

La gorge de Beth se serre.

« Mais ce n'est pas parce que vous avez été bouleversée que vous allez revenir à votre situation de départ, ou vous retrouver dans celle de Lillie. Vous pouvez fort bien connaître un passage à vide, mais moins long que celui qui vous a conduite ici. Du coup, vous rebondirez plus vite.

— C'est possible...

— La prochaine fois que vous vous sentirez fragilisée, je veux que vous essayiez de penser à ce phare. Représentez-vous sa lumière qui s'allume et qui s'éteint, et dites-vous bien que vous êtes en sécurité, que les vagues ne vous emporteront pas. »

44

« Oh, Michael, heureuse de vous voir prendre l'air ! »

C'est Leona, qui gravit l'allée.

« Je sors juste la poubelle, corrige Michael en jetant un sac noir dans le conteneur à roulettes.

— Quand même, c'est un peu symbolique de vous voir vous débarrasser de vos déchets, pouffe Leona. Vous comptez me faire entrer ou pas ? Je meurs d'envie d'un petit thé.

— Allez-y. »

Michael se sent sourire intérieurement. Il est content que ce soit à Leona de lui rendre visite cet après-midi. Depuis une semaine, il n'était pas sur sa tournée, or certains autres membres de l'équipe de crise l'agacent.

Leona le suit jusque dans la cuisine et, en attendant que l'eau bouille, jette un coup d'œil par la fenêtre. Michael, qui suit son regard, a un mouvement de recul : sa femme a fait de son mieux, mais le jardin ressemble toujours à un champ de bataille. Sur la pelouse, à l'endroit où se trouvait sa cabane, subsiste une dalle de béton, et ce que Chrissie est parvenue à sauver est entassé sous une bâche.

Non seulement ce n'est pas très heureux, mais, si quelqu'un passait par-dessus le mur, il pourrait repartir avec du matériel, se dit-il. Peut-être que Ryan pourrait m'aider à bricoler quelque chose pour mettre tout ça à l'abri. Tout seul, je ne m'en sortirai pas. Mais ensemble…

« Comment ça va, alors ? » demande Leona.

Plus de trois semaines se sont écoulées depuis qu'il s'est jeté à la mer.

« Il y a des hauts et des bas.

— Je suppose que, quand vous parlez de "hauts", il s'agit en gros de progrès ? »

Michael fait la moue. Il se garde de donner une image trop positive.

« C'est nettement plus dur le matin.

— Beaucoup de gens disent ça. Le truc, c'est de se lever, même si on n'en a pas envie.

— Aujourd'hui, j'avais pas trop le choix : avec Chrissie, on avait rendez-vous avec les administrateurs judiciaires pour voir si on pouvait repousser la vente de la maison.

— Et vous pouvez ?

— Peut-être… Notre chance, c'est que je vis avec elle et que les enfants sont encore domiciliés ici. Quoi qu'il arrive, on a un an de répit. Pour que tout aille bien, il faudrait qu'on puisse emprunter ailleurs. Mais ça risque d'être compliqué.

— En tout cas, bravo d'être allé vous entretenir avec eux. Ce doit être vraiment difficile, j'imagine. »

C'est le moins qu'on puisse dire, pense Michael. La nuit dernière, je n'ai quasiment pas fermé l'œil.

Il prend la boîte à thé et deux mugs.

« Vous pouvez laisser le sachet dedans. Je l'aime très infusé », lui dit Leona.

Il se contente donc d'ajouter du lait et lui tend sa tasse.

« Non, je ne prends pas de sucre, merci de m'avoir posé la question, ajoute-t-elle avec un grand sourire. À la vôtre !

— Vous voulez que nous nous installions dans le salon ? »

Michael est conscient que Leona regarde toujours par la fenêtre.

« Un copain de Ryan a amené sa Xbox, mais je peux leur dire d'arrêter. »

De la cuisine leur parviennent des éclats de voix par-dessus le bruit des armes à feu.

« Ne vous en faites pas, je suis bien ici. J'aime être debout – j'ai passé une grande partie de la journée en voiture. »

Leona souffle sur son thé pour le refroidir.

« Bien, je sais que vous n'aimez pas que je vous interroge là-dessus, mais il le faut. La dernière fois que je vous ai vu, vous disiez que vous vous sentiez moins abattu.

— J'ai dit que, à la limite, j'étais moins abattu.

— Certes. Mais j'ai eu l'impression que vous commenciez à retrouver un certain allant. »

Michael aimerait lui expliquer que, pour l'instant, il n'a pas encore ressenti de *joie*, mais se dit qu'il aurait l'air ridicule.

Il ne veut pas faire croire à Leona qu'il s'attend à des miracles.

« Je pense que je suis un peu jaloux de Chrissie », admet-il enfin.

Mais c'est tout aussi débile. Qui pourrait bien être jaloux de son épouse ?

« Ah oui ?

— Elle a trouvé du travail, vous vous souvenez ? »

Leona opine.

« Du coup, je devrais être content – c'est bien qu'elle ramène un peu d'argent et j'aime pas l'idée de ne dépendre que des indemnités… »

Tout à coup, il craint de paraître inconvenant. Mais il est allé trop loin pour s'arrêter là.

« J'aime pas la voir partir au travail. »

Cela exprime imparfaitement la nausée que lui cause au creux de l'estomac le fait de ne plus pouvoir subvenir aux besoins de sa famille. Car, pendant près de trente ans, il a été celui qui faisait bouillir la marmite – il a passé son enfance à regarder son père en faire autant. Maintenant, il les laisse tomber, son père compris.

Pour autant, il est soulagé de s'être épanché. C'est étrange, le passage aux aveux est souvent moins pire à vivre que l'angoisse. Surtout avec Leona.

« Je trouve que c'est une réaction parfaitement normale, dit-elle en hochant vigoureusement la tête. Ce serait merveilleux si les émotions revenaient de façon symétrique, si vous retrouviez votre goût pour la tristesse et la gaieté au même rythme, mais la dépression, ça ne fonctionne pas ainsi. Vous avez fait remonter tellement de scories ces derniers mois que le négatif ne peut que l'emporter. Et, dans votre situation, la jalousie est compréhensible, mais elle ne vous interdit pas d'éprouver de la satisfaction ou peut-être même une certaine fierté au sujet de Chrissie.

— Ah bon ? » s'étonne Michael.

Il n'imaginait pas pouvoir ressentir plusieurs émotions à la fois. Il lui semble déjà incroyable de ressentir quelque chose…

« Et inutile de vous flageller si le positif tarde à se manifester. Ces sensations-là peuvent se faire attendre. En fait, en vous reprochant votre jalousie, vous allez finir par vous haïr encore plus. Vous êtes quelqu'un de sensible, cher monsieur – sans doute largement plus que moi. »

C'est bizarre, se dit-il, je ne m'étais jamais vu comme ça.

« Je dirai que j'ai un peu abusé des larmes, ces derniers temps », admet-t-il d'un ton bourru.

En général, il s'arrange pour pleurer quand il est seul.

« Vous voyez ! reprend Leona en le poussant du coude d'un air complice. Vous êtes un tendre, je vous le disais... »

Aussitôt, Michael repense à Ali : lui aussi le lui disait. Michael se demande ce que son ami devient.

Il me manque, pense-t-il.

« S'ils réfléchissaient autant que vous, presque tous les êtres humains trouveraient des raisons de se haïr. Nous pouvons être de parfaits salauds, mais parfois aussi des anges. »

Leona balance sa tête quand elle parle. Elle est si grande que son pompon pourrait servir à épousseter le plafond, se dit Michael, et il se surprend à sourire en pensant que des araignées étourdies se prendraient dans sa coiffure afro.

« Vous voyez, ce que je vous dis vous fait sourire, je le vois », reprend-elle, manifestement ravie.

Ce serait cruel de lui dire que c'est sa coupe de cheveux qui l'amuse... Il est saisi d'une envie irrépressible de poursuivre sa confession.

« Vous voyez ce tas de débris en bas ? demande-t-il en désignant la bâche.

Leona hoche la tête.

« J'ai démoli notre cabane de jardin, vous savez. »

Il se sent rougir de cet aveu.

« En fait, cette cabane, c'était la mienne. C'est Gillian qui me l'a fait remarquer.

— Gillian ? Ah oui, la thérapeute de Moreland – vous m'en avez déjà parlé.

— Je ne m'en remets toujours pas.

— Pourquoi ? Ce qui est fait est fait. »

Que, de tant de choses utiles, il ne reste que si peu, c'est impardonnable, et il est consterné que son accès de rage ait contraint Chrissie à appeler la police. Il l'explique à Leona.

« J'entends comme de la honte dans ce que vous me dites », conclut Leona en hochant la tête.

Michael se souvient vaguement de les avoir entendus parler de honte lors des séances à Moreland. Il n'avait jamais bien compris ce qu'ils entendaient par là, la façon dont ils utilisaient ce mot lui semblait étrange.

« Mais tout le monde, à un moment ou à un autre, commet des bêtises. Je parierais que Mère Teresa n'a pas toujours été une sainte. Ce n'est pas parce qu'un jour on a fait n'importe quoi qu'on est intrinsèquement mauvais. Nos actes sont parfois dictés par le stress.

— Alors moi, je devais être bien remonté…

— Chacun a ses moments de faiblesse – même nous, les infirmières psy. »

Je me demande si, parmi le personnel de Moreland, quelqu'un se sent coupable pour Lillie, s'interroge Michael. Mais Leona a les yeux qui brillent : de toute évidence, elle n'en a pas terminé de son exposé.

Quelle fougue ! se dit Michael. C'est sûrement pour ça que je l'aime bien. En plus, elle ne me brosse pas dans le sens du poil.

« Ne le répétez pas, lui confie-t-elle en baissant la voix, mais, la semaine dernière, j'ai perdu des points pour excès de vitesse. »

Michael réprime un nouveau sourire. Comme si ça pouvait intéresser, même de loin, quelqu'un de mon entourage..., se dit-il.

« Évidemment, ce n'est pas bien de rouler trop vite, surtout en agglomération. Mais, ces zones à trente à l'heure, je n'arrive pas à m'y faire et je n'y ai pas pris garde, j'étais pressée d'arriver chez un patient qui me causait du souci. »

Mais Michael a la tête ailleurs.

« Alors, vous me dites que la destruction de la cabane, c'était sans importance ?

— Pas sans importance, rectifie Leona en secouant la tête. *Compréhensible*.

— Ah...

— La colère est une émotion humaine normale, elle fait partie de la vie. Songez que même les animaux la connaissent.

— Lesquels, les félins par exemple ?

— Exactement ! »

Elle semble sur le point de lui taper dans la main, mais se ravise.

« Un chat inconnu arrive dans votre jardin, le vôtre se met à cracher, à faire le gros dos, à hérisser le poil pour protéger son territoire. À cause de cet intrus, votre chat se sent menacé et vulnérable. »

Comme moi avec les escrocs qui m'ont arnaqué, se dit Michael.

« Ce qui génère surtout de la culpabilité, c'est l'idée d'avoir commis des actes sans proportion avec les événements.

— C'est mon cas, ça, marmonne Michael.

— Question de point de vue, nuance Leona en haussant les épaules. En fait, je suis assez d'accord avec votre Gillian, d'après ce que vous m'avez dit de sa réaction. Il est important d'exprimer ses sentiments. Si vous n'aviez pas passé vos nerfs sur cette cabane, vous auriez peut-être fait pire. Cela dit, le mieux est encore de parler à quelqu'un. »

J'en étais sûr ! se dit Michael. Vous autres, thérapeutes, vous voulez tout le temps nous faire parler.

Mais Leona est lancée :

« Certaines personnes craignent, en exprimant ce qu'elles ressentent, d'aviver leurs émotions, de perdre le contrôle d'elles-mêmes. En réalité, d'après ce que je constate, c'est le contraire qui se produit. Parler *libère* les émotions. Mais il est important de le faire avec quelqu'un de confiance. C'est pourquoi vous avez été bien inspiré de vous confier à une super nana comme moi ! »

Elle déploie un large sourire et pose son mug.

« Il n'était pas mauvais du tout, ce thé. Bon, allez, il faut que je me sauve. »

Michael ressent un pincement de déception.

« Mais avant de partir, je vais vous révéler un dernier principe léonien. »

D'un instant à l'autre, elle va me sermonner, pronostique Michael. Ce qui n'est d'ailleurs pas pour lui déplaire.

« Tout n'est pas mauvais dans la colère. Elle peut nous donner la motivation qui nous manque pour accomplir certaines choses : s'engager en politique, peindre un beau tableau, écrire un livre... »

Elle réarrange ses cheveux pour qu'ils soient impeccablement lissés au moment de son départ.

« Ou jouer dans un groupe de rock... Je ne sais pas, à vous de trouver des exemples. »

Elle pourrait faire référence au punk, se dit Michael. Le carburant principal de cette musique, c'était la colère. Il repense à la fosse, à la sensation de libération qu'elle lui procurait, à la camaraderie, à l'excitation.

Et soudain, le voici qui surgit, superbe et inattendu, tel un martin-pêcheur ressortant de l'eau avec sa proie : un éclair de joie !

45

« Bonsoir, maman. »

Karen a saisi son portable posé sur le plan de travail.

« Je ne peux pas te parler, là. Je prépare le dîner des enfants. C'est urgent ?

— Non, répond Shirley. J'avais juste envie de bavarder et de te tenir au courant pour la succession de ton père. Tu peux me rappeler plus tard. »

Oh, là, là, se dit Karen, ce soir, je ne veux plus discuter de rien.

Elle vient de passer sa dernière journée complète à Moreland. Elle a appris par sa compagnie d'assurances que son traitement ne serait plus pris en charge. En concertation avec le Dr Kasdan, elle a donc décidé d'arrêter l'ambulatoire et de privilégier une thérapie avec Johnnie, à raison d'une séance par semaine. Elle espère rester en contact avec Abby, mais aussi avec Tash et Colin ; elle a pris leurs numéros, mais comme ils sont tous les deux beaucoup plus jeunes, elle n'est pas sûre que, de leur côté, ils en aient vraiment envie.

Il me faut du temps pour accepter qu'un chapitre important de ma vie se referme, se dit-elle.

Mais, aussitôt, elle s'en veut de ne pas soutenir sa mère autant qu'elle le devrait. Elle pointe alors le mot *devrait*. Bon, du coup, je ne vais pas lui proposer de la rappeler, décide-t-elle. Elle lui dit donc :

« Plus tard, je ne pourrai pas non plus, maman, désolée.

— Ah... »

Comme sa mère a l'air déçue, Karen se laisse un peu fléchir :

« Tu pourrais peut-être m'en dire deux mots tout de suite et on en reparlera comme il faut demain ?

— Parfait, répond Shirley, mais Karen sent bien que ça ne l'est pas. Je suis allée voir le notaire de ton père aujourd'hui. Et en un mot... »

L'estomac de Karen fait un bond.

Elle va me demander de s'installer chez moi, se dit-elle. Au secours !

« ... c'est parce qu'il est... hum... mort... hum, plus tôt que prévu... »

Vraiment, je n'ai pas la tête à ça maintenant, se dit Karen. Jamais je n'aurais dû décrocher ce téléphone.

« ... mais, en fait, c'est une bonne nouvelle.

— Ah bon ! »

Karen sursaute. Sa mère n'est pas d'un naturel morose, mais pendant des années, à cause de l'état de santé de son mari, elle a souvent joué les messagères de mauvais augure.

« Où en est-on alors ?

— Il reste un peu plus d'argent que je ne le pensais.

— Ah ! »

Bien que sensibilisée aux risques de trop se projeter dans l'avenir, Karen ne peut s'empêcher d'anticiper : maman va me proposer d'acheter une plus grande maison avec elle. Devant elle se profilent des années de responsabilité sans aucun temps mort. Elle sent peser sur ses épaules le poids d'une sensation bien connue : celle d'être débordée, de ne pas pouvoir faire face.

Ne va pas réduire à néant tout ce qui m'est arrivé de bien, plaide-t-elle en silence. Je quitte à peine l'ambulatoire.

Elle a eu du mal à sauter le pas, mais elle ne voulait pas en devenir dépendante.

« En tout cas, je tenais à te le dire, j'ai décidé de rester à Goring pour l'instant. »

Karen n'est pas certaine d'avoir bien entendu.

« Ah bon ? Tu en es sûre, maman ?

— Oui. Je préfère rester ici pour réfléchir convenablement à la prochaine étape. »

Karen a la tête qui tourne, mais elle sait qu'il vaut mieux se concentrer sur les paroles de sa mère que sur ce qu'elle craignait de l'entendre dire.

« Tu penses donc continuer à louer cet appartement ?

— Peut-être... Peut-être pas... Je pourrais le rendre beaucoup plus agréable si je m'y mettais. »

Se remémorant le pauvre papier peint et le lit étroit d'une personne, Karen grimace.

« Ça vaut le coup, dans une location ?

— Je ne parle pas de faire de gros travaux, mais je pourrais déjà avoir un lit plus confortable. »

Karen sent sa mère s'irriter.

« Bien sûr, maman. Je serais ravie de t'aider à rendre ta maison plus accueillante. On pourrait choisir des tapis pour cacher la moquette, une literie plus jolie...

— Oui, merci, chérie. Je suis sensible à ta proposition. »

Karen comprend que sa mère n'est pas emballée par cette idée.

Il ne fait aucun doute que maman veut marquer l'appartement de sa propre empreinte, se dit Karen. C'est bien qu'elle tienne à rester autonome.

Malgré tout, Karen est un peu vexée.

« J'ai des choses en stock qui feront l'affaire, explique Shirley. Je n'ai pas envie de me précipiter. Mais après, je ne dis pas, je verrai pour acheter quelque chose ailleurs. »

Nous y voilà. Karen prend son courage à deux mains.

« À Brighton… ?

— Non, je ne crois pas. Je ne me sens pas vraiment faite pour Brighton. »

Karen est tellement abasourdie qu'elle doit se tenir au bord du plan de travail pour ne pas perdre l'équilibre.

« C'est trop animé, trop bruyant. Au Portugal, j'étais habituée à avoir de la place. Tandis que, vers chez toi, les maisons sont toutes entassées, les gens vivent les uns sur les autres. »

Ne dis pas de mal de mon quartier ! pense Karen.

Elle est tentée d'exprimer son mécontentement mais se contient.

« Je préfère Goring. Et je ne voudrais surtout pas être une charge pour toi.

— Tu ne serais pas une charge. Loin de là.

— Je ne veux pas te paraître égoïste, ou ingrate, et, je t'en prie, ne te méprends pas sur ce que je vais te dire. J'aimais ton père – nous avons connu plusieurs décennies de bonheur. Je ne lui manque donc pas de respect en disant ça, mais s'occuper de lui ces dernières années... pardonne-moi, mais j'en ai vraiment chié. »

Karen sursaute : Shirley ne dit quasiment jamais de gros mots.

« Sa maladie a été interminable, elle m'a vidée et, à la fin, j'ai compris que j'avais perdu l'homme que j'aimais.

— Oh, maman, je suis navrée. »

Aussitôt, Karen regrette que sa mère ne soit pas près d'elle pour pouvoir la prendre dans ses bras.

La voix de Shirley se lézarde :

« Oui, enfin... Je me dis que, par certains côtés, je me sentais plus seule du vivant de ton père que maintenant.

— Je comprends.

— Depuis qu'il n'est plus là, je peux au moins me souvenir de lui comme il était quand il allait bien.

— C'est déjà ça. »

Karen a conscience de débiter des platitudes.

C'est comme ça qu'on me parlait quand Simon est mort, se souvient-elle.

« Honnêtement, j'avoue que je me sens soulagée d'une responsabilité, plus libre. Je vais y réfléchir attentivement, mais je peux me permettre de garder cette location encore un peu. Ensuite, je devrais avoir assez d'argent pour me trouver un petit appartement à moi, c'est pour ça que je voulais savoir si tu étais d'accord. Parce que tu préférerais peut-être disposer d'une partie du capital de ton père... hum, maintenant ? »

Ça alors ! L'idée qu'elle aurait hâte de mettre la main sur un quelconque héritage est si éloignée du cours que lui semblait prendre cette conversation que Karen en reste sans voix.

« Je ne comptais pas toucher quoi que ce soit de l'argent de papa, dit-elle après s'être reprise. Pour être franche, je ne pensais pas qu'il en resterait une fois que tu...

— Ah, d'accord ! »

Mince, se dit Karen, je m'y prends comme un pied. C'est la fatigue.

« En fait, je me disais que tu en aurais besoin pour toi, je n'étais pas allée plus loin que ça.

— Parfait, alors. C'est surtout que je ne voulais pas te froisser. »

Me froisser ? se dit Karen.

Le poids qui pesait sur ses épaules s'évanouit aussi vite qu'il était apparu. Anna avait raison. Voici plusieurs mois, elle m'avait dit que ça me ferait trop d'avoir maman ici. Dans quelques années peut-être, mais pas maintenant. Pas après m'être autant battue pour me remettre d'aplomb.

« Je risque de me sentir un peu seule, je le sais, mais je me suis déjà fait de bons amis, alors ça devrait aller. Et puis, il y a pire comme épreuve que la solitude. »

Ah, tu trouves ? se dit Karen.

Vu ce que j'endure depuis la perte de Simon, je ne crois pas.

« On ne peut jurer de rien, reprend Shirley, mais j'espère pouvoir passer encore quelques années à m'occuper de moi. Je voudrais essayer de m'en sortir seule. Je ne veux pas passer directement de celle dont dépendait quelqu'un à celle qui dépend des autres – même si c'est de toi, ma chérie. J'ai encore la fome et ma santé est plutôt bonne – touchons du bois... »

Karen pose sa main sur la table elle aussi.

« … parce que si la maladie de George m'a appris quelque chose, c'est bien de profiter de son indépendance avant de la perdre. »

Plus sa mère se livre, plus Karen se sent légère ; elle est comme un ballon de baudruche qui gambade en tous sens.

« D'un autre côté, comme je me dis que tu aurais bien besoin d'un coup de main pour les enfants, tu espérais peut-être que je m'installe chez toi ? J'espère que tu ne m'en veux pas…

— Non, non, pas du tout ! »

Holà ! se reprend Karen, pas de jubilation excessive.

« Tu dois faire ce qui est bien pour toi, déclare-t-elle sobrement. Et, bien entendu, tu es la bienvenue pour passer autant de temps que tu veux avec les enfants.

— Ah, mais j'adore ça, tu le sais.

— Et eux aussi !

— Excuse-moi te t'avoir retenue – j'ai abusé de ton temps. Pardonne-moi. Mais je tenais à ce que tu saches ce que j'avais en tête pour que tu ne tombes pas de haut. Ce n'est pas le cas, dis-moi, chérie ? »

Oh non ! pense Karen. En somme, je vais pouvoir me consacrer à ce que tout le monde me presse de faire : m'occuper de ma santé.

46

« Bonjour », dit Abby en ouvrant la porte.

Ça lui fait drôle de trouver son mari attendant sur le seuil quand, pendant tant d'années, il a franchi celui-ci sans rien demander à personne.

« Bonjour. »

Glenn paraît gêné, voire crispé.

« Donc tu es d'accord pour aller prendre un café comme on a dit ?

— Attends un instant. »

Abby va jeter un œil dans le séjour pour s'assurer que Callum se tient tranquille avec Eva. Elle est surprise de voir Glenn la suivre jusque dans la pièce.

« Salut, Callum. C'est papa. »

Comme l'enfant est occupé à faire rouler une petite voiture d'avant en arrière sur le sol, Glenn le contourne et abaisse son visage à la hauteur du sien pour être sûr qu'il le voie.

« Dis : “Bonjour papa.” »

Eva salue Glenn d'un geste.

« Aahiii. »

Callum agite la main.

C'est nouveau, se dit Abby. Quand il vivait ici, Glenn prenait rarement la peine de s'adresser directement à notre fils, sauf s'il était obligé de le faire.

« Tu as vraiment bonne mine, lui dit Glenn tandis qu'ils descendent la rue.

— Tu veux dire que je suis grosse. »

Abby sourit pour lui montrer qu'elle n'est pas vexée.

« Tu ne seras jamais grosse, la rassure Glenn.

— Toutes les femmes savent qu'"avoir bonne mine" est un euphémisme pour "avoir des kilos en trop" », lui explique-t-elle.

Et c'est vrai qu'elle ne rentre plus dans ses vêtements – c'est peut-être un effet secondaire de son traitement, mais aussi une conséquence du fait qu'elle est plus détendue. Malgré tout, elle n'est pas mécontente : elle qui, ces dernières années, se trouvait maigre, peu féminine, recommence à se percevoir comme une femme séduisante.

Paradoxal vu que je n'ai pas fait l'amour depuis une éternité, se dit-elle, et que mon bientôt futur ex couche avec une autre...

« Où souhaites-tu aller ? » demande Glenn.

Il se comporte en vrai gentleman, observe Abby. Peut-être qu'il culpabilise.

Elle se retient cependant de trop l'accabler. Peut-être cherche-t-il simplement à être gentil.

Quoi qu'il en soit, c'est une belle journée, et Abby a très envie de rester dehors.

« Pourquoi ne pas s'acheter un café à emporter et s'installer sur la pelouse de Montpelier Terrace ? » propose-t-elle.

Non loin du bar qui sert le meilleur café de la région se trouve en effet un espace vert en forme de croissant.

« Ça me va. »

Tandis qu'ils attendent au comptoir, Abby observe Glenn du coin de l'œil.

Il a l'air fatigué, se dit-elle. C'est peut-être dû à ses galipettes avec Cara...

En même temps, les allers et retours quotidiens en train, ça n'arrange pas le teint, et Glenn a toujours travaillé dur. Et puis il a dû s'occuper beaucoup plus de Callum dernièrement.

« Comment vas-tu ? lui demande-t-il dès qu'ils sont assis sur l'herbe, suffisamment à l'écart des autres personnes pour pouvoir parler tranquillement.

— Mieux. »

Elle prend le temps de réfléchir.

« Oui, beaucoup mieux. Globalement, je me sens moins fragile. Mais j'ai quand même eu un coup de mou il y a quelques semaines...

— Navré de l'apprendre. »

Abby n'a que faire de sa sollicitude.

« Ça s'est arrangé depuis. C'était surtout parce qu'une autre patiente dont j'avais fini par être très proche s'est... hum... est morte...

— Tu veux parler de Lillie Laybourne ?

— Euh... »

La presse s'est livrée à suffisamment de supputations et de déballages scabreux ; nourrir ces ragots serait déplacé et irrespectueux.

« En tout cas, élude Abby, j'en ai pas mal parlé pendant mes séances individuelles et j'arrive mieux à me détacher des problèmes des autres. »

Son regard croise celui de Glenn, mais celui-ci détourne les yeux.

Il sait de quoi je veux parler, se dit-elle. Bien.

Car si elle s'est faite à l'idée que son mari a une liaison, elle n'est pas prête pour autant à lui pardonner et à oublier.

J'ai été traitée comme une moins que rien, argumente-t-elle pour elle-même. Pendant des mois, il m'a menti. D'un autre côté, la manière que chacun a de gérer ses émotions lui est souvent transmise par sa famille, or, ni lui ni moi n'avons été habitués par notre éducation à exprimer ce que nous ressentons.

À présent qu'elle semble tirée d'affaire, Abby est presque contente d'avoir fait une dépression. Ce qui a tout déclenché, c'est d'avoir perdu autant en une fois, elle s'en rend bien compte maintenant. Et même si elle a connu un véritable enfer – et qu'elle espère ne plus avoir à repasser par là –, elle est plus que jamais consciente de ce qu'elle est.

La veille encore, Beth lui a demandé :

« Considérez-vous vos crises de panique comme des appels au secours inconscients pour dire que vous n'en pouviez plus ?

— Vous sous-entendez que je me serais fait hospitaliser pour amener Glenn à assumer ses responsabilités ? »

Beth a acquiescé de la tête.

« Pas volontairement, mais indirectement, peut-être.

— Je pense effectivement que, tout au fond de moi, sa démission de son rôle de père me mettait en rage, a reconnu Abby. Mmm... Il est possible que cette colère se soit exprimée en partie sous forme d'angoisse.

— Oui, et peut-être que votre tristesse en a aussi profité pour se manifester. »

Elle a approuvé d'un hochement de tête.

« Avoir un enfant comme Callum ne correspondait pas à l'idée que je me faisais de la maternité. »

Une boule s'est formée dans sa gorge.

« Il arrive que le processus du lâcher-prise soit long et difficile, a dit Beth avec gentillesse.

— Je pense aussi que Glenn a eu du mal à se voir comme le père de Callum.

— Mais d'après ce que vous m'avez dit, dans bien des domaines, Glenn a relevé le défi posé par votre absence. Après tout, il aurait pu se dispenser de faire tant d'efforts : il aurait pu mettre Callum en accueil temporaire.

— Vous voulez dire, partir avec Cara et le laisser ? »

Cette idée a fait sursauter Abby.

« Il n'aurait pas été le premier à abandonner son enfant. »

À présent, en regardant Glenn affalé sur la pelouse, les membres avachis, les traits tirés et les yeux rouges d'épuisement, Abby comprend que Beth disait vrai et, en dépit de tous ses griefs, elle se sent envahie d'affection pour lui.

« Je te remercie d'avoir pris tous ces jours de congé pour t'occuper de Callum, lui dit-elle.

— C'était normal », dit-il en arrachant des brins d'herbe.

Abby renverse la tête, savourant un moment la chaleur du soleil sur ses joues, puis ajoute :

« Et je voulais aussi te dire merci de m'avoir permis de bénéficier de ce traitement à Moreland. »

Glenn continue de tripoter la pelouse. C'est maintenant à son tour de se montrer évasif, se dit-elle. Mes remerciements l'ont désarmé. Avec tous les reproches que je lui ai faits tout au long de ces années, ce n'est peut-être pas une surprise.

« J'étais vraiment dans un sale état quand j'ai été admise – je ne serais jamais allée là-bas de moi-même et, en fait (elle se penche en avant)… je crois qu'au final j'ai beaucoup appris. »

Glenn aussi, se dit-elle, avant d'ajouter :

« Et ça me fait plaisir que tu te sois rapproché de Callum. »

Un long silence s'installe, qui ne semble pas troubler Glenn. Il cesse de jouer avec l'herbe et regarde au loin.

« C'est marrant, mais on dirait que ton absence nous a donné à tous les trois un nouveau départ », dit-il enfin.

Aussitôt, Abby ne peut se retenir de le toucher. Elle avance la main et presse la sienne. C'est un geste qui lui rappelle Karen ; un signe d'amitié car Abby a réservé ses remerciements les plus empressés pour la fin. Elle ne parvient toujours pas à y croire. Elle prend une profonde inspiration et se lance :

« Mon avocat m'a dit que tu serais prêt à nous laisser la maison… ?

— Oui.

— C'est très gentil de ta part.

— Enfin… j'aimerais quand même récupérer un peu d'argent en contrepartie. Peut-être que tu pourrais prendre une deuxième hypothèque, ou autre chose, pour m'en donner un peu… ? Mais… euh… J'ai pensé que je pourrais m'installer chez Cara… »

Abby voit bien qu'il hésite à prononcer le nom de son amie.

« Si tu es d'accord. »

Elle n'en revient pas qu'il lui demande son avis – Glenn perçoit sa stupeur.

« C'est juste que j'aimerais prendre Callum, tu vois, le week-end, et, comme tu es sa mère, il faut que ça te convienne. »

J'ignorais que tu voulais le prendre, se dit Abby. Mais je suis ravie de le savoir.

Ça non plus, elle ne parvient pas à le croire.

« Et Cara, elle en pense quoi ? »

Avoir chez soi l'enfant d'une autre, ce n'est pas évident, se dit-elle, surtout quand il s'agit de Callum.

Glenn hausse les épaules.

« Elle dit qu'elle s'y sent prête.

— Entre dire et faire, il y a une marge.

— Effectivement. »

Glenn fronce les sourcils.

« Mais elle sait que, pour moi, c'est important. »

Bon, bon, pense Abby, c'est un virage à cent quatre-vingts degrés. Glenn n'exagérait pas quand il parlait de nouveau départ.

« Je me suis dit que si Callum et moi on restait, je pourrais prendre un locataire, explique Abby. Pour m'aider financièrement.

— Ça me paraît être une bonne idée, approuve Glenn en opinant du chef. Nous pourrions nous arranger entre nous, non ? Faire appels à des avocats, ça va nous coûter les yeux de la tête. »

Abby sourit intérieurement.

Il a toujours eu du mal à lâcher ses sous, Glenn.

Cela dit, elle trouve que ce n'est pas idiot.

On va pouvoir rester dans la maison, se permet-elle enfin de penser. Mon nid bien-aimé. Je n'aurai plus à visiter des appartements déprimants dans des coins pas faits pour nous ; je n'aurai pas à fixer des serrures sur tous les placards dans une nouvelle maison ; je n'aurai pas à vendre la moitié de nos meubles. Je me régalerai toujours de ma vue sur la ville, je serai toujours proche de Co-Op et de ce charmant café. J'aurai toujours Karen comme voisine.

Certes, la vie imposera encore ses contraintes et, à mesure que Callum grandira et s'étoffera physiquement, Abby sait que beaucoup de problèmes s'aggraveront. Pourtant, en ce lieu précis, à cet instant précis, elle s'estime heureuse ; plus qu'elle ne serait capable de le dire.

« Merci, dit-elle doucement.

— Non, merci à toi, rectifie Glenn. Tu as fait beaucoup alors que moi j'aurais dû en faire plus. Je le regrette vraiment. »

Pourquoi n'a-t-il pas pu lui dire cela avant ? se demande Abby.

Ses excuses viennent trop tard pour sauver leur couple, néanmoins elles lui font du bien.

Ils ont fini leur café ; Abby sent que la conversation tire à sa fin. Sans surprise, Glenn annonce qu'il doit y aller, se lève et époussette son pantalon.

Abby le regarde s'éloigner, le cœur empli de chagrin.

Je regrette le temps où l'on s'équilibrait l'un l'autre, où l'on se complétait, se dit-elle. Je regrette l'homme que j'ai aimé, les moments qu'on a partagés. Je regrette sa forme endormie dans notre lit à mes côtés. Je suis triste qu'on n'ait pas pu s'entendre et faire front ensemble pour notre fils, qu'il ait fallu que je m'effondre pour nous faire avancer. Mais, qui sait ? Séparés, nous pourrons au moins souffler chacun son tour, ce qui nous permettra peut-être de mieux nous occuper de Callum que lorsqu'on était en couple. Nul n'est parfait, moi pas plus que les autres.

Le temps des récriminations est révolu.

47

« Qu'en pensez-vous ? » demande Michael.

Leona se penche par-dessus son épaule et lit la lettre manuscrite posée sur la table.

« C'est beau, dit-elle après avoir fini. Je ne savais pas que vous la connaissiez.

— On était à Moreland en même temps, explique Michael. On s'est rencontrés là-bas, on a eu des séances ensemble, rien de plus.

— Cela dit, vous l'avez sans doute mieux connue que beaucoup, note Leona. L'ambiance peut être très propice aux confidences pendant ces séances.

— C'est vrai. Non, c'est surtout la coïncidence des dates... »

Michael s'interrompt. Il ne souhaite pas se replonger dans ce contexte – surtout à un moment où il cherche à exprimer quelque chose de positif.

« Je m'aperçois que ce qui lui est arrivé, euh... eh bien, ç'aurait pu être moi. »

Leona acquiesce d'un mouvement de tête.

« Mais ça n'a pas été vous. »

Elle marque un temps.

« Vous êtes content, j'espère ? »

Elle le regarde, l'air interrogateur, le pompon incliné.

Michael opine. Il a encore du mal à se livrer.

« Je sais pas du tout pourquoi elle a fait ça – elle avait l'air tellement heureuse quand je l'ai rencontrée, et ce n'était pas longtemps avant sa mort.

— On a beau essayer, on ne peut jamais se mettre dans la tête d'un autre. On a même souvent du mal à se souvenir comment on était dans la sienne quand on y repense après coup. Je parie que vous seriez bien en peine de vous rappeler à quel point vous en avez bavé il y a quelques mois. Enfin, j'espère... »

Elle lui décoche un large sourire.

Leona, ses sourires, j'ai l'impression que je ne m'en lasserai jamais, constate Michael. En plus, elle a raison : peu à peu, les ténèbres de cette fameuse soirée s'estompent.

À cet instant, le visage de Leona change.

« Vous savez, le suicide, dans mon métier, je le croise plus souvent que je ne le voudrais. En général, comme tous ceux qui restent, j'ai du mal à comprendre. On entend fréquemment dire que le suicide est un acte égoïste, mais c'est un choix qui nous est offert à tous. Et qui sommes-nous pour juger ? Cette libération, Lillie l'a peut-être voulue, plus qu'elle ne voulait continuer à vivre – nul n'a le droit de dire qu'elle a eu tort. »

Elle se dresse de toute sa hauteur et s'étire.

« Mais je crois volontiers que, parfois, la mort de quelqu'un prend plus de sens si on la rapporte à ce que cette personne a donné aux autres. Une existence, même brève, peut avoir un impact énorme.

— C'est une bonne façon de voir les choses », dit Michael.

Il repense à Lillie, à sa manière d'accueillir les nouveaux arrivants à la clinique, de mettre un point d'honneur à exposer son cas en premier, de s'identifier aux autres et de faire rire tout le monde. Sans oublier sa façon de bouger, son enthousiasme, son énergie. Jamais il n'oubliera le soir où ils ont dansé tous ensemble. S'il n'y avait pas eu Lillie, il serait resté assis sur le canapé, bridé par ses complexes. Elle l'a fait entrer dans la danse, encouragé à participer.

« Oui, je crois qu'elle aurait été d'accord avec ça. Et peut-être qu'elle a donné tout ce qu'elle a pu.

— Et à présent, c'est vous qui aidez les autres. »

Leona tapote la lettre.

« Je parie que vous n'auriez jamais rien fait de tel avant votre petite promenade en mer, n'est-ce pas ?

— Sans doute pas. »

Michael plisse le front.

« Cela dit, maintenant, j'ai beaucoup plus de temps qu'avant...

— Oh, il n'y a pas que ça, tout de même. On dirait que le fait de tout perdre vous a permis d'explorer des domaines que vous ne vous seriez jamais senti capable d'aborder auparavant. »

Michael se tortille de gêne.

Elle m'attribue des mérites que je n'ai pas, se dit-il.

« Ça n'est jamais qu'une lettre..., murmure-t-il.

— Une lettre, mon œil ! C'est un *projet* ! Je croise les doigts pour que sa sœur accepte. Vous voulez que je la lui dépose ? Je passe devant son immeuble pour aller chez mon prochain patient.

— Non, c'est gentil, la remercie Michael. J'avais aussi prévu d'aller à Brighton. »

* *
*

« Donc, je crois que c'est aujourd'hui qu'on se dit au revoir », dit Karen.

Difficile pour elle d'imaginer que, pour la dernière fois, elle va s'asseoir dans un fauteuil de la clinique face à Johnnie – huit semaines se sont écoulées depuis la fin de son traitement ambulatoire ; à présent, elle en termine avec les entretiens individuels.

Johnnie hoche la tête.

« Oui. »

Karen le regarde ; avec cette frange tombante et son visage poupin, elle a du mal à croire qu'il l'a tant aidée, mais, parallèlement aux groupes, les séances qu'ils ont eues ensemble ont été réellement décisives. Elle est contente de ne pas avoir cédé aux antidépresseurs car, en fin de compte, ce dont elle avait personnellement besoin, c'était de parler, de communiquer avec d'autres personnes vulnérables comme elle. Par conséquent, elle ne pleure plus plusieurs fois par jour, elle ne se sent plus épuisée, elle ne se fait plus autant de soucis et ne se demande plus pourquoi tout l'inquiète. Depuis peu, elle repense même aux bons moments passés avec son père, elle renoue avec l'homme qu'il a été ; sa mère aussi, semble-t-il. Malgré tout, c'est dur.

« J'ai horreur des au revoir », avoue-t-elle.

Johnnie croise et décroise ses jambes. Elle le sent mal à l'aise lui aussi.

« Mais, au moins, maintenant, je sais pourquoi. »

Elle n'a pas besoin de s'expliquer : les raisons, ils les connaissent tous les deux.

« La mort provoque une espèce d'ébranlement : souvent, on ne sait plus qui on est, à quoi rime notre vie, et il faut se reconstruire. Mais d'abord accepter l'idée qu'une partie de soi est brisée, explique Johnnie.

— Oui…

— Chaque fois que l'idée que nous sommes mortels nous effleure, elle nous rappelle la nécessité de prendre la vie au sérieux.

— Elle a fait plus que m'effleurer, se souvient-elle avant d'éclater de rire. J'ai plutôt l'impression qu'elle m'a labourée comme un peigne à poux. Je me souviens quand ma mère le passait sur mon crâne lorsque j'étais petite. Avec des cheveux comme les miens, c'était un supplice. »

Johnnie opine en souriant.

« Il est peut-être utile de se souvenir que toute perte engendre l'occasion d'un nouveau départ.

— Quand même, j'aimerais bien faire une petite pause dans mon corps-à-corps avec la mort. »

Karen s'appuie contre le dossier et lève les yeux.

« Tu m'entends, petit Jésus, si tu es quelque part là-haut ? »

* *
*

« Ça alors ! C'est toi ! »

Ali sort sur le pas de sa porte pour regarder Michael enchaîner son vélo à un réverbère.

« Quand tu es descendu de ton engin, je me suis dit : on dirait mon ami Michael, puis j'ai pensé, c'est pas possible, mon ami ne fait pas de vélo ! »

Michael ôte son casque et passe ses doigts sur le sommet de son crâne. Les cheveux plaqués, ça ne va à personne.

« Je m'y suis mis ! explique-t-il.

— Eh, mais tu m'as l'air très en forme, svelte !

— Merci. »

Michael se garde de lui dire que c'est parce qu'il a dû se séparer de sa voiture.

« Je m'occupe un peu de ma santé, j'essaie de bouger plus. »

Le programme qu'il suit avec Leona lui impose de faire régulièrement de l'exercice.

« C'est pas "un peu", c'est beaucoup : ça fait une sacrée trotte depuis Rottingdean !

— Seulement neuf kilomètres, rectifie Michael.

— Même pour tout l'or du Rajasthan, je serais incapable de faire neuf kilomètres à vélo, avoue Ali. La faute à Mme A, elle me fait trop à manger », ajoute-t-il en tapotant sa bedaine.

Michael éclate de rire.

« Comme va Mme A, d'ailleurs ?

— Elle va bien, elle va bien, répond Ali avec un grand sourire. Un homme n'a pas le droit de se plaindre quand il a une bonne épouse et, après toutes ces d'années (il jette des regards à droite et à gauche pour être sûr que personne ne peut l'entendre)… on se défend encore au plumard ! »

Michael glousse. Il y a peu, tellement gêné par sa propre absence de libido, il aurait changé de sujet dès que possible, mais – à en juger par leur dernière nuit avec Chrissie – il semble retrouver tous ses moyens et il avait oublié combien il appréciait l'humour d'Ali.

« Et les affaires, comment ça va ? » lui demande-t-il en glissant un œil vers la boutique dont les rayons ont l'air bien clairsemés.

« Ne m'en parle pas, répond Ali en secouant la tête. Je m'en sors encore, mais je ne peux pas ouvrir plus ni baisser mes prix davantage.

— C'est malheureux d'entendre ça », déplore Michael.

Il sent la colère monter en lui. Plutôt que de démolir ma propre cabane, se dit-il, j'aurais mieux fait de balancer une brique dans la vitrine de Tesco Metro. Cela dit, j'aurais été bien avancé…

« Oh, t'en fais pas pour moi, tempère Ali en donnant une claque dans le dos de Michael. Tout finira par s'arranger, j'en suis sûr, au bout du compte. Dis-moi, je t'offre un thé ? »

Le trajet à bicyclette a donné chaud à Michael.

« Un verre d'eau du robinet, ça ira. »

Et, tandis qu'Ali disparaît dans le fond de sa boutique pour aller en chercher un, Michael pense à lui.

Ali a toujours été plus optimiste que moi, reconnaît-il. Je l'avais trouvé naïf de reprendre cette épicerie il y a des années. C'est peut-être moi qui ai manqué de sagesse.

« Tu as fait quoi ces derniers mois ? demande Ali à son retour. Tu as bossé ?

— Tu veux la vérité ? »

Ali hoche la tête.

« Oui, s'il te plaît. Je ne veux pas que tu me mentes. Regarde-moi ! »

Il hausse les épaules, mais son expression est enjouée.

« Ne te sens pas obligé de m'impressionner.

— J'ai surtout réfléchi. Ouais… »

Michael s'interrompt en se demandant comment résumer au mieux sa pensée.

« Au début, je tournais en rond, je ruminais. »

C'est loin de traduire la gravité de mon état, reconnaît-il en lui-même, mais ce n'est pas cela qu'il veut partager avec Ali.

« Disons que je me suis mis à cogiter sur ma... euh... ma vie, si tu veux. Je me rends compte que, depuis des années, je suis complètement à l'ouest.

— J'ai l'impression que tu as transformé ton chômage en une sorte de retraite spirituelle », résume Ali.

Ce ne sont pas les mots que Michael emploierait, mais, en gros, c'est ça.

« Je trouve que s'occuper de spiritualité, ce n'est pas perdre son temps.

— Je ne sais toujours pas ce que je vais faire après, poursuit Michael. Mais Chrissie a un boulot maintenant et, comme ce sont les vacances universitaires, Ryan et Kelly gagnent un peu d'argent, ce qui nous maintient à flot dans l'immédiat.

— Je suis content de l'apprendre, dit Ali. Tu avais une grosse responsabilité. C'était trop pour les épaules d'un seul homme. »

Je suis content aussi, se dit Michael, très content, même.

En longeant le front de mer vers Rottingdean sur le trajet du retour, il se souvient des mots prononcés par Leona dans l'après-midi, avant qu'elle ne prenne congé de lui d'un signe de la main.

« Parfois, je me demande si ce qu'on appelle dépression est bien une dépression. Et pas plutôt, comme la douleur physique, une sorte de sonnette d'alarme qui nous signale que quelque chose ne va pas. Peut-être que c'est ce qui s'est passé chez vous, pour vous indiquer qu'il était temps d'arrêter, de dire pouce et de donner une réponse à une question qui, jusque-là, n'en avait pas : comment faire la paix avec soi-même ? »

Très fleur bleue comme formulation, se dit Michael, n'empêche que c'est ce qu'il ressent lui aussi.

48

« Hum... Bonjour ! »

Perché en haut d'une échelle, Michael met la dernière touche au dispositif quand il entend une voix derrière lui. En se retournant, il découvre une femme qu'il pense reconnaître, mais sans en être tout à fait sûr tant elle a changé.

« C'est Abby ! » lance-t-elle obligeamment.

Pas étonnant qu'il ne l'ait pas remise. Il ne l'avait jamais vue ailleurs qu'à l'hôpital. En plus, ça fait des mois de ça. Mais l'enfant assis dans la poussette lui donne un indice : il se souvient que quelqu'un avait amené le petit garçon à Moreland pour qu'il puisse voir sa mère.

« Putain ! » ne peut-il s'empêcher de s'exclamer.

Il ne saurait dire au juste ce qui a changé en elle : peut-être que ses cheveux ont poussé, qu'elle a grossi, ou tout simplement qu'elle est bronzée. Après un début d'année froid et gris, l'été se révèle éclatant.

« J'ai vu sur Facebook que tu organisais ça », lui explique-t-elle.

Michael est pris au dépourvu. C'est sûrement Kelly ; apparemment, sa fille a pris sur elle de promouvoir l'événement sur les réseaux sociaux.

« Je ne suis pas tout seul sur le coup. Mon fils s'est occupé de la partie musicale et la sœur de Lillie a participé au financement.

— Quand même, reprend Abby, c'est une super idée !

— Merci. »

Michael est gêné mais espère qu'elle attribuera son rougissement à la chaleur. Il fait très chaud aujourd'hui – et il travaille sous le soleil depuis des heures. Heureusement qu'ils vont bientôt commencer, sinon, les fleurs vont se faner.

« Je t'en prie, dit-elle, un œil sur la banderole qu'il est occupé à fixer au sommet des poteaux en fer forgé soutenant le toit de la structure. Ç'a l'air droit. »

Il descend de l'échelle et la rejoint sur le passage carrelé qui conduit du kiosque à la promenade. À cet instant résonne un chuintement électrique, suivi de la basse – BOUM ! BOUM ! – d'un morceau de Missy Elliott – le préféré de Ryan, il le sait depuis peu.

Aussitôt, le petit garçon d'Abby se frappe les oreilles des deux mains.

« Je ne suis pas sûre qu'il supporte, dit-elle. Il déteste quand c'est trop fort. »

Elle fouille sous le siège de la poussette et en sort un casque antibruit qu'elle lui glisse sur la tête.

« Je crois que mon fils fait juste des essais de son, explique Michael. On ne va pas démarrer pied au plancher comme ça. »

Tandis qu'il prononce ces mots, la musique cesse.

Heureusement, se dit-il. J'aime bien que ça cogne de temps en temps, mais le rap, je ne m'y fais pas.

Il attend la séquence punk de 19 heures ; il a insisté auprès de Ryan pour qu'il y en ait une. Michael n'a peut-être pas encore d'emploi à plein temps, mais, une fois par semaine, il enseigne la composition florale aux patients de Sunnyvale House. Et il a une furieuse envie de pogoter.

* *
*

Karen marche sur le front de mer en compagnie de Molly, Luke et Lou. Le petit Frankie est endormi dans sa poussette, enveloppé d'une couverture en patchwork faite main, un cadeau surprise que Lou explique avoir reçu par la poste le matin même. À mesure qu'ils approchent du kiosque, la musique se fait de plus en plus présente – la sieste de Frankie ne devrait pas durer.

« Dépêche-toi », s'écrie Molly.

Elle tire la manche de Karen pour la faire accélérer, mais celle-ci, sentant son portable vibrer dans son sac à main, s'arrête pour répondre.

« Attends, chérie », demande-t-elle à sa fille.

Elle voit sur l'écran que c'est Abby.

« Malheureusement, je vais devoir ramener Callum à la maison et on ne pourra pas se voir.

— Oh, quel dommage !

— Honnêtement, je pense qu'il ne supportera pas. Mais je suis contente d'être passée. Je viens de croiser Michael.

— Michael ? Non !

— Mais si ! Il s'occupait des fleurs.

— Alors tu avais raison : c'est bien lui qui a eu cette idée.

— Je t'ai dit que j'avais lu ça sur le Net, explique Abby. Lui et quelques autres.

— C'est incroyable, s'étonne Karen. Ça montre ce qu'on peut arriver à faire quand on le veut vraiment.

— Oui, hein ! En tout cas, j'espère que vous allez bien vous amuser. Et on se voit samedi, ça tient toujours ?

— Oh, punaise, oui... »

Karen grimace.

« Tu me l'as promis !

— Je sais, je sais, on va le faire. Je te l'ai dit, ma copine Anna me tanne avec ça depuis des années. »

Au secours, dans quoi je me suis laissé embarquer..., se demande-t-elle.

« C'est celle qui a rencontré son compagnon comme ça ?

— Oui, répond Karen. Elle est écrivain.

— Peut-être qu'elle pourrait nous aider à rédiger nos profils ? suggère Abby.

— C'est une bonne idée. »

Anna ne demanderait pas mieux que de mettre ses talents rédactionnels au service de notre promotion, se dit-elle. Peut-être qu'en débouchant une bonne bouteille après avoir couché les enfants, je perdrais mes inhibitions. Oui, Karen les y voit déjà, toutes les trois devant l'écran d'ordinateur, à reluquer des soupirants éventuels en pouffant...

« Je vais voir quand elle est libre. »

De nouveau, Molly tire sa mère par la manche.

« Excuse-moi, il faut que j'y aille.

— C'est qui, Michael ? » demande Lou lorsque Karen a raccroché.

Celle-ci rougit.

Lou, les yeux plissés, pose sur elle un regard inquisiteur.

« Non, non, proteste Karen. Tu n'y es pas du tout. »

Mais vu la nature de l'événement auquel elles se rendent, qu'elle n'ait pas mis Lou plus tôt dans la confidence lui paraît plus ridicule que jamais.

« Euh… Je t'ai dit que j'avais rencontré Abby pendant un stage, tu te rappelles ?

— Mmmoui…

— Eh bien, Michael, je l'ai rencontré en même temps. Abby vient de me dire qu'il s'était occupé des fleurs pour le kiosque.

— Ah ! »

Lou paraît surprise.

« Tu as fait un stage de composition florale ? »

Karen ne peut s'empêcher de rire.

« Non. En fait, on s'est rencontrés à Moreland. »

L'étonnement de Lou ne fait que croître.

« Quoi, Moreland's Place ? À Lewes ? »

Karen acquiesce d'un signe de tête.

« Je ne savais pas que tu étais allée là-bas.

— Quand papa est mort, j'ai vraiment sombré et j'y suis allée quelque temps, en ambulatoire.

— Pourquoi tu me l'as pas dit ?

— Excuse-moi… »

Karen voit que Lou est blessée.

« Je ne voulais pas t'embêter avec ça à l'époque, mais ça ne veut pas dire du tout que je ne te fais pas confiance. C'est juste que ça tombait pile au moment où tu mettais au monde ce chérubin. »

Elle se penche pour gazouiller au-dessus de Frankie.

« Je te raconterai tout ça plus tard, promis. Allons d'abord voir ce qui se passe là-bas. »

Karen presse le pas – Molly et Luke s'impatientent et elle ne tient pas à les perdre dans la foule qui grossit.

Près d'elles, un jeune homme fait résonner avec ardeur des pièces de monnaie dans un seau jaune. Ils sont plusieurs à être habillés comme lui ; d'après les gilets fluo qu'ils portent, cette collecte est intégralement versée à des associations d'aide à la santé mentale. Karen sort son porte-monnaie et, toute à sa recherche de pièces, ne découvre l'identité de celui qui lui tend le seau qu'en levant les yeux.

« Colin !

— C'est bien moi ! lui confirme-t-il avec une petite révérence.

— Mais tu es sorti ! » s'étonne Karen.

Colin avance un pied.

« Et je porte des chaussures ! glousse-t-il.

— Ah, je suis fière de toi ! s'exclame Karen en le prenant dans ses bras.

— Ça ne s'est pas fait tout seul, reconnaît-il. Petit à petit, tu vois. C'est la première fois que je m'éloigne autant de l'hôpital, mais, bon (il toussote)… difficile de faire autrement. »

Karen le serre encore plus fort.

Il est adorable, on a envie de le câliner, se dit-elle en repensant pendant une fraction de seconde à Simon.

« C'était une des meilleures copines que j'aie jamais eues, explique Colin tandis que Karen le libère de son étreinte. J'ai toujours eu du mal à me faire des amis, mais Lillie, je sais pas, elle m'a comme bouleversé, dès le départ. »

Sa voix tremble et Karen voit bien qu'il a du mal à garder contenance.

Mais je ne lui en voudrais pas de pleurer un coup, se dit-elle.

« Colin, lui lance-t-elle tout à trac. J'aimerais être ton amie. Je ne peux pas te promettre d'être à la hauteur de Lillie, mais j'aimerais beaucoup qu'on reste en contact.

— Sérieux ?

— Oui, et, comme je vois toujours Abby, on pourrait peut-être se retrouver de temps en temps. J'ai ton numéro.

— Quand tu me l'avais demandé, je pensais que c'était par pure politesse, dit-il.

— Pareil pour moi quand tu me l'as donné... »

Karen sourit.

« On a l'air de quoi ? »

Colin part d'un grand rire.

« De deux nuls ! Hé, tu sais, Johnnie m'a dit que des soignants allaient venir aussi. Enfin, lui et Beth, en tout cas.

— C'est sympa. »

Ça me ferait plaisir de revoir Johnnie, se dit Karen.

« Et c'est Tash, là-bas ! »

Il désigne la promenade au-dessus d'eux et, effectivement, Karen aperçoit la tache rose de sa tignasse.

« Je suis sûre qu'elle aussi aimerait te revoir. On pourrait peut-être aller prendre un pot un de ces quatre, toi, elle, Abby et moi. On fait pas partie des dépravés, après tout !

— Parfaitement ! »

À cet instant, les accords du *Beau Danube bleu* emplissent l'air.

« Oh, regarde, maman, y a plein d'Aurore ! » s'exclame Molly, le doigt pointé en avant.

Karen suit le regard de sa fille. Dans le kiosque, une douzaine de couples tourbillonnent et virevoltent au rythme de la musique. Les femmes portent de longues robes de bal ; les hommes des queues-de-pie – des tenues de circonstance, mais qui, étrangement, rendent ce tableau encore plus enchanteur. Le pas d'une des danseuses, plutôt âgée, semble moins assuré que celui des autres et, quand Colin pousse Karen du coude en lui murmurant :

« T'as vu qui c'est ? » celle-ci reconnaît la chevelure de neige de Rita.

Sa robe, un sari de soie, est couverte de perles et elle valse avec Karl, l'homme à la crête.

Quel dommage que Callum ait raté ça..., songe Karen.

Quant aux fleurs... On les croirait tout droit sorties d'un conte de fées. Autour de chaque poteau s'enroule du lierre, et des centaines de corolles blanches jaillissent du toit comme autant de trompettes célébrant le talent de chacun des artistes qu'elles surplombent.

« Bravo ! »

Quand la valse se termine, Karen, enthousiaste, applaudit avec le reste de l'assistance et dit à Lou :

« Je suppose que ça va aller du bal traditionnel jusqu'à nos jours – et que ceux qui ont envie de participer peuvent le faire. Après, apparemment, il y aura d'autres styles – tu sais, de la *street dance*, la spécialité de Lillie, de la *break dance*, etc.

Je ne crois pas qu'on restera jusqu'au bout, pressent Lou en baissant le regard vers Frankie. On ferait mieux de profiter de cette partie-là du spectacle, la plus calme.

En temps normal, Karen ne resterait elle aussi que pour la musique légère. Mais aujourd'hui, elle se fiche bien que les morceaux ne soient pas à son goût, que personne n'ait répété ni n'ait aucune idée des pas de danse. Elle se fiche bien que les enfants demandent à veiller ou que le tapage soit tel que la mairie soit inondée de plaintes à ne savoir qu'en faire. Vivre pleinement ce moment, ici et maintenant, voilà ce qui compte, quoi qu'il arrive.

Tandis qu'elles font le tour du kiosque pour mieux voir, Karen découvre une banderole tendue bien au-dessus de leurs têtes en direction de la promenade. Elle brille au soleil et Karen doit se protéger les yeux pour pouvoir en déchiffrer l'inscription. Lorsqu'elle y parvient, elle est partagée entre le rire et les larmes.

UNE DERNIÈRE DANSE POUR LILLIE, peut-on y lire.

Fin

Note de l'auteur

On me demande souvent si mes romans sont inspirés d'expériences vécues, et l'honnêteté me commande de répondre oui. Ce qui ne signifie pas qu'ils soient autobiographiques, car tel n'est pas le cas. Mon mari n'est pas mort dans un train comme Simon dans *L'Instant d'après*, et je n'ai pas fait appel à la FIV comme Lou et Cath dans *The Two Week Wait*. Ma situation n'est pas non plus celle de Karen, d'Abby ou de Michael dans cette histoire. Cependant, j'ai connu personnellement l'angoisse et la dépression, et c'est ce qui m'a donné l'envie d'écrire ce livre.

Je suis intimement convaincue que la santé mentale doit être prise avec le même sérieux que la santé physique, car elle pose des problèmes bien réels et extrêmement douloureux. Or, globalement, elle ne l'est pas. Trop souvent, les patients s'entendent dire qu'ils doivent « se ressaisir » ou « réagir ». En partie parce que les symptômes sont souvent invisibles, mais aussi parce que beaucoup d'entre nous (moi y compris) avons encore du mal à en parler. Et pourtant, la maladie mentale nous concerne tous. Des chiffres comme « une personne sur quatre souffre à un degré quelconque d'un problème de santé mentale » sont fréquemment avancés et illustrent bien à quel point ces troubles sont répandus. Mais voir la maladie mentale comme quelque chose qu'on a ou qu'on n'a pas, c'est encore une façon de mettre les gens dans des cases – et de les y enfermer à double tour. De sorte que nous vivons dans un monde où l'on parle rarement du suicide, où la maladie mentale est souvent entourée de honte et de reproches, et où les responsables politiques peuvent réduire les prestations sans que nous, qui les avons pourtant élus, trouvions à y redire.

Mieux vaut sans doute voir la maladie mentale comme un phénomène d'intensité variable – nul n'est indemne à cent pour cent, nul n'est atteint à cent pour cent –, et je suis persuadée que chacun de nous s'inscrit quelque part dans cette fourchette. En outre, la santé mentale individuelle dépend de nombreuses variables : âge, condition physique, situation économique, situation amoureuse, etc. La liste est infinie et diffère pour chacun, de sorte que notre place sur cette échelle varie au gré du temps.

Pour dire les choses autrement, *n'importe qui peut souffrir de troubles mentaux*. Michael, Abby et Karen ne sont ni des dépravés ni des détraqués ; ce ne sont que des êtres humains. De même que George, Callum, Lillie et les autres. Ce sont des individus, diversement atteints, qui, je l'espère, n'ont pas l'air si différents de vous ou de moi. Et si en racontant leur histoire j'ai pu contribuer à ouvrir la porte de la maladie mentale, ne serait-ce qu'à l'entrebâiller, en permettant à une poignée de lecteurs de prendre la parole un peu plus librement ou en incitant les autres à leur témoigner un peu plus de compréhension, alors le temps passé à écrire ce livre n'aura pas été vain.

Remerciements

De nombreuses personnes m'ont aidée à façonner ce roman. J'adresse un grand merci à celles qui ont accepté de me faire part de leur expérience : Catherine Newell m'a parlé de son fils Axel, un amoureux d'Aurore, mon fleuriste Ian Graham m'a permis de comprendre ce que signifie tenir un commerce de fleurs, et j'ai eu l'honneur de pouvoir bavarder avec Natasha Bevington et Simon Rattenbury. J'ai bénéficié des avis experts de la pédopsychothérapeute Dilys Daws (ma belle-mère), de l'infirmière Rhoda McClelland, de la psychiatre Sarah Daley, de la psychothérapeute Liz Bubez et du personnel du Priory Hospital de Brighton. Les éventuelles imprécisions au sujet des traitements, médicaments ou protocoles (privés et publics) sont de mon fait, non du leur.

Ma profonde reconnaissance va aussi à Vivien Green, Gaia Banks et Lucy Fawcett de l'agence Sheil Land Associates. Je pense que, dans l'esprit de beaucoup, les agents « se contentent » de négocier, c'est-à-dire de vendre des livres, des scénarios, etc., à des éditeurs, producteurs et autres. Ce n'est pourtant qu'une partie du travail fourni par Vivien,

Gaia et Lucy sur ce roman, car leur apport comme lectrices avisées et critiques bienveillantes a été tout aussi déterminant, ce qui m'a permis de produire un manuscrit présentable.

Je me dois aussi de remercier mes amis. J'ai évoqué la première fois l'idée de ce livre en prenant un café avec Nicola Oatham qui, avec Zoe Hammel, m'a d'emblée encouragée. Ceux qui ont donné de leur générosité et de leur temps pour lire le manuscrit méritent eux aussi une chaleureuse accolade : Alexandra Addison, Nicola Lowit et Rachel Williamson se sont coltiné la version 1, Mark Dawson et Hattie Gordon m'ont fait part de leurs précieux avis sur la version 2 et Emma Hall a revu la version 3.

Je tiens aussi à exprimer ma gratitude envers Francesca Main, mon éditrice chez Picador. Si elle a le sens du détail, elle possède également un jugement tout aussi indispensable sur la construction des personnages et l'architecture du récit – des qualités qui m'ont été d'une aide incommensurable pour élaborer, étayer et élaguer ce livre.

Je souhaite aussi saluer le rôle joué par mon père qui, sans prendre la forme de remarques directes, n'en fut pas moins essentiel. Bientôt nonagénaire, mon père, Eric Rayner, fut pendant près de cinquante ans un psychanalyste dévoué qui s'est battu pour rendre la psychothérapie plus accessible. Son intérêt passionné pour la santé mentale a déteint sur moi, et son influence imprègne chaque page de ce roman.

Comme à chacun de mes livres, je souhaite remercier ma mère, Mary Rayner, pour son soutien et sa sagesse. Enfin, merci à toi Tom Bicât, mon mari qui, tout au long de ce travail, m'as prodigué écoute et conseils. Toi qui dis ne pas lire de romans, tu ne comptes plus les fois où tu as lu celui-ci...

11334

Composition
NORD COMPO

Achevé d'imprimer en Espagne
par BLACKPRINT CPI IBERICA
le 3 janvier 2016.

Dépôt légal janvier 2016.
EAN 9782290123621
OTP L21EPLN001896N001

ÉDITIONS J'AI LU
87, quai Panhard-et-Levassor, 75013 Paris

Diffusion France et étranger : Flammarion